北极光之恋

Love in Yellow Knife

米瑞蓉 著

四川人民出版社

图书在版编目（CIP）数据

北极光之恋 / 米瑞蓉著 . -- 成都 : 四川人民出版社 , 2021.5

ISBN 978-7-220-12272-9

Ⅰ . ①北… Ⅱ . ①米… Ⅲ . ①长篇小说—中国—当代 Ⅳ . ① I247.5

中国版本图书馆 CIP 数据核字 (2021) 第 044084 号

BEIJIGUANG ZHILIAN

北极光之恋

米瑞蓉　著

出 版 人	黄立新
选题策划	李真真
责任编辑	王其进　袁　璐
出版融合统筹	袁　璐
营销编辑	邵显瞳
封面设计	李其飞
版式设计	张迪茗
责任校对	刘裴玮
责任印刷	祝　健
出版发行	四川人民出版社（成都槐树街 2 号）
网　　址	http://www.scpph.com
E-mail	scrmcbs@sina.com
新浪微博	@ 四川人民出版社
微信公众号	四川人民出版社
发行部业务电话	（028）86259624　86259453
防盗版举报电话	（028）86259624
照　　排	四川胜翔数码印务设计有限公司
印　　刷	四川华龙印务有限公司
成品尺寸	170mm × 240mm
印　　张	19.75
字　　数	255 千
版　　次	2021 年 5 月第 1 版
印　　次	2021 年 5 月第 1 次印刷
书　　号	ISBN 978-7-220-12272-9
定　　价	68.00 元

目 录
CONTENTS

北极之恋
Love in Yellow Knife

引　子

五岁的迪纳半夜被一种声响惊醒。他睁开沉重的眼帘，紫色的光影从玻璃窗透进来，窗外，光影映照在屋檐下垂的冰凌上，发出钻石般的光芒。隔着厚厚的毛毯，父亲喘着气，撕扯着母亲。母亲的长发洒落在床沿，有节奏地左右摇摆着，嗓子眼里发出奇怪的声音，分不清是痛楚还是愉悦。这声音就像梅提斯人听惯的童谣，下垂的头发摇摆着扫在迪纳的脸上，让迪纳昏昏入睡。

但是紫色的光影呼唤着迪纳，他不敢出声，直到父亲如狼一般仰起头，喉头发出低沉的嘶吼。安静了，恢复了加拿大西北地区旷野上一如既往的宁静。迪纳披上皮毛做的衣服，推开厚重的木门，强忍着冷空气带来的喷嚏走出门外。无边的雪地泛着冰蓝，魔幻般的光影从白色的大地舞动到漫天星际间，这就是爷爷念叨了很久的“wawatay”，五岁的迪纳第一次看见。

每个原住民的院子里都有一个叫作 Teepee 的锥形麋鹿皮帐篷。点燃的炉火映照在麋鹿皮上发出半透明的橘色光亮，一个高大的身影双手举向天空，帐篷里发出低沉的口哨声。那是爷爷的身影，他钻进帐篷，松木燃起的炉火带着松香的味道，迪纳再一次感受到温暖。爷爷举手仰面朝天，透过裸露的帐篷顶部，用口哨声呼应着 wawatay 变幻莫测的梦幻之光。迪纳学着爷爷双手高举向天，蓝色、绿色、红色、紫色……还有从帐篷顶灌入的寒气，晃花了迪纳的眼睛。迪纳又学着爷爷噘起嘴吹气，却只能发出嘘尿般的声音。爷爷说，wawatay 是引导死者灵魂上天堂的火炬，它会带着不久前死去的妹妹进入天堂，那口哨声伴随着妹妹的灵魂在空中踏步。

迪纳不知道 wawatay 是否将妹妹领进了天堂，但知道 wawatay 一定会给自己带来好运，如同梅提斯男人的风俗，娶外族人为妻，在有北极光闪过的地方……

一、逐光之旅

“嗡、嗡、嗡……”一种沉闷的声音又把林月汐从梦里惊醒。

“醒醒，醒醒！柳溢，我又听到极光的声音了。”林月汐摇醒身边的柳溢。

“怎么啦？”迷糊的柳溢闭着眼睛问了一句。

“我梦里又听见那个声音了，就是上次我们查阅的资料上说的，北极光会发出一种沉闷的声音，我今天又听到了，我们这次一定能看到北极光。”林月汐兴奋地合上了双手。

“那声音就连当地人都很少听到过，你梦里听到的应该是“5·12”大地震地壳运动发出的声音，让你记忆太深了。你看这才半夜三点，咱们再好好睡上三小时，然后到机场直奔黄刀，没准儿今天晚上就看到了，睡吧！”柳溢看了看枕头下的手机时间，嘟囔几句又转身睡了。

林月汐蜷着身紧贴着柳溢的身体，如同婴儿一般闭上眼，但心里还是想着让她着迷的北极光。

几年前，林月汐总能听到柳溢和他那些喜欢摄影的朋友们聊起北极光，聊到那种只有极寒的极地才能看到的魔幻之光，多彩的光带漂浮在白色的大地上。而温哥华北部的育空地区和西北地区正是北极光的最佳观测点。于是林月汐便对北极光着了迷，没少上网查阅北极光的相关知识，每找到好的资料便读给柳溢听。

北极光源于拉丁文“伊欧斯”一词。传说伊欧斯是希腊神话中“黎明”的化身，是希腊神泰坦的女儿，是太阳神和月亮女神的妹妹。从人类第一次仰望天际惊见北极光的那一刻开始，光就一直是个谜。比如在芬兰语中，北极光被称为“狐狸之火”。因为古时的芬兰人相信，一只狐狸在白雪覆盖的山坡奔跑时，尾巴能扫起晶莹闪烁的雪花一路伸展到天空中，从而形成了北极光。

读到这里，林月汐会斜着头问道：“像吗？狐狸的尾巴？”

柳溢不想多争辩，一边看着电脑屏幕上的图片一边应声说：“像，很像狐狸尾巴。”

萨米人和西伯利亚人相信北极光来自逝者的创伤，不过这多彩的天空并不是痛苦的征兆，相反，而是幽灵们在后世玩球类运动或骑马奔跑时受伤所留下的血迹。而因纽特人认为极光是鬼神引导死者灵魂上天堂的火炬。原住民则视极光为神灵现身，深信快速移动的极光会发出神灵在空中踏步的声音，将取走人的灵魂，留下厄运。

读到这里，林月汐皱着眉一脸痛苦的样子说：“好像这更符合宗教的说法，我希望极光是引导死者灵魂上天堂的火炬，而不是取走人的灵魂，留下厄运，你说呢？”

“当然，不会给人带来厄运，不然这么多世界各地的人每年花那么多钱跑到极地去看什么北极光呢？我觉得极光是给人们带来好运的一种光芒。”柳溢停顿了一下，“所以，我们俩一定要去会一会能给我们带来好运的北极光。”

于是去看北极光一直就是林月汐和柳溢心里最大的一个愿望。可惜前几年女儿还在上高中，放假时说到一家人外出旅游时，女儿首选是美国。一是看看大学，二来也想去纽约、洛杉矶这样的大城市逛逛。在女儿小妮眼里，温哥华就是一个大渔村，一点大城市的气派也没有，要说有那么一点点大城市感觉，怕也是仅局限在 Hastings St 到 Robson St 这几条街之间。每当想到女儿的这些话，林月汐的眼前都会浮现出女儿夸张的表情："对，只能到 Robson St，说到 Broadway St 都不行的！"

去年小妮如愿地考上了美国纽约的哥伦比亚大学，开始了她向往已久的放单飞的校园生活，这才让林月汐和柳溢有机会开始追逐北极光的旅行计划。

他们用了几天时间来准备装备，当然主要是防寒的装备，帽子、护耳、护目镜、围脖、羽绒服和穿在羽绒服外面的阻隔风雪的专业滑雪服，一直到脚上的带有皮毛的靴子，可以说武装到了牙齿。试装的时候林月汐都觉得无法呼吸。

"真的需要穿这么多吗？"她无助地问柳溢。

"零下三十多度外加大风，你觉得是不是该穿这么多呢？"柳溢回答很干脆，每次外出柳溢总是把问题考虑得很周全，从穿的到吃的都会做好备份，每次都让林月汐相当省心。

"好吧，就按你说的准备吧。"林月汐对北极光的期盼胜过了对装备累赘的不满，她更巴不得马上能一睹极光美景。

温哥华国际机场国内出发厅角落上的登机口，零零散散地坐着不多的候机人，登机口的指示牌上显示着目的地：Yellow Knife。

耶洛奈夫，加拿大西北地区首府，地处北纬 62 度，离北极圈 450 公里，这里是全球观看北极光的最佳地点之一，一年平均有八个月都能看到北极光。对于 12 月的耶洛奈夫来讲，真是观看北极光的最佳日子，只是天气冷了些。

林月汐看了看手机，正好上午 10 点，离登机还有 40 分钟，于是选择了一个能看见登机提示屏的角落坐下。柳溢坐在椅子上玩着手机，仿佛一刻时间也不能浪费似的。林月汐习惯性地观察候机者们的穿着，几个来自中国的中老年旅游团身着标准的旅游装备，深绿浅绿双色搭配的加绒冲锋衣，脚下放着鼓鼓囊囊的背包，里面一定装着厚重的防寒服。几个大学生模样的中国女孩正在聊着什么，一边站着几个男生，林月汐数了一下，人数正好配对，想必都是趁着假期去追逐北极光的留学生们。

时间过得很快，已经过了应该登机的时间，但值机台的工作人员依然聊着天，丝毫没有要登机的感觉。林月汐打开手机查看天气预报，耶洛奈夫此时气温零下 42℃，比昨天的气温更低了。

“别玩手机了，你看都过了登机的时间，怎么就像没有动静一样？”林月汐心里着急。

“这登机的事就不能急，咱不也定不了这事吗？咱们就是要有耐心等着，等广播通知咱们。”柳溢看着林月汐一脸不高兴的样子，“别急，我去看看，不过说好，我就去看看飞机准备好没有，英语咱开不了口啊！”说着柳溢起身往登机口走去。

不一会儿柳溢皱着眉头走了回来：“小飞机，很小，咱们这辈子怕都是没有坐过这样的小飞机。”见林月汐有点担心的样子，柳溢又小声补充，“不过你放心，别看是小飞机，人家都说小飞机安全，而且咱们毕竟是飞到加拿大西北地区的首府耶洛奈夫，它是一个只有 1.6 万人口的城市，所以小飞机足够了，怕那里的机场也只能承载小型飞机吧。”

12 月的温哥华已经很冷了，飞机边上作业的工人都穿着厚重的衣服、戴着隔音的大耳罩工作着。早已过了登机的时间，闸口的工作人员还是淡定地聊着天。

“广播通知，我们遗憾地告诉大家，AC 8841 次飞往耶洛奈夫的航班因为耶洛奈夫现在气温为零下 42℃，不能满足飞机降落的条件，飞机将推迟起飞。如果下午的气温能够达到零下 35℃，飞机将恢复飞行计划；如果达不到，本次航班将延迟到明天继续飞行。关于改票和其他通知请到 Air Canada 航空公司柜台办理相关手续。”候机厅里所有人安静地听完通知，都呈现出一种绝望的表情。

林月汐一头倒在柳溢的肩上，说了一声：“完了！”

柳溢拍了拍林月汐的肩说：“没事儿，今天不行还有明天，你先联系一下琳达，我去打听一下那几位老哥怎么办。”琳达是好朋友，本来就做旅游的，现在成了他们的出行顾问。刚才还假装不屑人家是老同志的柳溢也起身去和那几位中国大哥大姐们聊了起来。

不到几分钟琳达已经报告了他们的机票信息，因为是商务舱，机票已经由航空公司改为晚上八点的航班，两个半小时的飞行时间，加上一小时的时差，到达耶洛奈夫将会是半夜时分。柳溢赶紧给那边接待他们的导游砂雨联系，听出来电话那边砂雨有点惋惜，说是今天晚上是这几天里观北极光的最好日子，明天怕是极光出现概率没有这么高了。

一切全靠缘分吧，唯有等待。回家的路上，柳溢说起那几位来自国内的老年极光团，一色的六十多岁，退休后每年完成一两次旅游计划，说是孩子都是独生子女，也都独立了，不需要他们照看孩子，支持他们到处旅游，于是在国内报了到加拿大观看北极光的旅游团，一切行程自由行，很是潇洒。

“我们老了以后也这样，自己到处玩去。”林月汐羡慕地说着。

“我们现在不就是这样吗？”柳溢反问道，两人相视一笑。

耶洛奈夫真是一个奇怪的地方，中午时分都是零下 42℃的气温，到了下午 6 点，气温反而升到了零下 35℃，达到了飞行的温度，琳达打来电话告诉晚上飞机目前显示正常起飞。

两小时后，他们终于登上飞机，柳溢在机舱里四下看了看，没见着那几位中国退休老人的身影，看来是被换到明天的航班了，柳溢为他们有点遗憾。

飞机很小，小到一排只有三个座位，左边一个座位，通道右边是两个座位，飞机空间也很矮，以至于一米八的柳溢不能完全直着腰，商务舱的座位也没有那么宽绰，不过丝毫不影响他们对接下来行程的期待。

不知是夜晚航班的原因还是机型的原因，灯光也不太明亮，这倒可以让他们在机上小憩一会儿，因为砂雨说接到他们会直接去追极光。飞行过程没有什么仪式感，就连通常的空姐也改为空大叔代替了。平飞以后大叔给每个人发了一瓶矿泉水和一块三明治，片刻以后便调暗灯光让大家各自休息。

林月汐没有闭眼，她一直看着窗外。每次夜航她总会观察窗外，她年轻时特别喜欢买科幻杂志和书籍，她相信有外星人的存在，也许哪次飞行她就能看见一个不明飞行物划过。当然这是不可能的，就连她的飞行员朋友都说从来没有看见过。不过也是，要真是看到外星人，怕早也不在了，要不就是被外星人掳走，要不就是送进研究所去了。

虽然想看见外星人或是不明飞行器是零概率事件，但丝毫不影响她观看星星。说来也怪，飞机飞得再高也不过万米高空，从距离太空的角度来讲，几乎和地面观看没有什么区别，但只要是升空还真是繁星如斗，时不时还能看见划过天际的流星。柳溢说这是因为飞得越高越远离大气污染，空气的透度也就越高，特别是在加拿大上空，那就是伸手可摘星星的感觉了。

“柳溢，你说当人类第一次见到北极光时，人们会有什么样的恐惧？”看着窗外的墨色星空林月汐总有很多问题。

“不是你经常读给我听的那样吗？我现在认同它就是来带走死者的灵魂的。”说了这话柳溢又觉得没对似的，“不对啊，看见的人一定是没有死的人，那应该这样理解，看见极光的人会说：带走我的那一束极光还没有来，这一束光属于死者，因为没有一束光是一模一样的，感谢上帝让我见证了这一神圣的仪式。”柳溢用滑稽的口吻表述着，引来林月汐窃笑。

机舱的灯光亮起，飞机即将降落在耶洛奈夫机场，林月汐和柳溢都有点迫不及待了……

二、初识耶洛奈夫

小得可怜的耶洛奈夫机场也是让林月汐吃惊，很难让人联想到这是加拿大西北地区省会城市机场，而这个西北地区竟然是两个多四川省的面积。取到行李几乎转身就是迎接客人的大厅，一个高个子小伙子在冲他们招手。

“欢迎来到耶洛奈夫，我是砂雨，柳大哥好，汐姐好！”虽是第一次见面，彼此都一眼就认出了对方，因为像这样自由行来到耶洛奈夫的人并不多，即便穿戴臃肿，也丝毫不影响彼此目光的锁定。“咱们中国人更喜欢用英文直译的方式称它为黄刀市，如同把加拿大育空地区省会城市怀特霍斯（Whitehorse）直译为白马市一样，这样既避免了英文的烦琐也更容易让人记忆。听说你们前年去了白马市？”

“是的，不过那年去的时间不对，没有看到北极光，这不今年就直奔这里来了。谢谢砂雨，让你辛苦了，飞机晚点让你这么晚还来接我们。”柳溢拍了拍砂雨的肩表示感谢。

“不用客气，对于追极光的人来讲，半夜 12 点正好开始。”砂雨一边帮着推行李，一边给他们介绍着，“我们现在不到酒店，直接去湖上的小木屋看极光，今晚正好是极光大爆发，我们现在马上去应该还能看见，不过湖上很冷，下车前你们可以再加上点衣服。”话语里透着对追逐极光的激情，一点也不像以往那些导游常用的套话。

一米八左右的身高，坚持健身锻炼的身板，北方口音，林月汐在背后观察着砂雨。正想和砂雨攀谈两句，没想刚一迈出机场大厅就被冷风灌了个透心凉，一下子戗得说不出一句话来，她赶紧把围巾拉起来捂住口鼻，把滑雪服上的帽子戴上保护被刀割似的耳朵。砂雨的车就停在不远的停车场，砂雨没有先装行李，而是先打开车门发动车。

“汐姐，你们先上车暖和着，我来装车。”林月汐上车看了一下气温表，此时 -38℃，这是林月汐从未经历过的低温，就在穿过停车场的那一小段路，她已经体会到什么叫作极寒天气。

深夜的耶洛奈夫，白茫茫的街道、白茫茫的屋顶、挂满雾凇的植物，这个城市显得洁白而又静谧，如同走进深邃的童话世界。所幸暖色调路灯为这个童话世界增添了一抹橘色的光芒。汽车驶过街道，路边一栋栋房屋的窗台像是约定好的一般，白色蕾丝的窗帘半掩着，茶几上昼夜点着一盏暖色调的台灯，灯光照亮茶几上的小盆花，即便没有影影绰绰，但在寒冷中这个城市也升腾起另一种有温度的生机。

穿过不大的城市，雪地轮胎碾压着白色的路面在乡野间疾驰，留下身后泛着橘色灯火的城市。车窗外除了白色已经没有了任何别的颜色，唯有一排排路灯指引着前进的道路。

“今天晚上有极光吗？我怎么没有看见？”柳溢的脸紧贴车窗看着远处的天际。

“有，只是现在城市的灯光太亮，我们要到远离城市灯光干扰的地方才能看到，大奴湖上去就可以。大奴湖是加拿大最大的湖之一，耶洛奈夫这个城市就在大奴湖的北面。”

“不对吧，加拿大最大的湖不是苏必利尔湖吗？怎么又变成大奴湖了？”柳溢觉得砂雨的话颠覆了他的常识。

“苏必利尔湖的确比大奴湖大，但是它们大部分在美国境内，如果要说加拿大最大的淡水湖泊，除了西北地区的大熊湖，其次就是这里的大奴湖。大奴湖也是加拿大最深的湖，有六百多米深。”

“六百多米？”听到这里，林月汐不禁打了个寒战，她想要是掉入了湖里要多久才能沉底啊！她下意识地拉了一下衣领，以免寒气灌入衣领。

“汐姐，冷吗？在这样的天气里汽车的空调基本没有太大作用，我经常在早上要花一个小时的时间预热车子，但车内温度依然很低，当然即便是这样还是会比车外暖和很多的。”砂雨在后视镜看到林月汐拉起衣领，以为她觉得车内冷赶紧解释起来。“溢哥，我听萍姐说你们去年去了育空的怀特霍斯？也是去看极光？听说你们还是自驾去的？”

“是前年了吧，八月去的，季节不对没看到极光。这不，小萍说去年她们几个来就是你带着她们到处追极光，所以我们今年也来了嘛。我们俩每年都要开车出去玩儿，我曾经当过汽车兵，喜欢开车，放着加拿大这么多美好景色还真是在家里待不住。”

“我也是太喜欢旅游了，曾经是越野自驾的疯狂爱好者，在这里大学毕业后就做越野爱好者的版主，天天玩改装车，玩摄影，和朋友们开着越野到处疯，一次偶然疯到了耶洛奈夫这个地方，一下子又迷上了北极光。溢哥您知道吧？看见极光和拍好极光是两码事，于是又痴迷上了极光拍摄。这不，后来家里也老是埋怨，三十好几了，该静下心做点事了，于是前几年开始做旅游，主要是耶洛奈夫极光之旅的私人订制。这份工作太有意思了，你得每天去查阅极光专业网站，极光指数是多少？会在几点爆发？什么方位出现？搞清楚这些可不简单呢！”说起拍极光，砂雨一下子特别兴奋。

林月汐看了一下窗外，早已远离了有灯光的公路，汽车在白茫茫的雪地上行驶，看不见一台车一个人，连树木也少得可怜，更分不清东南西北。

汽车减速了，林月汐看见路边斜坡处停了一台旅游大巴。

“这就是大奴湖边了，我们现在下到湖面，旅游大巴是不能下去的，游客只能在这里下车观看极光。”砂雨缓慢地从大巴车边驶过，顺着斜坡下到一大片平整的冰面，其实也看不见冰，冰上面覆盖着并不厚的雪，只有汽车驶过才能看见留下不深的两行车轱辘痕迹。

“这冰面厚吗？”听得出南方长大不多见雪的林月汐的担心。

“汐姐，放心，这雪有几十厘米厚了，你别看这里雪并不厚，那是因为这里太过寒冷干燥也就不下雪了，但零下30℃的温度足以让冰层很厚的，你们放心吧。”

车窗外是林月汐从未见过的景象，一望无际的湖面除了白色还是白色，就连远处的起伏轮廓也还是白色，想必那是远方的山脉。尽管是深夜时分，天却并不黑沉，因为每一粒白色的结晶都发着自身的光亮，泛着微微的蓝色，天空显得敞亮许多。

车停下了，停在白茫茫的湖面。

“我们到了，我们走到小木屋去，穿上你们能穿上的所有衣服，湖面有风，会比在城市里更冷。”说完砂雨下车去整理他的装备。

林月汐接过柳溢递过来的羽绒长大衣，她把长大衣穿在滑雪服的外面，人也显得更加臃肿起来，感觉到自己已经无法动弹，她嘴里咕噜着：“用得着穿这么多吗？”

当踩着冰雪站在湖面，她才知道什么叫极地的寒冷，同时也被眼前的景致镇住了。

白色，没有边际的白色荒原，一座被涂成红色的小木屋如童话书里描写的那样伫立在白色荒原上，小屋的窗口透着暖色的灯光，屋顶的烟囱里冒着白色的烟雾，一幅美好的画面就在眼前呈现，就像是在等着远归的主人。

林月汐疾步向着小木屋走去，每走一步，她都能明显地感觉到体内的温度在一点点消失，脸如同刀割一般。她下意识地用戴着手套的手去捂住脸，但那是徒劳的，并不厚实的手套显然不足以遮挡严寒并且最先沦陷，手指开始僵硬起来，如同要断掉一样。不到一百步的距离，林月汐感觉是在翻越一座雪山，迫不及待地想冲进小屋。

“汐姐，你先进小木屋取暖，我观察一下极光可能出现的方位。”砂雨拿出手机查看着什么，柳溢也迫不及待地拿出相机拍起照片来。

在外面看起来很漂亮的红色小木屋，等你走进屋里才知道其实非常简单。几把椅子围着角落上一个铁炉子，炉膛里燃烧着劈好的木头，显然火已经不太旺，火苗在灰烬中无力地挣扎。林月汐拾起炉子边架着的木头扔进炉膛，一会儿便蹿出旺旺的火苗，林月汐僵硬的身体开始复苏。

小屋的角落里堆放着一些衣物，想必是给寒冷中的人们准备的，但是否干净就不得而知了。小屋是没有电源的，不大的空间一盏煤油汽灯足以照亮整个房间。炉子上放着一个烧水壶冒着热气，一旁的桌子上还放着一些纸杯，一看就是给游客准备的，倒也感到贴心，只是林月汐没敢喝，因为来之前就听说了在这极地最怕的事是上厕所，原因不言而喻。

“快！汐姐快出来！极光来了！”外面传来砂雨的叫声。林月汐赶紧戴上手套冲了出去……

三、来自星空的你

林月汐在梦里无数次见过北极光，但这一次是真的。

眼前的极光来得毫无预兆，原本还是星空无垠的天际和白茫茫的大地连成一片，突然闪出一抹蓝光、绿光如同舞动的纱幔一般在天地之间跳跃。她们并不坚守固定的姿态，如同害羞的女郎扭着身体，纱幔也就随之飘荡。

莫名地，林月汐竟伸出手想去触摸那远在天边的她，指尖的刺痛让她明白，触摸到的只是寒冷，冰一般的寒冷。

“汐姐，转身！”

转身之间，柳溢和砂雨的相机响起，她终于如愿以偿地和这美丽而又魔幻的北极光融为一体。

不过是几分钟的时间，林月汐便觉得那膨胀起来的满腔热情很快就被零下 40℃的寒冷吸干，林月汐觉得她马上要被冻死。最先感知这种极致寒冷的是只戴着薄手套的指尖，接下来是耳朵、鼻子，划过脸部的风如同刀子般切割着肌肤。

“侧身……转身，手指天空，好！不要动，不要眨眼睛！”林月汐机械地听从着砂雨的指挥，她知道这样的低温下自己坚持不了多久，而砂雨依然沉醉于他的作品，长曝光并围着林月汐补光以获得最佳的照片，他总是希望每一位客人都能有一张和极光融为一体的完美佳作。原来就在刚才林月汐躲在小木屋取暖的时候，砂雨早已架好了相机，通过在手机里查阅专业级别的北极光网站，他知道每晚北极光将要出现的方位、时间以及强度。柳溢也架起相机捕捉着眼前魔幻的北极光，只是天气太冷，每拍一张照片都显得速度有点慢。

林月汐尽可能地摆着各种姿势，以至于她都没有好好看看身后的难得景色。倒是第二天一大早打开砂雨发来的照片时，她才感叹自己如同站在冰雪世界里的公主一般，只是穿得过于臃肿，少了那份优雅和仙气，她有点后悔了，早知道拍出照片这么美她就该脱掉那身臃肿的衣服，哪怕就把外面这层大衣脱掉。

“你知道吗？昨天晚上那场景就像我第一次认识你时那样，你站在学校舞台上，也是穿了一身红色长裙子，一束束光线洒在你的身上，洒在你身后的那层纱幔上，纱幔还飘动着，那一次我就迷上了你，我发誓一定要认识你。”柳溢看着照片感叹着。

“那身后纱幔飘动是因为下一个节目的同学们在布景，所以用了纱幔，还打了灯光，那是我第一次上台报幕，你不知道我当时心里有多紧张，快二十年了吧？你还记得？”林月汐歪着头看着柳溢，脸上露出浅笑。

其实人对忍耐寒冷的时间是有极限的，相机也是如此。几分钟以后他们三个人相继冲进了小木屋。

炉火正旺，砂雨又往炉膛里加了一大块木头，燃烧的炉火映红了他们的脸。砂雨倒了三杯滚烫的水，递给林月汐，林月汐摇了摇头，说了声谢谢。倒是柳溢说话直接：“不敢喝，这房间也没个卫生间，要是尿急了那就完了。”

“溢哥，你是怕到户外撒尿结冰吧？那都是骗你们南方人的，我倒真的试过一次。”砂雨大笑起来，没往下说。

“没结冰？”柳溢还是很好奇地问了一句。

“没有，倒是烟雾腾腾的，因为人有体温。汐姐，你在网上看见过这样的视频吗？就是端着一碗开水往后泼洒，热气雾化成冰，很好看，哪天我们去湖上试一试！”砂雨点到为止马上转开话题。

“好啊！我看见抖音上好多这样的视频，就觉得北方人好浪漫啊，我就想试一试呢！明天我们还来这里吗？这木屋是你的？”林月汐这才想起问问这小木屋的事。

“不是我的，我哪里有这样的资源，这些都是原住民的，因为你们要来，我专门租的。在耶洛奈夫只要和极光旅游相关的资源都是掌控在原住民和缴了资源费的旅游公司手里，这个小木屋是我认识的一个朋友迪纳他们家的，他们是梅提斯人，所以可以做旅游，到了冬天湖上结了冰，他父亲就把这个小木屋拖到冰上，导游可以给钱租用，因为这么寒冷的地方，在户外没一个躲的地方不行。其实老头也挺精明的，学着那些大的旅游公司把小木屋涂上漂亮的颜色，烧上一炉火，再放上一盏汽灯，在冰上这么一搁，红房子窗口亮着灯，屋顶还冒着白烟，这不，本来就是一景儿！所以我的车也不能开得太近，不能留下车轱辘印。”被温暖了的砂雨话也多了起来。

“什么是梅提斯人？原住民吗？”林月汐很好奇。

“梅提斯人算是原住民的一部分，但他们是两百年前法国男人和原住民女人通婚后的后裔，他们的长相和原住民还是不一样，一般人还以为他们就是白人，当然我们还是能从他们的头发眼睛看出区别，他们从来不隐瞒自己并不正统的血统，但他们还是以法国的基因而骄傲。”

“你们先暖和一下，我再出去看看极光还会不会来。”说着砂雨又打开门冲了出去，开门的一瞬间，一股寒气窜了进来，如同打开了冰库的门。

“今晚应该不会有极光了，我们现在去酒店休息，明天晚上再来！”砂雨话一出，林月汐真是巴望着赶紧到酒店去，因为昨晚兴奋得没有睡好，到今天机场两次折腾，再加上这一身厚重的装备，确实感觉有点累了。

砂雨撤掉炉膛里的柴火，熄灭了煤油汽灯，把小木屋锁上，把钥匙放在门框上方，柳溢感叹着说这里人都很朴实。

尽管汽车一直没有熄火，但车内温度远没有小屋里暖和，砂雨无奈地说：“外面气温太低了。”

“没事，从车外上来已经很好了。”柳溢安慰着砂雨。

在冰湖上狂驰一段路程便来到刚才下到湖面的那个斜坡，想必这是夏天拉游艇下湖的车道。路边刚才停着的旅游大巴已经开走了，砂雨说：“这些大巴车开到这里也就停留两小时左右，人只能走到湖面去，如果没有专业的指导，一般游客很难找到最适合拍照的地点。当然不管怎么说，来到这里的游客一般都是三四天的时间，怎么也能遇到极光出现的。”

汽车驶入耶洛奈夫市区，橘黄色的路灯依然照亮着寂静的城市。深夜的市区空旷如野，如同进入灾难现场一样，没有人影，没有过往的车辆，路边树上的雾凇没人触碰，鲜活如花。要不是汽车发动机的轰鸣和碾压雪地发出的咔咔响声，真的会让林月汐感到一丝恐惧。

四、Dragon's Pub

早已过了深夜两点打烊的时间，客人们逐渐离去，店里只剩下三个喝醉的常客还在喋喋不休地说着什么。店里的服务员无奈地看着晓雪，像是在问该怎么办。

“还是老样子，把他们移到露台上，顶上的煤气取暖炉不要关，让他们自己醒酒吧。”筋疲力尽的晓雪吩咐着，“真是没办法，还好催着他们买了单，不然还不知道怎么办呢。”晓雪摇了摇头。

露台原本是酒吧外木制宽大的阳台，面朝浩瀚的大奴湖，晓雪接手这个带餐厅的酒吧以后便把它扩大了一些。对于耶洛奈夫短暂的夏季来讲，这个木台便是酒鬼们聚集的地方，即便进入漫长的冬季，晓雪也会把木台四周用活动的玻璃墙封闭起来，虽并不能抵御零下30多度的严寒，但躲避风雪还是没问题，加上顶部安装了燃气的取暖器，每到晚上那些送不走的酒鬼倒也就有了一个醒酒的地方，不至于醉倒在回家的路上。

晓雪把店门口的灯箱牌子调成“Close”，再环视了一遍店里已经收拾干净的桌椅后放心地锁上门，后院停放的GMC大皮卡车早已发动了好长时间在等待主人的到来。坐上车晓雪叹了口气，没有原因，就觉得叹口气似乎会释放点什么。

汽车驶上正街往家的方向，透过后视镜晓雪看到霓虹灯闪烁着大大的“Dragon's Pub”，还有用繁体中文写着的“龍”字，晓雪不知道该是庆幸还是叹息，但她毕竟在这个寒冷的城市待下来了，这一待就是八年。她还依稀能想起八年前她特别青春的样子，下意识地掰下遮阳板看看镜子里的自己，八年前的样子已经走远，现在的她疲惫不堪。她总是安慰自己，要是总想着从前的自己，那活着就是种种不堪，不如忘记，让生活牵着你的手，闭上眼往前走，直到走投无路……

回到家里晓雪第一件事就是打开所有灯光，像是要给自己一个家的温馨样子。迫不及待地脱下厚重的衣服，释放出凹凸有致的身体，没有一点倦意。

茶几上摆着的相框被台灯洒下的灯光照亮，晓雪伸手拿起来端详着，这是上周她过生日时先生雷子送她的生日礼物。

照片的背景是晓雪最喜欢的紫色北极光，犹如张开双翼的火凤凰一般，前景是晓雪和雷子相拥对视，好不温馨。不过这是一张处理过的照片，雷子知道晓雪喜欢北极光，尤其是紫色的北极光，但每到晚上恰好是晓雪餐厅最忙的时候，而他一年里也有大半的时间行驶在路上。这样一来，对于生活在耶洛奈夫这样的极光之城的他们来讲，能相拥在紫色的极光面前也只是一个梦想而已。于是在晓雪生日前夕，雷子找到好朋友砂雨帮忙，把他们以前的一张照片加在紫色北极光之前。说来也巧，几天前砂雨刚好抓拍到如火凤凰一般张开双翼的照片，剩下的照片处理对于砂雨来讲那就再简单不过了，要是不说还真看不出有什么破绽。

晓雪生在南方城市，偏偏名字又叫晓雪，好多朋友问起你是下雪天生的吧。其实晓雪的生日就是二十四节气里的“小雪”这一天，母亲觉得这两字挺适合女孩子的名字，于是就索性叫了晓雪。晓雪虽然生在南方城市，但从小就向往北方的雪，每到过生日的时候，母亲问她有什么愿望时她总是说：想去看看雪，想堆雪人，想在雪地上打滚。

这不，长大了以后晓雪还真的来到了这白色的世界——耶洛奈夫，这里大半年都是白雪皑皑，晓雪再也没有了小时候对雪的那种向往，因为洁白的雪下面依然藏着肮脏，如同生活总不能如意一样。

晓雪轻吻了一下照片上的火凤凰和照片上的他，随即发现茶几上的电话留言提示灯闪烁着，想必是雷子的留言。她没有急着去听录音，而是要先去洗掉这满身满头的味道，油烟味、咖喱味、洋葱味、辣椒味、胡椒味，整个肌肤和发丝里都散发着世界各地的美食残余味道。她不想带着这种味道去聆听充满爱意的留言。

她和雷子买了一套不大的独立屋，如果放在中国那就是别墅了，两层建筑，外加前后院子，院子大到后面的山坡都是自己的，套内面积1500英尺，按中国的说法也就130平方米左右，但因为没有公摊，车库和很多辅助空间也没有在计算面积以内，所以房间显得特别大。

雷子是开大货车的，就是常常在国外电影里看到的那种开着很长很长的货柜箱的大拖头司机。雷子说要买房就要买独立屋。一是因为耶洛奈夫的房价本来不高；二是因为晓雪的工作性质不适合住公寓，半夜回家稀里哗啦地洗漱会扰到木结构房屋的楼上楼下；第三也是最重要的，那就是小别几日的他们会疯狂地做爱，美式木床的吱嘎声、雷子的喘息、晓雪的娇嗔……

此时，晓雪把水龙头的水调到最温暖最大，让整个热气笼罩着自己，像是蒸桑拿一样，她想在睡觉之前把已经嵌入到皮肤表层的油烟味全部蒸发出去，好让女人的味道重新回来。

记得小时候妈妈总是抱怨说早上上班身上全是煎鸡蛋的味道，因为父亲喜欢吃煎鸡蛋，晓雪也喜欢。每到这时父亲总是说："这味道太好闻了，我喜欢！"晓雪马上接着说："我也喜欢！我每次到学校，邻座的淘气鬼刘磊总是说：哇，你们家今天又吃煎鸡蛋，我妈总是给我吃煮鸡蛋，明天你带来，我们俩换着吃吧？"真是只有自己长大了才知道这种油烟对于女人来讲是多么讨厌。

赤脚踩在温暖的地上，晓雪用手划去梳妆镜上的雾气，晓雪仿佛活过来一样，镜子里的她湿漉漉的头发打着结散落在肩上，皮肤被蒸得白里透着红，就连眼角的细纹都被撑开看不见了，大学毕业时的成熟美又回到眼前。还是那样，杰瑞站在身后把脸凑过来犹如变成一张照片。她忍不住伸手去触摸镜子里的他，没有温暖，只是镜子里的一个幻觉而已，杰瑞早已不在，迪纳也走了，雷子依稀可见，但此时也只是触不可及。

躺在松软的床上，晓雪犹如豌豆公主一般娇弱，白天忙碌一天的工作足以让她松软下来。她打开电话录音，这是她一天最为放松的充满柔情的催眠曲。

“晓雪，回家了吧？我今天已经到了乔治王子城，明天上午卸货，下午可以装到回耶洛奈夫的货物，如果顺利我们想晚上就出发，这样可以节约一天房费，当然是要看装货的时间。你怎么样？晚上几点回家的？明天早上多睡一会儿，不要急着起床，女人要多睡觉，才能保养出好皮肤。我这次在温哥华遇到我的老同学杰克了，他请我到他家里去做客，在家吃了一顿火锅，太好吃了，我说你是南方人也喜欢吃火锅，他便给了我一包火锅底料，我带回来做给你吃。杰克的老婆在代理一款保健品，她给我介绍了一下，我带了产品说明书回来给你看看，觉得好就买！她还说有一种皮肤护理仪挺好的，价格也不高，我给你买了一套，回来我们马上试一试！”本来听着都要睡着的晓雪突然清醒了，她大叫一声：“不要啊！别买，没用的！”喊了才发现这是录音电话，说了没用的，她听完留言赶紧打开手机微信，给雷子在微信里留言，好让他在明天早上一起来就能听到她的声音。

“雷子，别买那些东西，我哪里有时间做皮肤护理啊！你开车要注意，每天记得检查车况，跑长途关键在于车子不要出问题，最好不要走夜路，高速路晚上容易犯迷糊的，犯迷糊容易出车祸……”晓雪的声音越来越迷糊，她太困了，话还没说完手机已经掉在地上，她浑然不知地睡着了。

一夜无梦，睁开眼的林月汐一时间有点蒙，这是在哪里？要不是触摸到身旁的柳溢，她都不知道该从哪边下床。她看了一下手机，已经是上午10点，手机里弹出砂雨发来的笑脸和太阳，接着就是一张昨晚她在大奴湖上的照片。“早上好！上午11点我来酒店接你们。”

林月汐赶紧起床走到窗边拉开一个小缝，一缕阳光洒了进来，外面依然是白茫茫的一片，但跟夜晚相比又有另一种味道。太美的景色，她索性拉开全部窗帘，让阳光照亮整个房间。

柳溢用手遮着眼嘟囔着：“还让不让人睡了？”

“十点了，快起来，砂雨十一点来接我们！”林月汐顾不得柳溢，自己洗漱去了。

昨晚回到酒店已经是半夜三点过。忙碌了一天的他们洗漱完毕倒下便睡了。这不早上起来柳溢才得空仔细打量着酒店的房间。两室一厅，标准的老外旅游的家庭套房。一个大客厅带着一个西式厨房，打开橱柜应有尽有，足够开一个家庭 party。连着走廊有两间卧室，还有家庭洗衣机和干衣机，足够四口之家居住，这倒反让柳溢觉得有点儿浪费了。

“柳溢，赶快洗漱！”林月汐的叫喊让柳溢赶紧走进卫生间。剩下时间就是用来讨论他们该穿什么样的衣服，林月汐拿着手机大声地宣布：“耶洛奈夫气温：零下 33℃！”说完林月汐往窗外看了一眼，金色的阳光洒满白色的大地，似乎丝毫和零下 30℃没有关系。房间里温暖的温度简直无法让他们理解这个数据代表着什么。

无论如何还是要严格遵从极寒地区的旅游指南和多年来人们的经验累积。林月汐百般不情愿地穿上防寒运动服和一件贴身羽绒服。柳溢也没有选择，穿上了林月汐早已准备好的装备，剩下就是每人手里还有一件更加隔风御寒的滑雪服，他们想这样的装备足以抵御户外零下 33℃的严寒了吧？

11 点整，柳溢和林月汐来到酒店大堂时，砂雨已经坐在沙发上等候，约好砂雨今天要带他们去看看街景和白天的大奴湖。

在如此寒冷的气候下，大街上几乎看不见一个人，即便有人也是停好车冲进某个商店或是楼宇的短距离，汽车行进的路上砂雨给柳溢他们聊起了耶洛奈夫的过往。

“溢哥，我告诉你，咱们这西北地区比你们去过的育空更大，有着 117 万平方公里的面积！这面积比你们两个四川省还要多！”砂雨在后视镜看到林月汐睁大眼睛的样子笑了起来，“你们猜猜这里人口有多少呢？

大胆猜！汐姐。”

“10 万人口吧？”林月汐胡乱猜着。

“我的姐啊，这个省人口只有 4 万多人！我们现在这个省府耶洛奈夫还只是在西北地区的南部地区，它的北部都是无人区，再往北连公路都没有了。”听起来仿佛不可思议，林月汐习惯性地打开 Google 地图查看，离开耶洛奈夫往北真是没有了公路。

“不对啊！上次我们从育空一直往北也进入了西北地区，因纽维克这个城市不就是西北地区的吗？”柳溢有点不明白了。

“是的，因纽维克是西北地区最靠近北冰洋的一个城市，但要从陆路到达那里只能经过育空的阿拉斯加大道才能到达。育空和西北地区都是因为当年欧洲人、美国人的淘金热才被发现，后来美国为了让二战物资能送达太平洋战场，所以修建了阿拉斯加大道。当年的育空很繁荣，阿拉斯加大道再往北就延长到了因纽维克，这也是唯一一条通往那里的公路。”说着话汽车开到了湖边，如果不是砂雨提示，这满眼看去白茫茫的一片你都不知道哪里是湖，哪里是陆地。

白天的湖边又是另一番景色，树上、灌木上结满雾凇。这是林月汐第一次看见雾凇，生于南方的她原以为雾凇就是雪，仔细看来其实不是的。这倒想起明代文人张岱携友冬日游西湖初次看到雾凇的感悟：“雾凇沆砀，天与云与山与水，上下一白。”此时的天与地，好一个“上下一白”。

林月汐小心翼翼地触摸着树枝上的雾凇，原以为会像雪一样落地，但雾凇依然是挂在树枝，原来它和树枝早已浑然一体，它是低温下水蒸气的结晶，就如同攀爬在树枝上的白色苔藓，已经成为树枝的另一种形态。

林月汐顾不得零下 30 多摄氏度的低温，她用手机拍摄着这些晶莹剔透的白色精灵，哪怕是一株被压弯了腰的小草都是那样美丽动人，自己犹如进入白色的童话世界一样。

沿着湖边的车道痕迹，柳溢想走上湖面去，湖面没有一丝人踩踏过的痕迹，柳溢有些担心，他停住回头看着砂雨。

“没问题，可以走上去的，放心吧，现在湖面结冰的厚度就是大车开上来都没问题了，冰层很厚的。”砂雨说着跟了上去。是的，看到这样宽大的冰湖谁不想上去撒个欢？

踏上冰湖并不是想象那样会留下几十厘米深的脚印，冰面并不是雪堆成的，它依然是水蒸气的结晶，而脚下几公分下面便是冰冻的湖面，很深很深……

头顶上是耀眼的太阳，耀眼并不意味着温暖。此时的太阳依然是冰冷的，它连焐热你脸的能力也没有，因为它不足以吸走这片大地上的寒气，此时它的功能只有照亮大地，仅此而已。

“怎么没有见到昨天晚上的红色小木屋？”林月汐四下张望着，湖面上除了白色还是白色。

“汐姐啊！大奴湖很大很大，如果有公路，环湖一周便是一千多公里，昨天晚上我们开到离这里几十公里以外的湖面，而现在这里是耶洛奈夫老城的边上，差了好几十公里呢！”砂雨笑着说。

再美好的景色也架不住这冰湖上的寒冷，几分钟以后林月汐已经手指冻得发麻，赶紧回到房间吧！这便是林月汐此时唯一的想法。

汽车驶到一个彩色木制外墙的房子前停下，墙上一个“龍”字特别显眼。

“这是中国人开的吧？龍酒吧？”林月汐好奇地问道。

“对，我们在这里吃午饭吧，有中餐也有西餐，可以自由选择。”砂雨一边说一边停好了车。

拉门进去，一股热气扑面而来，还带着烤面包和炸牛排的味道。“哇，柳溢，你看！”林月汐看到墙上贴满了各种名片、纸条以及纸币，上面不乏我们熟悉的人民币，纸币上还留着名字和寄语。

“砂雨好！”一个脆生生的声音叫着砂雨，林月汐转头看见砂雨正在拥抱一个身材娇小的女人。

“晓雪好！今天我有两位客人，这是柳溢大哥，这是林月汐姐，这是耶洛奈夫最为漂亮的中国餐厅老板娘晓雪。”砂雨极其夸张地介绍着，还好这时餐厅人还不是很多，“哎，对了，你们说不定还是老乡呢！汐姐她们是成都的，你好像也是四川那边的吧？”

“老乡嘛！我是绵阳的，离你们不远的。”晓雪用已经比较生疏的四川话说着，听得出来已经很长时间没有说过四川话了。

趁着林月汐和晓雪聊着的时候，柳溢看着墙上的各种中文留言。“看来现在在耶洛奈夫旅游的人还是蛮多的？”柳溢边看边问着砂雨。

“是的，这几年中国游客比较多，一种是跟旅行团的，香港、广东那边的人还有留学生比较多；另外一种就是像你们这样的成功人士，喜欢选择自由行，相对自由些。”他们俩选了一个靠窗的位置坐下了，柳溢要了一杯热茶，砂雨要了一杯咖啡，林月汐却要了一杯高热量的热巧克力，柳溢瞪了林月汐一眼：“不减肥了？”

“不增加点热量怎么减？”林月汐调侃着。

晓雪亲自端来一筐用餐巾包着的面包，松软还冒着热气，面包做得虽不是特别讲究，但闻着都满是麦香味道。“哦，忘了奶油了，这个奶油可是我们这里自己做的。”说罢转身回到柜台处，柜台上放着一个小盆子，里面装满自制的奶油，晓雪用勺子舀了一大碟端了过来，说了一声，“不够砂雨自己再去舀，你们三位中午吃点啥？”

“你先忙，他们先看看菜单再说。”砂雨不急着点菜，想让林月汐来自己选，而此时的林月汐被墙边柜子里的宝贝吸引住了。

“哇，Shelley 的杯子，好漂亮啊！”林月汐看见柜子里陈列着各种老物件，有桃木烟斗、绿松石项链戒指、银器餐具，还有林月汐喜欢的老骨瓷茶具。

柜子里蓝色图案的斗笠形薄胎骨瓷是英国骨瓷著名品牌“Shelley”的标志性茶具，在19世纪很受欧洲贵族喜爱。因为“Shelley”的产品追求完美极致，骨粉掺入比例高达52%，在烧制过程中极为困难，所以它的生产成本高，也很难批量化和工业化。1966年“Shelley”公司破产了，公司并入到英国联合瓷器公司。在合并之前，“Shelley”公司毁掉了全部生产模具，而留下了一本“Shelley”产品年代画册。于是“Shelley”的产品在收藏市场上很受欢迎。林月汐一直希望收藏一件，可惜总是没有找到，没想到今天在这里倒见到一件她喜欢的“Shelley”茶具。

五、用你的唇来吻我

柳溢从来不去阻挡林月汐的爱好，因为他没有理由去阻挡，他认为女人应该有自己的爱好，如同有些女人就喜欢男人给她们买包一样，哪怕是衣帽间一面架子上已经摆满了各种牌子和款式的包包，依然觉得自己还是少一个最新的款式，而且不限于一种品牌的最新款。女人们见面如同军备竞赛一样，优雅着走进来的第一眼都是看着彼此手里拎着的包，结果大家总是彼此“撞包”。如果某人拎了一个最新款式的包，那自然高人一等，过几日再见面自然又是“撞包”。对于女人们的这点嗜好来讲，大多先生们都不在意的，因为这只是作为分居两地的一点点“补偿”而已。也有少数有心机的女人们会在专卖店发现些蛛丝马迹，全球联网的VIP信息显示某个顶级款式先生名下购买过两个，开始女人也会去问先生，先生很自然地回答：给某某领导送的。女人表面上释怀了，但也是心知肚明，于是更加“善待自己”，有新款必买，和喜不喜欢是两个概念。

林月汐的爱好不在这里，她更喜欢收藏一些旧物件，在她心目中，时尚永无止境，唯有经典永存。

林月汐喜欢英国茶具源自闲暇时疯狂追看英国电视连续剧《唐顿庄园》，她喜欢那些看似已经没落的贵族家庭的生活仪式感，更喜欢那些女士们优雅和精致的下午茶。这也让她想起大学时期自己喜欢的那些书籍《傲慢与偏见》《呼啸山庄》《茶花女》，她羡慕那种优雅和从容。自己虽处在一个前所未有的科技发展时代，但她心里却追崇着那些悠久而精致的东西。

她记得美国学者乔纳森·德瓦尔德在他的著作《欧洲贵族：1400—1800》中写道：“在一个早已拥有汽车、电话、飞机和电梯的世界里，重新进入路易十四和他喜爱的作家们的世界中，倾听他们的讨论，模仿他们的语言，被认为是高级的审美感受。”她深深为此打动。

第一次购买英国老茶具是在加拿大西部一个小镇，柳溢喜欢摄影，这个小镇蛮有欧洲小镇风格，旧城的老街有一个钟塔，柳溢在不同的角度拍摄着。路旁一个小店开着门，林月汐走进去便有点后悔了，橱窗里全是旧货，但碍于两位银发老太太热情地和她打着招呼，她也只好装作喜欢的样子打量着橱柜里的东西。

突然眼睛一亮，一只好精致的茶杯静静地躺在一个与之配套的茶盘里，杯身是翠绿色，杯口内侧爬满玫瑰，细腻的杯胎感觉吹弹可破。

老太太好像看出了林月汐的喜欢，打开橱窗小心地拿出这套杯具，把杯子平放在手上，又拿出橱柜里的一个银质小勺在杯身上一敲，清脆的“铛”

的声音，还带着回音。老太太顺手拿起自己喝水的马克杯用同样的方法敲了一下，声音发闷喑哑。老太太翻过那只杯子底部对林月汐说："这是老瓷器，英国皇家瓷器 AYNSLEY 生产的，这只杯子产于 1930 年前后，可惜只有一只了。"

当时的林月汐并不知道这只杯子的珍贵，只是觉得好看，老太太又那么热情，就买下吧，她问老太太多少钱？老太太当时的报价吓到她了。

"五块加币，给你打个九折吧！"老太太满脸诚意。

林月汐原以为会很贵，毕竟是七十多年前的老物件了，林月汐更没想到老太太还要给她一个折扣，于是她便问老太太："还有更多这样的茶杯吗？"

"当然有！"老太太脸上放着光，又从身后的柜子里拿出另外两套茶具，并指着杯子底部的商标说："PARAGON！最好的皇家骨瓷，1940 年产品。"

等柳溢走进小店，老太太已经给林月汐包裹好这些精美的瓷器，而柳溢在这里又发现了他喜欢的宝贝，一台 20 世纪 30 年代的德国蔡司胶片相机。

从那以后，遇到小镇林月汐总会去找一下卖旧货的小店淘些宝贝，只是这几年收藏英国骨瓷茶具的人越来越多，茶具的价格也是一再升高，要买到一个特别好的骨瓷精品没有几十加币是不可能的。林月汐没想到在耶洛奈夫的龍酒吧还遇到了她喜欢的 Shelley 茶具。

林月汐一边喝着茶一边悄悄地问砂雨："老板的柜子里的那些老物件是摆设还是卖的呢？"

"卖的啊！怎么不卖呢？你喜欢什么？我去给你问。"

"我喜欢柜子里的那套茶具。"林月汐满心欢喜。

晓雪给邻桌上了菜，走过来客气地问林月汐："你们吃点什么呢？"

“我想吃点川菜，有吗？”还没等林月汐说话，柳溢倒急着先说了。

“当然有！”接着晓雪用四川话补了一句，“必须的！不过后厨的大厨不是四川人，我亲自给你炒！你要吃什么菜呢？”

“回锅肉、鱼香肉丝、麻婆豆腐有吗？”柳溢点的全是四川经典名菜。

“回锅肉不行，因为吃的人少，没有煮好的肉，盐煎肉可以吗？其他两个没问题，你们还要什么呢？”

“她们家的鲑鱼排很不错，都是大奴湖里的鲑鱼，汐姐要不要试一下？”砂雨推荐着。

“好啊，我要一个鲑鱼排，你们俩吃川菜。”林月汐每到一个地方都喜欢尝一尝当地的美食，不像柳溢总是离不开川菜。

“晓雪，雷子什么时候回来？我还等他喝酒呢！”

“雷子还有三天就回来了吧，如果今天在温哥华装车顺利，两天就回来了。”晓雪一边写着菜单一边和砂雨聊着。

“三天？两千多公里啊，现在还是冰雪路呢。”柳溢摇着头觉得不可能。

“那大货车是两个人换着开，驾驶室有床可以换着休息，他们几乎是不停车休息的，实在不行才会住汽车旅店的。”还没等晓雪开口，砂雨倒帮着说了，“晓雪，你柜子里那套茶具卖吗？”看见林月汐递给他的眼神，砂雨赶紧问晓雪。

“Shelley 那套？好眼力啊！卖啊！那可是一套珍品，现在很少有这样保存这么好的东西了，我先做菜去，我让人给你取出来看看。”晓雪一边说着，一边往后厨走去。

晓雪去了后厨，前台一位干练漂亮的中年老外忙碌着，空暇时还跟砂雨聊上几句。

“龍酒吧在这里是网红店，来旅游的人都会来这里打卡，你看看这满墙的留言就知道了，这不，北京的、上海的、香港的，对，这里还有四川的，你们认识吗？”砂雨指着墙上订满纸条和各种钱币的留言和他们聊了起来。不过十多分钟的时间，柳溢他们点的菜已经端上了桌子，闻着香极了，引来邻座的老外回头张望。

看见林月汐她们吃完了饭，晓雪让服务员撤走了餐盘，然后用铺上餐巾的餐盘托着那套雪莱的茶具端了上来。

不用细看，精美无比，不愧是骨瓷中的精品，胎薄如纸，用手机的电筒光打上去晶莹剔透的，林月汐高兴地直点头。

“78 块加币，砂雨的客人打九折。”晓雪报上的价格几乎没有留还价的余地，林月汐也知道只要喜欢，价格便只是一个数字了，她点了点头表示成交。

“今天饭菜怎么样？这里点川菜的不是很多，可能做得不太合你们的口味吧？”晓雪问起柳溢来。

“太棒了，尤其是那盐煎肉里的豆瓣和蒜苗，你们这里哪来的蒜苗呢？”柳溢不解，因为加拿大只看见有蒜卖，很少见到蒜苗，即便有蒜苗也是和山东大葱那样粗壮，还没有蒜苗的香味。

“这是我自己在后院的小窝棚里种下的小蒜头，这不，有时还真用得上的。”晓雪有点得意了，没想到今天遇到懂菜品的成都人了。

“哦，对了，汐姐，我也跟着砂雨叫你汐姐吧，这茶具拿回家用水煮一下消消毒，好的东西一定要用起来，不要只是束之高阁。我想你也收藏了不少这样的好茶具吧，每天选一个喜欢的，泡上一壶茶慢慢品味，这才叫生活。我们是忙碌人，无福享受，这本来就是我先生送我的，让我享受生活，但我没有这命，每天累得像狗一样，回家就睡觉了，所以留给喜欢的人吧！”

晓雪的一番话很是让林月汐震惊，是的，不是所有人都能安然地享受生活，他们永远在路上行走着。

看着林月汐若有所思的样子，晓雪笑着说：“记住，一只美丽的杯子对你说：‘用你的唇来吻我！’”

“哇，晓雪你这句话好浪漫！早知道我就买下这只杯子了！”砂雨起身大笑着拥抱了晓雪，权当作是告别礼，随即他们起身离去。

林月汐喃喃地重复着那句话：“用你的唇来吻我……”

六、梅提斯人

自古以来，世界上就没有一个金字塔真正是用金子做的。被誉为金字塔是因为它的形状像金字，也因为它的意义比金子更加重要，它们要么留下几千年前的未解之谜让世人感叹，要么坚守着一份记忆守候着一段历史。耶洛奈夫的“金字塔”也是如此。

离开晓雪的龍酒吧不远就来到一块高地，拾阶而上，抬头就能看见一个纪念塔，偏北的阳光洒在塔尖犹如一座小金字塔。本不太高的这块台地，林月汐停下休息好几次才登上来，实在是因为湖上无遮无拦的寒风太过强劲。

这个纪念塔是为了纪念首批开着飞机来到这里的探险者们，当时这片大地还是不为人知的荒漠。那时梅提斯人把法国人的基因混入了自己的血统里，尽管对于原住民来讲他们是“侵略者”。但这批坠落的飞行员依然是这片土地上的勇者，正是他们发现了这里有金矿，也是他们给这里带来了第一批淘金者，从此耶洛奈夫开启了工业文明时代。

人类社会的进步总是要有代价的。为了纪念他们，人们选择了这块高地，让金字塔面朝大奴湖，无论是逝者还是来到这里的游客都可以鸟瞰耶洛奈夫的老城区和远处星星点点的大小岛屿。而此时，林月汐看到的只是白茫茫的一片，何为湖，何为陆地，已经不重要了。

站在高处，林月汐的红色羽绒大衣依然会被大风撩起，她一手捂住脸，避免如刀割一样的寒风伤害到皮肤；一手拉扯着被风刮起的大衣，保护着残存不多的体温，她知道在这样的严寒之中，她的户外极限时间不过是十多分钟。已经没有太多的兴致掏出手机拍照，指尖如同要断掉一样，全副武装的她只露出一双眼睛吸收着眼前的景色。

在冬季，地处高纬度的耶洛奈夫夜总比白天来得长些，来到这里的游客必须习惯夜晚的生活。北极光也总是在半夜才来光顾这片荒原，游客们大多是在后半夜才能回到酒店休息，所以上午的时光属于睡眠时间。直到林月汐她们即将离开纪念塔时，旅行社的大巴这才拉着游客们开始登上飞行纪念塔，这也是耶洛奈夫旅游必到的打卡地。

离开金字塔，他们来到耶洛奈夫的老城区。老城区不大，最为著名的当属一条叫作“Ragged Ass Road”的街道，中文翻译过来很难听，叫“烂屁股街”，砂雨说因为原住民太喜欢喝酒，到了晚上喝得酩酊大醉后自然就不讲究。于是后来有人随意在这里钉了一个牌子“Ragged Ass Road”。政府居然还认可了，于是这条街倒也因此而出名了，来这里旅游的人少不了要到这里来看看，虽看不到烂裤子的醉汉，一家家卖旅游商品的商店倒是有不少和原住民有关的纪念品。

耶洛奈夫的晚上来得比别的地方早些，到了晚饭时间，砂雨像是变戏法似的从大塑料箱子里拿出了瓦斯炉、火锅底料、牛肉片、午餐肉、啤酒、饮料，还有不同品种的蔬菜和配料，酒店房间的小圆桌瞬间成了他们的餐桌。一会儿的工夫，房间里便升腾起辛辣的味道，就连过道里都闻得到。

在这样的地方，这火锅味道就已经算是再美味不过了，丝毫没有感觉到地域的差别。啤酒就着火辣辣的美味，舌尖的味蕾已经失去辨别的功能，胃部的畅快表象在大汗淋漓的脸上，大脑皮层也被激活飞快地运转着，林月汐希望知道更多关于那个四川女子晓雪的故事。

“来，这瓶干了！”柳溢被辣着并畅快着，和砂雨频频碰杯。

“你们别喝多了，晚上还有大任务呢！”林月汐提醒着他们。

“放心吧，汐姐，在黄刀没有不喝酒的男人，更没有因为喝酒误事的导游，下半夜一定让你们看到极光，你放心吧！”

“砂雨，那就讲讲晓雪吧，她怎么会一个人在这样的地方生活呢？在我看来这简直不可思议。”林月汐有点迫不及待了。

借着这热腾腾的火锅和微醺的酒劲儿，砂雨讲起了晓雪的故事。

晓雪原本只是这个城市的一个过客，如同林月汐一样。八年前她跟着相爱的大学同学丁勇一起来到这里追逐北极光，最后他走了，而晓雪却留下了。

也是这样的寒冷冬季，晓雪和加拿大的许多留学生一样，一直神往那神秘的北极光。她给同居的男友丁勇说：“杰瑞，我们一起去耶洛奈夫吧！也许明年毕业后就要回国了，不知道以后还有没有时间来看北极光。”

“好啊，马上订机票去，就当这是我送你的毕业礼物，我还要送给你一个小惊喜！”丁勇没有丝毫犹豫。

丁勇的父母是北方一个城市的领导干部，尽管他们同居两年了，丁勇始终对父母的情况守口如瓶，即便是要电话和视频连线也都是避开晓雪的。晓雪理解并接受，因为在大学期间就同居不是所有家长都接受的，她也同样隐瞒了家里人。丁勇不喜欢自己的名字，感觉中国有几万个叫丁勇的，到加拿大上大学后，他便给自己取了英文名字叫杰瑞·丁。

晓雪的父亲是一个二本大学的教师，母亲则是一个企业的管理人员。父母生她很晚，算是中年得女吧，所以对她犹如捧在手心的珍宝一般。父亲希望她去国外受到更好的教育，但母亲却总想把她留在身边。一番争执后还是二比一让晓雪如愿地考到了加拿大的西蒙菲莎大学。

在学校里，两个大学生相爱了，南方女孩喜欢北方男孩的高大魁梧，北方男孩喜欢南方女孩的娇小柔弱。几乎没有什么太多的追逐便彼此热恋上了。

同居打平伙过日子也算是留学生的一种常态，只是国内父母大多不知而已。从开始的“你负责貌美如花，我负责征战天下”，到后来的“我负责洗洗刷刷，你负责游戏天下”，晓雪和杰瑞还没有来得及体验更多的甜美恋爱，便进入到生活的平庸期。好在他们能及时调整这种状态，每当晓雪陷入迷茫的时候，杰瑞总是给她一些小惊喜。小型 party 的恩爱秀总会给疲惫的晓雪注入爱的甜蜜，一个 Tiffany&Co 的项链也能让晓雪在同学面前显摆很久。就这样，也算是恩恩爱爱、磕磕绊绊地走到了这片他们向往的神圣之地。

正在这时，砂雨话题一变：“走，我们该出发了！”

“别啊！还没讲晓雪和丁勇他们发生了什么呢！”林月汐有点迫不及待。

“你怎么这么关心人家的那些事呢？搞得自己像是作家一样，你以为这是出来采风啊？”柳溢打断他们的讨论，他更急于去追逐极光，这是他们千里迢迢来到这里的目的。

“对，干我们的事儿去，我们今天会走很远，要开到离这里七十公里的地方，在极光网站上显示那个方位有极光大爆发。”砂雨一边收拾东西下楼，一边又说起了林月汐好奇的事，“其实他们后来发生什么我也是慢慢才知道的，明天有空你也可以和她聊聊去，别说，晓雪真是一个有故事的女人，尤其是和迪纳那段婚姻生活。”

“迪纳？迪纳是谁？老外吗？你说晓雪还和老外结了婚？”林月汐的好奇神经又被挑起，她接着追问起来。

“先上车吧，我们开车要两个钟头到达目的地，去晚了就看不见北极光了。”砂雨往车里装着吃火锅的家什，柳溢帮着忙。

想再问点什么的林月汐刚一张口就被灌进一阵寒风，她赶紧闭上嘴，跳上车坐稳了，她知道还有大把的时间来问这些事。

汽车朝着西北方向行驶，很快出了城，公路上已经没有了路灯，一路上也没有车辆相对而过，想必在这样寒冷的夜晚只有追光者才会出来吧。

“我们这是去极光村吗？”柳溢貌似很懂地问道。

“极光村是在离市区二十多公里的荒郊建的一座座尖顶小屋，里面有取暖的火炉，在外面看起来很漂亮，但光污染太厉害了，拍极光最怕的就是光亮，它会影响你拍摄，旅游团一般都去那里，我们不去，我是在这个专业网站上查看每天极光爆发的指数和方位，我们到没有光源的地方去追光。”砂雨指了一下手机，他总是一边开车，一边看着手机。

“黄刀这里的旅游设施大多是被这里的几大原住民家族掌控着，政府也不太管得住，政府不仅不管，每年还要给每个原住民发钱，算是对原住民的一种补偿吧。所以原住民的几大家族互相制约，各自经营着自己的生意，一般开旅行社的都必须要把客人放到他们那里，不然你就别想好好做生意了。他们主要是掌控资源，比如我们要看冰钓，那就必须要到他们的地盘上去，他们把资源发给原住民或是当地旅游公司做，赚了钱给他上缴就是。”砂雨对这里的情况了如指掌。

“那不和我们国内那些黑恶势力一样了吗？”柳溢觉得不可思议。

“也可以这样说吧，但他们是公开的，政府对原住民是很宽松的，因为毕竟加拿大就是人家原住民的，后来法国人来了，带来了枪炮把原住民镇压了，后来英国人又来了，还把法国人打垮了，就在魁北克那边的战场，后来加拿大便成了英国的领地了。加拿大的历史也是蛮有意思的，我也是开始做导游才认真地学习起来的。”

“那晓雪她们的店也要受这些原住民势力威胁吗？”林月汐突然想起晓雪的龍酒吧。

“你是美国电影看多了吧？”柳溢笑了起来。

“你还别说，还真的要被管制的，要不然她怎么可能拿到酒牌呢？你们是知道的，加拿大餐厅就是餐厅，没有特别的批准是不能卖酒的，所以晓雪要拿到酒牌就要交保护费，另外门前那点院子啊露台啊都是要交三包费的。”

“三包费？门前三包？和中国一样？”林月汐觉得大跌眼镜。

“类似中国的门前三包吧，它是包铲雪、清洁、适当的社会治安，也就是给他们缴了费，其他原住民就不敢在你门前捣乱了。汐姐，我告诉你，管这个门前三包的还是一个年轻的女孩子，按中国话讲就是黄刀的丐帮帮主，二十多岁，是梅提斯人，还很漂亮，打架喝酒都是一把好手，要不怎么能当上帮主呢？”砂雨语气里充满着崇拜的口气。

“什么是梅提斯人？”林月汐总是听到砂雨提到梅提斯人，忍不住问了出来。

“梅提斯人就是土著人和法国人的混血，几百年前法国人来了以后很难适应这里恶劣的气候条件。法国男人必须和原住民的女人通婚，这样才能让自己的后代强大起来。于是他们称自己是梅提斯人，他们的样子也发生了变化，除了具有法国人的外貌，也具有法国人的浪漫，还具有土著人的野蛮豪爽。几百年过去了，对于你们来讲几乎看不出梅提斯人和从欧洲来的北美人有什么不一样，但我们还是能看出来，头发、眼睛都还是有区别的。”

“对，几年前我们俩自驾去了西北最北部的城市因纽维克，当天晚上就吓到我们了，那天到了已是半夜，那时是夏季，进入极昼日子，整个小镇透亮但没有一个人，我们开车找酒店，突然前面一个大蒙古包，吓我一跳，哎呀，怎么到了蒙古了？门口地上还坐着三个人，大脸盘、宽鼻梁、黑头发、矮个子，简直就是亚洲人，到了酒店你汐姐就赶紧查阅资料，还真是对了，因纽特人是在一万年前从东亚通过白令海峡迁徙到北美，这批人就是蒙古人，太不得了，第二天上午我们走到商店看到全是亚洲面孔啊！感觉像遇到亲人一样的。”柳溢讲起几年前去到因纽维克的遭遇简直是让他们颠覆了对北美的看法。

“迪纳也是梅提斯人吧？”林月汐突然问道。

七、晓雪

夜晚的耶洛奈夫沉浸在白色的极寒世界里，没有人的街道只有商店的霓虹灯呼应着路灯的孤独，整个城市仿佛进入冬眠一般。即便天边偶有北极光闪烁，对于这个城市的人来讲那就如同月圆月缺一样平常，没有人会为它追逐千里之外。

龍酒吧的停车场停着一排排皮卡车，屋外无声的夜晚让人怀疑此时酒吧是否还开着。当推开门的一瞬间，一股“热浪”扑面而来，酒吧里震耳欲聋地放着加拿大歌手 Tom Cochrane 著名的专辑《Ragged Ass Road》。音乐声、梅提斯人粗放的叫骂声、酒杯碰撞声，仿佛把人带进了 20 世纪 60 年代美国 66 号公路的某个摇滚酒吧。

中午放满面包和奶油的吧台上取而代之的是一只只空酒杯和拍打着台面的粗糙的手。

晓雪平静地微笑着和这些已经微醺的男人们说着什么，不时会端起酒杯和他们喝上一小口。她早已习惯了这种生活状态，要在这里生存就要把自己变成他们一样的人，学会他们的语言，学会他们的生活习惯。八年的时间，晓雪用女人的方式做到了。她留下了，如果说八年前她是为了等待，再后来就是为了生存，现在她是为了守护一个她想要的家，尽管她和雷子总是离多聚少。她现在的丈夫雷子是开大拖头车的司机，一年总有大半年的时间在路上，而她的夜晚也总是在酒吧里。她也曾想要个孩子，她已经到了必须要生孩子的年龄了，她不想像她妈妈那样，四十多岁才生下她，每到开家长会的时候，她都不好意思大声叫出“妈妈”。

晓雪想着什么，脸上漫不经心地流露着淡淡的微笑应付着这些酒鬼，因为这就是生活，酒吧就是为这些酒鬼们开的。他们并不富裕但从不缺酒钱，联邦政府对原住民有着很多优惠政策。

从 15 世纪开始，法国人来了，西班牙人来了，英国人来了，原住民也曾抵御，但终究是抵不过欧洲人的枪炮，于是不再反抗，甚至互相通婚，和平共处。这些混血的孩子不再是宽大的脸庞、粗壮的矮个头，他们也有着欧洲人的高鼻梁、高个子和卷发。在 20 世纪初的淘金热时期，又有了更多的欧洲血统混入其中，迪纳的家族就是其中之一。

推门而入的人总是带来一股寒气，一个瘦高的男子跌跌撞撞地走了进来，手里一手拎着一个啤酒瓶，一手拎着一个原住民常用的粗布袋子。

“迪纳，你终于来了，快来喝酒！”吧台前的男人们大声地喊着，还一起拍起了桌子表示欢迎。

迪纳径直走到柜台后面拥抱了晓雪，晓雪报以微笑拍了拍他的肩。桌前的男人们似乎不太过瘾地拍着桌子高喊着：“雪！雪！迪纳！迪纳！”

迪纳打开袋子，里面是一条七八磅重的红鲑鱼，冻得像一条巨大的面包条一样。他伸手递给晓雪，因为太重，晓雪不得不两手接住。

“今天冰钓了？”晓雪大声问道。

“是的，今天有一个从中国来的旅行团去看冰钓，我就给你带了一条最大的过来，其他的给老板了。”男人们拍着桌子欢呼着，不是因为这条鱼，而是羡慕他们之间的默契。

面对大家的欢呼声，晓雪笑而不语，叫来后厨的中国小伙子低语几句，然后打开一瓶啤酒放在迪纳面前，示意他喝酒。即便两人已经离婚，但晓雪依然感恩迪纳，因为在她最困难的时候，迪纳给了她一个坚实的肩膀。

迪纳大声地讲起今天冰钓的事，其实他就是想让晓雪听到，晓雪明白她的意思，一边整理着一天的账本，一边听迪纳和那些男人们聊着，并有意地把音乐放小声了些。

“今天来的旅行团全是来自中国的，起钓时我慢慢地拉着渔网，让他们拍照，最后鱼太大了，就刚才那条大红鱼，卡在洞口，我只好伸手下去把卡着的鱼拖上来，结果身后一个小女人给她男朋友说：‘你看他都不怕冷，把手都伸到冰水里了。’那个男人说：‘他们是土著人，他们不怕冷的。’他们不知道我能听懂一些中国话，我转过身用中国话对他们说：‘我不是土著人，我是梅提斯人！’我瞪了他们一眼，那个女人吓得退了好远，那个小伙子用手护着她，以为我要打他们似的！”说起他整蛊人的事，大家都开心地大笑起来。

“迪纳，你没告诉他们你也娶了个中国女人做老婆？”大家起着哄。

“说了，我直接用中国话说：‘我老婆是中国人，和你们一样，比她还要漂亮！’小伙子使劲点头说：‘对不起，对不起！’”迪纳很得意地说着。

“你小子还好意思说雪是你老婆？雪，你答应吗？”大家笑着看向晓雪。

“就让他过一下嘴瘾吧，反正人家也不认识他，也不认识我。”晓雪总是给迪纳留够面子，她知道这里的男人都很注重自己的脸面，所以她从来不提起那些年迪纳伤了她的那些事，她想过去了的事就让它过去吧，毕竟迪纳是在最困难的时候帮助过她的人。

“不，我告诉他们了，你们没去过龍酒吧就等于没有来过耶洛奈夫，导游说明天要带他们来这里的，我告诉他们晓雪很漂亮！”迪纳说起晓雪依然是满心喜欢。

迪纳的家族掌管着耶洛奈夫冰上项目的生意，有冰钓，有狗拉雪橇，还有冰上摩托等项目，一旦有旅行社报名这些项目，家族的管理者就会分给不同的家庭来做，倒也公平。

迪纳是一名技术员，在离耶洛奈夫两百多公里的戴维克钻石矿上工作。戴维克钻石矿位于永远冰冻着的草湖中央的一个岛上，这个矿在耶洛奈夫的东北部，没有公路可以到达，矿工们进出都是坐飞机。这里的矿工每天工作 12 个小时，连续工作两周后再坐飞机回到耶洛奈夫休息两周，两周后又飞进去工作。每个离开矿上的工人都要接受搜身检查，以免私自夹带钻石出去。

矿工工资都很高，所以迪纳不缺钱，但他只要是在耶洛奈夫的家里休假时也总是要帮着家里干些其他的活儿，就像冰钓一样，要是有客人预约，他会在头天晚上就去冰湖凿开洞口，放下渔网。等到第二天早上旅行社的客人来了再去拉上网来。他喜欢看着大家吃惊的样子，如同魔术师表演魔术一样，尽管对他来讲这是习以为常的事，但仪式感还是需要的，他也会装作很开心的样子，然后把鱼递给那些想拍照留念的游客。不到一小时任务也就完成了，带上胜利品到冰湖上的小木屋，旅行社就会用奶油熬上刚钓起来的鱼，每人一碗热腾腾的鱼汤加上几块炸鱼块，这就算是完成了冰钓。每次他都会带上最大的一条鱼去到晓雪那里，当作一个老朋友送来的礼物，当然如果雷子在的时候，他是不会来的。

他不明白为什么晓雪和他离婚后又找了另一个不着家的男人，还是一个不能给她太多帮助的中国男人。他不太喜欢雷子，他觉得雷子不能给到晓雪一个安定的生活，如同他一样。

他想起晓雪和雷子结婚时的场景，他喝了酒，喝了很多很多，他拉着雷子的手说："你要对晓雪好！不然我不会放过你的！"

"我不会像你那样伤害晓雪的！我告诉你：以后离晓雪远一点！"雷子甩开迪纳的手同样恶狠狠地说。

那晚，晓雪搂着雷子，把他推开，生怕他们俩打起来。他知道不能再伤害晓雪了，他希望晓雪能好起来。

从那以后，他依然关心着晓雪，他想弥补以前犯过的不可弥补的错，只要是雷子出远门拉货去了，他总会晚上到酒吧坐一会儿。他依恋这里晓雪呼吸的味道。

面对大家的嘲讽，他会大咧咧地喝酒，但只要是谁敢伤害晓雪，他就会毫不犹豫地扑上去。

晓雪没有理由不让他来，要不是他，晓雪的酒吧将不复存在，晓雪也不可能在这里立足，更无法取得公民的身份。只要他来到这里，晓雪总是默默地给他递上酒，而且从来不收他的钱。开始他还生气地一定要付钱，晓雪说：你不是以前就存在这里很多钱了吗？足够你喝一辈子的了。

这句话一下子像是击打到他的心里了，他后悔伤到了她，不单单是身体，而是伤到她的心。而晓雪的这句话也让他感到晓雪从来没有把他当作外人，即便是离婚以后他们也犹如亲人一样。从那以后他喜欢到这里坐一会儿，体会那种不是爱人但依然彼此关爱的感觉，他喜欢被他的酒友们开玩笑的样子，喜欢被他们羡慕的样子。

当雷子在家的时候，他会到别的酒吧去喝酒，喝得酩酊大醉，但在晓雪这里他不会喝太多，倒不是因为晓雪不收他钱的原因，是害怕喝得太多醉了以后又伤到晓雪，他永远不会原谅那晚发生的事情，因为那次酒醉他失手打了晓雪，最后他失去的不单单是晓雪，还有他们的孩子和婚姻。

八、无功而返

在毫无边际的白色世界里行驶，路是白色的，树也是白色的，杂乱生长着的灌木也是白色的，要不是路边有白色的树垛做参照，车怕是找不到前进的方向吧。视觉缺乏了参照物，人很快就迷糊了，刚才还惦记着迪纳和晓雪的事，这会儿，林月汐已经闭上眼睛打起瞌睡，要不是脑袋毫无支撑地摇摆着，林月汐一定会睡得很沉很沉。

林月汐做梦了，她梦见参加一场婚礼。那是在白色的冰湖上，架在冰上的炉火燃着熊熊大火，火星四溅，像是要跳起来点燃天际似的。新娘穿着白色婚纱，蕾丝的头饰遮盖着黑色的头发，手里捧着白色的玫瑰，如白雪公主般站在白色的冰湖之上。林月汐从来没有看见这么美的婚礼场面，她自己也像仙女一般轻柔地转着圈，像是要飞到天上一般。她始终没有看到新娘的脸，但她知道那一定是晓雪。

她旋转着四处张望，唯独没有看见新郎在哪里。她问身边的砂雨：“新郎呢？怎么不见新郎呢？”

砂雨说新郎在等待紫色的极光，这是他们之间的约定，只有紫色的北极光才能给他们带来祝福。

冰湖上响起了《小步舞曲》，管风琴、小提琴、大提琴还有长笛，欢快的舞曲在冰湖上缥缈着，像是17世纪的欧洲宫廷舞曲穿越时空姗姗来迟一般。梅提斯人男女相对而立，跳起了原本就来自法国家乡的乡村舞蹈布朗尔，当这首《小步舞曲》风靡欧洲王室时，他们的父辈则来到了这北美的极寒地区。

这舞蹈不需要固定舞伴，随着音乐，舞者跳动着交换舞伴。晓雪欢快地踏着舞步，不断地旋转着身体，不断地交换着舞伴，她微笑着的眼睛却在焦灼地寻找，寻找她的新郎。

“Wawatay,Wawatay！Aurora borealis,Aurora borealis…”音乐戛然而止，人们对着夜空喊叫着。

天上出现紫色的北极光，如纱幔般缥缈在天际。林月汐屏住呼吸，她似乎听到了好多口哨声，或许更像是脚步踏在冰上的声音，一个高大的身影在欢呼声中穿过人群朝着她走来，不，是朝着新娘走去，林月汐睁大眼睛也看不清那个人的脸，即便是他越走越近，脸却始终模糊……

汽车的匀速运动总会让人昏昏入睡，但汽车的一个小小颠簸也足以让人立马惊醒。砂雨正减速想要把汽车驶上冰湖，一下子把正打盹儿的柳溢和林月汐惊醒。林月汐有点不甘心，因为始终没有看清新郎的脸，后来一想，对啊！我没见过雷子，也没有见过迪纳，那模糊的脸也是再正常不过了。

“我们这是又要上到湖面？”柳溢看见汽车下了一个坡坎后前面是一片平整的雪原。

“是的，我们要在这个冰湖上等极光的到来，前面不远的湖边有几艘大船，那里是取景的好地方，只要极光出来，那船，那星空，那飘着的极光，拍出来的都是大片啊！”砂雨对耶洛奈夫的极光拍摄地了如指掌，难怪今天要开车70多公里来到大奴湖的东北角取景。

冰湖上看似宁静，即便是在这个月缺的夜晚，湖面也并不黑暗，那是因为每一片雪花的结晶都在发着光，尽管它们是那么细微，细微到只有当你捧起一大把雪花才能看到这一粒粒闪着光的晶体，它已经没有了雪花的形态，它更像一粒盐或者是一粒白糖，不同的是它有着光亮。

没有边际的雪原让夜晚不再黑暗，你能看见远处同样白色的山体的轮廓，也能看见湖边的白色灌木，想必到了短暂的夏季，那又是另一种景色。蓝色的湖水依稀见底，五月的野花犹如紫色的地毯铺满大地，稀疏的针叶林夹杂着更加坚韧矮小的乔木，用它们短暂的绿叶吸收着阳光雨露，哪怕是往上挣扎着长高一厘米也是为了在来日的冰雪里更加坚强地活着。

林月汐闭上眼想着这片大地上短暂夏季的景象，夏日她一定会再来一次，看看大奴湖的另一种景色，还有触手可及的满天星斗。

汽车在靠近湖边的冰面停下，夜色中可以看见前方有几艘船的轮廓，白色的船体，船头略微翘起，像是被湖面凝结的冰推高起来的，船上的桅杆直指夜空。

砂雨把汽车熄火并关掉车灯，眼前的场景应该是让人恐惧的，船体看得出来是被新刷过油漆，但高大的木制桅杆和古老的船型倒更像是一艘停泊已久的老船。冰面太过宁静，宁静到你觉得这种场景太不真实，没有一个有生命的东西，哪怕是一只北极小狼、一只雪山苍鹰。时光如同静止，静止到梦幻之中。

砂雨打开门下去了，柳溢也拉开车门要下车，林月汐一把拉住他说：“别下去！”

柳溢看着她："怎么啦？"

"我们开了70多公里，没见到一辆车一个人，你再看这船？跟海盗船一样，里面有人吗？好像很恐怖的样子。"林月汐真的有点害怕了。

"这是黄刀，这个地方要不是追光的人，谁来这荒郊野岭？等你撞到这里来？强盗怕早就冷死了！要抢人还不如在黄刀市的街上还方便些，犯得着开个车到这冰湖上？"柳溢径直下车去了。

"也是的，这么冷，要我是强盗也会待在家里的。"林月汐自言自语着。

砂雨在车下点了一支烟，抽了几口赶紧灭了，估计是手冻得不行了。戴上手套的他把相机架在船的前面，然后给车上的林月汐挥着手让她下车拍照。林月汐拉开车门时已经觉得受不了了，风像是刀子一样，往衣服里钻，最无法躲避的还是手和脸，尽管脸上已经只是露出了眼睛。

她艰难地往船边走去，没有参照物的白色世界里，仿佛看不见一丝风吹过的痕迹，只有当你行走在湖面时，才能感受到那风直接扑向你的身体，因为你是阻挡它掠过的障碍物，就如同已寂寞多时的它，用它的方式亲近你，让你领略什么是耶洛奈夫的冬季寒风。

匆匆拍了几张照片，林月汐决定回到车上，这是湖面上唯一能够躲避的地方。其实不但是她，就连砂雨和柳溢也都迫不及待地回到车上。仅仅10分钟的时间，车里的温度已经被车外的寒气吸尽，砂雨赶紧发动车，把气温调到最高。

"我们还得等，现在显示极光还没有，极光指数没有我们出发前高，但还是应该有的，我们先休息一会儿，相机也要升一下温，不然电池一会儿就没了。"砂雨安慰着柳溢，他知道每一个追光者最希望的是能邂逅极光。

"这场景有点像那部法国电影《在西伯利亚森林中》，记得吗？林月汐，我们在飞机上看的。"柳溢问到林月汐。

“是的，我刚才就在想这个场景很像那部电影，只是一下想不起来叫什么了。砂雨，你看过吗？”

“没有，电影讲的什么？说说，反正还要等极光。”砂雨问道。

《在西伯利亚森林中》是一部根据法国探险家西尔万·泰松的真实经历改编的电影，讲述了一个法国媒体人特迪厌倦了都市的生活，他决定辞职，在最寒冷的冬季来到俄罗斯西伯利亚贝加尔湖，在湖边买了一座小木屋。那里远离城市，就是要到城市也要五天的时间。

那里没有手机信号，也没有座机电话，他要在这寒冷漫长的冬季独自一个人生活。开始时他保持着浪漫的法国特质，在冰湖上滑冰，在冰湖上欣赏贝加尔湖炫美的风光。

但恶劣的天气、枯燥的生活让他不再浪漫，他要忍受极度的严寒，甚至无法出门取烧炉子的柴火。他必须要出去打猎，但枪法并不熟练的他是无法击中猎物的，后来他遇到了一个神秘的猎人阿列克谢，他教特迪打猎，在暴风雪中他救了迷路的特迪，他们开始成为彼此孤独中的朋友。

阿列克谢在12年前因为酒后杀死了自己的同事，于是抛弃家庭来到森林里隐居。12年的与世隔绝，猎人对外面的事情充满好奇，一个夜晚，他们一边喝酒一边谈起外面的世界，这一切对于阿列克谢都是那样新奇。

“俄罗斯现在谁是总统？”

“普京。”

“噢，天啊！还是他……美国谁当总统？”

“奥巴马，他们选了一个黑人总统。”

“黑人？敬美国！”

两人就这样一起度过漫长的冬季，但因为长期的野外生活和没有充足的食物，阿列克谢病倒了，而且非常严重。特迪决定去给阿列克谢买药，但往返必须要用上五天的时间。

出发这天，特迪向远方走去，走上山冈，走向湖边，从不轻易流露情感的阿列克谢站在山上大声地喊着：“特迪！”

“阿列克谢！”特迪停下脚步回应着。

“特迪！”

“阿列克谢！”

这种呼喊声始终回荡在山峰之间，而这也是他们彼此最后的对话。五天后特迪买到药回到小木屋，没有了阿列克谢，他独自死在自己的窝棚里。

特迪没有将阿列克谢掩埋在山冈，他费劲地凿开湖面，把阿列克谢沉入清澈的湖水之中，也许那是回家的路……

“这是一个伤感的故事，也是我们在来加拿大的飞机上看到的电影，这眼前荒芜的冰湖总让我想起这部电影。只是电影里的湖面是蓝冰色，不像这样覆盖着一层雪。”柳溢依然沉浸在电影的画面之中。

“是的，现在的湖面覆盖着一层雪，再等一段时间政府就会在湖上推开一条道，下面就是蓝冰了，很是好看。”

“现在不是可以行车吗？政府还要开什么路呢？”柳溢不解地问道。

“我们现在叫私自上冰湖，当然也是合法的，但政府要开出一条冰上公路那是为了往矿上运输物资，要上六十吨重的大货车，这就要求冰层达到一米二厚，现在的冰层厚度是不够的，等到下个月就可以了，我们今天在湖上的时候就有政府的路政人员在探测冰层厚度。”

“为什么要走湖冰上的路呢？公路不行吗？”这是柳溢感兴趣的话题。

“在我们东北方向有一个钻石矿，你可别小看这个钻石矿，它可是世界排名前十的著名钻石矿，这个矿没有公路到达，只能在最冷的季节，用十周的时间把这个矿上一年需要的物资运上去，晓雪的丈夫雷子就是开这条道的大车司机，在冰湖大道没有开启的时候，他便往返于耶洛奈夫到其他地方运货，估计下月就开始跑这条路了。”

九、冰钓偶遇

不是每一次守候都能邂逅极光，这就是北极光让人流连忘返的迷人之处，也许几天的等候都会让你失望，但你依然会去守候。

回去的路上没有太多对话，与其说是大家都因为没有见到极光而沮丧，倒不如说长时间雪原上行驶比较容易让人疲倦。上车没有多久，柳溢便发出轻微的鼾声，林月汐眼前时而清晰，时而模糊。她回味着刚才三人的对话，知道不可能再回到先前的梦里，回到那个神秘的婚礼上，她心里积攒了太多的好奇。

就在刚才等极光的时候，趁着砂雨在车下观看星象的时候，她给柳溢说起来时车上做的梦，说到晓雪的婚礼，说到大家跳起《小舞步曲》，还没讲完就被柳溢打断了。

“你上学的时候没学过鲁迅的《听说梦》这篇文章？鲁迅说：‘做梦，是自由的，说梦，就不自由。做梦，是做真梦的，说梦，就难免说谎。’所以，你做梦是自由的，因为你心里总惦记着晓雪的那点事，但梦里大多是荒唐的，因为你无法还原别人的生活，于是走了样的梦又让你更加好奇，你这就进入一条死胡同，有一句话怎么说来的？对，‘好奇害死猫’！你就是这只猫，别再给我说你的梦了！”说完大笑起来，躲开林月汐挥起的拳头。

“大哥大姐，这是遇到什么开心的事儿了？”砂雨上车正好看着他们俩在开心地闹腾着。

“砂雨，您能安排一下我们再去那个龍吃顿饭或是喝杯咖啡吗？最好是人少的时候，咱林月汐啊她喜欢那个地方了。”柳溢一边笑一边说着。

“咱姐怕不是喜欢那里的吃喝吧？是喜欢晓雪这个人了，不对，是好奇她的生活状态，好奇她和那三个男人之间的关系吧？”砂雨心领神会地调侃着，他们俩好像是看穿了林月汐的内心一样。

“什么？三个男人的故事？不是两个吗？迪纳和雷子，哪里有第三个？不会是你吧？”林月汐更加好奇了。

“怎么会是我呢？那当然是带她来到这里的那个男人了。你不要再问我了，我可什么都不知道啊。”砂雨急着把自己摘干净。

“别说了，咱们赶紧开车往回走吧，这不还有七十公里路程呢，别半夜遇到一群饿得半死的熊那我们就完了！”柳溢吓唬林月汐的话倒让林月汐当了真，她下意识地看看窗外，怕是像那电影《在西伯利亚森林中》的特迪在冰上凿个孔洗澡时遇到一只觅食的熊，不敢起身的他只能在冰水里冻得打寒战。

“砂雨，就这样了，我们反正还有几天时间，安排我们再去一下，没准儿你汐姐还能写出一部小说来呢，对不，小汐。”柳溢调侃着。

“你就埋汰你老婆吧，我天天待在这里就像一个家庭主妇一样的，回到成都和同学们见面聊天就像听天书一样。别说了，回酒店，今天跑这么远，连极光也没看到，不过倒是看见满天星星，我这辈子也就在两个地方看见过，一个是因纽维克，一个就是耶洛奈夫了，没看到极光没关系，我还会来这里的。”嘴里虽然这样说，林月汐还是为今晚没有看见极光深深地遗憾着。

一小时以后，他们回到了酒店，趁着收拾装备下车的时候，砂雨和他们商量:“明天上午10点半来接你们，上午11点看冰钓，大概两小时的时间，我们就可以去晓雪那里坐着喝杯咖啡，品些小点心，怎么样？”

“好啊，来了这里一定要去看看冰钓，今晚辛苦了！”柳溢拍着砂雨的肩互相道别。

第二天上午依然是冷冷的太阳高挂着，没有温度只有光芒，就像是把太阳关进了一间透明的冰库一样。冰湖上的白色结晶用它冰凉的胸怀拥抱着冰冷的阳光，也迎接着即将来到这里参观冰钓的人们。

冰湖上摆放着几座五颜六色的彩色小木屋，这是耶洛奈夫旅游的标志，当湖面结冰到足够厚度时，当地梅提斯人的旅行社就会把彩屋拖到湖上，迎接体验冰上钓鱼的游客们。

砂雨直接把他的越野车开到冰湖上，冰钓的地方虽离彩屋不太远，但走路过去也是绝对不可能的。等大车小车都开到冰钓处，就看见冰面上有两个不大的孔，因为靠近湖边，冰层并不厚，可以看见下面的湖水。一个老板模样的女人说了几句欢迎大家的话，这也算是一个简短的礼仪，意思是欢迎大家来参加冰钓活动，一会儿他们会给大家拉出渔网，大家可以看到这个湖里的鳟鱼和鲑鱼，中午大家也将享用这些鲜美的鱼做的烤鱼和鱼汤。

女人转身喊了一声：“迪纳，来，开始吧！”

林月汐觉得名字好熟悉，就在她诧异的时候，一个高大的男人走了过来，看见砂雨亲热地叫了一声：“砂！你好！”彼此亲热地互相撞了一下胸口。

“迪纳，没想到今天遇到你！这是我的两位朋友，也是晓雪的老乡，这是汐，这是溢！”砂雨转身用中文说了一句，“这就是迪纳！”彼此打了招呼后迪纳便转身开始起网了。

如同戏剧般，林月汐没想到在这里居然能见到迪纳，也就是晓雪原来的丈夫，也就是她昨晚梦里想看见的那个新郎。她好奇地仔细打量着迪纳，完全不顾女性的矜持。

在林月汐的眼里，完全看不出迪纳的土著人血统，四十岁左右的他高高的个子、黑褐色的卷发、高高的鼻梁。如果说有什么异样，那就是眼睛泛着褐色的光芒，并没有法国人那样蓝色的深邃，皮肤里带着些黄褐色。

迪纳单腿跪在冰湖上，用戴着手套的手拉动水里的一根绳索，绳索是环形的，从这个洞口进去，从另一个洞口出来，这是便于晚上继续下网。拖上来的绳子上有网钩，网钩上的鱼饵很快会钓到并不太聪明的鱼，到了上午收网的时候，那鱼自然是挂满了网钩。跪在地上的迪纳脱下手套直接伸手去冰水里取鱼钩，鱼扭动着身体并不配合，当离开水面十多秒的时间，原本还张着嘴喘息着的鱼突然不动了，它们很快就被冻僵硬了，如同直接进了冷库般。

两个洞口的距离也就 10 米左右，这也是湖下渔网的长度，十多分钟的时间迪纳的冰钓表演也就完了。迪纳拿着最大的那条鱼问林月汐："要不要抱着鱼拍张照片？"显然他对晓雪的家乡人特别关照。

林月汐戴着手套，两手捧着已经僵硬了的鱼，她觉得好神奇，她在思考如果给一点温水这条鱼还会活过来吧。

冰钓结束了，但项目还没有结束，坐着小车回到彩屋，女老板让大家各自选一座彩屋，可以进去取暖等着梅提斯女人们给大家做好美味的鱼汤端过来。

林月汐选了一个大红色的小木屋，她觉得在白茫茫的冰湖上只有红色最为好看，如同她的红色大衣一样。

"他跟你说什么了？我们怎么这么神奇呢？怎么居然今天就能见到迪

纳呢？我简直就觉得这是天意似的。”林月汐激动得有点喋喋不休。

“我在问他怎么没到矿上，他说正好十四天假期，本来该他父亲来，他在家这样的活儿还是他来好些。哦，对了，这个冰钓就是他们这支家族的，一个大的家族，大家彼此有分工的，有头人管理，这里叫村长，也可以叫族长。”

“他还说什么呢？”

“他问我今天晚上去不去龍酒吧喝酒，他会给晓雪送条鱼，就是刚才你捧着拍照的那条鱼，他总是把最大的那条送给晓雪。”

“晓雪会接受吗？他们不是离婚了吗？”林月汐很好奇。

“汐姐，在这里这种情况也是常有的，未必离了婚就是仇敌，而且迪纳是帮助过晓雪的，晓雪在这里一个人打拼一个酒吧，她也更需要有人帮助，就不说需要帮助吧，但至少不能多一个仇人。”林月汐听了点点头。

小木屋里如同国内的桑拿屋一样，只是更大一些，里面一个铁炉子，像是林月汐她们小时候家里取暖的炉子，只是这里是烧柴火的，在小屋外面堆着许多劈好的木头，屋里角落上也堆着木头，屋里有一排木凳子，大家可以坐下烤火，角落上放着张小木桌，上面放着一些一次性的用品，杯子、勺子、叉子，还有速溶的咖啡包。

不一会儿，一位梅提斯女孩子就推开门端着一个大托盘进来了，里面有三碗鱼汤和煎好的鱼排，鱼汤有点像我们加了芋头熬出来的鱼汤一样，不是很白，有点黏稠，还有着奶油和胡椒粉的味道，当然还不可避免地散发着鱼的腥味。柳溢闻了一下放弃了，他从来不能接受奶油的味道，林月汐试着尝了一口，还能接受，她不愿意让人家主人看见客人们都不吃他们精心准备的午餐，她尝试着用送来的面包蘸着汤吃，这样味道会好很多。

柳溢则选择了炸鱼排，虽然也是带着腥味，但鱼排上的酱料还是改变着那些腥味。砂雨坚持把这些东西吃下去，这也是为了尊重那位女老板。

林月汐在户外冻了好长时间，想上个洗手间，正在纠结怎么解决的时候，听到外面华人导游的声音："需要上洗手间的请到那间黄色的房子。"

林月汐窃喜地冲了出去，走进黄色小屋也算是惊呆了，一个如同中世纪土耳其式的木制高马桶，想必它如此高大是因为要给下面足够的空间装排泄物，因为无论如何排泄物是不能直接排入湖里的，这倒真的难为了设计者。

回到小木屋，砂雨窃笑着："马桶有点怪异吧？其实在这里政府很注意环保的概念，小木屋条件有点差，但在极光营地的卫生间条件就好多了，黄刀旅游公司总老板的女儿交往的男朋友是瑞典人，他发明了一个环保马桶，解决了旅游点环保厕所的问题，他设计了一个脚踩的装置，也就是安装一个冲水阀，下面是一个垃圾袋，踩一下垃圾袋自动束口，然后往下掉一截。这个设计解决了没有下水管道条件下如何干净排放的问题，就这一点设计也是赚了大钱，政府要求所有景点都要这样做。"柳溢听了以后觉得别看人家这里人少地广，但这些考虑也是蛮周全的。

炉子上的水壶冒着热气，砂雨说端上一碗水，我们去拍泼水成冰。这倒合了林月汐的心意，看到抖音里那些东北人不都这样仰天一洒就是一张美轮美奂的大片吗？就这样林月汐端着一杯开水来来回回地跑进跑出仰天泼洒，当热开水遇到冷空气立马结晶成冰雾状，这也是极寒地区送给来这里旅游的人们最好的见面礼。

十、一步错步步错

下午三点，完成了冰钓体验的林月汐她们已经坐在了晓雪的龍酒吧，虽然是下午时分，依然有几位慕名而来的游客。对于耶洛奈夫这样的冬季旅游城市来讲，餐厅和酒吧是不分营业时段的，只是下午人少一些，林月汐窃喜，看来可以在晓雪有空的时候聊上几句了。

林月汐无法辨别砂雨进门时的夸张是为了接下来的聊天更为亲近还是这里本来的礼节。

“晓雪，我们又来了！昨天你的那几个菜让柳溢大哥佩服得五体投地，说是成都的名餐厅也不过如此。这不，今天又来了，说什么都不吃，就要吃你这儿的川菜！”说着上去就是一个熊抱，穿着臃肿的雪地服又高大的砂雨拥抱着穿着贴身T恤本就娇小的晓雪时的样子，就像大狗熊抱着洋娃娃似的。

“快把衣服脱了，你这一身的寒气，都要把我冻到了。”晓雪的脸触碰了一下砂雨，就像是被冰贴了一下，马上躲开了。

“这不，你说巧不巧，今天上午我们仨去看冰钓，你猜遇到谁了？”砂雨故弄玄虚地说着。

“迪纳？对，他这两天没事帮着他父亲做冰钓呢，他没胡说八道吧？”不用说晓雪也知道是谁，但她马上又像是担心似的问了一句。

“他没乱说什么，听我介绍说汐姐她们也是四川人时，他得意地用夹生的中国话说：‘我老婆雪也是四川人。’”砂雨这话倒更像是专门来挑事的一样。

“他又胡说八道！这个迪纳！”晓雪脸上有点挂不住了。

“没事儿，人家迪纳挺好的人，仗义！钓起十多条鱼，人家都没有和旅行社那个女老板说一声就直接把最大的鱼留下了，说是晚上给你送过来呢。”听到这话晓雪心里还是挺暖的：“来，别说他了，汐姐你们要喝点什么吗？在湖上你们已经吃了鱼排和鱼汤吧？”

“我和柳溢就想要两杯茶，不要糖，不要奶，的确是有点腻到了，我先生都没怎么吃，他吃不惯老外的那些东西。砂雨像是喜欢咖啡的？”林月汐点了茶，就想有空跟晓雪聊上几句。

“这样吧，我给你先生煮一碗面条，酸辣面，这样又开胃又刮油。”晓雪试着给柳溢建议。

“太好了，因为过了饭点，我都没好意思开口。”柳溢大为开心。

“晓雪，我也来一碗四川小面！”砂雨赶紧接上。

“汐姐，你别客气，就像砂雨一样，他啊，就差点直接到我后厨下手了。我们这是服务行业，有客人需要我们就得做，更不要说是老乡了。”晓雪最后还用四川话说了一声，“必须的！”

几分钟后，两杯茶、一杯咖啡、两碗香喷喷的面便端上了桌子：“我估计你们也不爱喝老外的那些带香精的茶，我把我自己喝的四川花茶给你泡了两杯，你们尝尝，这是我老公雷子从温哥华朋友家带回来的，说你们四川人就喜欢喝花茶。砂雨你还是老样子，你的不加糖不加奶的黑咖啡。”晓雪特别照顾他们。

“哇，这茶闻着都香，地道成都的碧潭飘雪，你看上面还漂着茉莉花瓣呢，谢谢晓雪了！在这里能遇到老乡真是不容易啊！你不介意的话我想问一下，不是上午迪纳说他是你先生吗？雷子又是谁？”刚才晓雪的话正好给了林月汐一个机会，于是大着胆子问了晓雪。

“嗨，我和迪纳早就离婚了，现在就是好朋友而已，老外吧，就喜欢胡说八道的，别理他，雷子是我现在的丈夫，开那种大拖头的卡车，这不正在回来的路上呢。”一边回答一边看了砂雨一眼。

“晓雪，别看着我，我什么都没说，都是今天在冰钓时迪纳说的。”砂雨赶紧把自己摘干净。

“林月汐，你怎么这样问呢？太没礼貌了。”柳溢有意这么说林月汐，其实就是想刺激晓雪能放开讲出点什么。

“没事儿，这事在这里也不是什么秘密，换了是我也会好奇问起的。”还真是，柳溢话一出口，晓雪反倒不好意思刻意避开了，“好，现在也没什么客人，我就和汐姐聊点女人的事，你们俩男人自己聊你们的吧。”

说罢晓雪端起林月汐的茶杯走到靠窗的卡座：“来，汐姐，我们俩坐着吧，可以看风景。”

林月汐和晓雪坐在靠窗的座位上，窗外是白茫茫的雪景，远处可以眺望大奴湖，想必夏天坐在这个位置窗外又是另一番景色。

柳溢拿出手机拍了一张她们的剪影，窗框就如同一个镜框一样刚好把她们装在正中间，窗框上还挂着一个加拿大原住民最为常见的饰品，如同小时候玩的扑蝶网，只是小了些，也有更多的花里胡哨的羽毛、木珠和皮毛的流苏。网子和流苏上的羽毛在流动空气的作用下舞动着，飘飘欲飞。

“难得在这里遇到老乡，还这么聊得来，也应该说说我的那些事了。”晓雪停顿了一下，叹了一口气，“其实这些年我的心里很压抑，没有可以交谈的人，我不是那种见人就熟的人，我把心里的事都藏在心底，还好现在每天忙着店里的事，没日没夜地忙，我真担心哪一天闲下来我会垮掉的。”晓雪的眼里有一丝丝哀伤和不安。

“不会吧，晓雪你太过悲观了，我看你就是特阳光的那种女孩子，有自己的生活和事业，还有这么多爱你的人，你没见到迪纳今天说到你的时候脸上都放着光。还有雷子，虽然没见过面，但我相信也是一个的非常爱你的男人，你看你多幸福，不像我一辈子就守着这么一个男人。”林月汐说着瞟了一眼那边坐着的柳溢。

“汐姐，那是你的幸运，谁不愿意守候一段彼此相爱、相守终老的爱情？有人说一个女人如果只是经历一段爱情那是不完美的，其实在我看来那都是一种无奈的自我安慰罢了。如果你的人生必定会经历几段感情，在我看来其中只会有一段是让你真心付出，让你刻骨铭心的。其他的也许就只能叫作过日子吧，那是受过伤的人都想接受的如同亲人般的相互怜悯和舔舐，不是吗？”晓雪过于深刻的反问让林月汐不知道该怎么回答，她只能点点头。

“从哪儿说起呢？我想你好奇我和迪纳的事吧，不要说你了，我的同学朋友都好奇，也都问过我，父亲在世的时候也问过，但我都不愿深说这件事，因为我自己有时也有些模糊，也许是生活的无奈，也许是想摆脱什么。但那一刻我是自愿的，也许应该是我有意这么做的，那时我好像是别无选择……”晓雪慢慢地说起了她和迪纳之间的那些事……

尽管晓雪不想说得太多，但林月汐还是通过晓雪的讲述还原出了一段伤感的故事。

八年前，按晓雪的说法她在这里遇到了一些事情，也许是还没有想要说出藏在心底最深的那些事，晓雪说的时候总是有所遮掩。林月汐没敢深问，但她想这一定就是晓雪说的那种“一段让你真心付出，让你刻骨铭心的恋情”，后来的迪纳也好，雷子也好，也许在晓雪眼里那便是“只能叫作过日子，伤过以后人都想接受的如同亲人般的相互怜悯和舔舐”。

八年前，也是这样无休止的冬日，寒冷毫无生气的城市如同一个大冷藏箱，冰冻着生活，冰冻着情感，即便是刺眼的太阳也是冰冷地点亮大地，并不带来一丝温暖。

晓雪一个人住在一套半地下的出租公寓里，她不知道接下来该怎么办。一场车祸需要她去面对，尽管她并不是驾驶者，因为他的酒驾，晓雪没有说出“他”是谁，但林月汐是能猜到的。

当他们俩从车祸现场的车里爬出来时，看着对面被撞破碎的车身，看着困在驾驶室里不知死活的驾车人，当时他们太过年轻，他哭了，她也傻了。他说他是酒驾，如果警察来了他会坐牢的，他的妈妈还在酒店等着他，看着他满脸的恐慌她知道她该做什么，别无选择，她必须出来顶包。

她当时并不知道顶包的后果。接下来就是不断地用一个谎言去掩饰另一个谎言，好在对方没有生命危险，当时被撞晕的他也无法还原当时的车祸现场。晓雪不得不一次又一次地去面对警察的盘问，还要一次又一次接受保险公司的质询，还原事故现场，比如，当时路面的情况、是红灯还是绿灯、撞车的时候是否在看手机等问题，然而每次回答都和车祸现场还原有不吻合的地方，于是又需要再次询问。好在她也受伤了，弹出的安全气囊造成面部瘀青、颈部和胸部的疼痛，警察和医生都给予了极大的关注。

其实这还不算最糟的。最糟的是就在这时，他要走了，一个很冠冕堂皇的理由，他必须离开，送来考察的母亲回到温哥华转机回国。他母亲显然是不满意晓雪的，认为没有晓雪就不会有这场车祸；另一个理由就是只有他离开了，才能让她更加成熟地去处理交通事故，有他在她总是依赖他。

当然她无法离开这里还有一个重要原因是她在这里注册了一家投资公司，当然这也是被注册而已。注册时他都没有告诉她，自己糊里糊涂地就成了这家公司的投资人和法人。这家公司和当地政府签下一个很大的意向协议，准备在这里拿下一个钻石矿，这是一个非常大的投资。这家公司还和当地原住民族长签了一个委托服务的协议，帮助他们做前期的调研服务，这个投资对于她来讲就像听天书一样。

当然这世上谁也不是傻瓜，除了热恋中的女人。当地的原住民族长不管你最终投资是否成功，他提供了咨询服务是要收费的，即便没有拿到最终钻石矿的开采手续，但已经发生了的各种委托费、代理费、见证费是要如数支付给他们的。于是她糊里糊涂地欠下好多好多钱。

在送他和他母亲去机场的时候，那个曾经爱得死去活来的男人告诉她不要怕，他是爱她的，他送母亲回国是因为家里有点急事母亲必须要回去处理，等把母亲送走他会马上回来，一起处理车祸和投资钻石矿的事。

他说加拿大是个法治的国家，车祸是由保险公司赔偿，因为你并没有酒驾，你只是需要留下来应对修车和赔付的琐碎事情。对于公司来讲，他和他母亲对此充满信心，他们即将成为世界上最大的钻石矿主之一。对于原住民的那点咨询费在未来的收益中完全可以忽略不计。他留给她一张现金卡，密码就是她的生日，她可以随时支付，当然必须是应该支付的费用。

晓雪不舍地看着消失在机场入口的背影，没有想到他再也没有回来过，而卡也被冻结了，她真的成了车祸的肇事者，她真的成了欠债人。

晓雪没有想到那个冬季是那么长，长到她都看不到春天到来的时刻。刚离开的那几天他还有安慰的电话打过来，后来越来越少，再后来就再没有了消息，就像人间蒸发了一样。

他走了，像是带走了一切，她把自己蜷缩在这硕大的“冰窖”里，保鲜着爱情，直到爱情信念坍塌的那一天。

十一、捕梦网

林月汐很难想象，当一个女人的世界里只剩一片白色时，这对一个女人意味着什么？她在脑海里还原着当时晓雪的境遇，她不知道该说什么。

“对不起，也许我不该问到你这些不痛快的事，过去的就让它过去吧，你是我见过最漂亮最要强的中国女孩子，昨天从你这里回去在网上一查才知道你的龍酒吧在这里是网红店，大家把这里当成到黄刀旅游的打卡地。你真了不起，我不知道你后来又遭遇了什么，但你是成功的，你做到了独立，让自己站了起来，而不是被击垮。”林月汐吞咽着因为伤感泛起的唾液，艰难地说着貌似励志的话语，她有点埋怨自己太过好奇才引起这番对话。

“汐姐，谢谢你，不用安慰我，我自己都觉得不值得同情自己，这是青春冲动的代价。在我们还没有懂得什么是爱情的时候，就已经被戴上所谓真爱的枷锁。那就是一场噩梦，26 岁的我原以为会迎来一袭最为美丽的婚纱，没想到结果是一个人漂泊他乡。我必须接受爱的背叛，我当时无法回去，也无法面对朋友们，更没法面对我的父母。当时只能一个人蜷缩在出租房里，每天啃两块面包，我不知道该怎么办，我像是漂浮在大奴湖上的一个独木舟，我不知道最终它会把我载到何处，或是什么时候沉入湖底。”晓雪脸上并无哀愁，因为在她心里那段不堪的往事已经远去，那插进她心里的毒刺已经拔出。

“我也需要说出来释放一下，我怕以后更没有勇气讲出来了。对，砂雨给你说了迪纳？那就要从这个捕梦网开始。”晓雪抬起手摸了一下窗台上端挂着的捕梦网下垂的流苏。

“这叫什么？捕梦网？我昨天在旧城的旅游商店看到很多这种网子，我想这是小孩子的玩具吧？”在加拿大很多旅游点都有卖这个，但林月汐还真不知道它叫什么。

“这叫捕梦网，它源自加拿大原住民的一个古老传说。很早以前，有一个年轻的因纽特姑娘做了一个梦，梦中蜘蛛教她如何织网并告诉她，网可以让人捕捉好梦，也是人与灵界的沟通。少女醒来，按梦中的样子用绳子、动物皮做的流苏编了捕梦网，并挂在床前。第二天早上，她醒来发现有美丽的珠子挂在网上。当她触摸那些珠子时，神灵对她说话了：‘珠子是捕梦网在你熟睡时捕获的力量与智慧，把好的梦撒向你，还会把噩梦关在网子里并随着朝阳消失，现在把它带给你的人民吧。’于是，捕梦网就这样在原住民的生活中世代相传下来。”

“原来这样，那我也要买一个带走，我也总是晚上做噩梦，当然也会有好梦，我昨天就梦到你穿着漂亮的婚纱在冰上跳舞，但就是看不清新郎是谁。”林月汐不好意思地笑了起来。

“是吗？”晓雪歪着头淡淡一笑，但马上就收住笑容，“也许从来就没有这一天的到来，因为这个梦早已破碎。在那段日子里，我每天缠绵在无休止的噩梦之中，我会在梦里哭醒，也哭着睡去。那时候我厌食，见到肉类就想吐，人已经瘦得不行了。”晓雪的眼睛有点迷离，就像又回到那时的那种状态之中，她喝了一口茶，手里搓揉着一张餐巾纸。

只要你不死去，生活就还得进行下去，哪怕此时的生活对你来讲已经只是一种形式。

就在最为艰难的那几天，晓雪拖着还在疼痛的身体去公寓对面的超市买点吃的，在超市里遇到了迪纳。他们原本彼此认识，他做过向导，代表他们部落的酋长接待晓雪他们一行人，就在他们去戴维克钻石矿考察的时候。当时迪纳很健谈，也给了那个所谓的即将成立的公司很多建设性的建议，所以当时的他也该算是晓雪的债主之一吧。

“雪，你怎么啦？”一个月没见你怎么这样了，瘦了很多，生病了还是受伤了？听说你出了车祸？”迪纳都顾不上让晓雪说话就问了一连串的问题。

晓雪哭了，一个人在耶洛奈夫这样陌生的地方面对无数棘手的问题，迪纳的这一声问候足以触碰她最脆弱的那根神经，半个多月的时间，没人和她说话，即便有也是警察、保险公司和来催债的法律顾问，还有受伤者的家属。“我不知道该怎么办，我想回去，但我现在无法脱身，我该怎么办？”晓雪语无伦次地说着。

“雪，不要怕，有什么我可以帮你，你先好好地吃点东西，把身体搞好，你太瘦了，你慢慢说现在遇到什么困难了，我怎么样才可以帮到你？”迪纳本能地搂住了晓雪，希望平复她的情绪。

迪纳陪着她来到一家餐厅，给她点了黄刀最为著名的鲑鱼排，这是晓雪半个多月来吃得最正式最好的一顿饭。晓雪一边吃，一边讲述着这半个月发生的事情，当然是有所保留的，她不愿意让一个还不太熟悉的老外了解那么多，更不愿意让他知道自己最后的那根救命的稻草也断掉了，她还期待着他会带上钱坐着飞机来接她回家。

“雪，我会告诉你，你男朋友的母亲是不喜欢你的。”迪纳很肯定地对她说，“我看见他和他母亲争执，虽然我听不懂中文，但是我能感觉到当你转过身以后，他母亲指着你出门的方向，恶狠狠地说着什么，我很难看到一个很高贵的女人会这样说话。”

“你怎么会觉得他母亲是很高贵的女人呢？”晓雪不解的样子。

“虽然我们是梅提斯人，但不要忘了我们的祖先是法国人，我上学时也看了很多法国的文学作品，我知道女人之间的不同，一种女人出生很高贵，从小受到严格的教育和训练，她的举止言谈都会很高贵；还有一种女人从小没有严格的教育和礼仪的约束，但因为某种外部原因让她一下子成了某种有高度的人，于是她会装作很高雅，但高雅往往不是靠装出来的，于是很多时候只能是一种傲慢和无礼的表现。”迪纳说得头头是道，让晓雪另眼相看了。

“比如说，有教养的女人和人相视的时候永远会平视对方，即便她处于高于你的角度，她会略微低下下颚，让眼睛和你平视，说话是一种语言，眼神的交换也是一种语言。”跟着他的话语，晓雪试着改变着自己头部和眼睛的角度，“那个女人就属于后者，我不知道她是做什么的，但我看她和跟她一起来的企业老板说话时是高人一等的样子，看待你和那个 Boss 时眼睛是斜视的，不用正眼看着你们，说话的语气是无礼的，带有命令的口吻，只是我听不懂。”

晓雪努力还原着当时的情况，的确像是迪纳说的那样，只是当时的她并未注意，和迪纳聊着她似乎心情好了许多，她也问起了迪纳的情况。

“你不是在那个钻石矿上工作吗？怎么回来了？”

“回来休假的，我们的工作是枯燥的，每次进去 14 天，每天工作 12 小时，然后我们会回到耶洛奈夫休息 14 天，现在正好是我休息的时间。没想到就又在这里遇到你了，不过现在的你和一个月前看到的你完全是两个样子，我可以帮助你吗？”看来迪纳更担心晓雪的问题。

“我不知道该怎么办，或者说我不知道我的未来会发生什么。如同你说的一样，我男朋友的母亲不太喜欢我，我们的感情出现问题了，而这里发生的事我也没有能力去解决……”晓雪的心情又沉重起来。

“这些事都不该你来承担，为什么保险公司总会找你？那是因为他们觉得车祸现场有疑问，也就是他们质疑当时是不是你开的车，但因为晚上没有目击证人，被撞的对方当时昏迷了，他不能讲出事后发生的事情，只能回忆说当时你们是在红灯状态下高速穿过时侧面撞向他，那人我认识，我回来就听到了这个说法。但在加拿大是讲证据的，他说不是你开的不行，他需要提供证据，所以保险公司会一次次找你，因为如果不是你开的，那么你和你男朋友都会遇到法律上的问题，他会涉嫌交通逃匿，你会涉嫌做伪证等法律问题。而你为什么不请一个律师帮你去面对这些问题呢？”迪纳很认真地给晓雪分析着。

“这是我从来没有遇到过的事件，我没有想到会有后面的这些问题，我以为爱一个人就是要奋不顾身地为他做点什么，我没有想到他会把我丢下独自离开，我没有想到他的母亲这么讨厌我……”晓雪语无伦次地说着，眼泪止不住又掉了下来，“这半个多月里，我无法入睡，我抽光了他走时忘了带走的半条烟，我胸口疼找医生开止痛片时告诉医生，我疼痛得无法入睡。面对医生质疑的眼光，我掉下眼泪，医生半信半疑地给我开了安眠药，我每晚做噩梦，我像是漂泊在大奴湖上的一叶独木舟，好像随时都要倾覆沉入湖底。我想过自杀，但我是家里的独生女，我父亲四十多岁才有了我，我不忍让父母伤心，我真的快要疯掉了！”晓雪双手捧着头抽泣着。

“雪，你看着我，我给你讲一个女人的故事，这是我最崇拜的女人，也许她的故事可以给你力量。”迪纳拉下晓雪的手，轻轻地握着。

“你听说过艾米莉·波琳·约翰逊吗？一个加拿大印第安莫霍克族人，她和我一样，我们体内都流淌着欧洲人的血液，她的父亲是莫霍克族的酋长，她的母亲是纯英国白人，她出生在1862年，这是一个我们看起来很遥远的年代了，但丝毫不影响后来的梅提斯人对她的崇拜。她虽然生长在一个土著的部落，但毕竟是一个公主的地位，再加上她的母亲有着良好的教育，她的成长自然和普通人不一样，她从小就阅读了大量英国的著名文学作品，后来在她英国舅舅的影响下，还喜欢上了诗歌并开始写诗。在她三十岁那年，她的人生出现了转折，她接受多伦多青年自由主义者俱乐部的邀请参加一个诗歌朗诗会，在不拿稿子的情况下朗诵了自己的诗《一个印第安妻子的呐喊》，她也是这一场唯一一个朗诵自己诗歌的诗人，这些诗歌早已熟记在她的心里，那就是她和母亲生活的真实写照。

“就这样，她成为原住民心目中的偶像，她有十多年的时间在各地巡回举办她的诗歌朗诵会，她走遍了加拿大的东部和西部，那时连太平洋铁路都还没有修好，她坐着马车、汽车到处去传播原住民的力量。她还三次出访英国，也曾去过美国，你能想象那样的场面吗？在舞台上，她上半场穿着白鹿皮做的莫霍克人服饰，压低嗓音粗声朗读印第安人诗歌，在下半场她又穿着维多利亚淑女装扮，温言细语朗诵着爱国主义抒情诗歌，她仿佛就是一个‘高贵的野蛮人’，你明白吗？”

晓雪在脑海里还原着波琳·约翰逊站在舞台上的样子，“高贵的野蛮人”，多么贴切的描述。

“她有一首诗《独木舟》，我想此时的你正适合听听这首诗，不过我记不住，我找给你。”迪纳慌乱地打开手机搜索着。

“找到了，我读给你听吧！”迪纳很坚持地要用他们的理解方式送给晓雪。

我升起帆，解下船缆，
我久久恳求，而你却不理会，
啊！那昏沉的西方吹来的轻风！
睡吧，睡吧，依着峭壁，
或是躺在连绵的草原上，
睡梦中收起你沉重的双翼，

听我那桨儿柔声歌唱——

往前激流咆哮，一路波涛汹涌，

冲吧，冲吧！

水花飞溅，湍急澎湃，

啊，坚强起来，木桨！

鼓起勇气，独木舟！

我的舟儿决不会一丝胆怯！

也许是因为激动，迪纳的脸涨得通红，毛孔里泛着血丝。“你喜欢吗？你应该做那个鼓起勇气的独木舟！”

突然，迪纳站起身：“你等一下，我去买点东西，马上回来！”迪纳显得很急促的样子。

晓雪独自坐在那里回味着那首诗，好久没有和人交流了，她怎么也找不出这首诗的语境。

迪纳带着寒气冲了进来，手里拿着一个像网子一样的东西。

“这是送给你的，你把它挂在床头，晚上它会把噩梦装在里面，在天亮时带走，它也会把美梦带给你，让你能够安然入睡。”

“这么神奇？这叫什么？我常看到有卖的。”晓雪拿起这个网子仔细看着。

“它叫捕梦网，我们小时候每个孩子床头都会挂着这样一个捕梦网，我希望它能带你走出噩梦，开心起来，还像我第一次见到你的那样。”这番话真的打动了晓雪，晓雪又哭了，这种哭不是以往那种绝望，而是感动，她渴望迪纳的这番话能给她年轻的生命带来希望。

几个月后，这家小店易名了，挂上了“Dragon Pub”的牌子，这意味着一个新的开始，未必真的甜蜜，但值得期待。

十二、想当初

店门口的铃声响起，几位客人走了进来，晓雪的故事戛然而止。晓雪起身迎接客人，刚才还浮现在脸上的忧伤一闪而过，职业般的笑容让晓雪再次复活，她用梅提斯人的方式招呼着经常来这里的回头客。

林月汐用手托起垂下的流苏，柔软还带着鹿皮的韧劲儿，她的手指穿过捕梦网的网孔，不禁自问："这能装住噩梦吗？今晚得试一试。"这时柳溢和砂雨走过来坐下。

"聊得很透？我看见晓雪都哭了好几次，你也真是的，把人家的陈年往事都翻出来了吧？"柳溢在埋怨林月汐。

"是的，好像真是太过打扰人家了。"林月汐觉得内疚，尽管自己很好奇，但她还是决定不再去触动这个女人的伤心之事，也许对于她来讲永远忘不掉，但想必也会慢慢地走出这段阴影吧。

对于晓雪来讲何尝不想走出那段阴影，但越想忘记的事却越是纠缠于心。她曾经疯狂地爱着他，彼此之间无法抗拒，还不单单是性的冲动，更多是随时随地想黏在一起的渴望。

几年以后，她依然无法忘怀。有时她会觉得那个身影渐渐模糊，但依然刻骨铭心。若干年后她依然在梦里嗅到过他的味道，独特的男性荷尔蒙味道唤醒她的肌肤，梦里她隆起身体迎接上去……

不管是后来她和迪纳，还是雷子，他们之间也有激情的放纵，她甚至不敢闭上眼睛，她怕激情时的呢喃变成错误的呼喊。当身边的男人发出轻轻的鼾声，她依然会去回忆她和杰瑞的第一次，来得那么突然，而又那么让人期盼，青涩、慌乱、颤抖，刻骨铭心。虽然早已远去，却还藏在心底，算是终结少女时代的记忆吧。

第一次见到杰瑞，她正好 20 岁，在加拿大西蒙菲莎大学上大一，花儿一样的年龄，南方女孩娇柔的身材、细腻的皮肤让人好不喜欢；他自然也是高大帅气，北方男孩的板直身材，提着神的京腔，也是南方女孩最为痴迷的。

学校的教学楼、餐厅、咖啡厅，只要心里想着，心有灵犀的他们总能遇见。有时晓雪总想，为什么我走到哪里都能遇见他呢？难道这就是人们说的缘分？在他们来说叫作心心相通。晓雪并不刻意压制自己的情感，她觉得早恋没什么不好，省得像自己父母一样，三十多岁才结婚，四十多岁才生下她。

其实到温哥华上大学也是一家人万般纠结后的决定，父亲不太想让她出国，因为父母年纪都比较大了，他们更希望她留在身边互相有个照应，当然也是不放心一个女孩子独自在外。晓雪在高中时期成绩很好的，要考上一个好大学不是什么问题。可是身边同学们家庭条件好一点的都议论着要出国去，她自然也想到国外读书。就这样家里还是依了她，拿出所有积蓄规划着让她能读完大学。

丁勇和晓雪同岁，高中就出来了，少了一年预科，所以是大二的学长了。丁勇嫌弃自己的名字太土，就给自己取了英文名字叫杰瑞·丁。菲莎大学在半山上，校园很大，遇到一个中国面孔是那样亲切，要是多见到几次那就算是熟人了，特别是有眼缘的那就熟络得更快。杰瑞和晓雪就是这样的几次交往后就确定了男女关系。

对于大学时期的青年男女来讲，第一年算是混个面熟，进入未来情侣的初选、复选、精选，最终锁定目标。到了第二年那便是热恋了。最苦的是这里大学漫长的春假，春天本来就是浪漫季节，青春的荷尔蒙在身体里涌动，但到了放假的季节，各自的家长召唤着远在彼岸的候鸟回家，于是年轻的情侣就有了小离别，各自把爱意压着不让泛滥。到了返校的时候，爱如同高压锅里喷涌而出的蒸汽，压都压不住。年轻的人开始萌动着同居的欲望，当然这也是有说法的。

“晓雪，我爸妈说了，我已经是大三的学生了，可以自己在校外租个房子，这样居住条件好一点，我妈是怕苦了我，反正家里也有这个条件。”在校园的玫瑰花园散步的时候，杰瑞推开正在热吻的晓雪轻轻地说，远处山顶的雪早已融化，阳光洒满大地。

“你先去找吧，我也想找个女生合租一套房子，等我找好了，我尽量挨你近一点。”晓雪搂着杰瑞，头搭在他的肩上，“对了，我们还要租在离车站近一点的地方，冬天赶公车路上很冷的，听同学们说车站附近的房子还特别不好找。”晓雪歪着头突然想起和同学们一起聊过的事。

“我们不用在大冷天的时候去等公车，我妈给了我钱，让我买一台车，我们将有自己的车了。”杰瑞有点激动。

“那好啊！那以后你就每天来接我上学。”晓雪很期盼。

“我不来接你！到了冬天，大冷天你还要我接你？”杰瑞推开晓雪，一脸不满的样子。

晓雪一下子蒙了，她看着眼前的杰瑞突然好陌生的感觉，一下子都不知道说什么了。

“我不要接你，那是因为我想要和你合租！”一下子杰瑞的脸上泛出顽皮的笑容。

“我打你！你吓死我了！我还以为你要和我分手呢！你这坏蛋！打死

你！”晓雪吓得发白的脸一下子就红润了，她用手拍打着杰瑞的肩膀。

“雪，说真的，我们住在一起吧！这样也免得我们见个面还要偷偷摸摸的。看不见又想见，见到了每天又必须分开，我想每天都要你！”杰瑞一把搂着晓雪在她耳边细语着。晓雪有一种眩晕的感觉，她的身体柔软得像要飘起来。是的，温哥华的春季很绵长，温哥华的夏季很阳光，这都是滋润爱情的季节，让人沉迷不能自拔。

杰瑞真的买车了，没有和她商量。那天放学，一辆鹅黄色跑车一下子停在晓雪面前，把她吓了一跳，还没等她抱怨粗鲁的开车人，车窗便放了下来：“上车，晓雪！”

看见晓雪满脸惊讶的样子，杰瑞很得意。

“这什么车啊？好漂亮啊！”晓雪上车后就像是没见过世面的农村人一样东摸摸西看看。

“保时捷 911 跑车，怎么样？这颜色喜欢吗？可是专门给你选的这个颜色。”

“保时捷！我的天啊！我听说过这个车，很贵的！你哪里来这么多钱啊！”晓雪不敢相信了，满脸惊讶。

“说实话，这不是我想要的，我想买法拉利或是兰博基尼什么的，我妈不同意，她说别的车以后再说，先买个 10 多万加币的就行了。”杰瑞很不满意的样子。

“什么？ 10 多万加币的保时捷还算一般？天啊！你们家是做什么的？我不会是一下子进入豪门了吧？我们俩还是分手吧，这我可受不了。”晓雪笑着说，她真的不知道杰瑞家是做什么的，问过，杰瑞也没细说，就说是小地方的干部。

“你想跑？可能吗？你跑到哪里我都要把你抓回来，你是我的人！”杰瑞转过身一只手拉着晓雪的胳膊。

“快放开，好好开车，别出事了，我们这是去哪儿啊？”晓雪看着杰瑞把车开出了学校。

“看房子去，就去我们昨天网上找的那个区，看能不能找到一家满意的，我们要把小家布置起来！走！”杰瑞油门一踩，汽车发动机发出轰鸣，汽车箭似的飞了出去，伴随着晓雪的尖叫声，这是青春期男人喜欢的声音。

那几天，他们放学就去看房子，头一天他们已经在网上看好了各种信息，分片区集中看房。他们也有分歧，晓雪想租小一点价格低一点的，所以她总是找学校附近华人用车库改建的那种一间间小屋子，没有独立的卫生间，没有独立的厨房。杰瑞不干了，他说要租一个独立的小套房，价格不是问题，他需要私密，就像真的过日子的那种套房。

看到那些小房子，不顾房东在一旁站着，他会悄悄地耳语：“这房间隔音不好，我怕你声音太大。”晓雪娇嗔地打他一下说：“讨厌！”这种时候通常不用他们开口，房东便会直接说：“你们是合租？我们这里不提供男女合租的房子。”大家心知肚明各自走路。

晓雪不得不放弃自己的想法，终于找到一间合意的房子，它是房东在修建房子时就建好的一间独立的出租房，房子和车库紧靠，原本应该是车库的一部分，现在变成一套可以独立进出入户的套房，卧室、小客厅、西餐料理台、卫生间应有尽有，就连洗衣机干衣机都是全套的，可以说是这几天看得最为满意的一套。

“就是它了！”还没等晓雪点头，杰瑞就直接给房东说了。晓雪有点急了，拉了拉杰瑞的衣服。房东心领神会地说：“你们再看看商量一下，我先在前院等你们。”

“怎么啦，晓雪？这么好的房子还犹豫什么呢？”杰瑞有点急了，“房子好是好，但就是房租太贵了，我们再看看吧。”晓雪担心这费用分摊后也超过了她每年的学费预算。

“你是担心房租吧，我是说着逗你玩儿的，怎么会让你付房租呢？我妈妈说了，让我租一间好一点的房子，所以咱们俩分个工，‘你负责貌美如花，我负责纵横天下’，价格不是问题，房租我全部出，你只要带着身体入住就是了。”说着一把搂着晓雪亲吻着。

几分钟后脸色绯红的他们来到前院：“我们就租这个房子了，我们什么时候可以入住呢？”

“今天都可以啊，只要咱们签了合同，你交了租金和保证金就可以搬进来了。”房东也直接，只认收钱，他明白现在的留学生同居的不在少数，所以庆幸自己建房时在后院单独修了这么一套房，这样的房源紧俏，所以租金也丰厚，剩下的管你怎么风花雪月的，眼不见心不烦，还省了配什么免费的早餐。

当晚他们真的就这样搬了进来，那晚，晓雪忙着收拾东西，打扫厨房卫生。一会儿时间，杰瑞在卧室叫她，她走进卧室时眼前一亮，倒吸了一口气：“Oh,my god!”

新买的洁白床单上用红色的玫瑰花瓣摆了一个心形的图案，粉红色和白色的花瓣随意撒落在床上，像是飘在天上的云彩。杰瑞拿起放在床上的一个心形盒子，小心翼翼地打开，里面是一只蒂芙尼的小钻戒。杰瑞取出来戴在晓雪的手上。

“这只是一只小碎钻的戒指,送你算是纪念我们今天终于走在了一起，等结婚的时候，我会送你一只大的钻石戒指，我爱你，晓雪！”晓雪还没有来得及说话，杰瑞的吻已经盖上来了，晓雪瘫软在床上，花瓣随着弹簧床垫的受力而四下溅起，撒落一地，血红色、粉色、白色混在一起，已经分不清红色玫瑰花瓣做的“心”，粉色、白色玫瑰花瓣做的“云”，再多浪漫的情调在此时也只会变成一场爱的征战……

十三、何必当初

那段时间，晓雪觉得那是她一生中最为幸福的时光。却恰恰忘了一点：幸福的开始未必能换来最后美满的结局。

那段时间，她身体里的每一个细胞都浸润在爱的甜蜜之中。她甚至上课无法认真听课，脑子里总是回放甜蜜的时刻，她会莫名其妙地窃笑，一次被老师看到请她起来回答问题，她满脸通红地站起来，傻傻地站在那里，半天才憋出一句话："老师，对不起，昨天晚上感冒没有休息好，刚才没听太懂。"

老师没有太难为她："我想你刚才是分心了，不是没有听太懂，是不知道我讲了什么吧？我再给你讲一下要点，剩下的去查阅相关的资料，这也是我们今天发给大家的一个需要完成的论文。你现在可以坐下了，请认真听讲。"就在她坐下听讲时，老师犀利的眼睛一直注视着她。

"今天我讲的课题是'文明的冲突'，这源自美国著名学者塞缪尔·亨廷顿的一部作品《文明的冲突与世界秩序的重建》，塞缪尔的理论之一是未来世界的国际冲突主要来自文化冲突，而非意识形态和经济的冲突……"

晓雪像傻了一样呆在座位上，邻座的朋友推了她一下："下课了，晓雪，你这两天怎么啦？上课老是走神，小心今年的学分哦。"

在学校的餐厅里，杰瑞早就坐在那里等着她了，看她坐下后满脸不高兴地问："今天怎么啦！等了你好久了，你看人家好多人都吃完走了，快，去买饭菜，我要牛排。"说完低下头独自打他的游戏。

那段时间他们不知疲倦地相爱着，每当晓雪瘫软在床上，看着要么熟睡要么专心游戏的他，就忍不住问自己，身体的愉悦真的就是爱情的全部吗？不是还应该要家庭的分工？不是还应该有未来的规划？不是还应该得到彼此家庭的祝福？可眼前的他似乎从来没有考虑过。

每当杰瑞抽出深陷的身体倒在床上时，他最希望的是晓雪给他点上一支烟，尽管晓雪很不喜欢他在房间里抽烟，这也是房东的要求。但杰瑞每次都那么理直气壮，因为那是我为你付出。

生活不全都是那种高潮来临时的愉悦和梦幻，生活本就是每一件琐碎事务的叠加。每当晓雪发现自己必须面对每天早餐和晚餐的准备时，每当自己在上学路上也能闻到头发上煎鸡蛋和培根的味道时，她会想起那是小时候妈妈送她上学时头发上的味道，她还记得父母偶有的争吵。那时她就想过，要是我长大了有了男朋友，我一定不会带着煎鸡蛋的味道去约会。

在平淡的日子里，经常她会怀念刚开始和杰瑞约会时的惬意，不是杰瑞早早地守候着她，就是她早早地守候着杰瑞。

没有了刚开始恋爱时的期盼和守候，日子反倒变得平淡和简单起来。晓雪也是后来才明白一个道理：有距离的爱是值得期待和守候。没有了新鲜感的简单重复总是会让人疲倦和乏味。

这种感觉杰瑞未必有，因为他每天比晓雪更忙，除了在学校上课以外，他大部分时间都沉迷在游戏征战之中。杰瑞喜欢和朋友们一起吃饭喝酒。外出吃饭晓雪不反对，因为这样起码她可以不做饭了。但一周好几次这样的聚会晓雪还是吃不消的，虽然大家都是礼尚往来，你请一顿，大家也会轮着互相请客，但每次外出吃饭都是一笔不小的开支，这让从小节俭的晓雪很不习惯。让她更接受不了的还有杰瑞的喝酒，大个子北方男孩，总喜欢显示自己的威风，喝酒也不例外。要把酒醉的杰瑞扶着回家也不是一件容易的事。

晓雪不喜欢用“同居”这样的词，她觉得那是贬义的，他们是因为爱以合租的方式住在一起。虽然意思差不多，但听起来自己容易接受一些。总之，晓雪觉得他们住在一起以后自己像是变了一个人，变成了一个“女人”，不再是女孩子。

他们俩也经常有不愉快，就像真的夫妻一样，不是吗？有时晓雪很难说清自己现在究竟是什么样的身份。杰瑞是北方男孩，家里应该也是很显赫，从小便被惯坏了的。他对晓雪双重要求，在外面像个娇小漂亮的公主，让自己很有面子，在家里要像个小姐姐一样照顾自己。所以如果不如意他就会发火，尤其是喝了酒以后，经常失态。等到酒醒了，看见噘着嘴的晓雪，就会变着法子哄她开心，买个小首饰，买个名牌包包什么的。

杰瑞告诉晓雪，他从小被送到北京去上初中，住校的那种，学校收费很高，每周有一个父亲的朋友会来学校接他到朋友的别墅里住上两个晚上。所以他希望晓雪原谅他，他自己承认他的成长过程是有缺陷的，没有家庭的温暖，自己在学校也只能靠拳头说话，打人惹了祸后，学校会打电话叫来那位叔叔，但叔叔毕竟不是亲叔叔，也只能给学校道个歉，把他接出去吃顿饭换换情绪又回到学校。

“你父母是干什么的呢？你为什么从来不给我说起？”晓雪很好奇。

“你也别问那么多，在东北一个地儿当着官呢，他们天天工作忙也管不了我，不管也好，我就可以自由生长，只要他们给钱就行了，我们过我们的日子！”说着给了晓雪一个热吻。

话虽这么说，但在晓雪的心里总是有着压力，都是一般人家的孩子还好，若是父母当官或是企业家什么的，他们俩的这段情感能得到认可吗？

门不当户不对，会不会有问题？想到这里晓雪暗自担心。

“万一你妈妈不喜欢我呢？”有一天晓雪躺在床上问正坐在地上打游戏的杰瑞。

“什么？她不喜欢？这是我的婚姻，我的老婆，当然要我喜欢啊！怎么成了要他们喜欢呢？”杰瑞不以为然地反问，手里依然按着游戏手柄。

“这样的事还少吗？家里不同意就会一家人吵架不痛快，我可不希望因为我闹得你们家不痛快——咱们在一起的事你给你妈妈讲过吗？”晓雪想把憋在心里的担心说出来，因为每次杰瑞和他母亲视频的时候他总是让她躲起来。

“没有，我还没想好怎么给她讲呢。但我估计她知道了，因为上周她问我为什么最近花销这么大。”杰瑞头都没回说着。

“叫你节约点节约点你就不听，天天在外面吃啊喝啊，你看，要是你妈知道我们俩在一起还会埋怨我，说我花了你们家的钱！我们俩还是分开吧，等家里同意了再说。”晓雪越说越来气。

“我什么时候说你花了我的钱了？她说管屁用，我愿意给谁花就给谁，我们家就我一个儿子，有我帮他们花钱是他们的福气！你问我，我给你说了你又急，那我问你：你给你妈讲了我的事吗？不也是没吗？那我又哪点不好，寒碜到你们家了？你不是也没把我当回事吗？”杰瑞一下子提高了嗓门，像是吵架一样。

晓雪第一次看到杰瑞这么大声地和她急，她一下子不知道该说什么了，忍不住泪水哗啦啦地掉下来，起身穿起衣服，想要出去冷静一下。

一直没有停下手里游戏的杰瑞看见晓雪要开门出去，他一下子跳起来拉住晓雪：“别走，别走！是我不好，我以后改！”

他吻着她的眼泪，吻着她的唇，他脱下她的衣服，他们的身体交织在一起，用爱的放肆冲撞刚才发热的头脑。这是他们每次争吵后的和解方式，可现实中许多问题也能用肉体的交织来改变吗？

每次独自躺在床上看着鏖战游戏的杰瑞，晓雪都很难相信这会成为他们之间的一种生活常态。

她给杰瑞哭诉过：“你说过的，今后咱们俩好好恋爱，‘你负责貌美如花，我负责征战天下’，怎么还没开始好好生活，我就像是被抛弃了的人一样？”

杰瑞一边打游戏，一边调侃：“你要我怎么征战天下？就是我身体行，怕是你也受不了啊，所以这话得改一下：‘你负责貌美如花，我负责游戏天下’。”

“你知道我说的不是这个意思！我是希望你考虑一下我们的未来，你马上毕业了，你该做什么职业规划我们讨论一下不行吗？”说着说着晓雪的眼泪稀里哗啦地掉了下来。

“你别哭啊！我这人不怕打架，就怕见到女人的眼泪，别哭别哭！不就是规划吗？等着，我来了！”一番灵与肉的交融过后，职业规划又变成了一支事后烟袅袅飘散。

算起来他们在一起已经第三个年头了，杰瑞终于要毕业了，晓雪也成了大四的学生。每一个毕业生都在准备着自己的毕业礼服，男孩子需要一套得体的西服，女孩子需要一套时尚的晚礼服，他们俩来到温哥华繁华的购物中心。在晓雪的众多推荐中，杰瑞最终选了一套杰尼亚的西服，当然还有领带和领结。杰瑞还给晓雪选了一条阿玛尼的俏皮的粉色短款礼服，晓雪本想拒绝，因为还不到她的毕业季。

“这是你必须要穿的，作为我的女伴，在毕业现场你也必须要穿晚礼服，等穿着毕业战袍拍完照后，我们就要穿着西服和晚礼服拍合影，你怎么能缺位呢？等你明年毕业的时候我再给你选一条更好看的！”

“好吧，不过这条晚礼服太美了，明年毕业我还穿它！”

“怎么可能呢！你知道吗？贵族家的女子晚礼服只能穿一次，每年都必须再买一条新的！”杰瑞睁大眼睛看着她说。

“我又不是什么有钱人家，还贵族呢？你说什么啊！”晓雪娇嗔地说着。

“必须是贵族，嫁给我就是贵族了！”杰瑞脸上绽放着自信和得意的神情。

“毕业典礼是人生的一件大事，你妈妈会来参加吗？人家家长们都要来的。”晓雪关心地问起毕业典礼的事，因为昨晚在洗手间里听到杰瑞和他母亲通了电话。

“不来，她们心里只有那些官场上的事，哪里顾得上我？当然他们出来也不是一件容易的事，需要报批，不过我张叔叔要来，他来代替我妈妈参加。”杰瑞满脸不高兴的样子。

“张叔叔？不是亲叔叔吧。”晓雪总听到杰瑞说起张叔叔。

“是家里一个朋友，做企业的老板，有钱着呢，北京、上海、香港都有房子，当年我在北京上初中时就是他照顾，周末就住在他家的别墅里，前几年在美国也买了房子，老婆现在就在美国，他过来参加我的毕业典礼。”

“那你毕业后怎么办呢？回国吗？”这是晓雪最担心的，趁着杰瑞高兴她想聊聊他们的未来。

“只有再选一个学科考研呗，我要陪着你就必须再读，不然我妈妈一定会让我回去做企业什么的。我不想回国，回国有什么好？我再选一个冷门一点的学科先报着，反正还有时间。”听了这些话晓雪心里一阵感激，她知道表面大咧咧的杰瑞心里还是有她的。

“你妈妈同意了吗？”

“开始不同意，她想让我早点回去，但我给她讲了一番大道理，什么没有读研，没有第二学科，那就跟没有上过大学一样，她后来就同意了，她还说给我爸说了我的想法，我爸都表扬我了，说孩子终于长大了，知道该怎么规划人生了。我心里想，真是高看我了，我不就是想赖在你身边吗？我就想过着我们这样的小日子！”

那个夏日，温哥华阳光明媚，再有一周就是毕业典礼了，晓雪像是自己要毕业一样激动，为了下周的毕业典礼准备着一切，包括联系做发型的设计师，她更希望有一个完美的形象亮相杰瑞的毕业典礼。

那天下午晓雪没有课，她早早地就回到家里，准备晚上做一道香煎三文鱼排。

杰瑞回来得很晚，进门就满脸不高兴的样子：“怎么啦？下周就是你的开心日子了，怎么今天还不高兴了？快，给我说说！”

“我妈周末要来参加我的毕业典礼。”仿佛杰瑞对这事并不开心。

“好事啊，人家都是父母来的，你爸来不了你妈来也很好，值得祝贺，咱们今晚可以开一瓶红酒先庆祝一下。”晓雪没心没肺地高兴着。

“好个屁，她来了就会到处挑刺，在她的眼里我就没一点好！”

晓雪沉默了一下，她明白杰瑞的不高兴可能和自己目前的身份有关系，想了一下，知道了问题所在：“杰瑞，我周末前搬出去吧，你妈来了一定会来这里的，等你和你妈妈谈过了，我再见她，免得她生气，好吗？”

“好吧，我想也只有这个办法了，因为如果不先告诉她我们的关系就直接让她看见我们住在一起，我想她会不高兴的，那时我们就更难了。”晓雪没有想到杰瑞连一点挽留的话都没有，但她想他这样做是有道理的。

接下来几天的时间，晓雪开始整理房间，杰瑞本想再给她租一间房子，晓雪说不用了，她到好朋友的房子里去挤着住几天，反正也不需要太长时间。

晓雪提前两天搬了出去，抹去房间里所有女人生活的痕迹，衣服、化妆品，包括每一根毛发。她可不想在这个关键时刻添乱。

头两个晚上他们用很长时间视频，彼此仿佛隔世般地相思，怕是这种相思更是年轻身体的彼此渴望。杰瑞希望晓雪再过来，反正母亲要第二天才到温哥华，晓雪说不行，因为她不能在整理好的房间里再留下痕迹。

那晚，杰瑞哭了，晓雪也哭了。

第二天，杰瑞到机场接到母亲，同母亲一起来的还有张叔叔。本来他为母亲定了酒店，但母亲说，和他住在一起，当是体验一下他的留学生生活，也好说说心里话。趁着母亲上洗手间的空当，杰瑞给晓雪发了短信。

那晚，晓雪又哭了，杰瑞陪着母亲和张叔叔在温哥华最美丽的伊丽莎白公园著名的西餐厅吃着美味的西餐。

那个早晨，晓雪一早就赶到预约好的理发师那里做了头发，本就染成栗色的长发高高地卷在头上，没有长发的遮掩，小瘦脸更显得精致漂亮，脸上化着淡淡的妆容，一点都不显夸张，身上穿着那件粉色的短款礼服，她希望能在杰瑞妈妈面前留下一个好印象。对着镜子里的自己自言自语，怎么搞得像是自己要参加毕业典礼似的。

来到学校玫瑰花园旁搭起的舞台时，场上已经坐了好多人，毕业要领取证书的同学坐在前排，中间几排是留给家长们的，最后几排便是留给来见证仪式的其他人。晓雪在后面选了一个座位坐下，心里好激动，她一直在寻找杰瑞的身影，也想看看杰瑞妈妈的样子。

远远地看见杰瑞挽着他妈妈的手臂进到会场区，身后还跟着一位中年男子，想必就是他说的张叔叔。杰瑞的母亲个子很高，应该有一米七左右吧，身穿一袭黑色丝绒旗袍，旗袍的前面从上到下一条手绣的金色凤凰在身，足有 60 厘米高度，凤尾在腰际处撒开，恰好掩饰住略微隆起的小腹。

杰瑞一边引导母亲在家长区坐下，一边往后张望着寻找晓雪。晓雪站起身向杰瑞挥挥手，粉色的礼服特别耀眼，杰瑞也向她招手，引来母亲回头张望，晓雪赶紧坐了下来。

校长的致辞，还有冗长的毕业生名单，让晓雪有点迫不及待，终于到了同学们上台领取毕业证书的时刻，晓雪不顾一切地挤到前面，用手机拍下杰瑞从校长手里接过证书的时刻。接下来是同学们的拍照时间，大家三三两两地随意合影，仿佛这就是人生第一次盛典。杰瑞没有过来寻找晓雪，那位张叔叔用相机给他和母亲拍合影，晓雪终于近距离看到了杰瑞的母亲，就在两人目光接触的那一刹那，晓雪感到一丝寒光逼人，她赶紧转过头和同学们说笑起来。过了片刻，晓雪再转身已不见杰瑞的身影。

晓雪第一次感到那么失落，原本她都准备好了见到他母亲时应该说的话语，此时却全无着落。她不敢给杰瑞打电话，也不知道接下来该做什么，傻傻地站在那里，直到人群渐渐散去。

没有去上课的她直接回到朋友的宿舍，换掉这身傻气的礼服，这本不是她的盛宴。

直到晚饭时分，杰瑞才打来电话，接起电话还没说出一句话晓雪便哭了。“晓雪，对不起！对不起！是我不好，今天的事发生得太突然了，我妈妈突然说要见校长，说是张叔叔要给学校一笔捐款，所以我都没有来得及跟你打招呼就跟着校长到了学校办公室，等我们谈完回到玫瑰园取车的时候看到已经没有人了。因为当时我妈妈和张叔叔都在车上，我也就不好马上给你电话。你别哭，等这两天先把我妈陪高兴了再跟她说我们俩的事。你放心吧，我是家里唯一的孩子，我妈妈会同意我们的。好了，先这样，我妈妈来了。”还没等晓雪说一句话，杰瑞已经挂断了电话。

晓雪的心里是相信杰瑞的，她告诫自己未来的幸福需要等待，此时对于他们俩来讲彼此的真心尤为重要。

第二天早上，杰瑞给她发来短信：“我妈妈出一次国不容易，她想去班夫看看，我和张叔叔陪她去玩玩，路上可能没有信号，一有信号就给你联系。记住，我爱你！”

那段日子，晓雪的眼泪比思念还要多，想他了，就一个人来到他们俩的“家”，嗅着枕边杰瑞的味道，痛痛快快地哭上一场，把眼泪留在枕头上，如同小狗狗以撒尿的方式宣布领土似的：这是我的地方，没有人可以夺走，就算是他的母亲也不能。

她不敢久留，不知道他们什么时候回来。她越来越觉得她害怕杰瑞的母亲，虽然她们并没有见面，虽然杰瑞总说母亲是多么爱他，但她仿佛看到的是杰瑞和她一样害怕他的母亲。

十四、遗憾

晓雪茶不思饭不想地度过了好几日，这是陷入爱的极端状态下的一种情感失衡。通常出现在热恋中的男女，与年龄无关，只和陷入的深度有关。

那几日晓雪彻夜未眠，她控制不了自己，会在深夜时分不停地拨打杰瑞的电话。杰瑞开始会挂断电话，留言说：现在不方便，有空回你。但已经濒临绝望的晓雪继续拨打，直到杰瑞关了手机。

一天她无精打采地背着包走出教学大楼，正要去乘坐学校到山下住宅区的公交车。一辆宝蓝色的法拉利从后面驶来，轰着油门发动机发出巨大的吼声。她本能地往边上躲避，汽车急速刹车停在了她身边，她吃惊地不知发生什么了，看看身后并没有别的人。

“晓雪，上车！”窗户摇下来，杰瑞坐在驾驶室得意地笑着。

“不，我自己走！”晓雪企图控制自己，但不争气的眼泪已经哗啦啦掉了下来。

“快上车！我带你兜风去！”看见一直往前走着的晓雪，杰瑞下了车，他一把搂住晓雪吻了她，晓雪眩晕着被推上了车。

杰瑞一边在山道上急速开车，一边手舞足蹈地说：“这车是我妈昨天才给我买的新车，说是祝贺我大学毕业，也祝贺我考上研究生，这是给我的礼物，不，这是给我们俩的礼物，看看我给你炫一下我的车技，来个漂移怎么样？”脚下油门忽闪忽闪的，发动机发出轰鸣。

“别！别！好好开车！”晓雪吓得一手抓住门上的扶手，一手抓着杰瑞的手臂。

“来，咱也来个敞篷，让你的长发飘起来！”汽车顶掀了起来，阳光洒进车内，但晓雪的脸上却感觉不到风的吹拂。“嗨！你看这风的流线设计，掀开车顶你都感觉不到风吹到脸上。”杰瑞完全沉浸在开车的享受之中。

车停在了他们爱情小巢的门口。“回家啰！真好！”杰瑞关闭车顶下车，走到另一边给晓雪拉开车门，把手递给晓雪说，“快下车啊！还要我抱你不成？”

晓雪下了车，怯生生地问着：“我就穿这身衣服去见你妈妈？”

“我妈？我妈今天早上已经被我送上飞机了！现在又回到我们的二人世界了。”杰瑞得意地拉着晓雪的手往家里走。

“什么？你妈走了？你没把我介绍给她？她就走了？”晓雪脑子有点蒙。

“回家再说，回家再说！”推门进去，杰瑞用唇堵住还想说着什么的晓雪，一只脚踢上开着的门。

没有语言，他们已经用行动做了说明。晓雪在心里构筑的法庭被他以爱的名义践踏，庄严的法庭在心里轰然倒下，“死刑”还没有开始执行便已经自动改判。晓雪眩晕着接受着享受着另一种爱的审判。

等点上第一支烟，他这才告诉她一切。他母亲原本就只有十天的假期，参加完毕业典礼就径直去了班夫国家森林公园，一路上五天时间，回到温哥华住了一天也就该回国了。

“这不，送到机场我就直接来找你了吗？这次出去我才知道原来你比我还急，是不是想我了？想得一宿一宿地睡不着？”杰瑞调侃着晓雪。

“也就是说你没有向你妈妈提到我？那你半夜为什么也不接我电话？”晓雪心里的气还没有消。

“先说电话吧，我和张叔叔住在一间房间里，你想，现在成功人士的特征是什么？那就是失眠，不失眠的企业家都不好意思说自己是企业家，他啊，我睡之前他醒着，我半夜起来上个卫生间，他还是醒着，我早上起来吧，他也就半睁着眼半醒半睡着，我的妈啊，完全是在监视我。我哪里有时间接你电话？”杰瑞像是说得很有道理。

“那他不睡觉啊？他是不是抑郁症啊？我听说抑郁症就是整宿整宿不睡觉。”晓雪的注意力完全被转移了。

“睡啊，他就白天在车上睡，上车就睡，我觉得他是有意的，假装不听我和我妈聊天。”

“对了，说说你是怎么和你妈说我们的事的？”一说到杰瑞母亲，晓雪一下子把话题拉了回来。

“晓雪，这真的是挺对不起你的，我这次没敢给我妈讲我们的事，因为，她第一天就给我说要我放假的时候回国，他们给我介绍了一个对象，说是北京的一个什么领导的女儿，当然不是那种大领导，就是一个什么部门的领导。我本不想给你说的，你不是逼着问吗？”看着晓雪脸色刷地一下变白了，杰瑞赶紧补充道，“我没有答应，我说现在什么年代了，谁还要家长给介绍对象？我要找也要在温哥华找一个和我们一样的留学生，这样才有共同的语言，我不接受像你和我爸那样靠人介绍的老土方式。”

“接下来呢？”晓雪急着问。

“没有接下来了，不就冷战僵持嘛，我也不想马上刺激我妈，毕竟我妈第一天就说要奖励我一台新车，我想这样马上直接给她说我已经私订终身了，那不啥都没有了吗？你不知道我妈可厉害了，连我爸都怕她。”

“别说你们家那些事，我们接下来呢？”晓雪无心管那么多，总惦记着他们俩的事儿怎么办。

“咱们有什么问题呢？还是老样子，你负责貌美如花，我负责征战天下。我先上着研究生课，你呢争取明年毕业也考个研，咱们就这样继续过。家里那边我下次回去先给我父亲讲一讲，慢慢来，这事不能急。”话还没嘀咕完，人已经困得不行了，几分钟后已经是呼呼大睡了。

晓雪看着身边这个男人，心里既踏实又委屈，踏实是在于看到杰瑞是那么爱自己，委屈是在于自己这么和杰瑞在一起总是有点不明不白。身边几个同样留学的好朋友大多是这种状态，不过不是每对同居的都能长长美美，其中也有分道扬镳的，到最后彼此还整得跟仇人一样。她不知道他们的未来是什么样，但她知道作为一个女孩子，现在说什么都晚了，只能这么走下去，留住他的心。

就这样，他们同居的日子又恢复了正常，一个小家庭应有的温存和甜蜜他们都有，唯独没有未来。到了假期，他们都给家里撒了谎。晓雪给父母讲，明年要毕业了，她想利用假期多花点时间来提前完成毕业论文，另外再找点工作做，这样可以给家里省点钱，对于她来讲也当是社会实践了。

听了晓雪的话，她妈妈哭了，她以为妈妈想要她回去，但妈妈说：“晓雪你懂事了，你爸爸身体一直不好，你能打工挣点钱也好，这几个月我就不给你寄生活费了，我给你爸吃好点，补一下身体。你真是懂事的孩子，只是不要太辛苦了！”

一时间晓雪泪崩，她知道家里经济条件不好，能送她出来上大学是把家里好多年的积蓄都拿了出来。这两年和杰瑞同居后，每次妈妈要给她打钱，她都说不要这么多，自己周末都在打工，有三分之一的钱可以自己挣，其实那就是省下的房租钱。她妈妈很开心，总是叮嘱她不要太累，不行就朝家里多要点钱。听到妈妈这样说晓雪都觉得很内疚，如同一个撒谎的孩子被揭穿了一样难受。

每次看到晓雪为此伤心，杰瑞都会说：不要为钱发愁，我早就说了，你负责貌美如花，我负责征战天下，以后挣钱的事交给我了！

杰瑞也给家里撒了谎，他说想利用假期去旅游，如果可能想去找家大公司实习一下，不想把时间浪费在每次回国的吃吃喝喝上。他妈妈是舍不得的，但他爸爸很支持，说是趁着年轻多在国外走走看看，他们这代人吃亏就在于一辈子猫在国内没有眼界，出个国就像是刘姥姥进了大观园似的。

整个夏天都是他们的天下，他们租了一台越野车，杰瑞说：我带你去寻找北美最美的地方，以后我们就在那里安家，过我们俩自己的小日子。

他们去了班夫国家森林公园，晓雪说这里很美很美，但商业气氛太浓了，迟早要毁了这份美好的环境；他们又去了黄石公园，显然是杰瑞不喜欢的，太大的区域充满野趣，但连网络都无法覆盖，不太适合征战游戏的要求；他们沿着美国太平洋西海岸一号公路一直往南，去了旧金山，晓雪不太喜欢，这里的大海太野性，半夜巨大的海浪拍打着海岸像是要把人卷入太平洋一样。

最后他们去了维多利亚岛上的托菲洛海边，住在一个挂着黑色海盗标志的小酒店，房间打开窗户便是大海，楼下即是餐厅加酒吧，不太地道但很有特色的日式料理使得小店门庭若市，吃饭的人需要极有耐心地长时间等待。到了夜晚，人们在海边的露台上喝着啤酒，海风里还夹杂着大麻的味道，夜晚的音乐震耳欲聋，人们在昏暗的灯光下品味人生。

早上躺在床上，晓雪说：“我想要开一个这样的店，我要做老板娘，我不需要赚很多钱，但我喜欢这样的生活，远离城市，在海边，湖边也行，过我们自己的生活。你呢？”

“我还是喜欢大都市，这里太偏僻了，我的法拉利在哪里去飙车？我的名牌穿给谁看？我们还是回到人间去吧？这是神仙的日子，不适合我们，我的父母不会同意，你的父母也不会同意，不要忘了我们都是独生子女，我们都有家族的使命。”这番话一下子把晓雪的激情扑灭了。

回到温哥华，趁着还没有开学的时间晓雪去报了一个班，学习烹饪。杰瑞都说她：你疯了，学这个干吗？她说如果我们不回国留在这里，学习烹饪就是我必须做的，因为在这里我们请不起保姆，我们在一起生活我必须承担这些家庭的琐事。杰瑞无可反驳，当是晓雪的一个爱好罢了，他依然拥吻了晓雪算是给予一个热烈的回报。

入冬不久，菲莎大学山上下起了小雪，这让晓雪想起了妈妈，一年没有回家了，虽是每周都会给家里电话，但总还是有点担心父亲的身体。

一天半夜，晓雪突然接到妈妈打来的电话，电话里妈妈哭着说：“晓雪，赶紧买机票回来，你爸不行了！”

晓雪急忙问：“妈妈，你不要吓唬我，我爸怎么啦！”

晓雪妈妈告诉她，父亲去年就查出是肺癌，但他不愿意做手术，一是对手术的效果众说纷纭，二是父亲不愿意掉入术后无底的高昂治疗费中，他选择了保守治疗方案。进入冬季身体愈发不好，昨天吐血进入ICU抢救，医生说已经没有办法治疗，只能减少他的痛苦，延长时间而已。母亲哀求医生多拖延几日，马上把女儿从国外叫回来。

当天晚上晓雪就坐上了飞往北京的飞机，她恨不得马上回到父亲身边，她为自己的自私感到后悔，假期没有回去陪陪父母，造成这样的遗憾。

晓雪赶到父亲身边，父亲已经没有了意识，靠着呼吸机维持生命，微弱的心跳像是在等着什么。晓雪拉着父亲的手呼喊着，没有回应，仪器上显示心跳加强了一些，接着慢慢衰减，后来变成一条直线。

晓雪哭了，在父亲的病床前放声大哭，她后悔极了，她后悔自己的自私，后悔自己对父母的情感亏欠，她知道父亲的最后时光就是在等待，用生命的意念在等候，等候和女儿做最后的诀别。

十五、无雪之夜

林月汐对晓雪的了解是支离破碎的，在没有还原她的本真之前，林月汐看到的晓雪更像是一个破碎后又被粘起来的漂亮花瓶，虽是伤痕累累但依然优雅挺立，插在里面的每一枝花芳香依旧。

从龍酒吧吃罢晚饭依然是追光之旅，任由砂雨驾车往白茫茫的雪原上驶去，林月汐不像前两日那样爱提问，车里显得有点沉闷。

“汐姐，今天怎么啦？还在想晓雪的事？”砂雨打破了沉闷。

“嗨，林月汐就这样，听不得别人家伤感的事，但就还爱打听。听了吧心里又堵得慌。”柳溢调侃着，其实这就是林月汐的状态。

“我就觉得晓雪怎么这么倒霉呢，她虽没有讲太多和杰瑞的事，但我觉得那段爱对她还是刻骨铭心的，不然她不会显得那么痛苦。既然相爱那为什么又要放弃呢？就算是杰瑞家里人不喜欢她，但也是可以用时间来化解的啊，更没有必要和迪纳结婚。当然迪纳是个好人，我也不理解跨国婚姻究竟好还是不好，反正他们又分开了，一切都有点怪怪的。”林月汐心里有十万个为什么。

“汐姐，我给你讲讲我的故事，也讲讲我和杰瑞、晓雪之间的故事吧，也许可以帮你把晓雪的故事串起来一些，当然不是全部。也许本不该讲出来，毕竟我和他们都是朋友。”砂雨叹了一口气，把车停在大奴湖边的路边，“我们正好在这里等一下极光，今晚指数不高，但也许后半夜会出来。”

夜晚的耶洛奈夫极度寒冷，湖面掠过的大风无影无踪地摇动着停在湖边的汽车，如同在颠簸的路面行驶一般。冰湖宁静如同进入一个黑洞。汽车发动机运转着，空调气温调到最大，气温也只能是基本维持着不会把人冻到，但谈不上温暖两个字，砂雨开始讲起他们的故事来。

我也是一个爱玩的人，和很多出来留学的男生一样，我和丁勇认识也是在一次朋友聚会上，我比他大两个年级，我们有一个共同爱好，都喜欢玩车，当然我喜欢的车不是丁勇喜欢的那种。我还是用我们习惯的称呼吧，杰瑞，叫丁勇很别扭。

杰瑞喜欢时尚的豪车，可能和家庭有关，属于不差钱的那种。我喜欢越野，喜欢老外那种大排量的改装车，排气管改了！车轱辘改了！颜色改了！然后满北美地去越野疯玩。我还开了一个专业的网站，越野网站，在这里大家可以分享越野的趣事，也可以上传摄影照片。后来我们也组织去参加各种越野的民间赛事。直到我遇到了一件事，这件事也改变了我，让我变得有责任感起来。

一次国内朋友发来邮件，让我帮忙找一下能不能推荐一个人选，负责接待一个国内来的专业摄制组，他们类似国家地理杂志那样的机构，需要到加拿大的西北部去拍摄极地的自然和人文纪录片。他们需要专业的车以及翻译和导游，我当然成了不二的人选。

那是夏秋交界的季节，我们在北纬 66.34° 以上的北极圈里生活了三四个月的时间，从拍摄夏季的北美驯鹿、极昼的天象，到拍摄秋季的红色苔原、金黄色的森林还有奇特的冻胀丘。来不及等到冰冻大地的时候，我们不得不离开，我们所有人的装备都不足以支撑我们在接下来零下 40℃的气温中继续拍摄。

在温哥华送走他们之前我们在火锅店一醉方休，他们说你在这样像天堂一样的地方生活是幸运的，你带着我们看到了最美丽的景色，我们还会再来，你也不要忘了拿起镜头记录，和我们一起分享。从那以后我便开始思考自己的人生，人不能一辈子玩儿，但也不能做自己不喜欢的事，于是我开始做极地个性化导游，把摄影、越野、旅游结合起来，做自己喜欢的，还能遇到像你们这样的朋友。

杰瑞也是朋友，虽谈不上是很铁的哥们儿，但大家喜欢在一起喝酒聊天，晓雪也经常跟着一起来。我不太喜欢杰瑞的张扬高调，不过晓雪的开朗大方倒是大家都很喜欢的，但我觉得杰瑞和晓雪之间总有些不协调的地方，看起来爱得死去活来，但骨子里却像是来自不同世界。人总是要有一样的价值观才能走得长远。我常给他们聊起我去的地方以及见闻，他对我说到的北极地区的各种矿产资源感兴趣，我想他应该是有投资的计划吧。我知道他家里应该是有点儿背景，但又不是企业家那种。在温哥华这个地方藏龙卧虎的，但凡父母是有钱的企业家，那就巴不得全温哥华的留学生都知道。我猜想他家里应该是政府机关的吧。我只是告诉他那可不是一笔小钱哦，也没当回事。

就是晓雪他们出事的那一年，杰瑞找到我，说他和晓雪要去耶洛奈夫看北极光，让给点建议。我给他们推荐了酒店和景点，也给他介绍了几位当地的朋友。这样足够了，因为对于生活在加拿大的年轻人来说是不需要我这样的导游帮助的，他们更需要的是随心所欲。

几天以后，他突然很急地给我电话，说能不能帮他接一下他妈妈和他认识的一位叔叔，然后把他们送到耶洛奈夫来。我说不成啊！我下周还有一个滑雪的团要从国内来，那是收了钱的。我说接机没问题，然后我送他们上飞机，中间的行程你负责陪同不就得了吗？他说不行，他妈妈来了还要谈一些项目的事，也需要我的帮助，你来吧，就算是一趟个性化定制的路线，钱不是问题，你说多少就多少，保证你三天返回，不耽误你接团的事。

我明白他母亲这次是真的想来西北做矿，西北地区有金矿、北极玉矿、钻石矿，还有很多稀有金属矿产资源。就这样我在机场接到他母亲和张总，按照原定的计划，一下飞机就先去购买专业的防寒装备，毕竟是零下三四十度的地方，杰瑞讲他母亲是很讲究的人，不会在当地随便租衣服穿的。

第一眼见到他母亲，从她不多的话语里就知道这是东北很有地位且傲慢的女人，即便是淡漠的客套话语中也透着霸气，就是那种说话很干脆，没有任何商量余地的那种人。那个张总唯唯诺诺地跟在后面，杰瑞的母亲选衣服时他拎着包，杰瑞母亲选好衣服他马上去买单，这种关系一看就明白了。只有杰瑞母亲不在的时候，张总才敢趾高气扬地说话。

第二天早上我们便登上了飞往耶洛奈夫的航班，杰瑞母亲一上飞机就大声地埋怨，我给你们学学："这是什么飞机啊？这么小，一排一共才三个座位，这还是头一次见着。这也是商务舱啊？和经济舱有什么区别吗？小砂，这是这么回事？"那个霸气我都学不像。

我赶紧解释："阿姨，这飞耶洛奈夫的航线是支线飞机，去的人少，所以飞机都是这样，没办法，您知道的，加拿大穷得很。"还好我当时选座位时专门给他母亲选的是飞机左边的单人座位，我和张总选在和她一排的双人座，估计张总也是怕了她了，上飞机就抢着坐了靠窗的座位，让我挨着过道好给杰瑞母亲回答问题。

"你这是逗我开心吧，人家加拿大还穷？穷，你们这些年轻人还一个又一个的都不愿意回去？我真不知道你们这些年轻人怎么想的。”

“阿姨，不是我逗你，是真穷，要是在咱中国，这飞机早就不知道捐给非洲哪个小国家了，要不就拖到哪个广场上去展览了，在加拿大这种飞机还多得很呢，等一会儿起飞了，你看看他们的空乘，看看他们的配餐，那真是寒酸。”当时我也只能拣着她喜欢的讲，让她有高人一等的感觉。

没办法，就这样哄着哄着到了耶洛奈夫，飞机还在跑道上滑行，我对她说：“阿姨，到了耶洛奈夫了，机场很小，我和张总等着取行李，你站在那里就可以看到杰瑞了。”。

“什么奈夫？我们不是到黄刀镇吗？”她一脸警觉的样子，少了刚才飞机上的霸气。

“耶洛奈夫是英文说法，翻译过来呢就是黄色的刀子，所以中国人喜欢说黄刀镇，意思都一样的。不过呢黄刀是省会城市，再怎么也是黄刀市，不是黄刀镇，被人喊坏了。”我赶紧给她解释着。

“小砂啊，你就直接给我说黄刀镇，这样我记得住，什么奈夫的我记不住。刚才在飞机上看下面这个城市小得啊可怜，说它是镇都说大了，算了，黄刀市也好，黄刀镇也好，反正别奈夫了。”

出了机场只看见杰瑞一个人站在那里接，我心里就在纳闷，这晓雪也太不懂礼数了，一会儿不知道要被这厉害的婆婆怎么数落呢。

上车后我也就随口一问：“怎么你一个人来接呢？”

“不是车坐不下吗，我就一个人来了。”杰瑞迟疑了一下道。

“还有谁？你还有朋友？”他妈妈问了一句。

“妈，我说一会儿到了酒店再介绍给你呢，晓雪，我女朋友，我给张叔叔说了的，让他在飞机上先告诉你的。”听得出来，杰瑞也是鼓了勇气才说出来，我当时真想给自己一个耳光，怎么嘴贱呢！我都后悔不该答应这趟活儿，我意识到要出大事。

“什么！你女朋友？谁同意的？你告诉小张了？他可什么都没给我说！”能感觉到这话语比外面的气温还要冷。

“大姐，昨晚小勇是跟我说过，我看你挺累的，就想让你先休息好了再告诉你，结果今天给忘了。”张总更是结结巴巴的。

“我告诉你，小勇，没有我的同意，你什么都别想，你别以为先斩后奏就可以糊弄过去，没门儿！到了什么程度了？”

“妈，你说什么？什么程度？”杰瑞一下子也蒙了。

“你和那女的到了什么程度了！”他母亲厉声又说了一遍。

“我们，我们已经同居了。”杰瑞迟疑了一下还是说了。

“多长时间了？就这几天？”他母亲的语气像是在诱导杰瑞一样。

“不，有几个月了。”我当时听到这句话简直以为听错了，几个月？怕是三四年了吧？我转头看了一眼杰瑞，杰瑞的眼神也很无助，我想母子总归是母子，应该有办法解决的。

到了酒店，晓雪就站在大厅里，看见我们进来她迎了上来叫了一声：“阿姨好！我是晓雪。”脸上堆满了笑容。

杰瑞的母亲转身往后看，脸上一点儿表情都没有，倒像是在寻找这是在叫谁的样子，完了转过身装作很诧异的样子，“叫我？这儿没有其他中国人了，小砂，这是你朋友吧？你也是导游？”

当时我惊呆了，没想到杰瑞的母亲是这样来处理这样的场景，表明了是告诉她儿子，我不认可！也是表明了告诉晓雪，我儿子啥都没有给我讲过，你也千万不要当真！没想到还拉上了我！

我知道这事我是没法回应的，只能装作没听见，打开后备厢卸下箱子，干好一个导游该干的事。倒是杰瑞急了：“妈，这是晓雪，我刚才给你说了的，我的女朋友！”

“什么？你的女朋友？车上给我说的？我可能是刚才睡着了，这两天太累了。什么女朋友啊？交往多久了？怎么也没给家里说一声呢？”她那拖腔拖调的口气，满脸不屑的样子，隔了好多年了我都无法忘记。

晓雪很尴尬地站在那里，脸涨得通红，埋着头。“好了，快去拿房卡啊！都站在这儿干什么？小砂啊，你这导游怎么回事呢？看戏啊？”是的，除了晓雪以外，大家都心知肚明这是他妈在唱戏。我赶紧去前台拿了预订好的房卡，大家一路上了电梯，晓雪低着头站在最里面，杰瑞妈妈的眼光在晓雪身上上下打量着，杰瑞满脸阴沉，张总眼睛往电梯顶上看着，当什么都没有发生，只有我傻傻地扶着两个大箱子。

到了房间，我给他们简单地介绍了一下房间设备，完了我决定马上离开，因为我能感受到这个房间马上要爆炸，空气中充满火药味。

“阿姨好，这边没什么我就先走了，我家离这不远，我明天早上来接你们，你们今天辛苦了，都早点休息。”

“好的，小砂今天辛苦啦，谢谢你啦！”他母亲少有的这么客气，反倒让我有点儿不适应。

“晓雪，你也先回房间吧，我给我妈说点事。”杰瑞对晓雪说。“砂雨，等一下，我还有点事请你帮忙。”杰瑞跟在晓雪后面出了房间。

“小张，你不要走，我们一起谈一下。”身后传来他母亲的声音。

“砂雨，麻烦你把晓雪送到房间，顺便陪一下她，拜托了。”杰瑞脸上闪出绝望的哀求。

“好的，放心吧！”我拍了一下杰瑞的肩膀，知道他的意思。

杰瑞他们的房间在另一个楼层，电梯里，晓雪强忍着但眼睛里已经噙满泪水。我不知道该说什么，也不知道该怎么安慰晓雪，我想还是回到房间再说吧。

打开门，晓雪径直走到床边坐下掩面而泣。我真不知道该说什么，傻傻地站在那里，因为我怕再说错什么伤到晓雪。我知道，晓雪要想进入这个家庭很难很难，但这话不该是出自我的口。

“砂雨，我该怎么办？我无数次想象过和他母亲见面的样子，但唯独没有想到是这样的结果。我该怎么办？”晓雪抬起头看着我。

“我也不知道，杰瑞和你没有商量过这事吗？我原以为这次他让他妈妈来这里是已经告诉家里了。”

“杰瑞一直给我讲他妈妈会同意的，只是需要时间，他会做好家里的工作，但今天他妈妈的样子完全是不接受啊！我该怎么办呢？我连家里都放弃了，放假也不回家，就差点连父亲去世前最后一面都没有见上，可他妈妈的态度是根本不认可，我该怎么办啊！”晓雪有点歇斯底里了。

“晓雪你先冷静一下，杰瑞应该有办法解决的，他既然把母亲请到这里来，我想总是有他的考虑的，你要给他点时间，不要去逼他，等一等，也许今天晚上他们母子俩就谈好了。”我只能尽量往好的方向引导，当然我知道这是骗人的。

晓雪变得有点喋喋不休地讲着她的妈妈和爸爸的艰辛，她又是为什么总是辜负了她的父母，造成了在她父亲去世前的一年多都没有回家。

杰瑞发来的短信说：“砂雨，麻烦告诉晓雪让她早点睡，我估计要和母亲谈通宵了，让她不要等我。你也回家吧，我们明天早上照原来的安排，十点去酋长家谈矿的事。谢谢你了，今天让你见笑了。”我无法猜测是他母亲不准他回来还是真的需要通宵谈判，但这个问题怕是很难解决，看杰瑞短信的意思，他把希望寄托在明天和部落酋长的谈判上了。

我只能告诉晓雪，他们三个要制定明天和酋长谈判的方案，杰瑞让晓雪放心，早点休息，不要明天早上起来是一个黑眼圈。我想也只能这样帮晓雪了，因为在这件事上，我和她好像都是外人，唯有让晓雪等待，尽管希望渺茫，但她也无路可走，当然这话不能让晓雪知道。

晓雪好像冷静了下来，她点点头说：“他甚至不直接给我电话？还要通过给你发短信，我知道了，你放心吧，我会去面对的，晚安！”听到这话我有点心碎，但也无能为力。

十六、过来人

第二天早上，砂雨早早地就到了酒店大厅，手里还端着热腾腾的咖啡和一个汉堡，他怕来晚了，毕竟职责所在。

坐在大堂的沙发上，砂雨习惯性地四下打量，酒店餐厅的角落里，杰瑞在安慰着晓雪，晓雪低头像是在哭泣，桌上摆着还没动过的早餐。砂雨并没有看见杰瑞的母亲和张总。

可能是看见了砂雨，杰瑞径直走了过来：“砂雨早，昨天让你见笑了，我妈就这样，在家里强势惯了，她埋怨我没有提前告诉她，昨晚说了我好长时间，要不是在国外，我早就给她干上了，我离家出走，让她憋不住时再来找我！”看得出来，杰瑞眼圈发黑像是一晚上没有休息好的样子，当说到最后两句狠话时眼睛里闪烁着平时才能看到的杀气。

“别价，你这样闹晓雪怎么办？要是闹大了搞不好还要动用警察呢。”砂雨有点瞧不上杰瑞的这两句话，要是有脾气就不会让自己的女人受伤了。

“可不是吗？我也是怕事情闹僵了没办法回头，这样更对不起晓雪了。”杰瑞的语气像是泄了气的皮球一样。

“你妈和张总没下来，那今天怎么办？还去酋长家里吗？”砂雨不好深问，只能干好自己的事。

“我下楼时，我妈还在睡，我也没叫她，想先下来看看晓雪怎么样了。等一会儿吧，估计快下楼了。”

“什么？昨晚你妈没让你回房间？晓雪一个人在房间里？”砂雨听到杰瑞的话吃惊了。

“是的，她不让我走，她说她绝不接受没有经过她的同意就私自住在一起，她说这是她的底线，起码在她眼皮底下是决不允许的。我昨晚说那我就再去开一个房间，她说不行，你别以为我不知道你想干什么！这不，一大早我赶紧下楼找晓雪来了。”杰瑞完全没有了东北小伙儿平常的那种霸气。

正说着，杰瑞的母亲和张总出了电梯，杰瑞马上迎了上去：“起来了，妈，我正在给砂雨商量一会儿的事呢。”看来下来得还真是时候，躲过了杰瑞和晓雪在一起的场面。

“阿姨好！张总好！休息得好吗？这家酒店已经算是全黄刀最好的酒店了，还是条件有限的。”砂雨必须迎上去打招呼，尽管他不喜欢这个女人。

“砂雨早！你辛苦了，酒店还可以吧，毕竟是黄刀镇嘛，和国内的三星级差不多，不过比飞机上条件好多了。你吃了吗？我们一起进去吃个早饭。”杰瑞母亲虽是说话刻薄了些，但还是客气地邀请砂雨一起吃早餐，看来今天有个难得的好心情。

“阿姨您请，我已经吃过了，你们慢慢吃，我在外面等你们。”砂雨担心地看着角落里的晓雪。

杰瑞的母亲坐在餐厅靠窗的位置，远离晓雪坐的角落，窗外是耶洛奈夫美丽的冬景，洁白的雪在太阳的照耀下闪烁着光芒。杰瑞给母亲取来各种食物，陪在母亲身边坐下。

砂雨坐在大厅的沙发上低头玩着手机，杰瑞过来叫他：“砂雨，我妈说请你进去一下，她说点事。”

砂雨走进餐厅，杰瑞母亲示意他坐下来：“小勇，去把那个女孩子也叫过来。”杰瑞母亲看着角落里的晓雪对杰瑞说，倒是一脸祥和。

“妈，你这又是要干什么？”杰瑞有点焦灼。

“我能怎么？你们都在我眼皮下这样了，还不能让我说一下看法？你以为不说这事能过得了吗？你放心叫过来吧！不会吃了她！”看得出来杰瑞母亲强压着杀气。

杰瑞走过去叫晓雪，晓雪有点儿不知所措，但又不得不过来，她不知道会发生什么，但也躲不了。

“坐下吧，姑娘，你叫什么来着？”

“妈，她叫晓雪。”

“我问你了吗？”不知是因为儿子的原因还是要在晓雪的面前露一下杀气，杰瑞母亲的这几个字也是相当严厉。

“阿姨好，我叫晓雪，我比杰瑞低一级，他是学长。”晓雪怯生生地说。

“你怕是南方女孩子吧？说个话都没有我们北方人那么有厚重的底气。”

“是的，我是四川人。”晓雪不敢多接话，怕说不好又被怼。

“砂雨，有些话本和你没有什么关系，但我知道你和小勇他们都是朋友，所以也没把你当成一般的导游看待，有些事也就当着你的面一起说，免得以后传出去了还说我们这些做长辈的以权势压人呢。”杰瑞母亲说出了让砂雨见证她教育孩子的原因，言外之意是如果外面有人议论什么时你也算是个知情者。

“当然首先要批评我们家小勇，交女朋友这么大的事都没有给我们说，现在都是独生子女，难道家长不该知道你们交朋友这样的大事吗？当然交女朋友这也正常，年轻人嘛，以前杰瑞在上初中时就没少惹事，就是怕他交错了女朋友，所以把他送到北京上高中，还专门请他张叔叔帮着管，你消停过吗？你自己说张叔叔帮你擦了多少屁股？”杰瑞母亲的说法完全是要捣碎晓雪的心。

看见杰瑞要发火的样子，他母亲眉头一扬：“我说错了吗？那些荒唐事不是你干的？要不要你张叔叔说一说？”

“妈，那是我以前不懂事，我现在就晓雪这一个女朋友！别把以前的事抖出来说！”杰瑞真的有点急了。

“好，咱们说现在的事吧，你交女朋友我不反对，但你们同居小一年了都没告诉我们就不对了。去年我和你爸带你到北京去给你介绍女朋友时，你也没说起你在温哥华交了女朋友的事啊？亏得是人家女孩子家境显赫又是学霸没看上你，要真是人家看上了你，我看你怎么交代！你又让你爸的脸往哪里搁？你让他以后怎么在官场上混？真是幸亏人家瞧不上你，你说你爱这个姑娘，那我问你：你回国去相亲告诉这女孩了吗？”砂雨不得不服这个女人为了毁这段爱情真是不惜代价了。

“我说你，叫晓雪吧？这事我不怨你，一般都是男生主动，为什么你不知道吗？不就是那点冲动吗？我也不想把话说狠了，但你就不能学着保护自己？你们同居这事你给你父母讲了吗？他们同意吗？你又问过他给他的父母讲了吗？你们就这样同居了！”这杀气逼人。

“我们不叫同居，我们是合租房子。”晓雪急得哭了起来。

“别哭！让人家看见以为我们大人欺负小孩子。你说不叫同居，叫合租？你和我玩文字游戏吧？你们合租了几间房啊？你分摊了多少租金啊？水电费怎么摊啊？饭钱怎么摊啊？要不要我把小勇每个月的账单给你看看？”杰瑞母亲的话一点面子都不留了，一时间没有一个人说话，餐厅里也没有其他人，宽大的餐厅安静得吓人，只有晓雪无声地流着泪，两手使劲地搓着。

“好了，孩子我们会教育，这事我不再往深了说，我现在同意你们俩交朋友，但我不能确保小勇会不会甩了你，男人的事女人永远别那么自信！不管怎么说也是我们家小勇负主要责任，起码今天我认可你是他的女朋友。但是这几天别想在我眼皮子底下同居，这是我对你负责！我不管儿子就是我这做母亲的失职，万一再让你怀上个孩子，我怎么有脸给小勇他爸交代？我又怎么给你的父母交代？小勇这几天就住在我的房间，麻烦砂雨给我们换一个套房。”杰瑞母亲的话看似软下来了，但规矩也算是立下了。

“好的，阿姨，我马上去给你落实房间。”砂雨恨不得马上离开。

“等一下，砂雨，今天这事儿让你见笑了，没有背着你是我想让你听着，作为朋友你应该知道和理解我们这些家长的心情，我想就是晓雪的父母来了也会是这样的态度吧？我的儿子不好我不批评谁来批评？如果以后朋友们有什么议论我想你也算是一个见证。别骂我们当家长的，谁不爱自己的孩子？但要他们做得对才是啊。砂雨，你谈朋友了吗？你可要注意哦，现在的女孩子厉害得很，你不要让父母失望啊！”

“我知道了，如果朋友问我会解释的，谢谢阿姨，我比杰瑞大两岁，我已经订婚了，我们双方父母都很满意的。”砂雨急忙把自己摘干净。

“好吧，我们现在去那个酋长家见见面谈谈事，晓雪去补一下妆，就介绍说她是我的助理。不要哭丧着脸，让人家看起来像是受气的小媳妇一样。小张上楼去把礼物带上。”杰瑞母亲指挥着整个场面。

半小时后，一台七座奔驰商务车拉着一行人出发前往耶洛奈夫原住民部落酋长家去做客。车上气氛沉闷，没有人说话，更像是没有人敢说话。砂雨透过倒车镜看到晓雪蜷缩在最后一排的角落里，眼睛无神地看着窗外。

一座高大的原木结构房子，斜着的屋顶上积满了厚厚的雪，屋檐口吊着冰柱，像是挂满了白色凝固的流苏。主人们打开大门迎进客人，一个宽大脸上刻着刺青的老人站在大厅正中间，头上戴着象征至高地位的鹰羽冠，巨大的羽冠向上伸展，显得人特别高大。

酋长客气地邀请客人们参观他的大厅，墙上挂满了各种猎物的头颅标本，有黑熊、棕熊、北美野牛，更多的是麋鹿的头颅，当然这些也远没有大厅正中间放着的白色北极熊的整张毛皮看着霸气，即便是躺在地上，那洁白厚绒绒的皮毛立着更像是有静电吸引的作用。对于杰瑞母亲一行人来讲俨然是进入了一个动物标本陈列室。

双方还未坐下，杰瑞的母亲便示意张总拿出带来的礼物，这是一整根象牙雕刻的摆件，上面镂空雕着一条腾云驾雾的龙。

“尊敬的酋长先生，这是我们领导朱女士送给您的一件珍贵礼物，这是一百年前从缅甸进口的整根象牙雕件，由云南巡抚林鸿年重金请清代著名雕刻大师雕刻的‘龙腾图’，本是要送给慈禧太后的寿礼，后来因为战乱流失民间，朱女士专门用重金收来送给酋长先生，也当是给您这满屋标本增添一个宝物吧！”张总一口气说完，然后示意砂雨翻译给酋长。

“等一下，是多少年来着？那个云南巡抚叫什么？”砂雨这才意识到自己还兼任翻译，拿出笔和纸要记一下。

“一百多年吧，名字你随便翻一个都行，说了他也不懂，我也是随口一说的，你随便翻，说久远点好。”张总悄声地说，好像还怕人家听见似的。

砂雨赶紧大致介绍起这尊“龙腾图”，说着索性又加了一百年，反正也无法考证的事，珍贵就好。最后他还补充了一句：“龙在中国就像耶洛奈夫的北极光一样神圣，它是一种吉祥而又至高无上的象征。”老酋长拿着看了又看，如此精雕细琢，真是有点爱不释手。

坐下后，老酋长直接发出了邀请：“听说你们有意向在这里开矿？我们当然是非常欢迎，早就听说很多中国的企业到BC省去投资开矿，他们的眼界是不够了，听说他们都是去BC省开北极玉石矿，这种矿在我们这里有很多，在我们看来这种矿的价值是不高的，我们这里有世界上最好和储量最大的钻石矿，是九十年代第一次在这里发现的，是大面积露天的钻石矿，也就是说不用开挖到地下，土地表层就有大量的钻石。后来政府又在离这个露天矿不远的地下探测到更为丰富的钻石矿。这就是上天给我们原住民留下的宝贝，它取之不尽用之不竭啊！”等砂雨翻译完，张总已经有点迫不及待了。

“酋长先生，我们非常愿意在这里进行这么有价值的钻石矿的开采，但是我们也有一个疑惑，我们查阅了加拿大的各种版本地图，耶洛奈夫往北是没有任何公路的，我们也查阅了卫星地图，耶洛奈夫东北部直线距离两百多公里的地方有一个很奇怪的地面图形，就像两头的剃须刀一样的洞口往地下延伸，但是依然没有任何道路可以通往这个地方，这些工人和大量物资怎么能够进去呢？”砂雨不得不钦佩，张总他们来这里还是下了功夫的，看来是真想投资挖宝的样子。

听完砂雨的翻译，酋长竖起大拇指说：“张先生很用心了解，看得出来你们对钻石矿很有兴趣，你说的那个矿是我们西北地区的骄傲，叫戴维克钻石矿，在全球也是排名第三的大矿。的确和你说的一样，这里到戴维克是没有道路的，就连地图上都没有这个地名。要去到那里只有两种方式，第一是飞机，在发现这个矿以后政府便修建了一个小型机场，可以降落小型飞机，工人都是坐飞机进去；第二就是每年的 1 到 3 月之间有 10 周的时间有一条冰上高速公路，把大奴湖和若干个小湖连接起来，这条冰上公路往返七百多公里，这是一条冰上运输线，要把一年所需的物资运进去。”听到这些所有人都目瞪口呆。

“酋长先生，如果我们想获得开采权需要怎么做呢？你可以帮助我们吗？”杰瑞的母亲迫不及待地说出了她久经考虑的事来。

十七、金伯利岩矿

林月汐听到这里好像一下子明白了很多，她把下午晓雪讲的那些事和刚才等候极光时砂雨讲的这些事串联起来细细思考，自己慢慢拼凑还原出八年前在这里发生的全部故事。但她还是有一点没有明白，那就是晓雪和杰瑞怎么可能在短短的几天旅游时间就把关于开矿的事情搞明白，还把他母亲和张总也叫来这里和酋长见面？这倒不像是一个因为追逐极光而突然萌发的跨国界投资行为。在林月汐的心目中杰瑞就是一个纨绔子弟，而晓雪就是一个没心没肺爱着他的一个小女人，但现在看来好像没有那么简单，更像是杰瑞策划了很久的一个让母亲接受晓雪的策略。

林月汐说出了她的疑问，砂雨点点头说："汐姐你是一个心思缜密的人，一句话就点出了那些还没说清楚的关键点。汐姐你等一下，我下车观察一下极光，再抽一支烟就上来给你讲。"说罢拉开车门下了车，白茫茫的雪夜，只有那一点点微弱发光的香烟在独自挣扎。

"林月汐，你真是厉害，看来你不把人家晓雪那点事搞明白怕是都不想回国了吧？差不多就得了吧，别把自己搞得像是福尔摩斯一样。"柳溢的调侃让林月汐想起当年他们俩谈恋爱时没有少在一起读福尔摩斯侦探的系列书，柳溢总喜欢把一些案子说得绘声绘色的，让林月汐像个小女人一样依偎着他。

砂雨带着寒气冲进车里，嘴里嘟囔着：“今晚怕又是悬了，反正回到酒店也没事，我们再等等，看是不是有奇迹出现。”

“对，没事，咱们再等等，只要你给咱林月汐讲讲，等一宿都没事。”柳溢刚说完就挨了林月汐一巴掌。

“汐姐，你真是仔细，你要是作家就好了，一定会写出一本中国留学生在加拿大的奋斗故事，真的是有泪、有爱也有痛苦，要是有个导演看上说不定还可以拍个电视剧什么的，那真是集北极光极地之旅加上移民和爱情题材，一定好看！好，我们接着说杰瑞的事吧，杰瑞的变化与他回了一趟北京遇到的一件事有关，也就是他妈妈说的去北京相亲的那件事，这件事对杰瑞影响很大，也让他重新选择了研究生的专业。”说罢砂雨讲起了杰瑞回北京的事。

那一年，晓雪大学毕业了，杰瑞研究生也毕业了，按理说他们可以一起回国了，但是杰瑞并不想回去，他知道如果回去，就必须按照母亲的安排去规划他的人生。母亲的想法是一定要给他找一门亲事，最好是一个同为官场之中的家庭，哪怕女方家庭位置更高都不怕，只要对杰瑞、对杰瑞的父亲有帮助就行，当然杰瑞自身也具备这样的条件。就在杰瑞上研究生时，他母亲非让他回北京一趟，哪怕一周都行，说是家里有一件大事。

杰瑞担心是父亲出了什么事，母亲不方便在电话里说。所以赶紧买了票飞到北京，住在张叔叔名下的一套住宅里。母亲已经在这里等候，母亲告诉他这是专门给他安排的一次相亲，是一个什么部里干部的女儿，是父亲的同学给介绍的。当时杰瑞就火了，他说这都什么年代了还要靠父母介绍？

母亲训斥了他：“你们这些孩子总想到的是自己，为什么不从父母的角度来考虑一下问题？现在官场有多难你知道吗？你爸他们去学习不就是要多认识一点朋友吗？以后大家互相有个照应，多一个朋友多一条路。这次就是你父亲的班长叔叔给我们介绍的一个朋友的女儿，人家也是才留学回来的，从条件来讲我们还是高攀了！你就不能站在我们的角度上想一下吗？”

杰瑞心里有万般的不高兴，但母亲这么一说他倒无语了，不就见一面吗？先应承下来再说。他母亲像是看出了他那点小心思，接着给他做着工作：“这事你不单是要应承下来，还要真诚一点，别想敷衍我们，你知道你爸的班长是谁吗？算了，还是不给你说这些，免得你出去乱说。你要是明天晚上胡乱来，惹恼了你爸我可不答应的，得罪了这位叔叔，你爸在班上的关系也就断了七七八八，你知道现在你爸有多难吗？没有这些关系维持着，能在这位置上坐多久谁也说不清，这里面的利害关系你自己想想看！你已经长大了，我们不指望你能有多大出息，但我希望你能给家里分担一点事情。”

杰瑞本想这次回来就要告诉母亲她和晓雪的事，这样一来倒真的不敢说了。他也只能留下来接受接下来的安排，走一步看一步吧。他给晓雪留言说：父亲身体不好要来北京做一个全面体检，母亲担心有大问题，就让他回来一起面对。他撒谎了，但他相信这是善意的，只是不想让晓雪担心而已。

第二天刚好是周末，父亲坐着高铁来了北京，班长叔叔做东，请几个要好的同学吃饭，说好各自带上家属，班长说过了：“做领导的一定要学会把家庭关系搞好，这是很重要的问题，所以咱们聚会有条件的都带上家属。”

除了父亲的几位同学带着家属以外，班长还请到他朋友的一家人，当然也是今晚的主角之一。女孩子一看就是北方长大的，没有晓雪的清秀和漂亮，但很高挑大气。其他都是叔叔阿姨，唯有杰瑞和那女孩是年轻人，班长叔叔刻意地安排他们坐在一起。初次见面彼此客气，虽没有那种一见钟情的特别，但也能聊得来，这也是他俩见面的任务。趁着大人们巡酒，他们俩也就边吃边聊了起来。

女孩子有一股清高劲儿，应该是北京女孩子特有的气质，觉得哪里来的人都是小地方来的。女孩子从英国留学才回来，已经在一家大型国有公司上班了。

女孩问到他为什么还不回国，杰瑞说习惯了国外的生活方式，不太想回国工作。

“你能融入国外的主流社会吗？”女孩话题很直接。

“没想过，应该有难度，但加拿大的华人很多，我们不用非要他们的认可，我们一般就在华人圈子里玩儿。”杰瑞回答的高度显然低了一截。

“你周末都出去旅游吗？平时干些什么呢？”女孩像是考试一样，但杰瑞并未上心。

“嗨，加拿大出门就是风景，哪里还需要专门去旅游啊！平时没作业和论文的时候就打打游戏呗。”

“那不一样，旅游不单是看风景，主要是看历史，看风景背后的故事。你打什么游戏？我有时也打的。”杰瑞完全没有想到这就是一个圈套。

“你也打？我打传奇，你呢？女生打传奇的少，要打我们可以联网打。”

就这样，杰瑞让他父母失望了。当天晚上人家女孩子父亲就给班长叔叔回了话：男孩子家庭和长相都没的说，但男孩子不能单看长相，女儿说了男孩子眼界不够还痴迷游戏，但凡痴迷这个是很难戒掉的，我们家女儿最怕打游戏的男生，我们也不瞒你，她在大学期间交往的男朋友就是因为痴迷游戏分手的。

班长叔叔也只能如实转告，不然自己也不好下台。说完也顺便说了一句：咱们的孩子还是要努力，不能让人家瞧不起啊！

回到家里自然是一番吵架，父亲大发雷霆，杰瑞说是女的专门找茬，故意和他聊游戏，他只是中了圈套。当然事情是朝着杰瑞希望的方向发展，他自然是高兴的。

临行前母亲的一席话还是对杰瑞有所触动：“小勇，我和你父亲希望你能够成熟起来，不单单是我们对你婚姻的要求，我和你父亲的职业和工作性质是有巨大风险的，我想你是明白的，我们不保证能陪你走完一辈子，但我们所做的一切都是为了给你一个好的未来，如果有一天我们不在你的身边了，我们还要为你的将来担心吗？所以我们希望你能干出你的事业，让我们放心！”

杰瑞明白母亲的意思，他沉默很久对母亲说：“能让父亲放手了吗？我希望一家人安安心心在一起，哪怕是像小时候那样简简单单的。”母亲的回答让杰瑞焦虑而无奈：“晚了，这是一趟停不下来的列车，我们只是这个列车上的一员，这个车上的人各有其责，谁也无法让车停下，我们只能期望自己不要从车上掉下来。算了，这是大人的事，你不要管，你的事我都交代给你张叔叔了，他知道该怎么做。”母亲挥挥手，不想再往下说了。

一周后他又飞回了温哥华，晓雪问到他父亲病情怎么样。他说也就是他妈大惊小怪，什么事都没有，做了肠镜，切了一块息肉而已。俩人的小日子又有滋有味地过着，唯独家里人瞒在鼓里。

杰瑞一开始报的研究生专业显然不是他喜欢的，社会学让他感到枯燥，学到半截就挂科了，奖学金当然受到影响。但对于杰瑞来讲是不在乎的。所以他说干脆和晓雪一起重新选专业读研。反复考虑后他选了哥伦比亚大学的采矿工程，当时我就很纳闷为什么杰瑞会选这样冷门的学科。

其实在加拿大有两个专业并不冷门，一个是林业科学，一个是地质科学。加拿大资源丰富，大量的森林覆盖加上北部地区矿产资源极为丰富，从 19 世纪开始欧洲人便蜂拥而至，一时间淘金热让加拿大成了世界关注的热点，就连咱们清王朝都输出大量劳工到加拿大成为淘金工人，到后来成为太平洋铁路修建的一支不可缺少的队伍。

杰瑞是聪明的，林业资源固然重要，但就其经济价值来讲，矿产的回报更为丰厚，杰瑞是想为今后把自己的事业和矿业结合起来，因为在中国富起来的煤老板都是靠占有资源发的财。和煤炭资源比起来，加拿大近十多年才逐渐发现并开采利用金伯利岩矿。就其储量来讲，和已经开采了上百年的南非金伯利岩矿及苏联的大面积金伯利岩矿比较，加拿大西北西区的钻石矿还只是一块处女地。

杰瑞的母亲本不同意他再继续考研，当他把自己的想法跟母亲讲了以后，母亲二话没说就同意了，她终于看到儿子的成长，她决定要帮儿子完成他想做的。所以一直让张总在和杰瑞联系着寻找一个合适的项目，投资也自然是张总和他一起做，现在一切的知识储备正在就绪，就等待一个好的投资机会。

“我明白了！也就是这个时候该我们的砂雨同学登场了！”林月汐大叫了一声，故事更加清晰了。

“是的，就是在那段时间一帮好朋友的聚会上，我聊起了在耶洛奈夫做极光旅游的事，刚去的时候总是被当地原住民欺负。你别看不大一点的耶洛奈夫，光原住民的部落都有十七八个，他们各自掌管着黄刀极光旅游的各种资源。这些原住民没有什么文化，国家每年给他们很多补贴，他们一手拿着政府的补贴，一手掌握着各种资源，就连警察都要让着他们。后来经人介绍我认识了缅尼族的大酋长，这才算是在这里蹚出一条路来，不再有人无休止地找我收保护费，也不会有人砸我的车了。喝酒时我问杰瑞，你们家不是有钱吗？可以来投资啊！我给你找酋长批项目。”

“其实当时我也就随口这么一说，没想到杰瑞真的来了兴趣，马上问我有什么项目。我说可以批旅游项目，新开一些冰上旅游项目。他问我可以批矿吗，我问他什么矿，他说想做金伯利岩矿，拿到这个资源那就是抱到金娃娃了。”砂雨笑了起来，这不就有了后面的事儿了。

“我说你还真问对了人，夏天我就带了一个以前在缅甸开矿的江苏老板，他本来在BC省买了一个北极玉矿的开采权，天天看着翠绿翠绿的翡翠就这么挖出来，那多带劲儿啊。可这北极玉出量但不出色，价值和翡翠比起来也就大大地下降了。他听说西北地区有金伯利岩，朋友介绍找到我，我带他见了大酋长，大酋长满口答应，说和他们联合当然是可以的，但开采权的事还要和地区政府谈，现在还在进行中。你要真有兴趣的话下周我带团进耶洛奈夫时帮你问一问大酋长。”

也就是从那一次开始，杰瑞便迷上了金伯利岩矿的事。

十八、雷子

“快，下车，这会儿有极光了！”一边聊一边看着手机上北极光指数软件的砂雨突然大叫一声，接着拉开门冲到车后打开后备厢拿出脚架和相机。

柳溢也拿上自己的设备跳下了车，林月汐在羽绒服外面又套上一件专业滑雪服以抵御即将遭遇的极冷气温。

抬头便是漫天星斗，这是林月汐从来没有亲眼见到的，以前只是在照片中见到。这些星星看起来是如此遥远，但又是如此清晰可辨。大的星星放着光，小的星星依偎着放光的大星星，更像是一个个手拉手的家庭。

林月汐拿出手机拍照，她知道手机未必能记录下如此美好的景象，但你的本能会让你这么做。几秒、十秒、二十秒……林月汐感觉到自己的手指就要被一节节冻断，手机就要握不住了，就连捂得严严实实的脸也像刀割一般。她现在相信了朋友出发前告诉她的：你在外面只可能待上几十秒钟，这种冷和你穿着什么品牌的衣服无关，不管是“CANADA GOOSE”还是“MONCLER”，极致的寒冷给你的见面礼是一样的。

突然清晰的星星变得有点模糊，像是蒙上一片纱一样，林月汐有点遗憾，看了看正跪在地上调整相机角度的砂雨和柳溢，正思考着是回到车上还是继续坚持等候。“汐姐，快来看镜头里！”她赶紧冲到相机前，取景框里是璀璨多彩而又飘浮游动的北极光，林月汐找不出更多的辞藻来形容这种虚幻的美，只有发出一声声感叹。砂雨和柳溢不断地按下快门，即便再快的速度也不及飘浮变幻着的北极光。

“汐姐，快站到前面去，随便摆几个pose。”林月汐何尝不想随意摆出几个漂亮的动作，但是身上犹如穿了盔甲一般，即便走路也不是那么自如，何谈什么漂亮的动作，能留下一个大熊般的身影就不错了。

林月汐挺知足的，能和北极光有张合影就算值回票价了，想想前两年她和柳溢开车几千公里到了北极圈两次也没见到极光的影子。最后他们得出的结论是：看极光其实和纬度没有太大关系，关键在于耐得住寒冷加上好运气，那就能邂逅北极光。

半夜三点，他们驱车往回走，这又是蛮有收获的一天。砂雨说：“汐姐啊，不是我夸你们，你们真是运气不错，我接待过好几拨客人，在这寒夜里一等就是四个晚上，愣是没见到极光的影子。”

一路上他们开心地说着拍极光的种种遭遇，倒真的忘记了晓雪的那些事。汽车开进城里正好路过龍酒吧，门上“Close”的灯箱开着，看来晓雪已经打烊回家了。

“晓雪的店已经打烊了，不知道今天迪纳去给她送鱼了吗？”林月汐更像是在自言自语。

“汐姐，大半夜的，咱就别再谈晓雪那些闹心的事了吧，晚上好好休息，明天上午还要去参观博物馆呢。”砂雨都要告饶了，这一天都是在晓雪的故事里度过的。

此时的晓雪早已躺在舒适的床上，她打开微信，看到雷子给她留了好几段话，她逐段放来听，一边说着什么，虽然是自言自语，但在她看来就是在和雷子说话。

雷子告诉她今天不太顺，刚过 hope 小镇进入山区就下起了雪，还好没有封路，大车只能慢速前进，那两百多公里的山路他们足足开了四小时，那山路都没敢让助理小张摸方向盘，每个驾驶员都认为命还是掌握在自己手里好些。本来计划今晚开到大草原城了，结果只能住在班夫附近黄金镇的汽车旅店里，一路上不是雪就是雨，反正明天也赶不回来了，所以夜车还是不要开得太晚。后天应该可以早点回家，好期待家里松软的大床，好想闻着她身上的味道入睡。

晓雪看到一小时前雷子还迷迷糊糊地说了一句：“好想你啊，和你在一起我一晚上都不睡，就想你，想要你……”直到没有了声音，可能是手没有松开，里面传来他和小张的鼾声，如同一曲重金属声的摇滚。

雷子是一个很简单的人，这也是晓雪愿意嫁给他的原因，在他俩的心里就觉得彼此投缘，在国外混日子都不容易，大家搭伴儿过日子，彼此也有个照应。

几年前，雷子开着沃尔沃大拖头来到她的龍酒吧门口，打开门从高大的车头上跳下来喊着：“龍酒吧，看来是中国人开的，太好了，中午可以吃上一顿中国饭菜了，小张，快下车！”

推门进来，中等个精瘦身材的小伙子，和这个大拖头的比例严重不匹配，看见晓雪就直接用中文打着招呼，“你好！你也是中国人吧？”

“是的，是的，在这里能听到中国话好亲切啊！您开大车的？您的长尾巴呢？这一个大脑袋没有后面的车身看着还真不习惯呢。”晓雪高兴地打着招呼。

“哦，刚去卸了集装箱，我们就先来吃饭，没想到这里还有中餐厅。”

“我们这也是混搭，如果只卖中餐，老外还是不习惯的，所以中餐、西餐都有，店招取个‘龍’字也就是希望中国人来了看得见。现在来这里旅游的中国人越来越多了，不过像您这样开大车的还是第一次见到，看您喜欢吃什么就点什么，别的菜不敢说，川菜还是做得很地道的。我们这里晚上还是酒吧，这里不讲究，混搭，您是哪里人？”晓雪一边给他们倒上热水一边问着。

“地道，咱们中国人就还是喜欢喝点热的，不像老外餐厅，不管多冷都先给你来一杯冰水。我是江西人，小张是福建的，我的助手，现在是我们俩合着开一辆车，等小张跟着开两年也就可以放单飞了，你是哪里人？”

在加拿大这个地方，只要是遇到了华人，聊完家乡自然都要聊起怎么留下、怎么找工作这样的事。小伙子叫雷子，家里条件不是很好，但他心里总有一个出国梦，说服家里考了一个研究生，成绩不错，奖学金加上自己周末打了两份工也能自己养活自己。其中一份工是跟着一个香港人学修车，老板一个人开一个修车行，生意好了就想找个助手，这里华人多，车也多，老板和他都讲中国语，修车的价格比起汽车专卖店来便宜很多，所以每天都忙不过来，老板总让他加班，当然钱也挣得多。

雷子出国读一年的研究生目的当然是想留在加拿大的，但是在这里未必能找到好的工作，没有工作便申请不了绿卡。雷子也不甘心去餐厅端个盘子什么的，怎么也要学点手艺。修车行里啥人都能遇到，这倒让雷子学到很多。有一次遇到一个来修大车的师傅，雷子特别上心地问开大车需要些什么条件。师傅教给雷子很多，首先就是要考驾照，而且是 Class 1 最高级别的驾照，这样的驾照可不是随便在家学过就可以的，必须要到专业的驾校学习，时间长，学费也很高。当然也是有法子的，那就是有一种私立的驾校，价格倒差不了太多，但时间可以缩短一些。拿到驾照就可以到各大物流公司去投递应聘书了，就这样一年后雷子便如愿地开上了大车，也拿到了绿卡。

这是雷子第一次跑这条线，听同行说加拿大的西北地区虽有铁路和其他省连接，但是离开铁路线的物质运输那就全靠汽车了。虽然西北地区人口不多，但因为有几个大矿，矿上工人很多，收入都很高。这里的物质需求量大，于是雷子给公司讨了一趟拉物资到耶洛奈夫的活儿，说是先来看看，如果可以就打算搬到这里来找一家物流公司。

没想到聊着聊着晓雪还真能帮上忙，耶洛奈夫的几家物流公司的老板都是晓雪店里的常客，晓雪帮忙介绍是没有问题的，但条件谈不谈得拢晓雪就不知道了。就这样两人成了好朋友，那时晓雪刚和迪纳离婚不久，单身的女性总是会有很多麻烦，雷子自然也会多帮晓雪一些，日子久了也就成了一家人了。

晓雪这两天睡眠不好，半夜总是噩梦，她今天回家特地把那个挂在店里的捕梦网带回家里，她知道那不过是一个古老的传说罢了，但只要你相信，它总是会给你带来好梦吧。

在和雷子结婚前这个捕梦网一直是挂在她的床头，因为这毕竟是迪纳送她的，结婚后她不希望这个旧情物成为她和雷子之间的一个心理障碍，于是她把它作为一个原住民的饰品挂在了店里。雷子倒没想那么多，因为男人粗心他并不知道这个网子有什么作用和意义，从来也没有问过。倒是迪纳很在意，他每次看到店里的这个捕梦网总是很暖心，他觉得晓雪还是在意他的，要不为什么不把它扔了，这倒更像是晓雪给他下的招魂网，总是不由自主地想往里钻。

晓雪的龍酒吧称得上是整个城市最有名的店之一。和耶洛奈夫最高档的“Woodyard ”酒吧相比，“Woodyard ”酒吧的装修风格和大城市洋人的酒吧无异，是白人喜欢去的酒吧，虽没有明文告示，但原住民不进入其中已经成了约定俗成。

龍酒吧也和“Raven’s”酒吧不一样，那里充斥着原住民的元素，巨大的麋鹿头、整张的黑熊皮无不彰显着原住民几千年来顽强的生存能力。

龍酒吧更像是耶洛奈夫的“Kilt Castle”酒吧，那里不分是白人还是原住民都可以在这里喝上几杯，酒后彼此仇恨的眼神和语言在大麻的刺激下更会出现莫名的冲动，你如果在这里坐着静静地观看，想必一晚至少可以见证三场斗殴。

晓雪的龍酒吧自然是个例外，因为女主人的温婉和她不凡的经历，大家似乎可以不动或是少动干戈地喝酒，当然既为酒吧也难免会有些冲突，每每冲突的焦点不外是因为这块土地是谁的；原住民认为这是我们的土地，你们白人来抢占了我们的土地；而白人不认可了，白人认为我们给这片土地带来了文明和进步，我们也改变了原住民的生存状态，你们应该学会感恩；于是一谈到这个主权问题总是剑拔弩张的。每到这时，晓雪总会在还没有蹭出火花前就果断地加以制止。她会温柔地端上三杯啤酒，递给挑事的俩主儿：“来，这是我送你们的，我们大家一口喝下，在我这里，不管你们是什么肤色，你们都比我好，我原本就是一个过客，留下了也在这里生存下来了，那是因为你们都喜欢我，来，喝了这杯酒，忘了不愉快！”

八年前，在第一次踏上这片土地时，晓雪并不喜欢这里，因为太过寒冷。她只想跟着杰瑞来看看北极光，杰瑞告诉她能见到北极光的人一定会幸福。晓雪不信，她查阅了资料，最后她告诉杰瑞，要是能看见紫色北极光的人才能算是最幸运的。杰瑞说紫色的北极光最为少见，就是这里的原住民怕也是很难见到紫色的北极光，晓雪说我一定要等，我要等到看见紫色北极光的那一刻。

这一等就是八年的时间，不是她没有机会见到紫光。杰瑞离开并且再也没有回来后，她就发誓不再相信看见北极光会带来幸运，她笃定这个道理：带你来看极光的人走了，带走了你的心，却留下了你的躯壳，你还会相信紫色的极光会给你带来好运吗？

是的，对于长久住在这里的人从不会为这无边无际的极光欢呼雀跃，对他们来说就是再普通不过的自然现象，如果在某一个冬季，耶洛奈夫没有了北极光，那才将是世界的末日。现在的晓雪就是这样，从不会去惦记着今晚是否有极光降落，因为那会勾起她痛苦的记忆。好久了，没有再去想那个人，今天倒是砂雨带来的老乡林月汐的好奇又勾起了那些痛楚的往事。

她失眠了，往事又像是八年前她第一次看到的北极光那样缥缈着在眼前浮现，里面有杰瑞影子，还有迪纳和雷子的，若隐若现，唯独杰瑞的脸有点模糊。是的，八年没有见到他了，不知道他变成什么样子了，怕是留了点鬓角吧？杰瑞有胡须，每次亲热的时候总爱用胡须来扎她的脸，说是免费的按摩。杰瑞说过，等他35岁以后就留上鬓角，这样显得成熟一些，现在想必已经留上了，应该更加帅气了。

细细想来其实晓雪这么多年从来没有放下压在心底的那个谜，她不明白为什么杰瑞会突然离去，后来就再无音讯。她至今都不会忘记八年前到大酋长家去的情况，她不明白为什么杰瑞会把谈得好好的金伯利岩矿的项目突然放弃了。杰瑞为这个项目做了整整一年的准备，他的研究生课程就是选修的矿产资源，她母亲带着张叔叔来的时候也是直奔这个金伯利岩矿的投资来的，难道就是因为他母亲不喜欢自己，他们就这样放弃了？这是她心里始终没有解开的谜……

十九、一万年前的远征

八年前，也是这样一个冬季，对于已经习惯了温哥华即便是冬季也又并不酷寒的晓雪来讲，两点一线的生活是那样惬意，无论是走到教室还是在家里，都温暖无比。她早已无法想象曾经在四川老家时是怎样度过阴冷的冬季，她记得父亲总是感冒咳嗽，但依然忍不住拼命抽烟。做作业时经常听到父亲不停地咳嗽，像是有口气憋着上不来一样，母亲总是说他：别抽了，别抽了！你的肺快要咳破了。父亲咳得顾不上说话，等平缓了以后总会回上一句：没事的，破不了！要不是这烟油润着这肺啊，那才真是肺要罢工了，没事的，放心吧，你看这一咳嗽就是满身大汗的，当是体育运动了。

父亲总是这样乐观，后来父亲去世了才听母亲说到，其实父亲在单位体检时就知道肺上有问题了，他没有告诉母亲，因为医生告诉他已经是晚期了，手术未必能解决问题，既然已经是晚期了说了又有何用？只能是大家痛苦。他苦笑着对医生说："没事，既然这样也就保守治疗吧。"

母亲总是看到他偷偷地吃药，母亲问起他只是说是医生开的咳嗽药。母亲留意着记下药瓶上的名字去问了医生，这才知道是控制癌症的药物。母亲哭了，拿着药瓶去问父亲，父亲说是的，不说是不想增加你的压力，一个人来承担压力就够了。

母亲很伤心，对于她来讲就像是天要塌下来一样，但他们还是达成共识，不要把这事告诉在温哥华读书的女儿，那一年晓雪正在准备毕业论文。

几个月后父亲的生命走到了尽头，还是没有履行晓雪毕业日一家人来温哥华庆祝的约定。晓雪接到电话赶回四川，拉着父亲的手，父亲咽下最后一口气。因为伤痛和处理后事，母亲还是取消了原定来温哥华参加晓雪毕业的计划，母亲说："我以后有时间来温哥华的，这次让我在家守着吧，也许你爸爸心里放不下，夜里还会回来看看这个家。"

晓雪的毕业典礼有杰瑞陪着并不寂寞，但还是增添了很多遗憾，尤其是父亲的离去让晓雪陷入深深的自责。那段时间杰瑞也懂事许多，减少了玩游戏的时间，陪着晓雪度过了那段伤感的日子。

圣诞节的假期，杰瑞说："我们去耶洛奈夫吧，我们去看北极光，明年我们毕业了还不知道要到哪里开花结果去，不如趁着这个假期去看看，这是老天爷给这个寒冷地区的最美馈赠。"

晓雪知道在杰瑞心里还惦记着那里的矿产资源，这是他研究生的专业。在几月前的秋季，他已经独自去过一次了，一去就是半个多月时间，那是专业论文需要的一些实地考察，他给她发来很多照片，有在耶洛奈夫政府部门查看地矿资源地图的，有在图书馆查阅历史资料的，还有在飞机上拍到的巨大矿坑，还有和戴维克钻石矿区的工人们交谈的。她看到了杰瑞向上的一面，隐约觉得和他上次突然回国有一定关系，他更像是找到了自己未来发展的方向。

从耶洛奈夫回来以后他曾对晓雪讲过：我要有自己的钻石矿，以后我们的结婚戒指就要用自己矿上最大的那颗做。当时她就觉得这是杰瑞一时心血来潮，还开什么钻石矿呢？为一个结婚戒指至于搞这么大的动静吗？就当一个玩笑吧。朋友们一起周末喝酒聊天时，她还调侃着：你们知道杰瑞要送我什么样的结婚戒指吗？他未来的钻石矿上最大的那一颗！你们说这个梦想能实现吗？话音一落大家便是一阵狂笑：能，杰瑞想要的一定能实现！当时杰瑞狠狠地瞪了她一眼，然后对大家说：你们就等着吧！到时你们别吓着了！

现在想来真是一场梦啊！等梦醒来，她却找不到回家的路，她把自己遗弃在来的地方。

记得八年前那次跟着杰瑞和他母亲来到耶洛奈夫缅尼族大酋长家里。八年前她似乎还没有完全懂得做人的艰辛，沉迷在杰瑞的二人世界里，杰瑞母亲的态度无疑是带给她极大的打击。此刻她怯生生地站在酋长家的沙发后面，半低着头，更像是一个犯了错误的小孩子，沙发上坐着杰瑞的母亲和张总，一旁的椅子上坐着杰瑞和砂雨，没有人在意她的存在，倒是酋长指了一下另一端的椅子，她摇了摇头，对着杰瑞母亲的背影努了一下嘴，酋长明白她是这位尊贵夫人的翻译加助理，酋长示意给晓雪端了一把椅子过去。

也许是杰瑞母亲的厚礼，也许是砂雨的介绍，酋长自然是很乐意接受他们前来投资，当然他也提到他只是十七个原住民部落酋长之一，当然这是最大的一支部落，他会把朱女士和她代表的集团的投资意向在议会上给大家陈述，在原住民酋长议会里取得同意以后他们会上交给西北地区政府通过，并和政府签订正式的投资协议，当然这需要给政府支付一笔很大的费用，作为获得开矿权的必要条件。

晓雪看到杰瑞母亲朝着张总方向侧了一下脸，并没有目光的交流，张总已经明白什么意思，他马上问道："这笔费用大概是多少呢？"

没有等砂雨翻译，杰瑞直接用英语问道，酋长沉默片刻说："应该在几千万加币的数额，也许会更高，起码不会低于这个数，因为这是最有价值的钻石矿，而非一般的金矿和北极玉矿。"

杰瑞母亲等不及别人说话直接表明了态度："这个没问题，但对于酋长您来讲，您的要求是什么呢？"

"因为这里原来就是我们原住民的地方，所以地方政府首先要求我们部落酋长议会要通过这个投资项目，这就是为什么砂雨会带你们来到我的家里做客的原因，当然作为回报，我们希望除了你们每年给政府缴纳资源占用费以外，能给代表原住民利益的议会10%的收益，也可以以一个固定的价值计算，当然不管是政府的还是我们议会的，都是要在你们开采成功以后。"听起来思路是合理的，价格也是可以商量的，晓雪看到杰瑞母亲点了点头。

"如果我们在政府指定的区域没有开发出钻石矿产呢？"杰瑞更关注矿产资源的分布是否准确。

"这个你们可以放心，西北地区的政府在加拿大十个省和三个行政地区里算是最穷的之一，但是我们唯一不缺的就是矿产资源。所以如果出现这种情况政府也会守信用给你们另外划一个区域，但我想这是政府和你们都不愿意的，因为在这半年极寒时间里大家损失的都是金钱，所以政府会拿出最好的区域作为诚意，没有人会跟钱过不去，政府也是如此。"这番话让所有人心里都放下了担心。

"谢谢酋长今天的接待，也给我们指出了应该怎么去做，我们会尽快拿出方案给您，到时还希望酋长您在议会上多给我们支持，我们也会在刚才您说的那些费用以外专门给您的部落一些费用，以改善部落的居住和教育现状。"杰瑞母亲此时没有昨天的傲慢，说话也很得体。

"亲爱的朱女士，您知道我为什么希望推进这件事吗？因为在五千或者一万年前，我的祖先就来自东亚，我们的祖先没有留下文字，但祖辈们口口相传告诉我们，我们是蒙古的后裔，我们的祖先穿过白令海峡来到这里，地壳变化令我们再也穿越不回去了，祖先们只能一路往更温暖的南方走，他们遇到比他们更早到达这里的印第安人，印第安人一路追杀，祖先们在冰冻的日子逃到这里，印第安人畏惧严寒，他们以为祖先们一定会被冻死、饿死在这零下40℃的极地，但我们的祖先们靠着凿开冰湖捕鱼而生存了下来。两百多年前我们又遭受欧洲人的杀掠，我们还是生存下来了，我们被迫和他们婚配，生下加拿大第三大的原住民梅提斯人。我们的族裔们保持着我们血统的纯洁，所以至今看起来还和你们有着很多的共同点，面孔、头发、眼睛和骨骼，几千年的进化也没有改变这一点，我昨天已经听砂雨介绍了，你们是中国的满族，也说明我们的血缘更为接近，我希望能帮助到你们！”酋长站在巨大的黑熊头颅标本下面张开双臂，头上的鹰羽冠向上伸展，更显得霸气。

“我太高兴了，谢谢酋长的这番话，我对投资更有信心了，我们就像是亲人一般，我期望下一次亲自陪着你在蒙古草原上走一走，喝蒙古的大酒和烤肉！”每个人脸上都放着光，就连晓雪都短暂地忘记了害怕。

也许是和酋长谈得很投缘，杰瑞的母亲不再像昨天那样咄咄逼人，她对晓雪的态度也缓和了些，虽不喜欢但还是保持着基本的尊重，这样杰瑞心里的压力小了很多，在他母亲不注意的时候对晓雪说：会好的，你看我妈妈已经开始接受你了，再给我们几天时间，相信我！

砂雨必须要离开了，他要回到温哥华去接待来自中国的滑雪度假团，因为时间比较长，所以他把在这里的朋友都介绍给了杰瑞。

杰瑞和他母亲一行必须要到离这里两三百公里以外的戴维克钻石矿，这也是酋长请西北地区政府安排的参观考察。整个矿区是不准参观的，其实即便你想去参观也是无法到达的，因为唯一和外界联系的方式只有飞机，而这个飞机属于矿区管理。

这让杰瑞一行很是吃惊，这也就意味着即便自己今后拿到了这个钻石矿的开采权，交通也是一个大问题。没有人想过要在这里开通公路，因为在没有人烟的西北地区以北修建公路的昂贵费用和维护成本倒还不如直接修建一座小型机场了。当然这也和钻石矿的开采运输特点有关，在这里只需要飞机带出初选的金刚石毛料，送到工厂进行分类甄别，上等的就可以切割为钻石，等级达不到的就直接作为工业所用。

到戴维克钻石矿上去实地考察是作为最后签订协议的必要程序，杰瑞的母亲是一定要去的，她需要拍摄大量资料回去跟杰瑞父亲商量，他们总是不太相信儿子已经成长到足以让他们放心的程度，当然也是张总必须要考察并得到肯定答案的，只有这样写出专业的投资可行性报告，并和西北地区政府签订正式意向协议以后，才能得到银行的巨额贷款。当然审批程序是他不用担心的。

一个半小时的飞行，机上除了他们四个是中国人，其余的全是矿上的矿工，他们大多是租住在耶洛奈夫的外乡人，他们在这里赚上几年的钱也就离开了，毕竟这里太过荒凉。小型飞机的飞行高度也不像大型飞机那么高，加上空气的透视度非常高，晓雪低头便可以看见地面的冰湖和冰湖边上的植被形成的雾凇，除了白色还是白色，冬季的西北地区唯有这样的风景送给你。直到地面上出现了两个犹如电动剃须刀模样的深不见底的井口，这便是戴维克钻石矿的井口，它看起来像是在湖面，因为从飞机上看到四周都是冰湖。飞机像是有意要炫耀这个矿井恢宏，特地从井口上部飞过，晓雪看到两个深不见底的巨大天坑。

快要降落了，远处雪原上有一条黑色跑道，这也是飞行一个多小时的时间里唯一不被雪覆盖的，晓雪莫名有点紧张，她抓住杰瑞的手，杰瑞紧紧握住她的手，示意她放松些。

下了飞机到达通道口，一个男子举着杰瑞名字的牌子站在那里，杰瑞上去跟他打了招呼，那人自我介绍叫迪纳，在矿上负责技术工作，这两天由他接待来自中国的贵宾。

从机场出来到戴维克唯一的酒店还有一段路程，汽车在雪道上慢速行驶。

杰瑞没有急着问矿上的事，先和迪纳聊起了天：“你是哪里人？在这样寒冷的冬天习惯吗？”

“习惯，我就出生在耶洛奈夫，我是梅提斯人，你可能听说过吧？”看起来迪纳是个很健谈的人，他从后视镜观察着两个女人，问杰瑞，“一个是你母亲，一个是你妻子？”

“不，我是他的女朋友，我叫雪。”晓雪直接用英语回答了，她想打破沉闷的气氛。

“你好！雪，我以为你不会英语，原谅我的不礼貌。”迪纳没有想到晓雪会英语。

“没关系，人们通常以为中国人不懂英文，那是指年纪大的那些人，现在的年轻人都会英语，只是程度不同而已。我和杰瑞是大学同学，我们都在温哥华读研究生。”晓雪终于可以用英文发泄一下对杰瑞母亲的不满了。

“太好了，你们很幸运，我从小在耶洛奈夫长大，没有好好上过小学，更没有上过中学，小时候父母打着要我去上学，但最终还是顺了我的意愿，我就想跟着父亲去湖上钓鱼，去冰上捕鱼，这是我们梅提斯人必须学会的生存之道。长大了也过了上学的年纪才知道读书的重要性，发奋自学，我到教会的学校请老师教我，现在英文、法文、德文看书阅读都没问题，五年前这个矿开始招工，我们自然是首选的工人，因为我们比外来的工人更知道这里的地质地貌，也更适应这里的气候。在井下工作了三年，考上了技术员，上井来工作了。”晓雪一边听一边给杰瑞母亲和张总翻译着，这也算是一种讨好吧。

“你问问他天天在这里怎么过呢，这里除了白色还是白色，生活很枯燥吧？”杰瑞母亲像是忘了对晓雪的不满，让晓雪问问迪纳他们在矿上的生活。

“我一个月14天在这里，14天在耶洛奈夫，还有两天在机场和天上。”迪纳笑着说。

“真的？就是你还是所有人？”

“所有人，这个矿上每个人每天都是12小时工作制，尤其是井下作业，从宿舍下到井下就要一个多小时，所以扣除上下井的时间，要保证在井下有10个小时的作业时间。每天两班人换着上下班，井下作业不停止。”

“井下冷吗？”女人的问题永远是和生活有关。

“不冷，有空调送风加上地下温度本来就高于地面，所以每个人在下面都是单衣作业的。”

“你有孩子了吗？”

“噢，我的上帝啊，我有那么老吗？我的单身生活还没有过够呢！结婚对于现在的我来讲就是悲剧，我还想再快乐几年。我受够了小时候一大窝孩子在家里打打闹闹的日子，我宁愿在冰湖上去帮父亲钓鱼，我现在不能接受孩子，哪怕是我自己的也不能！”迪纳看着杰瑞的母亲大声地说着。

聊着聊着很快就到了酒店，酒店方已经做好安排，只是房间少了一间，杰瑞母亲要杰瑞再增加一个房间单独给晓雪住，看见迪纳很奇怪的表情，晓雪赶紧补充一句：“在中国没有结婚是不能住在一起的。”

“真的？”迪纳奇怪地耸耸肩。

二十、戴维克钻石矿

戴维克钻石矿是全世界十大著名钻石矿之一，它把自己巧妙地隐藏在加拿大西北地区的无人区里，更确切地讲是隐藏在星罗棋布的湖泊之间，这些湖大小各异，彼此之间被陆地连接着，戴维克钻石矿恰巧就在几个湖面环抱的一座小岛上。

显然在这个钻石开采王国里能够让杰瑞一行参观的地方并不多，这里是禁止非矿上员工进入的，即便是杰瑞他们获得了西北地区政府的允许，但也只能在办公区和生活区参观而已，但接待方依然是尽最大的能力让杰瑞他们了解矿上的情况。

2003 年发现并进入开采期时，戴维克不过是一个露天钻石矿。在将近 10 年的开采时间，地面表层金伯利岩层资源即将枯竭，具有丰富矿藏开采技术的跨国矿业集团力拓公司开始布局地下的矿井建设，一千多名专业的技术人员 24 小时不间断地工作了一年多的时间，在这个小岛上，向地下凿了两个巨大的天坑，正如杰瑞他们在飞机上看到的一样。下窄上宽螺旋形的巨大天坑壁实际就是可以承载四十吨运渣车的车道，从下面运上来的渣土成为小岛的护壁，把湖水阻隔在外。2012 年戴维克矿正式开始地下挖掘，每年这里可以生产 800 万克拉钻石。

迪纳尽可能地给杰瑞介绍他希望了解的一切，包括如何获得矿业开采的资格。在迪纳眼里，酋长的能力是有限的，政府尊重原住民，因为这片土地原本是属于原住民，但在这里很明确的界定是钻石以及耶洛奈夫的所有地下资源是属于政府的，这里的开采权是有价转让给力拓集团，力拓集团控制戴维克钻石矿 60% 的开采权，其他 40% 的股权由加拿大道明矿业集团拥有。原住民的权益在于政府获得转让收益和税收以后，将钱给到原住民的生活补贴上。同时原住民可以在这个矿上获得优先的工作机会。

“迪纳，你觉得我们找酋长是作用不大？酋长告诉我母亲他会帮我们在政府去做工作，让我们拿到开采权，我们昨天和政府谈也很顺利的，这是为什么？”杰瑞听到和酋长不同的说法，有些担心。

“酋长可以用原住民领袖的身份给政府推荐你们，政府对他们也有所顾忌，他们不单单是部落的首领，他们还掌握着很多矿山配套的资源，比如大酋长掌控的公司控制了整个耶洛奈夫周边一百公里范围之内的工程、运输、建筑、渔业、电力，而且手里也有大片的矿业土地等，当然不是钻石矿，西北地区地下有很多矿产资源，在 20 世纪 30 年代来自欧洲的探险家驾驶着飞机来到这里，他们发现在耶洛奈夫河床上有大量金沙，这个发现引来了无数的淘金者，也使得这些飞行员的名字留在了这个城市最高点的碑塔上。后来这里成了北美的重要采金矿，也造就了这个城市，这个城市叫什么？ Yellowknife，就是金色的刀。”晓雪不停地翻译给杰瑞母亲和张总听，她愿意做这些，希望杰瑞的母亲能够认可她。

“我明白了，酋长领导的部落制很像是我们中国一个很特殊的农商混合体，我们叫华西村，是中国江苏省的一个行政村，他们也是中国最富有的一个乡村，在这里就像一个小社会，村支部书记又是这个大企业的董事长，和酋长制最吻合的是华西村的领导制度也是世袭的，这位董事长的儿子、女儿都是集团的领导，虽然这两个国家有着不同的政治制度，但这一点还是很相似的。”杰瑞母亲的话让晓雪很吃惊，她原以为杰瑞母亲就是一个霸道的官太太，没想到她突然会联想到中国华西村，这个他们这代人不知道的地方，但听起来很有道理。

“也许吧，以后有机会到中国去看看您说的华西村，”迪纳也很感兴趣在中国居然有和原住民酋长制相吻合的地方，“淘金者来了又走了，只是这条河里流淌的河水从来没有停下过。后来金矿枯竭了，河床污染了，你们在大奴湖上看见很多停泊在湖边的船吧，那里是游客们很好的拍摄点，那些船就是当年的淘金船，现在废弃了成为游览的景点。淘金者走后，所有权又回到酋长们的手里，他们逐渐地掌控了在这个区域的所有配套资源，采矿是一门技术，也需要大量资金。但运输、建筑、电力这些不需要太多技术，不管是谁来投资做矿，这些资源都要我们给你提供，对于酋长来讲这些足够了，他们希望更多的投资商来这里，就能赚更多的钱。政府也是同样，西北地区没有其他十个省富裕，就连和我们相邻的育空地区也比不上，所以政府同样需要有外来投资。在这点上，政府和酋长是一致的，酋长的态度是只要你愿意来投资我都欢迎，反正你要给我交钱；政府的态度是你要来投资我欢迎，但我要看你的实力和专业度。”

“我在读研的这一年里，看到很多关于力拓集团的介绍，它应该是目前世界上最有名的矿业公司了，没想到戴维克矿也被它控股了，想必就是你说的政府需要实力和专业度。”杰瑞没有想到迪纳能够有这么多的知识，他原以为原住民只知道喝酒和吸毒，但通过交谈杰瑞在迪纳身上看到了不一样的原住民，他更希望在他这里学到更多。

“对的，你知道政府为什么把有极高经济价值的钻石矿让力拓集团来做，而不是让加拿大自己的国有或者私营的企业来做？那就是它的专业度，力拓集团 1873 年成立于西班牙，西班牙文‘Rio Tinto’，现在力拓集团总部设在英国，力拓集团在 20 世纪 60 年代就开始全球布局，它先后兼并了全球数家有影响力的矿业公司，在 2000 年收购了澳大利亚北方矿业公司，终于把自己变成了勘探、开采和加工矿产资源方面的全球佼佼者。在耶洛奈夫也早就该走出野蛮开采的时代了，所以政府引进了力拓集团，它们不单单是资金，更多的是专业技术和管理经验。”说到这里迪纳笑了起来，“我现在正在学西班牙语，因为我的领导是西班牙人，我希望有机会到西班牙去学习。”

“迪纳，你不介意讲一下你的工资吧？”杰瑞母亲也许是想打断沉闷的话题，她突然发问，晓雪似乎觉得这个问题不妥，但也不愿破坏刚刚建立起来的一点点信任，只好婉转地问道。

“我们这里打扫宿舍的工人每月工作十四天，他们每个月的收入是四千加币。”迪纳笑着说，但没有直接回答自己的工资，在这里除非本人愿意，男士不会直接说起自己的收入。

“相当于两万多人民币了，应该是很高的收入吧，但为什么我们在耶洛奈夫看见街头有很多酗酒露宿街头的人呢？”女人的问题总是很直接。

“老一些的原住民他们习惯了原有的生活方式，在寒冷的冬季喝酒会增加热能，两百年前欧洲的淘金者把酿酒的技术带来后就一发不可收拾了，我也不例外。”迪纳不好意思地笑了起来，“原住民不愿意被约束，当然也有年纪问题，矿上不会用年纪大的人，年轻人更愿意到矿上去工作。”

“你们休息的14天干什么呢？这里好像很枯燥，除了雪还是雪。”杰瑞母亲的兴趣好像并不在钻石的开采上。

“公司免费用飞机把我们送回到耶洛奈夫，我回到家里，可以帮着父亲捕鱼，或是帮着母亲喂那些雪橇狗，雪橇出行是我们的生活习惯，它能更方便地在冰湖上运输东西，当然对于现在的年轻人来讲，雪橇狗是给老人和孩子用的，我们更喜欢雪地摩托和汽车，到了晚上我们更喜欢到酒吧去喝酒唱歌。不过我更喜欢矿上的生活，这里可以结识很多外面来的工人和技术人员，他们是白人，我们是梅提斯人，但我们之间没有隔阂，和他们在一起我可以学到很多东西，喜欢听他们讲温哥华，讲卡尔加里，这些地方我都没有去过，我还认识一个美国来的工人，他说我像西部牛仔，以后我赚到更多的钱，我想出去看看。”迪纳很健谈，但杰瑞更想知道矿上的事。

对于这次考察来讲范围是有限的，他们不能走到矿井口，更多的时间是在办公大楼的资料馆查看相关专业地矿分布图和断层等高线图，对于杰瑞来说，借助这些专业图纸判断钻石矿的延展方向，正好是学以致用，倒也合了专业。杰瑞母亲、张总在晓雪的帮助下和迪纳交谈起钻石矿区管理问题。一天的安排很快就过去了，第二天他们就要坐飞机返回耶洛奈夫，继续和政府就投资意向谈判。临行前，杰瑞和迪纳交换了联系方式，杰瑞还希望能够听到更多建议。

回到耶洛奈夫的酒店后，杰瑞母亲让晓雪回房间休息，他们则要商定明天谈判的事宜，晓雪知道杰瑞母亲是排斥她的，她必须要学会习惯和接受，直到有一天她们之间的隔阂彻底消除，除此之外她没有别的选择，因为她和杰瑞之间爱得太深，他们不能因为家庭就轻易放下对彼此的承诺。

此刻坐在房间里的三个人面容凝重，因为这将是一次重大的决策。对于钻石矿的判断他们三个的结论是一致的，这无疑是世界上价值最高而且少之又少的稀缺矿产资源，当然也是专业度尤其高的一个领域，它更多的还需要产业链的支撑。

面对母亲期待的眼光，杰瑞突然觉得自己的专业知识储备和金融资本运用的能力无法达到这个项目的启动，他知道这个矿对资金的要求是他无法想象的，他有一点灰心了。

杰瑞母亲却不这样看，她觉得能否拿到钻石矿的开采资源才是问题的关键，其他资金和技术问题都可以用转让股份的方式来获得。

而张总的观点永远局限在一个领导身边的马仔，或者说是一个木偶的身份更为贴切，他的话比较直白："真他妈的是个好东西！好项目！不知道怎么下口才能啃到。"爆了粗口又怯生生地看了杰瑞母亲一眼，生怕领导夫人生气。

杰瑞母亲正在思考问题，压根儿没有在意张总说了什么，因为张总对于她来讲不过是一个面壳而已，藏在后面的那张脸才是这个项目的灵魂人物。

"小勇，你来说一下你对明天谈判的考虑，不要怕说错，我们今天就是要模拟一下明天将要发生的谈判结果。"杰瑞母亲眼光闪烁着少有的期盼，那是对儿子的鼓励，她也想看看儿子这些年是否成长起来，而不是沉迷于儿女情长之中。

"好的，我来试一下明天谈判过程可能发生的情况，请注意，明天张叔叔一定是主要谈判人，代表投资的企业，我是翻译，我母亲是政府方代表。好，我们现在开始，在明天的谈判中政府一定会问到一个问题：你们用什么样的能力来担保这件事的可行性？"杰瑞理解母亲的意思，他也需要证实自己的实力。

"等，等一下，我想一下，我们有什么样的能力呢？"张总的能力和思维敏捷度一下子跟不上，显得有点紧张。

"小张啊，咱们这还没有上战场呢，看把你紧张的！"杰瑞母亲很不满意地瞪了张总一眼。

"大姐，我真的不知道该怎么说，这事太大了！"张总的眼睛里甚至有一丝恐惧状，"你说那从天上看下去那么大的两个天坑，一天就挖出几百上千克的宝贝，大的小石子大，小的就绿豆那么大，却那么值钱，足够养活这么大两个大坑运行和上千号人的工资还有吃喝拉撒的。"张总吞咽了一下泛起的唾沫，此时他的脑子里全是钻石，镶满了整个脑海。

"要不人家是全球十大钻石矿之一呢，大姐，您是知道的，我这点能力就修修路、盖房子还成，这生意太大了，我有点怕，还不单是怕，我就没明白，今天小勇和老外谈的那些我都听不懂，大姐，明天还是您上吧，我就给您拎包得了，省得这么大的事谈砸在我手里了，我怕是要毁一辈子。”张总第一次把这么多话说出来，因为他知道，现在不摊底明天直接上一定要出问题。

“你觉得明天有退路吗？你以为你是第一次和人家见面？那天介绍你的时候也没看你这么谦虚？明天上也得上，不上也得上！你怎么就像没见过世面的乡巴佬一样了？”杰瑞母亲很生气地呵斥着。

“张叔叔，不急，这不正在想办法吗？我们演练的目的就是找到明天该怎么说。”

“好，我听大姐的，小勇啊，你可要把这事想透，反正我明天就是一复读机，你们怎么说我就怎么上。”张总暗自给自己打气。

“小勇，你的意思是人家会问到我们用什么来保证这个投资行为的可实现问题？意思是你要不有钱，要不有技术？”母亲说话总是比较直接。

“是的，我们用什么去说服对方，虽然我们是酋长介绍到矿山参观的，但今天接待我们的迪纳讲得很清楚，酋长是没有权转让矿产权的，他只是推荐者，他推荐我们的理由就是收了你们随口编出来的一根有历史价值的象牙，但他不能也无法保证政府会真正接受我们的投资项目。”杰瑞越发没有信心了。

“等一下，现在国内是几点？”杰瑞母亲好像一下就有了主意。

“现在国内是上午 9 点过。”张总在这个问题上不含糊，因为心里正惦记着家里孩子上学的事。

“小勇马上给你爸拨通电话，我跟他说！”小勇赶紧用手机给父亲拨了电话，还好父亲没有在开会，正在办公室看文件。

“老丁啊，我们今天从矿上回来了，真是开眼了，这矿太壮观了，是世界十大钻石矿之一，明天我们要去政府谈开采权的事，小勇估计人家政府部门会问到一个问题，就是政府凭什么把开矿权给我们呢，就凭一张嘴？”杰瑞母亲话还没有说完，话筒里传来杰瑞父亲声如洪钟的声音。

“我就说你是白日梦吧，你以为人家加拿大政府都像我们这里的地方官员那样好糊弄？告诉儿子，拣一个好实现的梦来做！还害得你和小张这么远跑一趟。”听起来杰瑞父亲情绪不太好。

“老丁你别急啊！我们不是想到一个好主意了吗？你听我说！我们需要你在政府马上给我们发一个文件过来，当然这个文件不会让你犯错误的，就是一个邀请函，邀请西北地区政府代表团到我们市来考察访问，考察关于矿产以及旅游方面合作的事宜。我在这儿就当是帮你们政府招商引资来了，这个文件很重要，它表示我们这一行代表着政府对项目的态度和决心，在你那里呢，我们就代表着政府来这里招商引资。”这话一出口杰瑞父亲那边没有了声音，像是父亲在思考这话的可行性，杰瑞在母亲的眼睛里看到少有的一丝狡诈，这是从未见过的另外一面。

“当然我还要第二个文件，这个文件不要你出，你给李行长打个电话，我让小张具体跟他说，我要让他们银行出具一个空头的承诺函，说只要政府给出开采权，银行就给予资金的支持，这样做李行长也不犯规，别的你就不管了，等着好消息吧！”杰瑞听到父亲低声给母亲交代着什么，接着母亲放下了电话。

就在杰瑞母亲运筹帷幄地打完电话以后，一个完整的投资计划呈现在所有人脑子里，杰瑞和张总也像是脑洞大开，相视点头，杰瑞母亲满面春风地等着他们两人的赞美。

“妈，你太厉害了，这个主意都想得出来，爸和李叔叔也不为难，人家这边还觉得又是政府的邀请函，又是银行的担保书，这个地方说起来是个省，其实呢这些省上的领导怕是出个国都不容易的，你看那天我们去的会议室，还没我们家客厅大呢。”杰瑞打心眼里佩服他的母亲，有她在自己心里底气也足了。

“大姐啊，亏得您来了，要我一个人来那就是等着回去挨骂的事了，我马上给李行长打电话说。”张总起身在另一个房间打电话去了。

“小勇，明天你那女朋友就别去了，让她在房间里等着，我就看不惯她那个小里小气的样子，南方妹子娇气，让她别在我眼前晃。”在征服了儿子以后，杰瑞母亲开始要价了。

“妈，不行，她得去，我前两天以她的名义注册了一个公司，她是我们这个公司的总经理，我不是法人，而只是一个大股东，持有 90% 的股权，当时注册时考虑到要先避嫌嘛，怕给你和爸带来不好的影响，所以也没来得及给您商量就做了，明天她不去不好，还是让她和我们一起去吧。”杰瑞几乎是在求他母亲了。

“你就给我装吧，你以为我不懂你的这些鬼把戏？怕我不承认，就先把她装进来，逼着我承认。好吧，明天去吧，也好给我当个翻译。咱可说好了，如果这事谈成了，那就说明她还能给你带来几分财运，我也就认了；要是没有谈成，我在你们俩的问题上也没有任何谈成的可能，到时你别怨你妈，我也是为你好，你应该找一个能在事业上助你一臂之力的人。你爸的同学们都在帮着张罗你的事来着，你不知道现在官场上的关系网有多重要，这是要保平安的。不细说了，你自己以后慢慢地就懂了，有的时候婚姻就是交易，就是一种筹码，这个我比你懂！走，到餐厅吃晚饭去，今晚不睡觉也要守着你爸把邀请函发过来，这是明天成功的关键。”

走到餐厅的杰瑞这才想起忘了叫上还在房间里的晓雪，赶紧拿出手机给晓雪打电话。放下电话后，他母亲意味深长地说了一句：“这就对了，要学会忘记。”

二十一、鱼腥味

晚饭时间，晓雪似乎感觉到难得的轻松气氛，因为张总不停地说着话，这是平时少有的。晓雪不敢直视杰瑞的母亲，眼角余光看到杰瑞母亲脸上浮现着少有的笑容。

“晓雪，吃啊！你怎么就像吃猫粮一样的，难怪这么瘦，咱们东北那边女人可是能吃得很，能吃的女人胸大，不用做丰胸手术也是挺得高高的，男人不就喜欢这样的女人吗？哪像你们南方女孩那样扁平的样子？要是我啊，早愁死了！别是因为我在这儿你不敢吃吧，多吃点，到时小勇又要怪我了。”杰瑞母亲眼睛死盯着晓雪的胸，这话像针扎一样刺着晓雪。

“谢谢阿姨，我在吃，我以后注意多吃点。”晓雪眼睛里噙着泪水回应着。

“妈，我喜欢什么样的女孩我自己知道，别用你们的观点左右我们，我们明天就要上战场了，还是要一致对外才是的。”杰瑞赶紧给晓雪解围，“其实晓雪只是不太喜欢吃这些老外的东西，她平时做菜做得可好吃呢，四川口味带点辣，我喜欢吃。妈，回到温哥华让晓雪给你做一顿尝一尝？”杰瑞帮着说晓雪的好话。

“好啊！那也要看明天的效果怎么样。不过也该看看晓雪的家务事水平怎么样了。”杰瑞母亲话里有话，听起来更像是要选家庭保姆，但杰瑞知道话里的意思。

“妈，你说我爸今天能把那邀请函开出来吗？”杰瑞岔开母亲的话题。

“当然没问题啊！这个邀请函的内容讲的是邀请人家来我们市里面考察，没有其他意义，但对于我们来讲就不一样了，在于考察内容里面包括了矿业的合作，潜台词就是我们政府要和你们合作，至于旅游嘛只是一个托词，这里除了矿业和旅游资源以外还有什么呢？啥都没有，就连树木都没有，旅游吧对于我们来讲没有任何意义，我们那里到了冬天不也这样吗？还至于飞到这里来看雪？咱们在家里搬个板凳坐在窗前往外看就行了。”杰瑞母亲的话里透着领导的霸气，因为此时她已经是胸有成竹，所以说话也不回避晓雪了。

“大姐，其实我真担心我们自己的实力，哪里能干下这么大的事啊！我怕到时候真的给了我们这个项目我们自己又干不下来。”张总心里少了些底气。

“小张啊，我都不知道这么多年你这老总是怎么当的，跟着小勇爸爸你也该见了不少世面吧？怎么说话办事就像是小娘生的一样！”杰瑞母亲骂起人来虽不见血，但句句戳你心窝。

“小勇，小张，你们听好了，如果谈成了，我们回到国内马上召开新闻发布会，不在我们市里面，要不在北京，要不在香港，发布我们获得加拿大西北地区钻石矿的开采权，只要我们把这个消息放出去，要合作投资的、要包装上市的券商都会蜂拥而至，那时候你还缺钱吗？那时候我们不需要出钱，也不需要专业团队什么的，那就是坐地卖项目开采权就行了。”杰瑞母亲眼睛里放着光。

“对，小勇，你刚才还问起你爸他们市里领导班子会不会同意这事，我告诉你，只要成了，你爸不光是为市里争了光，怕是还要往上走一层啊！就一条，咱们拿到了地球上不可多得的稀有资源，那就是给咱们国家争光了！这就叫我们挖了资本主义的墙脚，咱们这是为建设社会主义添砖加瓦！儿子，你这件事办得漂亮！让妈可以在你爸同学面前长脸了，让那个去年没有看上你的北京姑娘后悔去吧！我就瞧不上北京那些女孩子，个个都像自己生在紫禁城里一样。”杰瑞母亲说着一脸不屑，“我那天都憋着没说，你妈祖上那才是真的镶黄旗呢！要在那个年代，你妈还是个格格呢！”杰瑞母亲越说越来劲儿，全然不顾晓雪和杰瑞的感受。

“妈，你这话说远了，那些老话咱不说了，就说这矿的事，我原来没想这么深远，今天听你一说我真是感觉是为国家做了一件好事呢？还是妈和爸在国内眼界宽，我们就知道自己眼前那些事，就今天下午你这几个点子，打死我，我也想不出来，你呢，张叔叔？”杰瑞忙不迭地把话题岔开。

“小勇啊，我就顺着你的话说，打死我几回，我也想不到，还是领导高度不一样。”

从他们的对话里晓雪已经听出了七七八八，她反而陷入一种担心，她觉得天上不可能掉下馅饼，怎么可能这样容易呢？但是她早已被绑上战车，无法中途下车，只能跟着往前走。

杰瑞的电话响了，是酋长的助理打来的，说是酋长要给他母亲送来一份礼物，马上到酒店。

“这是闻到腥味了。”看着杰瑞不解的样子，杰瑞母亲说，“送礼是个幌子，这是知道我们回来明天要见政府谈矿权的事，这是要落实他的事的。”话音刚落，两个男人走进酒店大厅。

杰瑞迎了上去并邀请他们一起来到房间客厅，他们打开手里的盒子，里面是一张白色的皮毛，他们双手捧着递给杰瑞母亲：“这是我们酋长送给夫人的，这是北极雪狐的皮毛，本来酋长想送一张北极熊的皮毛给夫人，但是北极熊的皮毛是禁止带出境的，酋长说，如果他有机会能到中国访问，他会尝试可不可以按照礼品申报出境。”来人展示了足够的诚意。

杰瑞母亲非常满意这个礼物，洁白的皮毛向上伸展着每一根松软的毫毛："请转告我对酋长先生的谢意，我们欢迎他来中国访问，我们会按照我们的最高礼节来接待他。"

来人并没有送完礼物就走的样子，杰瑞不得不佩服母亲的判断。来人递上一张名片，是加拿大西北地区 decho 企业集团董事长 Terry。Terry 直接介绍起自己的企业，这家企业掌管着这个区域的运输、工程、建筑、渔业等，希望和中国年轻的投资者一起合作。这倒让杰瑞想起在矿上和迪纳的对话，果然有这样的公司存在。

"非常感谢酋长先生和 Terry 先生的关心，如果我们的项目得到政府的批准我们一定会和你们合作，我们非常明白在一个地方投资和当地企业保持良好合作关系的重要性。"杰瑞已经学会了母亲的精明，他知道如果一旦成功肯定要依靠他们，与其等他开口不如自己说破。

"No，No，不是以后，我们现在的合作已经开始了。"Terry 摇着头说。

"您的意思？"杰瑞一时间不明白了。

"我们的合作已经开始了，酋长为了你们的事专门找了省长和省议员们，让他们一定要接受你们，也希望通过你们打开和中国合作的大门。中国现在正在迅速发展，很多地方值得我们学习。"Terry 很精明地说着大道理，一时间让你无法反驳。看见杰瑞依然没有说话，他便接着说下去。

"我们始终是为你们服务的，我们会根据我们的服务内容合理收取手续服务费，你要知道我们收取的和你们获得的比较起来一定是一个很小的数额，但是我们会做出最好的服务，你们知道的，我们尊贵的酋长是绝不会轻易为谁服务的，但是为了你们，他专门跑了几次省政府，他还给政府提出愿意为你们的项目担保，他说你的母亲是值得尊重的。"

"你们的收费怎么计算？"杰瑞母亲显然不愿听到这些无休止的表功，既然要收费就直接进入主题。

"是的，我们的收费是分阶段的，第一阶段是前期服务阶段，包括酋长为项目付出的，包括我们安排你们去矿上参观，包括明天谈判我们的推动。”

“等一下，我们去参观不是政府安排的吗？和你们有什么关系？”杰瑞不想任人宰割。

“当然我们有服务，整个矿上的后期服务都是我们提供的，酒店、运输、航运管理，还有接待你们的迪纳，要不是我们打招呼，他不会给你们查看那些图纸和资料的。”这些话说得好像缺了他们将是一无事成，“这些费用我们按签约成功和没有成功两种情况来收费，如果签订了正式的开采权获得协议，我们将按总价格的1%收取；如果没有正式签约，我们只收取5万加币的服务费而已。当然无论是我们还是你们都希望能够和政府签约，这一定是双赢的方案。”Terry的条件听起来都是那么不合理又像是很合理。杰瑞不敢表态，他只能看着他母亲。

“你说的第二阶段的收费又是什么呢？”她母亲倒是不急于回答问题，她更希望看到他们的全部想法。

“是的，后阶段的收费是用服务来体现，我们将承担新矿区的后勤服务体系，包括电力、运输、建筑等，这个完全是参照我们和戴维克矿的合同。这个我们希望在今天要签订的合同中完全描述，其中还要包括夫人在酋长家里谈到的给酋长先生的固定费用，当然这个费用是在出矿以后，你们在投资阶段不用支付，这笔费用是每年50万加币。这个数额很低，完全是和酋长先生的身份不相吻合，但是先生说他更希望能帮助到你们。”Terry的每一句话都是早就准备好的，没有给你反驳的余地。没有等杰瑞说话，Terry直接从手提包里拿出已经打印好的文件。“你们可以先看看，我们就告辞了，明天一早我会在酒店大堂等你，我知道明天早上你们是十点开始谈判，我们在这之前签订就好。”说罢便起身告辞，言外之意是这事没有商量。

整个过程晓雪都在场，她大气都没敢出，她眼里这两个人和电影里美国黑帮没什么区别，她不敢想象以后真要在这里投资开矿不就要天天和这样的人打照面吗？

杰瑞气急败坏地在房间里攥着拳头走过来走过去："这还有规矩没有了？这协议是硬逼着你签？这话还说得很在理一样的。"

"坐下，你有在那发脾气的时间，还不如认真看看合同！"杰瑞母亲呵斥儿子。

"这么厚的文件，全英文的，我怎么看得懂？"杰瑞委屈地说。

"那你这几年英文是怎么学的？连合同都看不懂？"杰瑞母亲厉声说道。

"英文看得懂，但里面有很多法律问题以及专业术语，我现在的英语没问题，但不等于法律上没问题，妈，咱们讲点理好不好？这是两个概念！就好像你在国内把一个经济合同丢给一个大学毕业生看，你觉得他看得懂吗？看得懂是字面上的东西，看不懂这些条款后面的问题，我要是签了惹了大事怎么办？"杰瑞不服气母亲的呵斥，大声地申辩着。

"对，杰瑞你说得对，这样，你马上给那个老外打个电话，这样对他说：我们这次来是考察项目，没有带公司的法律顾问，这是一个很大的投资协议，这个文件的签署我们需要回国由公司法律团队来解决这个合同的事。"杰瑞母亲好像一下子想明白了，马上安排杰瑞和那人联系。

"不行，那人讲得很清楚，一定要签了才有可能谈得上明天的谈判。"杰瑞感觉母亲这是不想谈成这事了。

"你告诉他，合同分阶段签，第一阶段他要的5万加币可以签，明天就可以，加上一个第二阶段服务的意向协议，承诺我们如果获得开矿权就会委托他们做其他的后期服务。小张，你去把带来的现金拿2万出来，这两天我们也不用了，你就告诉他们在5万以外，这两万现金交给他，说是我们额外感谢他们的，但是后面的正式合同要回国以后由公司的法律顾问审了以后才行，既然和酋长是朋友了，那就请放心，在这里难道我们还能迈过你们吗？这里就是你们的领地，我们会按约定办的。”杰瑞母亲讲得不无道理，杰瑞觉得也只有这样了，他起身到里面卧室去打电话。

趁着杰瑞打电话的空隙，杰瑞母亲给晓雪分配明天的任务，第一当然是当好她的助理，做好翻译，要把小勇和政府官员谈的问题一字不漏地翻译给她和张总，作为翻译，晓雪坐的位置应该是在她们俩之间身后半步距离；第二，在她说到邀请函的时候，她要负责起身送到主要谈判人手里，要有礼貌，双手呈上；第三，作为小勇和她注册的公司将作为这次合同签约方，如果有意向达成由她签字。晓雪没敢问为什么，只有点头答应着。

杰瑞放了电话出来，做了一个成功的手势：“妈，你真神！他同意了，对我们还多支付两万加币表示感谢，但希望我们不要食言，不要影响到今后矿上的项目实施。我说我们很明白这个道理，各自赚各自的钱，让他放心。”杰瑞有一种长大了的感觉，因为他已经有一周没有打游戏了，每天脑子在高速运转着，很充实，竟然忘了游戏，当然在母亲面前也看到了巨大的差距，在母亲面前他永远是一个小孩子，和年龄的成长没有关系。

二十二、欲擒故纵

第二天的谈判无惊无喜，没有欢欣鼓舞的结果，但足以看到双方无比美好的期待和真诚，按中国习惯的官方语言是：双方在友好的气氛中，对中方公司投资开发加拿大西北地区金伯利岩矿的项目展开了积极有效的探讨，本着平等互利、共同发展的原则，双方开展了更加务实的合作实施推进。

在晓雪眼里，这种谈判犹如窗外无比寒冷的极地，也犹如每晚缥缈在极地上空的北极光，美好而冰冷。用更直白的话语来讲就是双方喜欢看到更加透明的东西：西北政府希望看到中方是否有足够的资金和更专业的技术支撑，而杰瑞的母亲更希望拿到一纸开采权确认书。为了各自的目的，双方用尽了各种语言的探索，对方用各种案例的说明来表达他们的暗示，投资方用对未来前景的美好描述来替代必须面对的现实。彼此的贪欲远比那冰湖上的两个天坑更大更深。

一上午的谈判基本在务虚的状态下结束了，中午在简单的西式快餐的接待方式下进行着，杰瑞母亲看着一杯咖啡和一块三明治不由皱起了眉头，她有点质疑是不是自己过于乐观了。

下午的谈判在午后大脑缺氧的状态下继续进行，就在对方和杰瑞依然在说服彼此的情况下，晓雪在近乎于耳语的状态下翻译着，张总扛不住犯困打起瞌睡，杰瑞的母亲在桌下狠狠地踢了他一脚，吓得张总瞌睡全无。

“我来谈点我的看法。”杰瑞的母亲显然不太满意儿子和对方无休止地探讨着技术问题，在她眼里这像是比较 low 的级别的时装秀。

“我认为对于一个重大项目谈判的细节是很重要的，所以我们花了一个上午的时间来探讨这种技术层面的可操作性。我给了你们充分的时间和理解，但是我想作为我这个代表政府层面的参与者来讲，我觉得这种谈判过于细节化和冗长了些，这种感受我想坐在我对面的这位地区行政官员也是这样的感觉。”杰瑞母亲停顿了一下，她在等到儿子把她的话翻译给对方，她看见所有的目光都聚焦着她，她接着说下去。

“我想说我们是有诚意的，我们也是代表我们中国一个大城市的友好期望来这里投资，同时也是为了帮助西北地区打开中国这个超级市场助力的，我想问题就在于你们对我们的了解实在是太少了。所以，今天我专门代表我们市的领导带来一份邀请函，我们诚挚地邀请你们到我们省里和市里考察，我们的协议可以放在中国签署，我们可以放在中国的任何一个地方签署，北京、上海、香港，都可以，我想这不单单是一次开采权的签约，更是开启西北地区的产品进入中国市场的一场大秀。”她的话语铿锵有力掷地有声，她看到对面坐着的官员一下子坐直了腰，微笑着不断点头。

“晓雪，把我们政府的邀请函给对面这位先生呈上去。”就在晓雪从包里抽出邀请函的一瞬间，杰瑞母亲搭在她的手上抽走了两张函件里的一张。晓雪本想看一下，杰瑞母亲瞪了她一眼："还愣着干什么？快递过去！"说罢脸上是一种慈祥富贵的笑容。

省长接过函件戴上老花镜连声说道："非常感谢！非常……"话语突然卡住了，抬起头质疑地看着杰瑞母亲，"这个是？"

杰瑞母亲满脸惊讶，站起来探着身子接过副省长手里的邀请函，看了一眼以后，满脸愤怒地转身对着晓雪呵斥："你拿的什么文件？就这么一点小事都干不好！"晓雪一脸愕然，接过邀请函看着，上面赫然写着：尊敬的马尼托巴省省长先生……晓雪睁大眼不知道怎么会这样。

杰瑞母亲在公文包里掏出原来放好的那份邀请函，站起来直接走到对面，双手呈上，并连声说着："对不起，我不懂英文，没想到我这位助理看都没看就递给了您，请允许我给您做一个解释。"

就在杰瑞母亲走回到自己座位时，那位行政官认认真真地看了邀请函上写着大写的"尊敬的西北地区行政长官先生……"他依然不放心地递给旁边的其他官员看着邀请函。

"对不起，请原谅我的助理犯下的不可原谅的错误，但是请你们理解，作为我们远道而来的投资者来讲，我们希望我们的付出是有成效的，这也是我们政府对我们的基本要求，我想作为贵方来讲也是同样的，我们在香港的海外投资顾问集团给我们介绍贵省的同时也告诉我们在贵省旁边的马尼托巴省也有巨大的金伯利岩矿的分布，并给我们做好了接洽，我们后天将直接飞往马尼托巴省，当然前提是我们双方之间没有达成任何协议的情况下才会进行。本想这是我们内部的工作安排，没想到被我的助理在如此重要的场合拿错了文件，造成这样的尴尬局面，回去后我们会对雪的无法原谅的错误进行处罚，请先生在这里给予原谅。”如此巧妙的设计看不出一点破绽，就连杰瑞都蒙了。

就在昨天晚上，杰瑞母亲突然又给父亲打了电话，说是给马尼托巴省也写一个邀请函，当时杰瑞问母亲这是为什么，杰瑞母亲只是淡淡地说，这是做一个后备的，也许有用。看来是母亲怕说出真相，杰瑞会提前告诉晓雪，这倒反而不真实了，所以连他都瞒着。

果然不出杰瑞母亲所料，整个场面的气氛发生变化。

“亲爱的朱女士，谢谢您的坦诚，但我会告诉你一个真实的状况，那就是马尼托巴省的钻石矿资源和我们地区是完全无法比拟的，这就是为什么整个加拿大的钻石矿布局里有四个正在开采的钻石矿都在西北地区，而马尼托巴省仅仅只有一个。当然我们理解你的心情，我们也很希望能和中国有着长久的合作，这也是我们很看重这次谈判的原因，当然不仅如此，我非常荣幸地收到了这份邀请函，我想我们政府会尽快安排这次访问，正如同朱女士您说的一样，我们期望签约仪式是在中国的首都北京，这将是我们的荣幸。”

一个合适的时间、一份至关重要的邀请函、一个看似无心其实有意安排的小插曲，让很多问题都简单化了。

“是的是的，我们的香港投资顾问团队过于保守，作为收了不少咨询费的香港专业化公司，他们要做的就是把简单问题复杂化，这样才显得他们更加专业。谢谢您告诉我们这些重要的信息。”杰瑞母亲很高兴看到她已经很成功地掌控了谈判的方向，该她登场了。

“但是，我希望提醒大家的是，再艰苦卓绝的谈判都应该有一个朝着双方有利的结果去努力，不然我们都是在浪费时间。我花了两天的时间，转机三次来到这里，谈判对于双方来讲都是必要的，但对于双方来讲谈判背后的结果更为重要。”杰瑞从中学开始就在北京，和母亲相处的时间并不多，他突然觉得母亲不再是小时候成天唠叨他做作业的妈妈，而是一个更加睿智的母亲，难怪这几年父亲仕途这样顺，看来是和母亲的斡旋分不开的。

“我想我们之间还差那么一点缘分，这个缘分的节点在哪里呢？那就是你们应该来到我们中国，到我们的城市走一走看一看，让你们有信心和我们合作，和我们合作就相当于打开了你们通往中国市场、国际市场的大门。对于这一点我是有信心的，我相信贵方也是有信心的。”对面的行政官脸上浮现出激动的表情，就连呼吸都有点急促了。

“但是！”杰瑞母亲停顿了，杰瑞不解地看了母亲一眼，母亲并没有想接着说下去的意思，本能的他跟着节奏翻译：“But!”

副省长睁大眼睛看着杰瑞母亲：“But？”

“但是，我无法接受空手而归的事实，请原谅我说出这样的话，是的，我无法接受，我们满怀着希望而来，如果不签署任何东西就返回，这不是我希望的结果，我相信这也不是您想看到的结果。所以——”说到这杰瑞母亲又停顿了。

“So——”杰瑞也停顿了，对面副省长的脸上就连眉头都皱起来了，他不明白为什么每到关键话语时这位女士就停顿了。

“所以，我们希望在走之前双方签订一个意向协议，仅此而已，这个意向书的内容应该是表述我们双方对这个问题的共识，以及双方原则上同意并推动这个投资行为，并在法律上保护投资者对开采权的要求和主张……”杰瑞母亲侃侃而谈，而此时的晓雪却陷入一种前所未有的恐惧之中。

接下来的事情变得简单，两个小时后经过反复磋商的意向协议书在双方领导的见证下，由这家临时注册公司的法人晓雪和对方一位部长先生正式签订，有效期为一年，一年之内启动到中国的考察及签订正式协议。

对方的行政长官亲自把杰瑞母亲一行送上车，并招手致意，互道下次再见。

车子如箭一般往酒店方向冲去，杰瑞转过头给母亲竖起大拇指：“妈，你太厉害了！你要是当领导一定会比我爸更厉害，当个省长什么的一定行，你看下午你这几大段话，把人家省长说得一愣一愣的，什么但是！什么所以！那停顿得相当有意思，用网络的话来讲就是此时省去一万字！要听吧？那就拿出诚意！妈，你真是太厉害了！”杰瑞喋喋不休地说着，完全没有顾及还在委屈着的晓雪。

“晓雪啊，今天是委屈你了，阿姨没有事先跟你说，是怕提前跟你说了就演不像了，让你受委屈了！”

“没事，阿姨，我只是当时傻眼了，我亲自放进去的，怎么就变了呢？”晓雪也只好这么说了，嘴上说不在意，其实心里很难受。

“昨天晚上我就觉得今天会有很艰难的谈判过程，要是不整点小插曲这合同怕是难搞定，所以晚上赶紧又给小勇爸爸说写一个给隔壁省的邀请函刺激一下他们，告诉他们东方不亮西方亮！这不就一下子把他们唬住了。”杰瑞母亲显得有点得意。

“大姐，你这一招太厉害了，我算是长眼了！一句话：跟着大姐走没错！我这一辈子唯大姐您马首是瞻！”

“妈，我和晓雪这辈子都唯您马首是瞻！”此刻车上笑声一片。

“走，吃饭去，找个好餐厅，开瓶好酒喝！今晚我请客！”杰瑞母亲大声说着。

此刻对于他们来讲还有什么比这高兴吗？就连晓雪都短暂地忘记了不愉快，她似乎看到了她和杰瑞的未来，尤其是杰瑞母亲当着大家向她道了声对不起，这要在昨天那简直是不可能的事。

耶洛奈夫的餐厅没有太多豪华的，杰瑞选了一家有酒牌的餐厅。菜品没有什么新意，还是那些煎鱼排和沙拉，杰瑞要了一瓶香槟后又要了一瓶威士忌，侍者很质疑地问一句："Are you sure？"因为在他们这里能花钱点这款酒的并不多。

"Sure！"侍者得到确认后高兴地打开了酒。

四杯香槟，这是为了庆祝今天的小胜，杰瑞端起酒杯："妈，今天这第一杯就是敬您的，我原来只是把你当妈妈看待，今天您是我的老师，您让我学到很多老师讲不到的东西，我和晓雪敬您！"

晓雪是不喝酒的，听到这话赶紧端起酒杯迎上去："阿姨，敬您！"张总也赶紧站起来端起酒迎上去。

就这样两巡下去香槟瓶已经空了，四个杯子换成三个，杰瑞母亲一杯又一杯地和儿子喝起了威士忌，这是晓雪第一次看到一个女人这么能喝酒。

"说实话，今儿高兴，不是为合同的事，是我看到儿子长大了，我以前没指望你研究生上这个专业能有什么作用，这次来算是看到了你的进步，这一年真像是懂事了许多，怕是给上次北京那个丫头片子气的吧？下次回去以后我们找个时间要说道说道她们，让她们瞧不起我的儿子！这杯酒妈敬你！"杰瑞母亲显得特别高兴。

"妈，晓雪在这儿，咱别提那些过了的事成吗？你儿子长大了，知道自己的责任的，我不会让你和爸爸失望的。"

"好，不提不提，我也承诺，回国以后会给你爸做工作的。"听着这话像是和晓雪有关，杰瑞母亲看着晓雪笑眯眯的，这种表情反倒让晓雪有点害怕了，但此时她也只能讨好地笑着。

有了酒，整桌摆着的牛排鱼排什么的都成了多余，第二瓶酒下去，杰瑞母亲像是才开始似的，她让儿子又上了第二瓶威士忌，三个人又喝了起来，唯独晓雪看不出这酒有什么好喝的，独自看着他们喝到大醉。

晓雪开车送大家回到酒店，没有给她吻别的杰瑞扶着母亲径直回了房间，过道里晓雪有点失落，她不知道眼前的这些事对她是好还是坏。

回到房间后打开浴室的淋浴，晓雪想好好地洗去身上的那些烟酒味道，她喜欢水洒在身上而脑子里思考问题的状态，好像会让你更加清醒，但今天不知道为什么没有这种感觉，她闭上眼任由热水从头上淋下来。

突然一双手在身后抱住她，寒气里夹杂着酒味和烟味。她尖叫起来，那双手又捂住了她的嘴巴。

二十三、情难了

咸湿的嘴唇卷着浓烈的酒味替代那双手，熟悉的味道足以让晓雪眩晕。身上还穿着 T 恤的杰瑞双手紧紧搂着全身湿淋淋的身体，干的、湿的早已交织在一起，仿佛两个肉体已经分离了一个世纪。晓雪想挣脱说些什么，但在杰瑞的心里，身体的绞杀足以填平所有的怨恨。

杰瑞不能忍受没有晓雪的日子，这几天母亲严加管制让杰瑞无法忍受，年轻的荷尔蒙在与日俱增地积攒。晚上趁着母亲高兴要喝酒庆祝，他一口气开了三瓶酒，他深知母亲的酒力，所以每一杯总是给母亲多倒一点。回到酒店他扶着母亲回到房间，着急的他连给晓雪道一个晚安都来不及，他需要更多的时间，而不是一句“晚安”。

回到房间，母亲指着床，意思是睡意已浓，来不及宽衣解带直接倒床而眠吧。杰瑞给母亲盖好被子便迫不及待地拿出身上房牌进到晓雪的房间。

酒精作用下的杰瑞整个身体在燃烧，房间里没有晓雪的身影，唯有晓雪的味道在弥漫，甜蜜并充满诱惑。随着花洒的水声走进卫生间，灯光下隔水帘上晓雪仰着头，微张的唇接着从天而降的水珠，更像是饥渴的大地在迎接从天而降的甘露。杰瑞轻轻地拉开帘子，晓雪并没有发现，杰瑞忍不住一把搂住晓雪，全然不顾还未宽衣。

分离仿佛经历了一个世纪的时间，那也必将用一个世纪甚至更长的时间来偿还。直到杰瑞手机上的提示不断闪烁。

“Shit！”被打扰的杰瑞骂了一声。

“快看看是不是你妈妈在找你？”晓雪的魂早已被这不断的提示音送回到人间，一种不祥的感觉笼罩着她，她担心地看着杰瑞，她怕刚刚和他母亲建立起来的一点点好感会瞬间坍塌。

“是砂雨的，他看到专业网站上提示说今晚极光世纪大爆发。就在半夜一点，他让我们往西北方向走，到一个光线暗的湖边等着，今晚可能有紫光出现，他说是你喜欢的，让我们不要错过这次世纪大爆发的最佳时机。走，看你最喜欢的紫光，也许真的会给我们带来幸运呢，快！起来，等我们看完极光再回来补上我这几天欠你的作业。”杰瑞坏笑着起身，刚一站起来差点摔倒在地，就这样还偏偏倒倒地四下找自己的衣服。

“我的衣服呢？怎么找不到我的衣服了？”

“你喝多了吧？你的衣服刚才不是全部打湿了吗？你喝多了，我们还是不要去了吧？”晓雪看着站立不稳的杰瑞有点担心。

“是不是不想让我离开你的床啊？没事，一会儿回来我们重新来！”杰瑞坏笑着。

“你晚上还来我房间？你不怕你妈妈发现吗？她要是发现了我就又被打回原形了！”晓雪仍心有余悸地说着，一边在箱子里拿出杰瑞干净的衣服。

“不怕，我有撒手锏了。”杰瑞笑着说。

“什么撒手锏？”晓雪好奇道。

“先，先上车再，再说。”杰瑞舌头都有点捋不直了。

几分钟后一身穿戴如同回到冰雪时代的杰瑞和晓雪已经下了楼。“我来开吧，你喝了酒！”晓雪想把杰瑞推到副驾座位上。

“不行，这郊外的冰雪路，你开我还不放心呢！没事，我开，你看看这满大街连个人影都没有，还会有什么问题呢？不仅现在没有，将来也不会有！整个世界都是我们的。”杰瑞说话的语气就是已经喝得很高了，但晓雪没有力气把这么高大的杰瑞推到副驾座位上，只好由他了。

路上没车更没有人，灯光原本并不明亮，但映照在白茫茫的大地上倒是亮堂很多。市中心巨大的气温显示器上提示着此时 −38℃，难怪汽车发动这么久还像是冰窖一样。

“说说，你有什么撒手锏了？能护我终身了？”

“你没看见我妈今天对你不像前几天那么冷淡了吗？她昨天就说了，只要是项目谈成了，咱俩就算转正了，那就说明，说明还是有缘的，对，有缘！说明你还是带着些财气，你知道什么叫财气吗？你是才气的才气，是财气的财气。”杰瑞越发说不清楚了。

“别说了，我明白就是说我还是有小聪明的那种才气。”晓雪故意打岔。

“不是，不是这个小聪明的才气，我妈是说你可以给我旺财的那个财气。”杰瑞急着解释。

“我知道了，就是逗着你玩的，好好开车不要说话，小心看着路上！”晓雪还是担心酒后的杰瑞。

“你看看这白茫茫的，连一只熊都没有，更不要说车和人了，也只有我们这样的中国人才傻里傻气地来看什么极光。要不是说今天有紫色的极光出现，我才不会来呢，还不如搂着你睡觉！”

晓雪拍打了杰瑞一下：“一天到晚就想着睡觉睡觉，让你睡！”

杰瑞躲着，车子晃了一下，吓得晓雪赶紧坐好。

“你还是好好和我说话吧，要不然一会儿我开着开着睡着了，我怎么看着前面路都是一样的呢？”杰瑞揉了揉眼。

“这路面都是白色一片，路边也没有树，肯定是一样的啊！你可别打瞌睡，咱们好好说话。”晓雪真害怕杰瑞开着车睡着，毕竟他喝了那么多酒，平时最多也就半斤，要不是刚才的兴奋劲儿，怕早就睡着了。“杰瑞，我有一点不明白，为什么你一定要惦记着去看紫光，我看你和砂雨的对话，要他一定提醒你如果出现了紫光的高概率，有什么说法？我还以为只有我喜欢呢！”

“是的，其实我原来也不懂，不就你觉得紫光漂亮吗？记得吗？我们还讨论过，紫光是北极光里最少出现的一种，出现少自然也就稀奇，于是没有看见的就说紫光是灾难之光，看见了会有不吉利的事发生，但我不信，我更相信这里原住民的说法，紫光是带领逝者走到天堂去的，它会指引那些在荒野上的孤魂野鬼回到上帝的怀抱，这样他们还会有来世。”杰瑞一下子像是酒醒了一样，说得非常清晰。

“你真信这个说法？那和我们有什么关系呢？我怎么听着有点瘆人，这荒野上一个人都没有，哪里去找孤魂野鬼？”晓雪睁大眼睛四下看着。

“你不用看，没有的，有也只是在你心里，我相信世界上是没有鬼的。你父亲去世后，你回来好长一段时间情绪都不好，我知道你是自责这些年只顾了我而没有太关心家里事，这些都怪我，我们两个都太自私，今年春假我们为了玩也没有回去看望父母，要不然你就能陪着父亲度过他最后的时光了。”杰瑞说着有点伤感了。

晓雪流泪了，流泪是惋惜没有把杰瑞带回家给父母看看，告诉他们让他们放心，以至于这件事成了终生遗憾。她没想到平时只知道打游戏的杰瑞心里还有这么细腻的东西，她更没有想到杰瑞一直为这件事内疚着。

“别哭，晓雪，只要我在，我不会让你哭，我会对你好，我真的明白好多事，我会好好守着我们的未来的！”他一手握着方向盘，一手抚摸着晓雪松软的头发。

“我让砂雨留意着他们专业的极光网站，有紫光出现的可能就告诉我们，我是想在我们离开这里之前，能一起站在紫色极光下面，看着那一束神秘的光把你父亲的灵魂带到天上，在那里他能看见我们俩在一起，这就是我想为你做的。也许，今天就能做到，所以就是我喝得趴下了，我也要来，我要陪着你！”

晓雪和杰瑞在一起三年多了，这好像还是他们第一次进行这么深入的灵魂对话，这让她忍不住大声抽泣起来，她希望在这无人的雪原上如同婴儿一般放声哭泣。

“吱……吱……嗞……”伴随着车胎的巨大摩擦声，紧急刹车的声音划破夜空，汽车失控往一边滑行。“糟糕！”杰瑞叫了一声，一手努力地控制着方向盘，一手伸出来护着晓雪。一切还好，因为雪原上没有一个障碍物，车子在转向 180 度后停下了。

“怎么啦？”晓雪惊恐地看着外面，不知道发生了什么事。

“快下车，你抬头看天上！”说着杰瑞根本不管车头朝着哪里，跳下车拉开晓雪的车门，还没等晓雪站稳，就拉着晓雪的手往路边的冰湖上跑去。

“哇！”面对眼前的一幕也只能发出这样的感叹了。

是的，当他们看到眼前的这一切时已经没有了语言。天上像是一张巨大的屏幕，没有边际地向四周延伸着，一束光，不，很多束光，重复着闪过又叠在一起，绿色的、蓝色的，最远的边际是紫色的，看起来它们像是急匆匆奔走，忽是朝着左，忽又像是被天上什么扯着向更高的地方奔去。

在晓雪眼里，那漂浮在天际的蓝绿色极光如同起着褶皱的金丝绒一样，漂浮在海上任由海水把它们推起再沉入海平面以下；在杰瑞眼里，那漂浮在天际的蓝绿色极光犹如一颗巨大的钻石，发着光旋转着向上飘去，像是为上帝捧上最美丽的礼物。

“你猜，我想起了什么？”晓雪悄悄地问道，像是怕惊扰了这美丽的极光。

“什么？不会是我的火热激情吧？”杰瑞故意这么说着。

“去你的吧！”晓雪伸手打一巴掌，杰瑞随手把晓雪搂在怀里，晓雪没有反抗，因为太过寒冷，何不抱团取暖呢?

“我想起小时候在我外婆生产队的坝子里看露天电影的样子，那幕布没有系紧，风吹起来，那放映机打上去的光恍惚得很，就像眼前这样，那些农民喊着:‘放映员，你手不要抖嘛！我们都看不撑头了！’放映员骂着:‘不懂就不要说！那是风铲的！’”说着大笑起来。

“什么是‘撑头’？什么是‘风铲的’？”杰瑞一头雾水。

“四川土话，没办法说清楚，‘撑头’的大概意思就是看不清楚了，‘风铲的’意思不是我手抖的，是风把幕布吹得动起来了。”晓雪自己也觉得说不清楚，自顾自地笑了起来。

“快看！晓雪！紫光来了！”突然杰瑞大叫起来。

晓雪从杰瑞的怀里挣脱出来：“哇！”

天上的那片绿色的北极光，镶嵌了一圈紫色的光芒，如同镶嵌着一枚紫光的戒指，如同情人节时那些有心的商贩总会在玫瑰的花边染上一种颜色再撒上一层闪光的金粉。一种无形的力量在拉扯，这束紫色的光越来越亮，越来越多地堆积，不一会儿，天上几乎全是紫色的光芒。

杰瑞拉着晓雪的手，四只手向上朝着天，一脸虔诚：“晓雪，相信我，这就是引领你父亲到天堂的那束光！”

“是的，是的，我原来不相信，现在我相信了！谢谢你，杰瑞！我相信我父亲也看见我们了，他会祝福我们的！”晓雪真的被感动了，在茫茫的冰湖上，在飘着紫光的天空下，你会相信一切的。

再美丽的景色也无法让人忘记寒冷，几乎已经被冻僵的杰瑞和晓雪告别了变幻莫测的北极光，他们往耶洛奈夫方向驶去，把空调调到最大，把音乐开到震耳欲聋，随着音乐抖动身体，这不失为一种取暖的方式。晓雪今天格外高兴，她终于走出这几天阴霾的心情。

进入市区了，杰瑞的车开得越发晃动起来，晓雪转头看见杰瑞有点恍惚，摇了摇他的手臂：“你怎么啦！不要打瞌睡，马上就到酒店了！”

“我没有打瞌睡，只是脑子有点晕，估计是刚才在湖上吹了寒风，不是晚上喝了酒吗？没事，回去赶紧洗个热水澡，咱们再运动一下，就把酒劲儿过去了。”杰瑞说着忍不住侧着身要吻晓雪，车身也随着身体剧烈地往右边靠过去。

“快！方向盘！”晓雪一把推开他，一边叫着，她感觉到方向盘向着左边剧烈地拉了过去，此时的汽车像是脱缰的野马一样左右摇摆，显然地面上的冰雪加速了这种摇摆，而且幅度更大，刹车声和轮胎在雪地上的摩擦声乱作一团。

“砰！”最后一声剧烈的响动是汽车的撞击声，晓雪也被弹出的安全气囊顶得紧靠在椅子不能动弹。

汽车停下了，她伸手去摸杰瑞，杰瑞同样被气囊顶着。她焦急地喊着杰瑞名字，挣脱气囊和安全带的束缚，她急于知道外面发生了什么，更需要知道杰瑞是否安全。

“我没事。”杰瑞说话声中带着一丝挣扎。

片刻之后，推开气囊的遮挡他们看见车子接连撞上了路边的两辆车，其中第一辆尤为厉害，半个车头已经毁了。晓雪的车门已经无法打开，她只能从驾驶座那边翻出去。

杰瑞看着汽车的状况，这算是他们最为严重的车祸，他自己的头还流着血，不知是酒精的作用还是被撞晕了，他有点站不住了，只能靠着车头喘着气。

“杰瑞，这个车里还有人！”晓雪看见被撞毁了的车里坐着一个原住民模样的男人，第一撞击时右边的车头应该是正好撞到他的驾驶室。

“Are you OK？”晓雪敲着门大声喊着，里面的人没有动静，晓雪想拉开车门帮助他，但车头变形已经无法打开，晓雪着急地使劲敲打汽车门。

“杰瑞，怎么办？”杰瑞无力地靠在车头，像是已经站不稳了。

“我们报警吧！”晓雪拿起了手机。

“等一下！我喝了酒，我是酒驾！我完了！”杰瑞有点语无伦次。

“我开的，是我开的，我没有喝酒，我们必须报警，要不万一那个人死了怎么办？我们怎么办？”晓雪哭了起来，这是她从未经历过的大事情。

“报警吧，你先打电话，我们再商量。”杰瑞也被晓雪的话惊住了，他知道这是无法逃避的现实，三辆车如此大的损伤怎么办？他脑子里一时间也没有了主张，他想起了他妈妈，但是他还是放弃了，他需要时间来思考，他母亲一定不会原谅他，更不会原谅晓雪。

“你不要说了，我知道我该说什么，这车是我开的，酒驾造成重大车祸会毁了你的，我开的就是一般的车祸，一个不熟悉雪地技术的留学生开的。你放心，我能应付得来。”晓雪一下子像是成熟了很多，至于杰瑞的母亲知道了会发生什么，她已经没有时间来思考了。

报警以后，晓雪顾不得看杰瑞的情况，径直从另一侧打开了被撞的车门，一股浓烈的酒味扑鼻而来，晓雪顾不上这些，她去触摸那人的脸和头，那人呻吟起来，晓雪悬着的心一下子落了下来。晓雪安抚他说："已经报警了，救护车马上就到！再坚持一下！"

晓雪走到杰瑞身边，她试图扶着杰瑞，杰瑞身体太重，只能靠着车子站立着，晓雪流着泪吻了他，酒精的味道里夹杂着血腥。晓雪着急地问道："哪里出血了！你还好吗！我不能没有你！杰瑞，你不要吓唬我！"

"没事！是牙齿咬破的，不碍事，我不会丢下你，那人没事吧？"杰瑞更担心车上那人。

"没有大问题，我告诉他救护车马上就到，我们大家都没有事才好！"说着晓雪止不住泪水落下。

杰瑞努力支撑着身体，搂着晓雪。身后响起警车急促的鸣笛，还有救护车的呼叫，车灯闪烁，映照着两个紧紧拥抱的人影。

警车径直停在他们的身后，晓雪推开杰瑞站立在警车大灯的光照下，失去支撑的杰瑞倒在了地上……

二十四、车祸

当冰冷的太阳照亮白色的大地时，所有的美梦都会消失得无影无踪，对于晓雪是这样，对于杰瑞的母亲也是如此。

头部的隐隐作痛让杰瑞母亲苏醒，她知道这是酒精的作用还没有完全退去，她有点后悔昨天喝那么多酒，不知道儿子怎么样，按照昨天的总量，谁都不会太轻松。她勉强起身想去烧点开水，走到儿子房门口推开想进去看看儿子怎么样了。

床上像昨天晚上睡觉前一样，床铺整整齐齐没有人动过。杰瑞母亲很生气，为什么儿子总要伤她的心？但身上好像又少了些发火的力气。

烧上开水一身疲倦的她瘫坐在沙发上，用手机和儿子联系，接连拨了好几次都没有人接。她怒不可遏，心里恶狠狠地骂着儿子：你怎么就这么没有出息？就不能为了母亲忍耐几天？她不明白为什么每一个看起来聪明的男人总走不出一个小女生石榴裙的诱惑，不由心里也骂起杰瑞的父亲来：什么样的老子就有什么样的儿子。

前几年杰瑞父亲身边总有各种传言，她无法触及这些女人，也只能任由他去了。两年前杰瑞父亲去北京继续学习以后，认识了他们班的班长。班长位置高格局也自然不一样，每年总有两次把班上关系好的几家人叫到一起，在餐桌上当着大家的面说：大家一定管好自己的那点私事，别不当一回事，在这条路上一步走错步步走错。要是路走错了，跟错了人，那没办法，也算是坚持自己的气节吧，但要是为了外面的女人，那就叫不值得！谁在你还是小草的时候给你浇灌，帮助你成长？那是你们的老婆，她们现在虽然没有那些女人年轻风骚，但她们是一路和你走出来的伴侣啊！你想想要是你年轻的时候，让你找一个风月场上的女人过日子，你要吗？千万不要在这条道上走远了。

这话说到女人们的心里，杰瑞母亲心里好一阵畅快，她看了一下一桌人的表情，几个女人要么是一脸得意，要么是委屈地眼含泪水，男人中起码有一个表情很是坦然，一看就是在男女问题上有底气的人，当然这个人不是自己的男人。杰瑞母亲看了看女主人，班长夫人直着腰笔直坐着，挂着标准的微笑，脸上的褶子都像是撑开了。她试着也这么嘴角向上地浅笑，脸上肌肉却像是在美容床上被什么极光整容仪器击打那样抽搐，很不自在，心想还是我们东北女人大笑来得畅快些，刚想来一下，一看女人们都很矜持的样子，自己也赶紧收住笑容。

班长夫人看见她不经意流露出来的表情，微笑着对她和几位夫人说："下次我找一个专门讲女性礼仪的老师给你们也讲一讲吧，这个很重要，我们要是不进步也对不起自己的丈夫。"

"我们也想提高一下，但不是总走不出来吗？"杰瑞母亲赶紧这么说，她心里担心在北京请个老师讲小课那得多少钱啊，先推说没有时间好些。

"不专门耽误时间，下次你大哥他们定了聚会的日子你们就来，我把老师请到，免费的，还会给我们带些小礼物什么的，不也是帮她们做了广告了吗？双赢的。"班长夫人像是看透了杰瑞母亲的心思，专门说了是免费的。

"好啊，好啊！那太好了，我们都来！"杰瑞母亲抢着说，一点都不掩饰，害得杰瑞父亲脸上挂不住，悄悄地在桌下踢了她一下。

班长看出点什么，赶紧把话又说回来："你们几个弟妹真是要向你大姐学习学习，女人就忌讳放弃自己，把自己搞成保姆一样。丈夫在外面看得多了，眼光也高了，你们几位多向你大姐学学，你们的先生就多跟着我走走看看，我会经常敲打他们的。"几个男人露着尴尬的笑容，连声说着：是的，是的！我们就是需要班长这样的老大哥经常敲打着才是，不要犯了错误再来找大哥。

班长一脸正气地说："别怪大哥多嘴，有些话还是说到前头的好，有什么事只要是在出事之前都好办，作为大哥能帮忙一定帮忙；但要是已经捅了娄子，就不要再来找我了，那时找我就不好办了。为什么？一句话：

暗张好打，变成明牌了就不好打啰。”

大哥这话意味深长，所有人都不说话各自思量，这时候女人们更显脆弱，好几个都挂不住要哭了。倒是班长夫人赶紧出来圆场：“老李啊！一晚上的你胡说什么呢！高高兴兴喝酒不好吗？还没喝几杯你就像喝了一斤酒一样，嘴上没谱了。”

“好，听夫人的，今晚都听夫人的，现在我给各位弟妹敬一杯酒，大家心里放宽心，你们身边的男人一定是万里挑一的，要不然也不会走到这个位置上来，有年轻女人来扑是正常的，男人要是没有那招蜂引蝶的气味那就说明你们身边的男人没有本事，那时怕你们也要不满意了吧？”说罢端起酒杯站起来敬酒。

这事直到现在都记忆犹新。

电话铃声响起，一看是儿子打来的，她拿起电话就先给儿子一个下马威：“你还知道打电话给我？你就不知道直接滚回来！你一个晚上不往女人身上爬就过不了日子了？”这骂听起来都不像是骂儿子，更像是骂自己老公。还没等她骂过瘾，电话里传来儿子的哭腔：“妈，你不要骂了，我出事了！”

“儿子，你出什么事了？好好说！”杰瑞母亲的酒一下子像是过了劲儿，眼睛睁得圆圆的。

“昨天晚上我和晓雪出去看极光了，回来路上出了车祸，现在我在医院检查，等着拍片结果。”杰瑞说话有气无力。

“看极光，看极光，你脑子里全是屎啊！你伤得厉害吗？晓雪怎么样呢？撞到人了吗？现在哪个医院？我马上过来看你！”杰瑞母亲又急又怒。

“妈，你不要急，也不要来，我自己觉得没有太厉害，刚撞上时有点头晕，那可能是酒精的作用，现在好多了，片子出来没有问题，我马上就回酒店了。晓雪没事，我撞到路边的两辆车，有一辆上有人受伤，比较严重还在抢救，妈，我真的闯大祸了，希望那人不要死！”儿子带着少有的哭腔，这种哭腔只在他小时候有过。

“晓雪没事？！她倒好了，天天闹着看极光，这下好了，我看她最好一辈子留在这儿看极光，也别跟我们走了！把我儿子搞成这样，她倒没事！”杰瑞母亲把所有的怨恨都记在晓雪身上，没想到这句话后来真成了晓雪一生的魔咒。

“妈，你不要这么说！报警后晓雪跟警察说是她开的，她不让我跟警察说实话，她怕酒驾会害了我。你不要再骂她了！”杰瑞哀求着母亲。

“我也不想骂人，我也想慢慢接受她，但是你们这些事能让我放下怨恨吗？你们能让我不操心吗？”还没等母亲说完，杰瑞先挂断电话，气得他母亲把电话摔在沙发上。

母亲总是放不下儿子的，她赶紧洗漱完后打电话叫起张总，她恨身边一个个都不让人省心，不是没头脑，就是情痴一样，没有一个能干大事的。

想出去找儿子无奈没有车也不懂英语，她只能在客厅里泡上一杯茶就这样枯等着。

还有两天就要回温哥华了，按原计划在温哥华再小住两日就要回国了，她也不放心小勇他爸一个人在家，别趁她不在的时候老毛病又犯了。在电话里听出儿子没有生命危险，这是不幸中的万幸，只是不知道被撞伤的人怎么样了。如果没有生命危险也就是赔多少钱的事，即便死了也不过是再多一点钱罢了。在她的眼里没有东西是不可以用钱摆平的。不过那小丫头出来顶了酒驾这倒是她意料之外的事，也许这就是他们年轻人的爱情吧，反正对儿子好那就对了，不外乎到时也给那孩子点钱吧，买个好包，买个首饰什么的，这些都不是问题。但她总觉得还会有什么事要发生，心里总是不踏实，还是再给儿子一个电话吧。

这一次拨通电话小勇很快就接了：“怎么样了，儿子？”

“妈，我和晓雪正在回来的路上，有什么回来再说吧，我先挂了。”

儿子的声音显得疲惫不堪，能回家应该没有大问题。

十几分钟以后，四个人都会集在杰瑞母亲的房间，杰瑞母亲站起来扶着儿子：“哪里有问题？拍片的结果是什么？”

“拍片显示骨头都没有问题，医生说只是软组织挫伤，需要一段时间恢复。阿姨，对不起了，让您担心了。”本不该晓雪来回答，但晓雪怕杰瑞太累，就帮着说了。

“没问题？我问你了吗？你说没问题？我儿子晚上和我吃饭的时候都是好好的，要不是你这个妖精在那儿勾魂，我儿子会成这样吗？让我担心了？像是你有多关心我一样，怕我担心就离他远点！越远越好！松开，我来扶着他！”杰瑞母亲出手扒开晓雪的手，扶着儿子坐在沙发上。本来杰瑞母亲不想为难晓雪，但不知为什么看见晓雪心里就像是有气一样，她还抢着说话，这不找着挨骂吗？

“妈，你能不骂人吗？这事本来就不怨晓雪，我跟你说了的，是晓雪把车祸顶下来的，你怎么还在骂人呢？”杰瑞脸气得唰的一下白了。

“这个就叫骂？没有这点承受能力就别想进我们家的门！我年轻的时候也是这样过来的，那时候到你爸家里去，吃饭桌子都不能上，我不是也这样受着？现在就连说几句都不行了？我怎么对她了，没让她上桌吃饭还是挨了打？”杰瑞母亲越说越来劲儿，就连张总也看不下去了，忙着劝慰杰瑞的母亲。

晓雪强忍着，强忍着泪水不要掉下来，她不知道为什么她和杰瑞的这段恋情在他母亲眼里是如此不堪。这几天发生的一切仿佛自己快要承受不了了，但她没有退路，她默默地往后退了半步，身体却又本能地往前倾斜，仿佛身后是万丈深渊似的。

“说一下，昨天是怎么回事？现在情况怎么样？我们要怎么做？要多少钱能够平了这件事？”杰瑞母亲气急败坏地继续吼着。

杰瑞简单地把昨天的事给母亲和张叔叔说了，好在坐在车里的那人现在已经脱离危险，但被撞的左侧肋骨断了几根，会有一个很长的治疗恢复时间。

“那人没事大半夜坐在车里干什么呢？哪里停车不好，偏偏停在你路过的地方？”张总嘟嘟囔囔地说着。

“我问了警察了，那人是原住民，酒吧关门了，把他请了出来，这里原住民都这样，喝醉了也找不到回家的路，就自己钻进车里等着酒醒。”晓雪怕杰瑞说得太多太累了。

“晓雪，真是你去顶了？警察相信吗？”张总倒是更和善些。

“他们有点怀疑，录口供的时候反复问我是不是我驾驶的，还反复问我撞车时的经过。”

“啊！还录了口供？那你当时怎么说的呢？”张总睁大眼睛瞪着。

“这个是正常的，因为我报了案，这是报案记录，不是你想的那种犯罪口供。我说男朋友喝了酒，所以我开着车，但我不太熟悉雪地路的驾驶技术，这个车我们也是在耶洛奈夫的出租公司租来的，购买了相关保险，当时有个弯道，我刹车不当造成向右侧滑撞上了路边的两辆车，当时也不知道车上有人。”

“警察说接下来怎么办呢？我们后天的机票回温哥华不会受到影响吧？这个地方有点邪门，我们还是早点走吧！”张总更担心无法如期返回温哥华。

“我问了警察了，警察说他们要等到保险公司的验伤报告出来了才能做出结案的处理，应该还要两三天的时间。”听到这里张总急了，“验什么伤？这不人都没事了吗？”

“这是说对车子的验伤，因为保险公司要承担维修，所以他们要有专业的验伤专家来检测撞车的痕迹，警察说因为事故很大，验伤人员不仅要对车体的撞痕进行验证，还要对我说的事故经过进行判断，判断是否符合他们的验伤结果。”

“那怎么行啊！那样等到多久去了，我们不能等的，晓雪你还是要找他们去说说的。”张总急了，而此时的杰瑞母亲倒是平静下来了。

“好的，下午我再给警察打电话，警察说让杰瑞先回来休息，让我们等他们通知，保险公司我也已经报案了，也在等他们来人和我联系，放心吧，我会接着处理的。”晓雪觉得自己一下子就成长了许多，以前都是躲在杰瑞身后，今天她接受几个警察询问时杰瑞在医院检查，她一个人觉得好难面对，就哭了起来，一位女警察宽慰她，告诉她在耶洛奈夫冬季出事故是很多的，人的安全是第一位的，但作为当事人必须如实地把车祸的经过讲出来，以方便他们对事故做出结论。晓雪点着头，讲述着她看到的一切，只是她变成了驾车者，杰瑞喝醉了在一旁睡着了，在没有防备的状态下，才伤得更厉害些，一切符合情理。

“小勇，去房间躺下，晓雪留下来照顾，今天也是怪了，你爸一个电话没有，短信留言也没有，不知道又疯到哪里去了！”杰瑞母亲总觉得今天有点不对劲，哪里都不对劲。

二十五、祸不单行

这一天，在耶洛奈夫的这几个人都不轻松，几乎是在惶惶恐恐中度过的。杰瑞担心晓雪应付不了警察和保险公司的反复盘问；晓雪怕杰瑞担心所以没有告诉杰瑞自己身上也疼痛不已；杰瑞母亲想不出杰瑞父亲不打电话的理由，既担心是不是又被什么女人迷上了，又担心是不是出了什么事；张总却惦记着后天能不能起飞回到温哥华，他真是受不了这里的严寒。

对受损车辆的验伤远没有杰瑞和晓雪想象的那么简单，毕竟杰瑞租的车辆是租车公司里价值最高的车，修车的费用可想而知。晓雪原以为验伤不外就是给受损定一个价格，结果远不止这些。

在保险公司第一次约谈晓雪时，晓雪隐约地注意到他们更关心的是确认到底是谁开的车，言外之意就是必须排除杰瑞的酒驾。晓雪知道这是问题的关键，不能松口，不然不单单是保险费的问题，如果对方生命有危险或是致残，那杰瑞还有可能被控告。晓雪很肯定地回答是自己开的车。

到了下午，晓雪又被要求到验车现场，杰瑞要陪她一起去，怕她应付不来，不要说杰瑞母亲当时断然反对，就是晓雪也不愿意，她对杰瑞说："你在的时候我就会不由自主地看着你，这样就是破绽，变成我是依附于你，反倒不能完整地描述车祸现场的情况。你不在我更有责任和压力，你放心吧，我应付得了。"

到了现场，她被引到验车的通道上，三辆车依次排着，他们那辆车撞得尤其严重，前车头几乎已经全部毁了。对方的几位工作人员拿着本子记录着他们之间的对话，一位一脸严肃的胖女人向晓雪提问。

"今天的询问是我们对汽车定损的必要程序，我们希望你如实地回答问题，你也有必要知道如果你说的和事实不符要承担的法律后果。"

"好的，知晓。"

"车祸时几个人在车里？谁驾驶车辆？你们是什么关系？"

"两个人，杰瑞是我男朋友，车祸发生时我驾驶的车。"

"汽车是以谁的名义租借的，以及用谁的名义购买保险？"

“以我男朋友的名义租的，也是用他的名字来购买保险的。”

“你知道用他的名义买保险原则上是不能借给他人使用的吗？你知道因为他把车借给他人驾驶造成车祸会影响他明年的保费吗？也就是说他明年的保费会上浮很多？”

“不知晓，现在知道了。”晓雪也只能这样回答。

“你当时行驶到这里时速大概是多少？”

“应该是 50 公里每小时吧，这是我通常的速度，不会太快。”

“也就是说你没有看到路边的限速标识？此路段限速 30 公里。”

“没，没有太注意。”晓雪下意识地结巴了一下，脸也涨得通红。

“但就我们的检测，当时的车速超过了每小时 50 公里的速度，这个可以不做回答。”那个女人用一步步的追问试图打垮晓雪的自信。

“我们给你一张纸，你给我画一下当时出车祸的状况，你驾驶车的位置，第一个撞到哪辆车？位置在哪里？然后再给我们指认一下这三辆车各自被撞击的关系。”

晓雪意识到这不是简单的验伤，这是保险公司想摘掉自己的责任，或许是部分责任，她不太确定，她原本认为缴了保险费，保险公司赔付是天经地义的事，为什么还会有这样的折腾呢？

晓雪一边画一边思考，简单画完以后递给对方：“撞击时气囊弹出，遮挡了我的视线，我无法完全还原当时的情况。”

在简单指认并确认记录签字以后，对方让晓雪回酒店休息，说还会再找她。

保险公司离酒店不远，晓雪想走着回酒店，她需要独自待一会儿，甚至不想回到酒店，不想见到杰瑞的母亲，回到那个房间有一种窒息的感觉。这几天她所遭遇的冷眼和不屑是她长这么大从未遇到过的，而这恰恰是来自她未来想要融入的家庭，她开始怀疑这段感情是否能得到祝福。

耶洛奈夫街头醒目的气温显示板上显示着现在的气温是 −38℃，穿着笨重大衣的她依然感到寒冷，不过这倒让她清醒了许多。她有点埋怨自己，在几年前初次和杰瑞交往的时候，没有问他家里的情况，一心想着两个人真心相爱就好，没想到其实并不是这样，尽管杰瑞始终帮着她，但越是这样越是看到他母亲更为愤怒的表情。在他母亲眼里，这个女人是来和她争夺儿子的感情的，不，是这个女人的身份不配走进这个家庭。原本今天和西北地区政府签了协议后他母亲的态度已经好了很多，但突如其来的车祸把刚刚缓解一些的关系又搞得如此糟糕，就连她扛下了如此大的车祸也没有得到他母亲的一点认可。她真的想放弃了，但谈何容易？这是用几年的相守培养的感情，不是说想放就能放下的。

脑子里胡乱想着，身上肋骨隐隐作痛，但她不想说，她觉得现在够乱了，没有大碍就慢慢地等它好起来便是。回到酒店大厅，晓雪并不急着上楼，独自一个人坐在酒店大堂的沙发上，想着这几天发生的事，不禁流下了眼泪。

"晓雪，怎么了？"杰瑞看见晓雪去了这么长时间，忍不住想下楼来看看。"你怎么哭了？发生什么事了？"杰瑞想搂着晓雪，结果一伸手就倒吸一口气，胸部拉扯着疼痛起来。

晓雪赶紧起身扶着杰瑞："没什么，就是心里有点堵得慌。"

"都是我不好，让你受委屈了，家里这样，外面也这样。今天下午保险公司验伤都说了些什么？"

晓雪把今天问的情况给杰瑞说了，也说了她的担心，保险公司想划分责任，但她不明白他们会怎样来判定责任，她也不知自己的破绽在哪里。

杰瑞让她放心，以前在温哥华也遇到过车祸，不管是谁的责任也是先理赔了再说，在这里应该也是如此，他们一边说着一边上楼回房间。

"你妈妈怎么样？我走后她没有说什么吧？"晓雪有点担心。

“没有说你，她现在放心不下的是我爸，我爸昨天没有给他电话，我妈担心得很，我告诉她没事，可能我爸又喝高了，这在家里也是常有的事，待会儿上去不要给她说那么严重就好，省得她不懂又问东问西的。”杰瑞叮嘱着晓雪。

走到房间门口就听到母亲大声地说着:“你昨天晚上怎么电话也没打？真不把我当回事了？”

杰瑞听到后说：“又在骂我爸呢，这时国内正好早晨了，我们还是别忙进去，先到你的房间坐一会儿吧。”一脸高兴的样子仿佛好不容易找到一点偷闲的时间。

“别，待会儿你妈知道了又要挨骂了。”晓雪阻拦着杰瑞。

“你以为我还有力气干那事儿？我现在伸个手胸口都疼，放心吧，就坐着躲一下她那个劲儿。”

在房间里待了几分钟，杰瑞的电话就响了，杰瑞一看是他母亲的，赶紧起身,忘了自己原本有伤一使劲便疼得大叫了一声,晓雪赶紧扶着他。“你先休息一会儿，我过去看看，估计这会儿是要说我爸的事儿，我一会儿叫你。”

杰瑞走进房间，只见他母亲一脸慌张：“你爸估计要出事了，我想赶紧回去。”

“怎么啦？前天不是还好好的吗？还给我出具了邀请函。”杰瑞不解地问道。

“刚才你爸给我说，书记叫他去了办公室，先是和他谈了市里的工作，谈完了你爸都起身要离开了，他又让你爸坐下，又问了一句：老丁啊，你有没有什么事情要给组织上说啊。你爸愣了一下，说没有什么啊。书记给你爸说了一句：回去想想，有什么事你觉得不方便给别人说那就直接给我说。”杰瑞母亲脸上浮现出不安。

“没有什么吧？可能就是随口一问吧？”杰瑞不太懂官场上的事，他觉得也许是正常的现象。

“不对，你爸和书记搭班子这么多年了，从来没有过这样的对话，去年就传书记要调省上，你爸要接书记位置，但后来就没了消息，不知道这之间有没有什么联系。”杰瑞母亲提起了去年那件官场传说而又搁浅的事，她总是担心这里面有什么联系。

“爸刚才还说了什么？”

“你爸说今天全市有一个大会，在会上他再观察一下。儿子，我必须马上回去，你赶紧去看有没有明天的票，我们提前一天走。”杰瑞母亲很着急。

“我们后天的机票，要不就多等一天？晓雪这边的事儿后天也应该完了，我们一起走，我担心我们走了她一个人有什么问题没有人商量。”杰瑞不想明天走，他担心晓雪。

“儿子！现在什么时候了你还儿女情长的，要是你爸真的有什么问题，咱们这个家就都毁了，真的毁了，你还有未来吗？人家还要你吗？你以为她不是奔着你的家庭和你的钱来的？你真是糊涂啊！你连哪件事大还是小都分不清楚，你还是我们的独生儿子吗！”杰瑞母亲大怒起来。

“妈，你不要说了，我不是不清楚，晓雪不也是为了我吗？我要是酒驾，昨天就有可能被警察抓起来了，咱们做事也要讲良心好不好！”杰瑞和母亲为晓雪的事又起了争执。

“好，我们就说晓雪的事，你妈不是已经答应你们交往了吗？她替你承担酒驾那就是她该尽的本分，难不成还要见着自己的男人被关起来？我们只是早一天回去，要是在中国我还不求你了！我自己就坐飞机走了，你爸都有可能是大难临头了，你还想着别的女人，晓雪在这里最多就是和保险公司谈谈赔付的问题，再不济也就是我们把整个车祸的责任和赔偿全部承担了，但我们不能看着你爸被人抓走，就在我们不在的时候！你明知道这是在国外，我和你张叔叔不懂英语无法自由地走，你是要你爹还是晓雪，你自己选吧！”说到“抓走”两个字时，杰瑞看到素来要强的母亲眼睛里含着眼泪。

母亲的这段话也深深地触动了杰瑞，他此时尤其能体会到皮之不存毛将焉附这个道理。杰瑞的确应该为家庭承担点什么，如果父亲出事了，母亲的精神一定会垮掉的，她一直依赖于父亲，他不敢往下想了。

“好的，妈，我懂了，我马上查一下有没有明天的机票，我们三个走，晓雪留下来。”杰瑞给航空公司联系，好在他们是商务舱，刚好明天中午航班还有座位，没有告诉晓雪，杰瑞便改签了他们三个的机票。

“小勇，你不要给晓雪说父亲的事，因为情况不清楚，我也不想让别人看我们家的笑话，待会儿你就告诉晓雪是我的单位有事要我马上回去，你知道的你妈妈很好面子，不想让人来猜疑家里的事，更不要给小张说，我怕他胆子小，做出对家里不利的事，等你爸那边晚上给我电话了我们再说。”杰瑞母亲很满意儿子为她做的决定，但依然不希望晓雪知道家里可能会发生的事。

“好的，妈，我知道怎么处理。”一瞬间杰瑞好像更加懂事了。

晚饭时分，餐厅里只有不多的几个人，杰瑞母亲对张总说道：“小张，我们明天中午就回温哥华，今天下午我单位领导打来电话要我马上回去，单位要提拔一个新干部，要开一个党组会，因为有时间要求，所以必须马上往回赶。”

张总使劲点头：“好的，好的，都听大姐您的，丁大哥走的时候就给我讲清楚了，一切听您的！”

晓雪一下子蒙了，就一转眼的时间，怎么他们就要走了？而这一切杰瑞居然没有跟她说。她无助的眼神看着杰瑞，不敢问为什么，只是等待杰瑞告诉她发生了什么。看着晓雪睁大眼睛看着杰瑞的样子，杰瑞母亲接着说："晓雪，是这样的，你知道我们出来就是瞎子和聋子，没有你和杰瑞我们哪里也去不了，所以刚才和杰瑞商量了，你先留下来处理交通理赔的事，杰瑞送我们回温哥华，我们第二天就直接转机回国了，等我们走后他再过来陪你。这几天阿姨心情不好，也总给你发脾气，你不要怪我，我就是这脾气，也怪小勇他爸平时总是让着我，把脾气惯坏了，以后我们还有时间相处的，慢慢习惯吧，这次只好辛苦你了！"

这番话是这几天的最高礼遇，晓雪竟然说不出一句话，不是她不敢，她怕自己一开口就会哽咽流泪。如果他们明天要走是事实了，晓雪也只能接受。只是杰瑞母亲这番话倒让晓雪觉得有点怪，对她而言即便是恶语相向，晓雪又能说什么呢？所以这话出口也还是让晓雪感动，只是很难想象她独自在这里面对繁多的事情还会遇到什么。

"晓雪你一个人应付得来吗？不过我就走几天就回来了。"杰瑞看到晓雪没有说话有点担心地问道。

"晓雪没事的，今天去保险公司验伤不是人家晓雪一个人去的吗？由你去只会添乱，是吧？晓雪。"杰瑞母亲像是要逼着晓雪表个态，好让儿子放心。

"是的，阿姨，我应付得来，你们放心回去吧，杰瑞你也不要急，回到温哥华去医院再检查一下，这里毕竟是个小地方，医院的条件也不像温哥华那样好。"此刻晓雪的情绪已经平抚了很多。

"好的，懂事的孩子，就是比我们家小勇懂事。小张，你把这次带来的现金都给晓雪留下，万一有个急用什么的。回国以后给注册的那个公司把钱汇过来，晓雪你记住，你收到款以后就直接付给那家公司五万加币的前期费用。"杰瑞的母亲有条不紊地安排着。

晚饭后，杰瑞母亲对儿子说，"去吧，今晚就住到那边去，安慰一下晓雪。”听起来更像是要和晓雪诀别似的。

杰瑞用房卡打开房门，晓雪正站在门口迎接着：“我知道你要来的，一直站在这里等着。”

“晓雪，请原谅我，我必须要送母亲走，这是我的责任。”还没等他往下说，晓雪便用唇堵上他的嘴，“别说了，我知道。”

那一夜，那是一场忘了彼此的伤痛不知疲倦的征战，每一次穿越都如同伤痛的肋骨直插心脏，每一次回守都如同刚缝合的伤口又被撕裂般穿心痛楚，犹如用命在搏杀，对于相爱的人来讲战死沙场的畅快又何待明天?

二十六、代价

耶洛奈夫的机场很小，这会儿已经挤满体验了极光之旅迫不及待要回家的人。杰瑞因为受伤，杰瑞母亲不让他碰行李，还不等晓雪停好车她便和张总亲自推拉着行李箱往候机楼走去。

此时每一个人都心事重重，杰瑞母亲像是一晚上没有睡好，眼圈浮肿发黑，晓雪不知道是什么原因，不敢说话。杰瑞知道这是道别的时候了，他不愿再让晓雪看到母亲催促的场面，他搂着晓雪耳语着：“等我，我会回来带你回家的，这个是我的信用卡，密码你知道的，你的生日，如果我还没有回来，你就用它支付一些费用，我走了，你要好好的！”手里捏着一张卡悄悄地塞在晓雪手里。

心事重重的杰瑞母亲连头都没回径直往登机出发处走去，张总给晓雪挥挥手便紧步跟上，杰瑞回身再一次吻了晓雪，更像是要遮挡住晓雪的视线。张总赶上去给杰瑞母亲说了一句什么，杰瑞母亲这才转过头，给晓雪挥了挥手。

晓雪眼眶湿润，她忍住不让泪水掉下来，她想让这一切尽快过去，还回到他们的二人世界里，也许再有两三天，焦急的时刻更需要耐心地等待，等待……

手机响了，她迫不及待地拿出来，她想这一定是杰瑞打来的，忘了什么？不，更像是要留下不舍的话语。“喂，杰瑞，我想你！”

“雪，我们是保险公司的工作人员，你在哪里？我们想找你再谈谈。”对方用英语讲着。晓雪一下子清醒过来。

“对不起，我以为是我朋友的电话，我现在在机场。”

“等一下！你现在不能离开耶洛奈夫！我们的调查工作还没有结束，你的车祸还没有进入理赔程序，你走了后果是严重的！”对面的人以为她要离开，显得有点着急了。

“不是我离开，是我送朋友离开，我会马上回到酒店的。”晓雪心里往下一沉，但她赶紧解释道。

“是你男朋友要走吗？对不起，他也暂时不要离开，我们还有些调查会需要他的配合，请他暂时不要离开。”对方的要求越来越高了。

“对不起，我只能遗憾地告诉你，他现在已经登机了，不过你们放心，他只是送母亲去温哥华转机回中国，两三天后就会返回来，你们放心吧，我半小时后可以到达保险公司，我们一会儿见。”晓雪急着放下电话，她应该告诉杰瑞不要急着回来，她隐约感到保险公司那边出了问题，他们会找某些理由拒绝理赔。

思量片刻，她还是拨通了杰瑞的电话。

在候机大厅里，杰瑞避开张总和母亲低语着："爸晚上电话怎么说？"

"在干部大会上他做了工作报告，他说没有什么异常，只是书记和纪委书记在会议中间出去了一次，回来后脸色凝重，会议完了也没有和你爸握手就走了，你爸不知道这是不是一个信号。"

"妈，等一下，我接一个晓雪电话。"晓雪的电话呼叫进来了。

"才分开没有5分钟这就电话了，你们这些孩子让我们做爹妈的怎么说你？你不要走了，出去吧！"杰瑞听到母亲的话后便直接把晓雪的电话挂掉了。

"这才像我的儿子嘛，不是我说她，就是没见过世面的南方小女人，几分钟都憋不住了，穿上裤子才几个钟头？没男人过不了？你就是被迷得五迷三道的！"杰瑞母亲已经完全不能控制自己的愤怒，她把家里的混乱状况全怪罪于晓雪这个可怜的女孩。

"妈！你不要这样说好不好？怎么说我也是你儿子，她也是你未来的媳妇，大家以后还要相处的！"杰瑞真的心疼晓雪，他不能容忍母亲用那样粗俗的语言侮辱她。

"还真说不一定！"母亲提高嗓门说了一句，引来不少人回头看发生了什么。

"好，妈，我们今天不说晓雪的事，我们还是接着说爸的事。"

被挂断电话的晓雪好无助，她不知道是为什么，但她潜意识里想到一定是和他母亲有关，早上就看见他母亲心神不宁的样子，像是有什么事情发生，但对于他们这样顺风顺水的官员来讲会有什么大事发生呢？

半小时后，晓雪已经坐在保险公司的接待室了，还是那位严肃的女调查员，身边还坐着一个年轻的小伙子，晓雪看见小伙子胸前的吊牌上写着"实习调查员：杰瑞"，心想真巧，可惜此杰瑞非彼杰瑞。

也许是看见晓雪总盯着这个杰瑞，小伙子不好意思地笑了笑说："我是美瑞女士的助理，我叫杰瑞。”晓雪报以微笑：“你好，我的男朋友也叫杰瑞。”

还没等小伙子回应，美瑞便很严肃地说：“我们经过很严格的分析，认为你的陈述和现场情况以及三辆车受损的情况之间是有出入的，我们不能确定你的报案是否准确，我们需要进一步核实其中的一部分。因此……”此时晓雪的电话响了，晓雪本能地拿出来看了一下，“勇”，美瑞也瞟了一眼，说：“你可以接，男朋友的？”

“不是，先不接了吧。”晓雪没有犹豫就挂了电话，她庆幸自己当初的备注是“勇”，而不是英文的“杰瑞”。“这是温哥华一位做保险的朋友，我咨询他一些保险赔付的事，我不明白为什么在西北地区保险公司的赔付会这么复杂，我们毕竟是合法地购买了汽车的全部商业保险。”晓雪不知道当时为什么会这样说，一下子就像是杰瑞母亲附体一样，她一直记得前天在省政府谈判时，杰瑞母亲移花接木的表演。

“哦，说到保险公司这点我会告诉你，我们和BC省的保险有所不同就在于BC省的保险公司ICBC是一家政府背景的公司，他们的理赔程序相对我们来说过于简单，我们这里的保险公司是私营的，我们的理赔程序相对比较严谨，我们不会承担不该我们承担的那部分责任。当然这也和事故的大小以及受损的程度有关，比如说被你或者你……撞伤的那位先生是原住民，你可能也听说了原住民是很难打交道的，他已经提出了在医疗费以外的一笔巨额的赔偿，理由是他部分丧失工作能力，甚至丧失了部分性功能，当然这个需要鉴定，但他们总会表演得跟真的一样，往往我们很难对付这些原住民，当然我们会尽量去压低这个赔偿要求，但是这部分不应该在我们保险公司的保险范围之内。保险的认定和赔付是一个漫长而又艰难的工作，当然这一切都在于我们所承保的事故全部属实。”她的这番话让晓雪有点震惊了。

“什么？这一切都应该是在我们购买的保险之内，当时我们租车时专门问了这一点，包含了全部事故人的全部保险。”晓雪赶紧解释。

“这是你的理解，但你并没有完全读懂保险条例，所以如果承保的事故全部属实，如果投保的金额不能全部覆盖，我们将启动你们在温哥华购买的 ICBC 保险费用作为第三人保险的追加。当然这还有一段时间，在我们确认保险有效以后。”

晓雪瞪大眼睛听着这一切，她不知道接下来会发生什么，这些问题已经完全超出了她能理解的范围，她明白现在即将发生的这一切绝不会像她以前想象的那么简单。

接下来又进入一个漫长的询问过程，问题的焦点聚焦在怎么能够说明当时开车的是晓雪本人。中途这个女调查员出去接电话，年轻的小伙子杰瑞悄悄地告诉她，他们公司是当地的一家私营的保险公司，因为晓雪的这单保险赔付金额太大了，所以公司会重点放在公司免责的焦点上，但加拿大是一个法治的国家，会尊重事实的，让晓雪放心。听到这儿晓雪的心反倒揪得更紧了。

接下来的询问记录是不愉快的，美瑞问到为什么杰瑞会提前离开，而且扔下了女朋友在这里独自处理如此棘手的问题，在加拿大这样的事是不可能发生的，当然这也是你们个人的权利。

晓雪反复重申杰瑞是要送母亲去温哥华坐飞机，他一定会回来的。

“Really？”美瑞听了以后竟然说，“我们有理由认为这是一种躲避，是一种有意的行为。”

晓雪感觉到今天的谈话是有意要激怒她，让她在不理智的情况下说出破绽，一时间她无法确定自己是否能应付得来，但她明白一个道理，不要去尝试撒谎，因为一个谎言需要有更多的谎言去掩盖它。但此时她已经没有了选择，只有在错误的道路上继续艰难地往下走。

最后美瑞告诉晓雪，他们还会继续调查，但现在并不影响对受伤人的治疗，已经有足够的资金给到医院，但如果他们查出这个保险有问题，他们有权利索要回这笔预先垫资的费用。

这句话终于惹怒了晓雪，她用很正式的口吻告诉美瑞："作为一个购买了你们保险的客户来说，你们没有权利这样来怀疑我，如果你们觉得我有作假的嫌疑，对不起，请你拿出证据！否则，赔付就是你们保险公司的责任和义务！"

对面那个资深的对手是完全没有想到晓雪会讲出这样的话，原以为一个涉世不深的小女生是不懂这些的，一番话出口，她倒感到意外了，就连在一旁不作声的杰瑞也不禁眼睛一亮。

"好的，谢谢你的配合，我们会给你一个最终的结果，但是这个过程是漫长的，在此期间你不要离开这里，因为我们随时可能找你，另外你的男朋友回来时请和我们联系，他是这次车祸中的目击者，前天因为他受伤了在医院，所以我们没有和他交谈，但他必须配合我们的调查，这也是这个案子尽早解决的条件之一。今天的谈话就到此结束，谢谢你的配合。"谈话也只能这样不愉快地结束了。

回酒店路上，她拨打了杰瑞的电话，关机中。恍惚之间她这才想起杰瑞已经起飞在天上了。

杰瑞在登机前总算找到上洗手间的机会躲开了母亲想给晓雪打个电话，但打过去竟然被挂断，他想一定是晓雪生气了，无奈马上就要登机关舱门，他只好放下电话等到了温哥华后再说。

坐在飞机上杰瑞脑子很乱，他不知道应该去想父亲的事还是晓雪的事。这是两种爱，两种不同的爱：一个是养育之恩的爱，一个是肌肤相亲的爱；一个在你脑子里驻留，一个在你心里扎根。两种爱不分伯仲。他原来一直以为当一个男人拥有这两种爱时，他才能算是一个拥有完整爱的人。但母亲这次的到来让他必须舍弃已经深扎在心里的爱，不得不说他是很痛苦的，犹如要把他撕成两半一样的痛楚。好在母亲最后让步了，但父亲的状况让人担忧，他知道眼前的一切都是建立在父亲高大的身影下面的，他不敢相信如果有一天这个身影倒下了会发生什么，他不敢再往下想，唯有祈祷。

他不得不放下晓雪，跟着母亲回到温哥华，这个对于他来讲没有选择。其实他担心的倒不是这两天的短暂分开，他真正担心的是如果父亲真的出事了，他该怎么做?

他不敢再往下想，也不敢想独自留在耶洛奈夫的晓雪，一夜之间他好像成熟很多，只是这种成长竟是用撕裂爱情作为代价。

二十七、烦恼

杰瑞的母亲上飞机后便紧闭眼睛，一是因为一宿不能入睡倦了，二是不想让儿子在她的眼神里看见她的不安和害怕。

闭上眼睛的她依然控制不住眼眸不停地转动，她更像是在捕捉从眼底闪过的那些瞬间：年轻时，还在小县城生活的她是那么羡慕街上那些带着洋气蛤蟆镜的女孩子。直到有一天那个喜欢她的男人对她说：我一定要给你买一副最好看的！你比她们更漂亮。说这话的就是杰瑞的父亲，当年还不起眼的丁建国。

后来建国当了小领导，再后来当上了大领导。只要有出差的机会都会给她买一副好看的墨镜，一时间她成了小县城出名的墨镜西施，到了中年她倒不戴了，因为她觉得不需要墨镜来吸引眼球，她喜欢顶着大饼脸接受县城里女人们的注目。这些年，年纪大了，眼袋也出来了，建国提前就给她买了一个 GUCCI 的大蛤蟆镜，说是雪地里一定要戴上，保护好眼睛。

闭上眼睛的她眼前浮现出那些老照片，还是在儿子小时候一家三口每年都拍的全家福，到了后来丈夫忙工作，儿子出国了，全家福已经缺了好些个年头了。

难道这些好日子就要到头了吗？她有点不甘心，借着思绪她想捋一捋这些年发生的事，看看问题发生在哪里。

丁建国这些年从县里到市里，在仕途上可谓顺风顺水。市里除了书记就数他了。丁建国二把手的位子更是让她出门备受尊敬。这种感觉既让她感到享受也越发感到孤独，丈夫几乎每天很晚才能回到家里，不是开会就是各种宴请和被宴请，回到家里多半都是酒醉之后，常常是不洗漱就和衣而眠。就连周末大多时间也不在家里待着，每次看着身边这个打着呼噜满身酒味的男人，她很是厌恶。小勇出国了，她让保姆把小勇的卧室整理出来专门作为醒酒屋，丁建国晚上回来喝醉了就往这个房间独自醒酒。后来也就成了常态，一年之中大半时间都是这种半分居的状态，要说想要亲近一下那更是做梦一样，不知是老丁的功能下降，还是她自己的欲望更浓，她常常处在一种性烦躁的状态中。后来几个要好的官太太一起窃窃私语，才知道这是大家的一种常态，于是彼此悄悄地分享各自排解的方法。

闭着眼睛的她竟有了一丝冲动，但很快又回到现实之中。她的眸里闪出十多年前的一幕，那时建国还在县里工作时，一次，他的老领导约着几位赏识的下级一起吃饭，也让他们各自带上家属。几杯酒下肚，老领导说道："我也到了该退下来的时候了，我已经给组织上推荐了你们几个，应该过不了多久你们就会到新的岗位去履职，我告诉你们不是要你们以后记着我的好，而是要当着你们和你们夫人的面讲一些心里话，以后我也不是你们领导了，那时再说怕是你们也不会听了。"

每个人面露喜色，大家更是异口同声地说："谢谢老领导！老领导一定要说！你永远是我们的老领导。"

"我不会给你们说那些什么不要忘本的老话，这些你们听得太多了，我给你们讲不要忘了自己的使命，我们的使命和你们的使命是不同的，我们这代的领导不需要你有创造力，能在守旧中稳定发展就好，走快了就有人要打出头鸟。你们不一样，国家正处在转型期，对干部的要求不一样了，国家不需要守旧型的干部，你们前面也没有可以借鉴的模式，国家需要开创性工作的干部。如果说我们的最终使命都是一致的，但阶段性是不一样的，那就是国家需要变革，你们现在就是实现这个变革的一分子。如果做得好了，组织是不会忘记你的，如同我没有忘记在我离任之前要推荐你们一样，所以我希望你们能大刀阔斧地在新的岗位上做得更好，一定要比我做得更好，这是我们那代干部想做也做不到的，你们遇到好机缘了。"老领导动情的一番真话让所有人都有一种使命感，就连她自己也听得热泪盈眶。

"第二，我要你们互相帮衬，也许在今后你们会在不同的岗位上去工作，但是你们几位之间，还有你们夫妻之间都要互相帮衬。一个干部要打好一场仗，一个是靠自己的本事，另一个就是靠互相的帮衬，友军的帮衬、大帐内的帮衬，只有这样才不会被对手打垮。我不希望看着你们走散了，包括家庭。"说到这里几个女人都已经是哭得稀里哗啦的了。

这些话虽然都是十多年前的话语，现在想起来都好生感动。此刻杰瑞母亲感觉到自己的眼珠在快速地转动着，像是在寻找，寻找那些渐行渐远的同行人。

这些年她没有少埋怨过，建国的官越做越大，可心好像散了，他们之间交流的时间少了，尤其是在清醒状态下的交流少了。有时想他了打开电视，在市里的新闻上倒是每天都能见到他。好不容易到了周末，不是出差学习，就是到基层视察，夫妻之间的肌肤之亲更是少之又少，不高兴了她会抱怨一句：家里成了旅店了吧？都忘了好久没有交公粮了吧？建国总是笑着说周末吧，周末交个大份的，到了周末人也不在了。

几年前发生的一件事差点把他们之间的关系降到了冰点，也是建国酒后回家，司机没有叫起她便直接把建国送到杰瑞的房间休息。杰瑞母亲心烦意乱怎么也睡不着，她起身想起看看建国醉酒的情况，打开房门，房间里台灯亮着，建国打着呼已经睡着了，手里握着的手机还亮着屏，里面有一个女人的声音："建国，你怎么睡了啊！我已经脱了，你呢？快脱啊！你快醒醒！要不我下了你又要说我了！"

杰瑞母亲怒不可遏地大声呵斥着："你是谁！你在干什么？"对方听到声音马上关了视频。杰瑞母亲本想拉起床上的建国，无奈太重，于是顺手给了建国一个耳光，建国糊里糊涂地睁开眼："怎么啦？你打我干什么？我不是没到你房间吗？"

"刚才是哪个骚女人给你视频？说她都脱了，喊你脱衣服，这人是谁？！"杰瑞母亲几乎不能控制自己。

建国本能地四下摸手机，杰瑞母亲把手机狠狠地摔在床上。厉声呵斥下，建国坐在床边发呆，不时摸着刚才被抽了的脸。杰瑞母亲从叫骂到伤心地抽泣，等了好半天，不知是建国醒了酒还是找好了对策，他放下架子给老婆说："我错了！我不该做这样见不得人的事，不就是有时憋得慌吗？这人我也不认识，就是前天在街上捡了这么一个名片说是可以视频聊天，刚才回来有点想那个，就拨打了电话，什么也没干就睡着了……”说到最后只剩小声地咕噜，俨然没有了平时的官架子。

“你就编吧！你一个市长还能到路边去捡一个嫖妓的名片？这女人能叫出你的名字，还一口一个建国的，在这个城市里敢大呼小叫建国的怕是少得很吧！什么时候轮得上她叫的？你要是不说清楚她是谁！我明天一早就到纪委去，我找书记去！”杰瑞母亲撂下狠话。

“好，我说，我以后一定改，再也不犯，但今晚这事儿必须就烂在这间房子里，咱们就算是为了儿子，好吗？”建国几乎是求着杰瑞母亲。

“你说，看你值不值得我原谅。”

在杰瑞母亲一句句追问下，建国交代了，这是前段时间一个饭局上承接市里基础设施改造的张总带来的女人，说是专门来陪酒的，多喝几杯后就有点控制不住自己，就在包间的卫生间里把事办了。今天晚上又是和张总他们一起吃了饭，谈第二期城市管网建设的事，喝多了就发生了刚才的事。

“我要见见小张，我要问问他安的什么心！这是想要搞垮这个家是吧？平时看着到家里来送个东西老老实实的，没想到一肚子坏水！”

“我一定把这事了了，你也不要找小张了，这些年小勇上学的钱全是他出的，包括北京那房子，我们常在北京办的那些事不都是靠他吗？断了他这个关系，难道还要去找一家？我也求你了，这脸不能撕破了，我惹的事我来解决，你给我一点时间，我处理好了告诉你。”

这事还能有什么办法解决？这苦水只能自己咽下，她知道没有了小张还有小李，没有了这个女人还有别的女人，谁让自己老了呢。这事也就这样翻篇了，倒是此后建国交公粮倒挺及时认真的。

通过这件事以后，她也学聪明了，眼不见心不烦，知道多了只能让自己心里添堵。倒是到北京学习以后，在班长大哥的敲打下，好像好了许多，班长大哥还经常让大家都带上夫人一起在北京聚一聚，和这些天南地北的夫人们在一起也算是开了不少眼界，也知道了这些男人都是干大事的，心里也觉得静了许多。

本想是到了该给儿子谋划未来的时候了，以前他们俩对儿子是学业关心很少，尤其是在儿子报了一个关于矿业的研究生课程后他们很不理解，当儿子说出了他对未来的设想以及这门课程对事业的帮助以后，她觉得儿子成熟了。儿子不是和其他留学生那样选一个看似热门其实很难找到工作的那种专业，儿子学这个专业是往资源型产业发展，儿子给她说过，只要拥有资源型的东西，才能走得长远。如果有了资源，再联手国内的资金优势，只要做成功那就是一辈子衣食无忧的事业了。于是她和建国一商量，这不就带上张总一起考察来了。

看了戴维克钻石矿以后，她和张总都振奋了，什么金矿、煤矿都无法和这个钻石矿相提并论。正当这一切都在紧锣密鼓地推进时，一个电话，一个车祸，搞得她心烦意乱，尤其是建国的电话，像是对她多年以来养尊处优的生活敲响了警钟。她不得不去思考接下来会发生什么，书记的暗示只是一个例行的谈话，还是一个特别的提示？这件事有可能会危及整个家庭的安全，如果注定是躲不掉的一劫，那她更担心儿子的安全。

想到这更是心烦意乱，闭上的眼眸越发快地移动着，像是在捕捉更多的画面，时而清晰时而模糊，唯独没有未来要发生的事闪过。

飞机降落，还在去酒店的路上，杰瑞父亲的电话就进来了。简单问起他们的情况，说是到了酒店再和他们联系，杰瑞知道这是不想让外人知道，毕竟张总是外人。

杰瑞母亲让杰瑞和他住在一起，房价也升级为套房，杰瑞母亲怕建国那边有什么事自己承受不起，有儿子在身边会觉得好受些。

杰瑞母亲拨通电话，杰瑞父亲说一切还算正常，似乎都很平静，他不敢猜测什么。杰瑞母亲说是不是你自己过于敏感，当然这是大家都期望的，只要事情没有发生时那就无法预测。

杰瑞父亲沉默一会儿对她说："你到了北京不要急于回来，你去找找班长，把情况说一下，能不能请他在上面找一下人，给多少钱都可以，只要能处理好。"

"你要我怎么告诉他呢？"杰瑞母亲知道问题很严重了。

"你说几年前在市里启动基础设施改造工作过程中，因为财政没有钱，我们引进企业采用BOT方式，给了企业一些土地资源作为补偿，那时政府土地刚开始招拍挂政策，不是很严格，我们就打了擦边球，这家企业在项目完成后给了我们一些回报，本来是不想要的，后来不是小勇要出国留学吗？我们那点工资肯定是不够的，也就收下了，估计有人提起了这事，能不能请大哥帮助问一下，疏导一下，我们该出钱就出钱。"

"好的，明白了，我到了北京就和大嫂联系，争取当天晚上就见到他。"

"不要通过大嫂过一道了，我怕她找借口推了，你直接给班长打电话，说从国外带了点东西给他和嫂子，另外还有点事想见面聊一下，这样他没有设防好些。你机票买了吗？什么时候回来？"

放下电话杰瑞母亲便让杰瑞赶紧去订回北京的票，越快越好，明天有票明天就走。杰瑞拿起手机赶紧联系订票公司，最后定在明天下午便能成行。

办完一切，杰瑞这才想起该给晓雪打电话了，拨通电话就听见话筒里传来晓雪哭泣的声音。

二十八、不要回来

耶洛奈夫的夜总是要黑得早些，除了马路对面的超市门口还有些人进进出出，不到下午六点，街上已经没有了行人。晓雪在窗前站着，没有需要等待的人，只是打发着无聊的时光。

整整七个小时，晓雪一直看着手表，在她眼里这仿佛是一个世纪那么久，她第一次一个人在这样人生地不熟的地方，还要面对那么多棘手的问题。她计算着，四个小时后杰瑞一定会给她电话，但是等了七个小时夜幕降临时还没有接到。不知道发生了什么，她也不敢贸然打过去，总觉得他们走得很突然，杰瑞母亲的神情也不好，不知道是不是自己的原因，因此也不敢问，唯有等待。

电话终于响了，她带着哭腔："杰瑞，我以为你不要我了。"

"怎么会呢？晓雪，你想到哪里去了？到了酒店就安排入住的事，刚才又打了几个电话，给我妈他们订了明天回国的机票。"杰瑞赶紧安抚着晓雪。

"你妈明天就走？是不是发生什么事了？为什么这么快就走？不是说好还要去看看博物馆的吗？"

"没有，就是她们单位领导要她回去，说是有一个很重要的事。我把他们送走后天就过来，你再坚持两天就好了，等我！"杰瑞不告诉晓雪真实的原因不单是因为自己难以启齿，也是不想让晓雪平添一分烦恼。

“你不要回来！你等我消息再过来！”晓雪说话突然有些急促。

“怎么啦，晓雪？发生什么事了？”杰瑞听出有一些异样的感觉。

晓雪把上午去保险公司谈的事告诉了杰瑞，她担心杰瑞回来会有麻烦。

“怎么会这样呢？我们买了保险，保险公司赔付这是天经地义的事啊，怎么还会有这么多麻烦？”

“在那个女的出去时，那个年轻的助理杰瑞告诉我，这里是私人保险公司，出了大事故的赔付都有很多麻烦，尤其是原住民会有很多麻烦，到最后有可能就是警察出面让我们私了。”

“私了？这还第一次听说，你不能接受，那就是一个无底洞！原住民你又不是不知道，只会无休止地要钱，要了钱就是喝酒！”杰瑞坚决不同意私了。

“现在还谈不上，他们只是怀疑不是我开车，我今天发火了，我说你们怀疑不是我开的，那就拿出证据，他们对你今天走很不理解，我说了理由，在他们眼里这个理由有点勉强，既然走了也就没有办法，所以当时我没有敢接你电话，他们说你回来了就联系他们，所以你千万不要过来！”晓雪一下子像是懂得了承担。

“那晚我真的不该让你顶我开车，让你陷入其中，还是我过来把这事说清楚吧，省得你在那里没完没了。”杰瑞很后悔，也许直接承认酒驾也没那么复杂，就是赔多少钱的事吧。

“你千万不要这样想，你回来只能把事情越搞越复杂，不仅你涉嫌酒驾，而且我也涉嫌做伪证，我们都有麻烦。我下午去医院问了一下，医生说病人已经脱离危险，在恢复过程中。既然我们已经走错了一步，就让它错下去吧，受伤的人没有生命危险才是最重要的。所以你现在千万不要回来。”

放下电话后晓雪显得轻松多了，觉得总算是为心爱的人做了点什么，这会儿突然有了饥饿的感觉，原来是中午只顾了伤悲忘了吃饭。她心里跳跃着两个选择，去对面超市买一桶方便面，或去隔壁餐厅吃一顿正餐。她选择了后者，因为这将是一场持久战，她必须要养好精神。

第二天早上杰瑞母亲很早就被丁建国的电话吵醒了，里面闹哄哄的，那是在酒桌上打来的，听起来建国的状态还不错，大声地说着："来，小娥，几个兄弟要给你说话！"杰瑞母亲最不喜欢人家叫她小娥，她讨厌自己有这么一个土气的名字，李雪娥，一听就是冰天雪地里出生的小蛾子，蹦跶不了多远的。她上学时就想改一个洋气的名字，但去打听了，不能改。后来丁建国当了领导说是可以改了，只要给公安局长打个电话就行了，但又一想大半辈子都过了，也都习惯了，改了谁都不认识也麻烦。所以建国平时就叫她领导，他说领导叫起来大气，不知为什么今天又叫上了小娥。

"大嫂好！我们几个小兄弟陪大哥喝酒呢，我们几个只听大哥的，在市里，咱大哥就是老大，大哥叫我们怎么就怎么，你放心吧！"隔着一个太平洋杰瑞母亲都像是闻到了酒的味道。

"谢谢你们啦！你大哥有你们这几个好兄弟也是值了，你们都好好的，以后建国换了地方把你们都调过去，现在这官场谁还没有几个兄弟帮衬啊，你们多喝一点，有你们几个在我就放心了。"杰瑞母亲一边给他们打着气，一边鼓舞着自己，看样子是没有什么事，大概是建国自己吓自己吧。

"小娥，我今天把几个小兄弟叫到一起，我们定了一些说法，因为毕竟是我们一起做的项目，要知道大家怎么说法一致，不要让人家钻了空子。你放心吧，明天到了北京就和大哥联系，我们早点把工作做在前面，我接着喝酒了，你也早点休息，明天一早收拾上机场，记着在机场给班长和嫂子买些好一点的礼物。"丁建国完全沉浸在自己营造的祥和气氛中，他没想到的是就在几天以后，这些人都在纪委强大攻势下“弃暗投明”了。

杰瑞和母亲在餐厅吃饭，以往总是在餐厅门口迎接的张总今天晚到了。杰瑞让母亲先进去，他在餐厅门口等一下。母亲说不等小张，都是自己人，进去我再给你交代几句。

早上起床张总便接到公司副总的电话，说是白天市财政局来人把账本调出来看，还复印了些资料走。张总急了，问什么事搞清楚没有就让人家看账本。

公司副总说：“财政局来人说是BOT项目超预算的部分要看一看，因为这部分是财政拨款，财政的年度审计要用，我看了他们的证件都是对的，刚巧那会儿是您的半夜，所以没敢给您电话就让他们看了，接着我马上给财政局熟悉我们业务的人打了电话核实，他说的确是在进行年度审计，这人很安全，是收了我们费用的，有事他会告诉我们的。”

放下电话后张总总觉得有什么地方不对，但一时也琢磨不出来，他赶紧给小丽打了电话，也就是被杰瑞妈妈在视频里撞见的那位。当然小丽不是丁建国身边唯一的女人，只是小丽是比较稳定的，张总不愿意让更多的女人知道他们之间的秘密，这个小丽是一个例外，她是张总有意安插在丁建国身边打听消息的，其他女人只是丁建国需要解闷时临时上场的。

“小丽，这几天丁那里有什么事吗？”

“没事儿，刚才还通了电话的，在喝酒呢。”小丽是没有什么城府的女人。

“你怎么没去？这几天都和你在一起吗？”

“没叫我，我怎么去？人家官场上的应酬哪里会叫上我？这几天也没有来我这里，我问了，他说这几天忙，我估计趁着老婆不在又去别处偷腥了，我不也没有了新鲜劲儿了吗？我也没办法，名不正言不顺。”小丽说得不无道理，张总算是松了一口气。

张总姗姗来迟，杰瑞母亲有点不高兴了，说了张总几句，都要上机场了还不早点起来。张总解释着，老婆打来电话让一定记着买点礼物，她要出去送朋友，这不就多说了几句。他和杰瑞母亲都没有想到的是，如果互相交换一下情况，事情也许还有转机，但是他们都选择了守口如瓶。

中午时分，杰瑞把他们送到机场换好登机牌，分别时母亲交代杰瑞：家里事你就不要操心了，我们会处理好的，你安心读书，我和张总会把钻石矿后面的事宜推进，你在这里最好找一家比较专业的华人律师事务所，以后有大量的专业文件需要处理。杰瑞把一件件事情都记在心里，让母亲放心回去。

飞机高高拉起往西南方向飞去。按理说杰瑞送走母亲后应该很轻松，即便不能马上飞到晓雪身边，起码也不会为两人之间的矛盾而夹在中间。但此时他心里更担心起父亲的事了，他不知道父亲和张叔叔之间具体做了什么，但从每年由张叔叔给他汇来学费和不菲的生活费就可以知道这一定是利益输送。

就在母亲和张总起飞的同时，市里的专案组已经掌握了他们登上回国飞机的情况，一级级上报，随即得到指令，等张总回到市里就可以对涉案人员收网了。因为张总是重要的节点人物，等他一进入北京，便会马上下发限制出境的协查通知，预防他再次出境，一张巨大的网正在悄悄地撒开。

12 个小时后，杰瑞母亲和张总乘坐的飞机降落在北京国际机场。利用等候行李的时间，杰瑞的母亲给先生和儿子分别打了电话报平安，紧接着便给班长大哥打了电话，约好晚上到班长指定的会所见面。

杰瑞母亲终于松了口气，在张总公司北京联络办的接待下直接到了已订好的五星酒店行政套房住下。看着镜子里憔悴的脸，杰瑞母亲给张总电话说让联络办的人给她安排一个做美容的会所，她不想带着一脸憔悴去见建国的班长大哥。

晚上，杰瑞母亲只让联络办的人送她去约好的地方，她不太想让张总知道太多。

就在她打了电话以后不久，班长大哥也接到了有关部门的电话，很简单，都是明白人，只需要点到：刚才打给你电话的人是我们即将要办的一个案子里的人，请谨慎接触。

在路上，杰瑞母亲接到班长的电话："实在抱歉，今天晚上有个临时的接待任务要我参加，领导的活儿不敢缺席，你有什么很要紧的事儿吗？估计你明天一早要回去吧？要不电话里说说？"

这个电话是杰瑞母亲始料未及的，她一下子蒙了，听着口气没有早上那么热情，看样子是要吃闭门羹了。"建国想让我问一下您，他们市里好像有点什么动静，不知道是不是和他早些年抓的城市基础建设项目招标有关，如果大哥您方便可以帮忙了解一下吗？"她迟疑一下还是讲了出来。

"现在已经开始调查了？那你们找我晚了些，我上次专门给你们大家伙儿一起说过，如果有事情你们一定要提前给我说，如果已经开始调查了，那就不好办了，不是不帮，走到一定程度就不好帮忙了。这样，你也不要担心，该回去就回去，不是还没动人吗？那你们也先再活动一下，我明天也给你打听一下，有消息我给你联系。"这话说得没有余地，杰瑞母亲只能打道回府。

回到酒店，杰瑞母亲赶紧拨打建国的电话，建国没有接，回了一个短信：正在开会，晚点联系。她心里暗暗地骂着，什么时候了还开会呢。

送杰瑞母亲的司机回到酒店马上把车上听到的情况给张总汇报了。张总此时恍然大悟，真的是有大事要发生，他心里埋怨丁市长和大姐不给他说一下，要不他应该在国外多待一段时间，这个点上回来不就成了送上门的肉吗？他马上让公司安排到香港的机票，先撤出去观望一下。

没有给市长和大姐打电话，他想出了境再说不迟，要是没事就再回来。走到出境大厅，递上护照对方反复看了他的护照，转身叫来另外一个边防人员，两人低语几句便让他到一旁的房间来，张总叫苦不迭，只能消失在通道后面的小屋里。

入夜，外面闪烁的霓虹灯把房间映红，杰瑞的母亲没有开灯一个人坐在房间里，心烦意乱的她甚至不想开灯，她胡乱地按着电视频道，电视里演了什么她一点儿都没注意。想打个电话分散一下注意力，竟然没有一个可以在这个时候说上话的人。她想给儿子打个电话，看了看双时制的手表温哥华还是凌晨 5 点，她不想这么早惊吓到儿子。

到了晚上 10 点，她不相信建国还在开会，继续拨打电话，提示音告诉她电话已经处于关机状态。她不知道怎么了，又急忙给秘书和司机电话，一个无法接通，一个说领导带话说今天不用车了，叫他不要等。杰瑞母亲一下傻眼了，她知道这意味着什么。

她急忙给张总打电话，张总电话也关机了。不是刚才还在吗？怎么一下子人也消失了？她急忙给联络办刚才开车送她出去的那位司机打电话，司机告诉说一个小时前送张总去了机场，张总有急事要去香港。她忽然意识到张总应该是听到什么消息跑路了。

来不及骂人，她知道必须要给儿子打电话了，因为她已经没有任何人可以说话了。

"妈，怎么啦？这么早打电话？"那边传来儿子迷糊的声音。

"儿子，你爸出事了，现在所有电话都打不通了，你爸的、秘书的、张总的，都打不通了，我该怎么办？儿子，我该怎么办？"李雪娥第一次对着儿子号啕大哭，她心里已经没有了足以支撑她精神的力量，她这时才知道如果没有了丈夫，没有了儿子，她什么都没有了。

门铃响了，她止住哭声对儿子说："我去看看谁敲门，是不是你张叔叔来了，你等一下不要挂断电话。"走到门口在门禁猫眼上看见外面是几个穿西服的男女，她知道是什么人，脚一下软了，扶着墙往后退了一步，低声对儿子说，"他们来了！儿子不要回来！去找晓雪吧！"

就在这个时候，门外的人用房卡打开了门，李雪娥脸上已经没有了惊愕，一脸木然地看着这些人，手里的电话还传来小勇的声音："妈！你怎么啦？！妈，你说话啊！"

"儿子，再见！"李雪娥挂断了电话。

二十九、母亲在左，晓雪在右

杰瑞惊愕地看着手里握着的手机，里面已经没有了声音。他扒拉着手机屏幕，仿佛想让身体钻进去，随着沉入海底蔓延的光纤，随着分布于崇山峻岭的基站，他想看看母亲那边发生了什么。

屏幕上什么也没有，他绝望了，像狼一样仰天嚎叫，把手机重重地摔在床上，不，是连同自己一起重重地仰天倒在床上，蜷着身子。不，我不能倒下！他的内心告诉自己，他起身再次拨通母亲的电话，传来关机提示，无论怎么拨打，结果都是一样。

“对，给张叔叔打电话，问问他怎么啦！”杰瑞自言自语地说着，马上拨通张叔叔的电话，对面是同样的提示：用户已关机。

他瘫坐在地上，靠着床，如同平时打游戏一样，只是此时的他已经完全没有了斗志，更像是瘫在那里被放了气的充气玩具。

他手里拿着手机，平时总是忙个不停地打电话接电话，这会儿，他却想不起有谁能够和他说话。他翻看着通信录，晓雪的电话总在最顶部，但对晓雪说什么呢？自己甚至没有向晓雪讲起过自己的父母是做什么的，总是说他是父母的宝贝，他喜欢的就是父母喜欢的，可这几天晓雪看到的是什么？是最疼爱他的母亲对晓雪无休止的羞辱。如果接通电话他能对晓雪说什么？说他引以为傲的父母都因为贪污被抓了？他开不了这个口，他更不愿意让晓雪再多添一份担心，如果能瞒，就多瞒她几日吧。

他往下扒拉着电话通信录，一下看到家里阿姨的电话，对！给阿姨打个电话。拨通，等待对方接电话，他把心放下了些。

“阿姨，我小勇，我爸妈呢？”接通电话他便焦急地问着。

“小勇啊，家里出事了，家里来了好多人，正在抄家呢，我也不知道该怎么办。你爸你妈都没有回来，我很害怕，不知道出了什么事。”突然电话里面传来一个很严厉的声音：“谁的电话？你在给谁传递消息？喂，你是谁？”

杰瑞惊恐地挂断了电话。一切都得到了印证，父亲、母亲还有张总都出事了，家里正在抄家，也就是说这一切变故都是在这几个小时之间发生的，而且还正在进行着。“我该怎么办？”杰瑞一次又一次地问自己，其实他自己也不知道。

一刻也停不下来的脑子里正在像放电影一样地闪出父亲和母亲的样子。这些年他回去得少，父亲多了几分官气以外也显得老成了些，不像原来那样喜欢说笑了，但对他依然是慈祥关爱，仔细想来除了问问学了什么专业以外，说得最多的就是问钱够不够用。说完以后他的账上总会又多几万加币，这些钱都是从张叔叔的公司转过来的。他知道父亲干的这些事都是为了给自己的未来铺垫。是的，母亲变化应该是最大的，小时候的母亲漂亮而大气，这种大气不是现在的霸气，原来母亲不会随便横眉冷对地骂人，随着父亲的职位不断升高，母亲越发变得蛮横起来，就是当着儿子的面也会不留情面地呵斥父亲，对张叔叔和父亲的秘书、司机那更是态度恶劣。

杰瑞每次从国外回到家里看到这些变化都让他有一种陌生感，一开始他百思不得其解，是什么东西在十多年的时间里逐渐把父母变成了现在这个样子。后来他渐渐明白了，一个叫“Power”的东西正在改变着他的父母，改变着和他相同家庭的父母。不可否认他、与他有着同样身份的孩子都是受益者，但潜伏着巨大的危机。

他的脑子里总是呈现出这样一个浩大的场景，在一片肥沃的土地上，一台巨大的机器在耕耘着，走过鲜花盛开的春夏，母亲在鲜花中舞动长长的纱巾，就是中年妇女最喜爱的那种样子，即便是贵为市长夫人的母亲也脱不了这种俗气。父亲则是走在一大群人前面指指点点说着什么，像是在呵斥，像是在慷慨激昂演讲着。杰瑞想走进画面，可怎么也走不进去。无边无际的黄色，这是收割的季节，巨大的机器开足了“Power”绞杀着画面中的一切，既有丰收的成果，也有身在其中的灵与肉，包括他的父母。此时的灵与肉已经被视为异物，尽管他们曾耀眼夺目过，机器驶过，身后又是一片山花烂漫，那些被绞杀的灵肉已经变为粪土覆盖着这片大地。

泪目中的杰瑞看见倒下的父母，此时的他依然无法走进画面之中，只有无助地喊着他们，而声音被“Power”巨大的声音埋没了，如同被扼喉一般。

电话铃声唤醒深陷噩梦里的杰瑞，拿起手机看到是晓雪打来的，他一时间不知道该不该接起电话，他还没有想好该怎样和晓雪讲眼前发生的事，甚至自己的声音和状态还没调整过来。他挂断了电话，随即发了一个短信："雪，爱你，等一下打给你，现在有事。"

瘫坐在地毯上的他站了起来。他需要振作，没有时间让他萎靡不振，一边是身陷囹圄的父母，一边是厄运缠身的晓雪，他有什么理由倒下呢？

他花了很长的时间去思考自己是应该回国还是到耶洛奈夫，两个声音在他耳边萦绕："杰瑞，你千万不要过来！""小勇，你千万不要回来！"尽管两个声音都说不要他的出现，但他知道，作为女人，她们都需要他，他更不想做一个躲在女人身后的男人。

他在心里构架了两个场景。一个是回到父母身边。他不知道父亲的问题有多严重，更没有想到母亲也会牵涉其中。但他知道一旦父母走进了那个程序之中，结果是显然的，他需要去给他们送衣物，最重要的是需要他去请律师，也许还应该去找一找父亲身边的老朋友打听消息。他不能忍受在这里无助地等待。他想到也许还有另一个可能，那就是他自己也会被卷进去。

另一个场景则是回到晓雪身边。晓雪是无辜的，但已经被推上了一条烦琐冗长的保险索赔的调查程序之中。因为他的离去，晓雪一个人面对她从未面对过的困难，这对于他来讲内心是不安的。但他也不知道他回到耶洛奈夫会不会给车祸事件添乱，如果去了耶洛奈夫保险公司会不会启动对他涉嫌酒驾的调查？如果启动，后果就是保险公司会把一大部分保险的责任推到他身上，他将背上巨额的赔偿金，还会涉嫌逃匿和骗保，而晓雪也会涉嫌做伪证。现在想来晓雪让他再等一下是对的，保险公司的结论不会再有太久的时间。他知道不要他去耶洛奈夫是晓雪经过无数次内心的斗争才做出的决定，因为晓雪无时无刻不在想着他，如同他无时无刻不在想着晓雪一样。

母亲在左，晓雪在右，居中立着的杰瑞必须迈出一步。这让他想起小学时的一件事，母亲当着来家里玩的阿姨们问他："小勇啊，要是以后你谈恋爱了，你妈和你女朋友同时掉在河里，你是先救你妈还是先救女朋友呢？"他想都没想就说："当然是救妈妈您啊！"母亲骄傲地看着那些阿姨得意地说："你们看看咱小勇多贴我，想都没想就说了。小勇，你长大了不会改口吧？"从那以后，妈妈总是当着外人问起这个问题，他每次就像背台词一样接着说："不会，女朋友没有了可以再找一个，妈妈没有了就找不回来了。妈，放心吧！我一定会先救您的！"

原来答案早就在心里了，这一揣就是好多年，终于到了可以兑现的时候。杰瑞马上打开电脑订回国的机票，可惜明天的没有了，买了后天的机票，心想这样也好，他需要时间处理这里的一些事情。

等自己平静下来，他拨通了晓雪的电话，那边传来晓雪慵懒的声音："你怎么这会儿才回电话呢？我都要等睡着了。今天你妈妈走了，你又疯到哪里去了？是不是又有女朋友了？"晓雪没心没肺地发着嗲。

"哪里敢啊，这不送走我妈他们就去酒店办理退房什么的，回到我们的'雪窠'打扫卫生了。"他们给自己的小窝取了一个很中国的名字叫"雪窠"，也就是晓雪的家的意思。

"什么？你还会打扫卫生？不会骗我吧？"晓雪一下子从酒店床上跳了起来，这不是她眼睛里的杰瑞。

"真的，我把地毯吸了尘，把厨房角落堆着的啤酒瓶子饮料瓶子都丢了。"还没等他说完晓雪便大叫起来："都扔了？那是我的零花钱啊！你知道吗？为什么我总是舍不得扔而把它们藏在厨房的角落里？那是积攒多了拿去卖钱的！"

"我知道啊，这就是我要给你扔掉的原因，你知道开上我的豪车去卖这些酒瓶要花多少油钱吗？这个账你算过吗？”和晓雪调侃着，杰瑞心情也好了许多，暂时忘记了心里的烦恼。

“晓雪，你确定这两天不要我过来吗？”

“不要！千万不要，我觉得那个女的好像是专门针对我似的，说话也很不友好，但我还应付得来，你来了又要全部重新过一次‘堂’，她这是要找出我们两人之间说得不一致的地方，然后又来问我，看来要想事情赶紧结束就要让复杂问题简单化。”

晓雪叽叽喳喳的好像是要把这么些天被憋着的话全都说出来，而此时的杰瑞却是心不在焉，每当他想开怀大笑时，就有一根绳子在使劲地拽着他的心脏，揪心一般疼痛。

“你这几天想我了吗？”晓雪幽幽地问。

“想！很想你！”杰瑞不假思索地说，如果前面有些话是言不由衷，但这句话一定是真心的。

一晚上他们聊了很久很久，唯独没有谈到他父母的事，也没有谈到他会在后天离开温哥华回国，他不敢确定晓雪知道了他父母的事会有什么样的感受，他更不知道晓雪会不会同意他回国，他不愿意他们俩为这个起争执，因为在他眼里这是他没有办法选择的责任。

不知道什么时候，他们彼此都睡着了。他抱着她的枕头，她听着他呢喃的声音，直到彼此都没有了声音。

第二天早上起来，杰瑞给自己安排了很多事。他无法预测回去以后会发生什么，在无法和晓雪交底的情况下，他必须要对这里的事情做一个安排。首先他把这次回国的时间设定为一到三个月，在这段时间里他应该知道一些案情，也应该给父亲请一个好的律师，他相信母亲应该只是短暂地配合调查而已，他可能会在家里陪着母亲住上一段时间，帮助她逐渐接受没有父亲的日子。所以他给房东写了一张预付三个月房租的支票放在邮箱里，并简短留言他将离开一段时间并告诉房东晓雪过几天会回来。

他到学校跟导师请了长假，说估计在春假前都有可能不会回来，如果时间长了，他会选择挂科。

他把晓雪没带走的首饰打包起来，连同晓雪最值钱的包送到银行去开了一个保险箱，密码是晓雪的生日。尽管值不了太多的钱，但也是他们俩爱情的见证。他心里想回来以后一定给晓雪买一个订婚戒指，邀请好朋友在学校玫瑰园开一个订婚仪式，生活需要有仪式感。这件事不管家里同意还是不同意，他一定会娶她的。

一个下午的时间他把自己关在房间里，他想嗅着晓雪的味道在“雪窠”里多待上一会儿，他怕回去时间久了会忘记这个味道，那种甜蜜里带着乳香的味道。

最后他用一晚上的时间，在电脑上写了又删，删了又写，就这样反反复复地写了三封 QQ 邮件，一封是写给晓雪的，预设的发送时间是一周后——2012 年 12 月 20 日；第二封信还是写给晓雪的，预设的发送时间是上一份邮件的一个月后——2013 年 1 月 20 日；第三封信是写给砂雨的，预设的发送时间是三个月后——2013 年 3 月 20 日。

他从来就不想让这三封信发送出去，因为这三封信的威力足以毁了晓雪，所以他采用了预设发送时间的方法，也就是说只要他是安全的，他不会容忍这三封信的内容传递给晓雪。他不知道自己为什么会写下这三封信，因为这三封信都是发生在自己没有人身自由下才能自动发送的。他是担心真有这样的事情发生，这三封信对于晓雪来讲十分重要。

在设计发送时间时，他的手竟然有点发抖，他怕不小心点击了发送，那对于他做的一切将是前功尽弃。

写完信他如同大病了一场。

三十、八年前的一封信

耶洛奈夫再黑的夜也总是透着光亮，那是月光照在雪原上的反射。即便是月缺的夜，只要有一点点光亮，月光也好，路灯也罢，就是路过车辆的车灯也会点亮地面上晶莹剔透的雪粒。

这些天林月汐总不能安然入睡，那是脑子里支离破碎的关于晓雪的信息总是跳跃着想完成一个完整的画面。晓雪说的也好，砂雨说的也罢，还有迪纳蓝色眼睛里深邃的爱意，一个完整的故事若隐若现，却好像少了几个关键的节点，让事件显得不完整，怎么也找不出晓雪留在这个伤心之地的原因。林月汐怎么也无法想象，为什么一夜之间，杰瑞的母亲走了便再没有消息，甚至放下了她梦寐以求的钻石矿；为什么杰瑞突然也像是人间蒸发了一样，甚至放下了最爱的女人晓雪，对车祸的结局不闻不问。林月汐总觉得这里面像是被一层纱幔蒙着，纱幔外的人进不去，纱幔里的人出不来，林月汐总想伸手去触摸，但好像触手可及，却又始终远在天涯。

她学着晓雪也买了一张捕梦网挂在床头，期望捕捉到更多的关于晓雪的梦。每当太阳照亮大地时她总渴望能再走进晓雪的世界，她不知自己是否真的有本事把晓雪的故事记下来，但起码此刻的晓雪和她身边的故事已经深深地吸引了自己。

拉开厚厚的窗帘，刺眼的阳光洒进房间，还带着一股寒意。“林月汐，关上窗帘，太亮了！”柳溢似乎还不想起床。

“你是来旅游的还是来睡觉的？我们明天就要走了，还不赶紧起来，叫上砂雨出去逛逛。”

“你哪里是想去逛逛啊，怕就是想去晓雪那里吧？”就在两人争执时，他们俩的微信同时响了起来。

“你看是不是砂雨的微信来了，我先梳洗去。”说着柳溢翻身下床。

“汐姐、溢哥早！十点我来接你们，我们去体验狗拉雪橇。”手机屏幕上弹出砂雨在他们三个人组建的“黄刀极光行”群里的留言。

“湖上太冷了吧？狗拉雪橇好残酷的。”林月汐的意思是找一个有屋檐的地方坐着喝茶也行。

“狗拉雪橇是这里很有意思的一项旅游项目，完了我们会在原住民家里做客品尝一点他们的美食，今天我联系到迪纳，我们到他家去做客，体验原住民的生活方式，他这几天也正好在家，你不想去吗？”这个安排简直是走到林月汐心里了，她欣然答应：“好的，好的！我们去！一会儿见！”

10 点准时，大家在酒店大厅见面相视一笑，异口同声地说：“去迪纳家！”

在车上砂雨按照惯例先介绍今天活动的项目，狗拉雪橇是原住民祖祖辈辈的出行方式，无论是夏季还是冬季，哈士奇是这里最为著名的雪橇犬，一般一个原住民家庭都会喂养几十只。它们从生下来就接受专业的训练，主人也会在它们之中选出最为聪明的几只作为带路的头狗，它们会认识道路，也会识别主人在冰湖上留下的各种路标。而其他的狗就只能是出苦力拉车的，在最后面靠近雪橇的那只哈士奇一定是主人家皮色最好、看起来最威风凛凛的。砂雨笑着说：“这就是主人家专门给客人看的，这就是他们的‘面儿’——汐姐，‘面儿’用四川话怎么说？”

“四川话就叫‘铺盖面子’，最拿脸的宝贝。”汐姐笑着说。

话还没说完，车已经到了湖边的一排木屋前，远远看去只是一个个白色的屋顶。木屋面朝冰封的湖面，屋檐下挂着一条条透明的冰凌，看起来像是家里水晶吊灯的长吊坠一样。不知为什么林月汐突然想起小学时邻座的男生，一到冬天脸上总是挂着两条长龙，“嗞”的一声吸进去了，“噗”的一声又出来了，有时还带着一个浓浓的黄色气泡。

屋前一块空地，想必这应该是一个院子，只是冰雪覆盖着什么也看不见，院子靠近湖边处有一个由十几根木头架起来的尖尖的帐篷，上面覆盖着雪。砂雨说这是原住民每家都有的帐篷，只是和我们以往见到的帐篷不一样，它更像是一个圆锥体，或者是一个陡峭的白色金字塔。林月汐正在拍照时，迪纳和父亲迎了出来热情地打着招呼，迪纳没有伸出手，亲热地用肩撞击着砂雨的肩，这更像是“Man”之间的见面礼。看见林月汐和柳溢，迪纳高兴地用生硬的中国话说：“你们是雪的朋友！也是我的朋友，我们又见面了！你们好！”

迪纳看着林月汐对那个白色尖顶的帐篷感兴趣，连忙介绍道，这叫梯皮帐篷，帐篷是用野牛皮风干做的，把它做成尖塔形是为了不要让它积太多的雪，顶部有个洞是当作烟囱用的，因为到了冬季帐篷里需要点上篝火。可以想象在寒冷冬季点上火大家围着篝火吃着烤肉，雪就会顺着斜坡融化掉，露出篝火映照下黄色半透明的牛皮。

“冬天，晓雪喜欢在这里烤火吃烤肉；到了夏天，晓雪喜欢在里面点上灯看书看星星。”迪纳笑着对林月汐说，好像很怀念那个日子。林月汐看见在帐篷旁边堆着一堆劈好的柴火，此时上面覆盖着厚厚的雪，只能从侧面看得出这是堆着的柴火，林月汐脑子里闪现出晓雪在帐篷里烤着火、看着书的样子，她无法想象是什么样的原因让他们分开，而心里始终还装着彼此。

迪纳的父亲把客人们迎进湖边的小木屋，这个木屋是专门接待客人的，进门正对着的壁炉上放着好些奖杯和照片，迪纳的父亲介绍说，这些都是我们的雪橇狗在各种比赛中获得的奖杯。他指着一张老照片和一个奖杯说："这是家族获得的第一个奖杯，那是1966年，我父亲参加全省狗拉雪橇比赛时得了第一名，这个照片还是黑白的，不过在这样寒冷的地方，好像色彩并不重要；这是1982年，我第一次参加全省比赛拿到第一名的奖杯，那时我还年轻，迪纳也才几岁。"

此时的迪纳正在院子里牵出哈士奇狗依次套在雪橇船前面的绳索上。一声口哨，表示他已经准备好了，可以出发。

雪橇上放着一条小船，迪纳安排柳溢坐在最后面，林月汐坐在柳溢前面，坐好后在他们腿上搭上一张原住民粗纺的羊毛毯子以做御寒。一声口哨，七条狗像射出去的箭一样拉着雪橇往前奔，冰湖上的寒风刮来像是刀子一样割肉，林月汐有点后悔了，前面是见不到边的大奴湖，这狗好不容易逮着机会出去撒个欢，再加上迪纳看见他们像是亲人一样，还不来个买一送一，让他们多坐一会儿？林月汐无助地看着茫茫雪海，眼睫毛很快就被林月汐呼出的热气结成了霜花。

就在林月汐将要冻僵的时候，哈士奇们终于在迪纳口哨声的引领下回到了湖边小屋，走下雪橇船时林月汐被冻僵的腿几乎无法迈出步子。温暖的小木屋里飘着面包的香味，这是刚刚端上来的新鲜出炉的面包，面包放在铺着原住民特色图案的餐巾上，很有仪式感。迪纳的母亲又端上一盘自制的奶油，黄黄的软软的堆起来像座小山，看起来很有食欲。桌上还摆着一盘黑乎乎的东西，这个林月汐倒不敢恭维了，像是一种什么肉制品，和四川的腊肉颜色差不多。迪纳说这是家里自己腌制的鹿肉，可以手撕来吃。接着拎来一把烧开水的大壶，里面满满地装着热巧克力汁，这是林月汐喜欢的，柳溢却皱了一下眉头。迪纳心领神会地用中文说："茶，我知道，中国人都喜欢喝热茶，雪也是这样。"说完转身出去给柳溢准备茶。

"以前的原住民是不吃面食的，因为在法国人来到这里之前没有面粉和粮食，这里的人们都吃肉和鱼，麋鹿和北美野牛都是最好的食物。这里夏天和秋天很短，一年有八个月的时间都是冰天雪地，所以原住民需要在四个月的短暂时间里，去扑杀更多的猎物。动物和人一样，在短暂的夏季外出寻找食物，以抵御漫长的冬季，这倒成了狭路相逢勇者胜。到了冬季动物都躲起来了，原住民就在冰湖上凿开一个洞捕鱼。后来法国人来到这里带来了面粉和酿酒技术，当然还有烟叶和大麻，于是男人们便迷上了烟和酒，还有大麻，女人们则学会了做面包。"砂雨给他们介绍着原住民的生活。

迪纳端着茶壶和茶杯走了进来，砂雨指着他说："我们俩第一次见面竟是一场大打出手的战斗，从那以后我们也成了好朋友。"说着他和迪纳比画着拳击，迪纳知道他在说什么，也跟着他比画着，嘴里还发出呼呼的声音。

"为什么你们要打架呢？"林月汐知道应该讲到她想了解的事情了。

"当然是为了晓雪，八年前我来这里找她，看到她时我惊呆了，我上去就是一拳，打在迪纳的脸上，迪纳也打了我，直到晓雪把我们拉开。这事得从我收到一封邮件说起……"

2013 年 3 月末的一天，回到家里打开电脑，嘟嘟的提示音告诉我有一封未读的邮件，打开邮件我惊呆了，这是杰瑞三个月前写给我的，他是预约在这一天发给我：

砂雨，当你看到这封邮件时，我应该已经没有了自由，因为这封邮件是三个月前写好的。如果我人身是自由的，那我会提前撤回这封邮件，既然你已经打开，我想这封邮件对于我和晓雪都是至关重要的。

我在三个月前离开温哥华回到北京，这是我并不长的人生中最为重要的一个决定。就在一天前，我的母亲提前回国，随即她和我父亲都一起“失踪”了，我母亲在被破门而入的人带走前对我说了最后一句话：“你千万不要回来！”我想了整整一个晚上，我还是决定回去，我不知道我的父母做了什么违法乱纪的事情，但我知道那也一定是为了我，我不能在他们最需要帮助的时候躲在国外不回去。也许我回去不能解决任何问题，但总该为他们送去一些衣物，为他们在律师委托书上签上一个字；也许我回去也会被牵连，但这是作为儿子这个时候我唯一能够为他们做的。我没有人可以商量，我只能按自己的想法来做决定，也许是错的，但我会心安一些。走之前我唯一放不下的是晓雪，几天前，也就是你走了几天后，她帮我顶了酒驾，这也是一次错误的决定，当我们意识到时已经无法挽回。我不知道她现在的状况怎么样了。我在我走后一周、一个月，按同样的方式给她发了两封信，既然你能收到这一封，想必她也已经收到了前两封。

第一封信我告诉她因为家里有急事我回了北京，也许几天后就回来，让她处理完事情就回家等我。如果这封信发出说明我也许失去自由也许正在配合调查（我写信时认为不太可能发生）。第二封信我告诉她，我不打算回来了，家里有一些新的想法，要我在国内发展，让她把我们一起生活的痕迹抹掉忘记（如果她还能收到这封信说明事情很麻烦了，我完全无法掌控也无法预知未来）。

砂雨，请原谅我的自私，我到现在依然不想让晓雪知道我发生了什么，我不愿让她看到我和父亲的这种状况，即便是我出来了，我们还在一起会让我无地自容！我宁愿选择永远消失在她的视野里。另外尤为重要的是：

如果她知道我的现状，我敢断言她会不顾一切地回来找我，而我不愿意让我们两个一起深陷泥潭不能自拔。

砂雨，我只能求助于你。三个月了，你如果收到这封我没有能力撤回的信，我想我自己也应该已经垮掉了，我的未来也不再有所期待了。所以我请你帮我去找找晓雪，也许她还在我们的小屋，也许她已经回到学校，也许她还在那该死的黄刀市——这是我最不想看到的事，毕竟我在那里丢下了两个烂摊子，一个是和大酋长的合作，一个是车祸的处理。你去看看她吧！帮她走出阴影忘记我！你就说收到我的委托带几句话给她：

“晓雪，对不起了！对不起在一起的三年多时光，这是我们一生中最美好的时光，但我只能选择把它留在记忆里。我必须如实地告诉你，我父母希望我回国发展，在北京给我安排了工作，也给我介绍了一个部委领导的孩子，我们相处了两个月，感觉很好，家里想让我们尽快结婚。我别无选择，请忘了我吧！我接受你的所有鄙视和仇恨，对不起了，晓雪！”

砂雨，我没有办法了，只能这样委托你，不管什么时候，我只要出来了一定马上和你联系，希望那时你已经帮助晓雪走过最阴霾的日子。谢谢你！好兄弟！

说到这里砂雨的心情跌落到冰点，犹如屋檐上可怜的冰凌。林月汐不停地涕零着，柳溢恨恨地说：“这孩子傻啊！”

“是的，当时我是流着眼泪看完这封信的，我第一句话就是骂他：杰瑞，你傻啊！为什么在离开之前不和我商量？这样的事在温哥华还少吗？父母接受调查的不是一个两个，谁会选择回去？哪个父母不是千叮咛万嘱咐要孩子们不要回国？但他回去了，从信里的描述几乎是没有给他思考的时间，我不知道他父亲的问题有多严重，当时我怎么也不明白，为什么他也受到了牵连？”事情已经过去八年了，砂雨依然伤感着。

“我想是因为他父亲通过张总转到国外的钱影响到他，还有他们成立的矿业公司、给西北地区的邀请函、注册资金的调动，都可能把杰瑞拖到涉案的圈子里，尽管他未必懂得这个触犯了法律，所以他便成了他父亲案子里的一枚‘棋子’，原本这枚‘棋子’应该是他母亲，他的出现显然比他母亲这枚‘棋子’分量更重些。”柳溢更为尖锐地看到了问题关键。

“你别打岔，你怎么找到晓雪的呢？”林月汐打断柳溢的话。

砂雨停顿了一下接着说起当时发生的事情：

放下信我马上拨通晓雪的电话，电话早已易主了。我赶紧开车去了他们租的“雪窠”，房东正在打扫房子，说杰瑞走的时候给他留了钱和一张纸条，说先预付三个月的租金，他有急事要马上回国，还说过不了几天晓雪就要回来，东西都收好在两个箱子里，如果三个月他都没有回来，就让我把箱子暂存在车库里，房子就可以出租了。这不，三个月已到他们都没有回来，我正在打扫房子。房东接着说了一句：应该是这两个孩子闹矛盾分手了，嗨，现在的年轻人真是不好说，那么好的一对，说分手就分手了，像是人间蒸发了一样。

容不得我多想，马上到了菲沙大学找到晓雪的导师，导师说晓雪已经三个月没有到学校了，给她发邮件也不回，想必是要挂科一段时间吧。

我马上买了第二天飞耶洛奈夫的机票，我想无论如何也要找到晓雪，把她带回来！但是我能找到她吗？她还好吗？

三十一、再见晓雪

飞机上的砂雨焦躁不安，他脑子里闪过很多可能的结果，唯独不敢相信晓雪还在耶洛奈夫。晓雪最后的行踪是在耶洛奈夫，他只能先到这里去查找踪迹。

走出机场砂雨径直去了杰瑞和晓雪住的酒店，酒店接待生很认真地翻看了住房记录后告诉砂雨，在两个多月前，晓雪便退了房离开了。砂雨走遍整个耶洛奈夫的大小酒店都没有查到晓雪登记入住的记录，一种不祥的预感在脑子里升腾。

晚上回到酒店房间里，桌上摆着的地图已经被砂雨标注了很多记号，那些都是砂雨去过的酒店，他一边喝着啤酒，一边看着明天应该去哪些地方寻找，房间里的电视播报着各种新闻节目。突然一段新闻如炸雷一般在耳边响起：今日在耶洛奈夫西北方向临湖的苔原地带，有人发现一具女性的尸体，疑似与三月前失踪的亚洲女性有关，现场并无他杀的迹象，警方认为该女性可能与迷路失踪和自杀有关，具体案件情况警方正在调查之中。

砂雨一下子跳了起来，他几乎来不及思索便穿上衣服往警察局奔去，嘴里还念叨着：这是晓雪，这是晓雪！

到了警察局他便直接说这个女性死者可能是他的朋友，他想了解具体的情况。警察一边拿出照片让砂雨辨认，一边做起笔录，他们也需要更多关于这个失踪女人的细节。照片已经无法辨认，显然尸体曾经遭受过野兽的攻击。

在仔细询问了晓雪的年龄和国籍后，那位警官说："很遗憾地告诉你，这显然不是你要找的人，现在这具尸体经过初步尸检，被怀疑是四十岁左右的亚洲女性，应该是三个月前在这里失踪的日本女子，她独自一人在这里居住了几日后，由酒店报案失踪，因为那时冰雪覆盖掩埋了一切踪迹，现在逐渐融雪，尸体被早出运动的人发现。我们怀疑她在迷路情况下在棉菅植被的沼泽里无法脱身，因为房东说她曾经打听过哪里能看到开着白花的棉菅。这位女性应该是一个性格孤僻的单身女子，而且非常喜欢我们称作羊胡子草的苔原植被。这种植被在寒冷的高纬度地区很常见，日本北海道地区应该也会有，为什么偏偏到耶洛奈夫来寻找这种植物？当然我们推测这位女士可能想在极光出现的时候和满地开着白花的棉菅拍个照片。不过这位女士没有想到棉菅盛开白花的季节是在夏季，冬季时棉菅早已被冰雪覆盖，这怕就是她绝望的原因。"听起来这位警官更像是想找人倾诉他的推论。

砂雨悬着的心总算放了下来，连声说对不起。警察关切地问查找失踪女朋友的事，问他需要报案吗？砂雨说我再找找吧，也许她只是给我开了一个玩笑而已。

心有余悸的砂雨来到大奴湖边，接近四月的季节湖面虽然还冰冻着，但已经不能承载太重的车辆。砂雨停下车走到湖面，湖面的风依然寒冷，但已经没有了那种刺骨的感觉，此时砂雨的心却刺痛着，他为无法完成杰瑞的委托而焦灼。眼前的北极光若隐若现，然而对于砂雨来讲全无兴趣，他百思不得其解为什么晓雪会消失得无影无踪，他甚至想到晓雪会不会沉睡在这冰冷的湖底。继而自己便否定了这种猜想，因为晓雪是无法凭借自己的力量凿开厚达一米多的冰层的。

眼前的北极光像是一张网，被一种无形的力量拉扯着，快速地变换着颜色和形状，让你永远无法触摸。砂雨站在湖面张开双臂大声喊着："晓雪，你在哪里！"身后车灯照耀下，拉长了他的身影，显得特别高大。不远处的山上回荡着他的声音："晓雪，你在哪里！"

驾车回酒店的路上路过一个酒吧，砂雨想进去坐一坐，也算是放松一下紧张的神经。停下车推门进去，眼前的一幕让他大吃一惊。昏暗的灯光、嘈杂的音乐，晓雪穿着低胸T恤，手托酒盘正走到一张桌子前，一个瘦高个的梅提斯人一手揽住晓雪的腰，晓雪躲让着，酒瓶和酒杯差点掉落。那人把脸凑过去想要亲吻晓雪，晓雪笑着试图推开。

砂雨都没有来得及脱掉衣服就冲了上去，一拳打在那人的脸上，那人站立不稳往后退了几步，随即便也挥起拳头朝砂雨打过来，原本坐着喝酒的人纷纷站起来往后退，晓雪拼命地喊着："Stop！ Stop！"

仿佛这种叫声是男人们更为彪悍的催化剂，他们俩都没有停下手的意思，晓雪不顾一切地挡在他们两人中间，面对着迪纳说："这是我的朋友，不要打了！"那人用挑衅的口吻问着："是杰瑞那个浑蛋的朋友吧？"

从他的口吻里，砂雨知道这人应该是晓雪很熟悉的人，他往后退了一步，嘴里吐了一口带着腥味的唾沫："晓雪，他是谁？你怎么会在这里？"

晓雪把那人推到桌子边坐下，桌子前另外几个梅提斯人嘲笑着他。晓雪走到砂雨面前："这是一个帮助过我的人，他叫迪纳。杰瑞不见了，扔下我一个人在这里，你见到杰瑞了吗？他在哪里！我已经三个月都没有见到他了！"晓雪有点着急地问着。

"我不知道他在哪里，我刚好带一个小旅行团来这里看极光，晚上没事走进来就看到你了。你为什么不回温哥华呢？为什么不找我们朋友帮忙呢？难道你只有杰瑞一个朋友吗？"砂雨不忍心马上告诉她杰瑞信里要他转告的那些话，他需要知道晓雪发生了什么，为什么她不回温哥华，而选择在这样的酒吧工作。

“我当时回不去啊！我遇到了一些棘手的问题。这样，你坐在那里等我，一会儿下了班我给你说，现在有客人要酒了。”听到砂雨并不知道杰瑞的消息，晓雪有点失落，她必须要去给客人上酒，便让砂雨等着她，也给砂雨带来一瓶酒。

迪纳提着酒瓶走了过来，砂雨警觉地站了起来准备应战，迪纳示意他坐下，自己也坐在砂雨对面，嘴角还渗着血：“我叫迪纳，你呢？”

“我叫砂雨，是晓雪的朋友。”看来对方并无恶意。

“也是杰瑞的朋友？杰瑞为什么不管雪的事了？你知道这几个月她在这里遭遇了什么吗？”似乎他们俩都等不到晓雪下班的时候，彼此都有太多的疑惑需要搞明白。

在杰瑞踏上回国的飞机时也是晓雪最艰难的时候，保险公司的理赔调查依然在缓慢地进行着。但是伤者似乎已经没有了耐心，他提出了很多要求，比如他被撞击的左手不能抬起，尽管医生说还需要一段时间恢复，但病人坚持说这个漫长的等待是他不能忍受的，他需要让他妻子来照顾，妻子的费用应该由保险公司承担，另外他不能上班挣钱，他们一家人都会饿死，所以需要赔偿他的工资收入，尽管他并没有正当的工作，但他依然提出了赔偿的要求。从道理上讲他的要求都是合理的，于是保险公司没有理由拒绝他的要求。

这一切还没有结束，那个伤者紧接着提出了性功能也在这次车祸中受到严重的损害，这个损伤是一个男人不能接受的，这个赔偿也是无法用钱来计算的，但是对于保险公司来讲所有赔偿都应该量化。于是需要请专门的机构进行评估，包括他可能损失掉的精子和本来可以出生的孩子。就这样还没有完，要求不断地提出来，只要他能够想到的。这对保险公司来讲也是无法忍受的，但这也是他们的职责所在。

晓雪被再次约到保险公司，桌上摆着一大堆第三方事故赔偿费，保险公司有告知目前状况的义务，也就是说如果调查出晓雪的车祸有问题，那么保险公司的赔付将锁定在第三方责任的最低赔付标准上，这就意味着这些巨大的费用中很大一部分将由晓雪来承担。这对于晓雪来讲是无法接受的，更为麻烦的是晓雪并不知道怎么样来规避这个风险，她又不得不在这个清单和责任划分告知书上签了字。

回到酒店后她急迫地给杰瑞打电话，而此时杰瑞的电话已经处于关机状态，并且从此以后再也没有打通过这个电话。晓雪不知道发生了什么。接下来就是大酋长公司的人每天到酒店里追债，因为他们签署了协议，需要支付酋长公司一笔前期服务费五万元加币，这对于杰瑞母亲来讲是一个可以忽略不计的数字，但对于不谙世事的晓雪来讲那就是承受不起的重量。

“你认识杰瑞？”砂雨听得出迪纳好像认识杰瑞似的。

“杰瑞和他母亲一行到矿上来考察是我接待的，他们是想和政府谈钻石矿的开采权，我被矿上安排陪他们参观和查阅相关资料。当时我就感觉到杰瑞母亲不太喜欢晓雪，这一点当着我的面都没有忌讳，甚至要杰瑞和她住在一套房子里，而不是和晓雪住在一起。”迪纳讲出了他的不理解。

“是的，当时是我送他母亲一行来到耶洛奈夫的，后来我有一个旅游团要接待便提前离开了。来到耶洛奈夫时我就看出来了，他母亲很讨厌晓雪，但我想有杰瑞在应该能够化解，没有想到事情会变成后来这样。”

“我再次见到晓雪是半个月后从戴维克钻石矿上回来休假的时候，那天晚上我正在超市买东西，我高兴地和她打招呼，没想到晓雪看到我一下子就哭了起来。我问她怎么啦？她才给我讲起她的遭遇，那时她一个人在这里已经有十天了。”

迪纳讲起了那天晚上他见到晓雪的情况：

她当时很窘迫，也很害怕，我们来到一个安静的酒吧，我给她点了些吃的。她慢慢地把她遇到的事告诉我，当然并不是她所遭遇到的全部。她先是告诉我保险公司的事，我告诉她错在自己独立去处理不熟悉的事，这件事从一开始就应该请律师来出面解决，这样可以避免你去直接面对那些不太懂的专业问题，同时律师也会最大限度地保护你的利益。她说她没有朋友，也不知道找谁，现在她自己也没有太多的钱。

当时我真不太相信她说的，因为她们当初来到矿上的时候出手很阔绰，就在她们离开时，杰瑞母亲让跟她们一起来的那位男士给了我一个信封，回去以后我打开看是两千加币，当时我很不理解，为什么要给我钱呢？这不是我的工作吗？

那天晚上我送晓雪回去，晓雪坚决不同意，她说她自己会回去，她给我留了她的电话，我不放心她一个人晚上回家，就悄悄地跟在她身后，当我看到她住的房子时我这才知道她真的是遇到麻烦了。后来才知道她是因为无法支付酒店的费用，于是搬到一个很破旧公寓的半地下室里居住。

第二天我找到我的一个律师朋友，让他帮晓雪处理保险案子，我没有让他收晓雪的钱，我把杰瑞母亲给的钱拿了一千块给这位朋友，让他告诉晓雪这是他免费提供的法律援助。

果然这是一个很棘手的案子，在晓雪签字的笔录里有很多瑕疵，对晓雪都不利，好在保险公司拿不出不是晓雪开车的直接证据，只能说晓雪对肇事当晚的陈述存在大量疑点，不愿意全部承担赔偿的义务是他们的主张。最后只有请警方出面协调，也就是双方一种私了的方式，保险公司承担了绝大部分的赔偿费用，但晓雪本人也要承担其中一部分。

“一部分？那是多少？”在砂雨眼里，这保险费要是没有保险公司兜着，随便一部分也是一个天文数字。

“晓雪需要承担六万加币的赔偿给受伤者，当时调停时我已经回到矿上了，那天晚上晓雪给我打了电话，接到电话便是晓雪的哭声，她说她承受不起了，她甚至想到死。我没有办法回去，只能安慰她，让她多说说话，把心里憋着的事都说出来。第二天我给律师朋友打了电话，请朋友帮她申请分期付款承担利息的方式来处理，就这样晓雪又签了两个协议，包括与那家公司签订的前期咨询服务费，这就意味着晓雪每个月都要背上沉重的还款包袱，这就是晓雪为什么要出来打工的原因。这份工作也是我帮她找的，只要她多卖酒，除了工资以外还有很多小费，她已经别无选择了。我只要回来就每天邀上几个朋友来这里，既是保护她，也是多喝点酒，帮帮她。”

“谢谢你，迪纳，我不该对你动手，我不知道这些情况。对不起了。”砂雨除了谢谢也找不出更多的话语来感谢。

三十二、最后一根稻草

等到晓雪下班的时候，砂雨和迪纳已经喝得半醉，砂雨极力提醒自己不要喝多了，他需要和晓雪认真谈谈。听了迪纳的描述，砂雨很是担心晓雪，他不敢相信晓雪经历这么多是怎么坚持下来的，他更不知道该怎样告诉她杰瑞委托他说的那些话，但他必须帮助她，帮助她走出这段感情的泥潭，让她忘了杰瑞。

晓雪收拾好桌上堆积的酒瓶和杯子，关上刺眼的红绿彩灯，把酒吧的灯光调到正常偏暗的程度，走过来坐到砂雨的对面，对迪纳说：“你快回家去啊！”

迪纳看了一眼晓雪，又看了一眼砂雨：“你们介意我在这里吗？”

“介意。”晓雪和砂雨几乎是同时说出口，“因为这是我们中国人之间的对话，你听不懂的，回去吧，早点休息。”晓雪很温柔地补了一句。

“好吧，希望你们没事。”迪纳一边穿衣服，一边嘟嘟囔囔地说，“你们不是都可以说英文吗？”道了晚安推门出去。

“开车小心一点！”晓雪追到门口大喊了一声，迪纳回头挥挥手驾车离去。

“晓雪，我走了后你和杰瑞之间发生了什么？”砂雨迫不及待地问起三个月前他离开后的事情。

“砂雨，你先告诉我杰瑞的情况，在温哥华见到杰瑞了吗？在你离开后没几天杰瑞便送他母亲回温哥华了，之后就再没有了消息。我也不知道发生了什么，你见到他了吗？”晓雪更着急杰瑞现在在哪里。

“没有见到，我一直以为你们在一起，我接完滑雪团以后便回国去了，好多年没有回家过春节，不是我父母急着想看看刚出生的孙子吗？今年带上媳妇和孩子回了国内，这不才回来半个月。”

“难怪，当时杰瑞找不到，也没有朋友商量，我给你打电话，你加拿大的手机关机了，那时所有人都像是人间蒸发了一样。”晓雪叹口气，接着她讲起了她这段时间的遭遇：

“这一切得从我们去了矿上和那次车祸讲起。你走后我们得以有机会到了戴维克矿上去参观，那个场面让我们每一个人都很震撼，杰瑞心里更是燃起了一团火似的，他幻想着也能成为一个钻石大王，这时我才知道他为什么一定要读矿业资源专业，他心里有一个小宇宙一样的梦想。她母亲就是他的圆梦人，但她母亲并不喜欢我，你在第一天就看见了，我不是她心目中的儿媳妇，她心目中的儿媳妇是北京部委的孩子，能够给他们家族助力的那种，我显然不是，所以她从见到我的那一刻便排斥我，甚至不要我们住在一起。

“那天从矿上回来后他母亲带着我们和这里的省政府谈了合作方案，他母亲是一个很精明的人，几个小动作就让政府和她签了意向书。当然看来这个意向书是无法履行了，因为无论是杰瑞还是那个张总现在都像是人间蒸发了一样。在签约前一天晚上，你介绍的那位大酋长手下的那个公司来到酒店要求给他们签一个前期服务协议并分阶段支付费用，这个协议杰瑞母亲让我签了，因为杰瑞注册公司时用了我的名字，我成了这个空壳公司的法人，也就是这一纸协议让我成为欠债人。”

“这还不是全部。”晓雪叹了一口气说，“和西北政府正式签了合作意向协议的那天晚上大家都很高兴，杰瑞要了很多酒，他们都喝醉了，我后来才知道，他是有意要灌醉他母亲，那晚他想和我在一起。晚上把他母亲送回房间后，他来到我的房间。后来他接到你发来的短信，说是那天晚上极光大爆发，于是我们去了湖边，看到了好漂亮的极光，还有那种少见的紫色极光。那是我们从来没有感受到的奇妙感觉，无涯的湖面、浩瀚的星空，北极光犹如从天而降的彩带就在我们面前，我们感觉就要开始新的生活了，那是我们的美好未来……”晓雪的眼睛里噙着泪水，但脸上含着笑意。

“一场车祸毁了一切！回来的路上杰瑞失控撞上了路边的两辆车，那车上还坐着一个喝醉酒的原住民，当时我们全部吓傻了，杰瑞语无伦次地说着：‘我撞了人了！我撞了人了！我喝了酒！’那时对于我来讲没有选择，我安慰他说：‘不要怕，我说是我开的车，你当时喝醉睡着了。’就这样警察来了，救护车也来了，还好受伤的人抢救过来了。但是我的麻烦也接着来了，先是保险公司的人反复地问，他们对车祸驾驶人是有怀疑的，这种顶包在这里也时有发生的，毕竟牵涉法律和赔偿责任两重问题，那几天我全部精力都在应付保险公司，但现在回想起来，那几天杰瑞和他母亲之间肯定有什么秘密，但我不得而知。他母亲提出要马上走，回到温哥华就转机回北京，当然杰瑞要同行送到温哥华这我是理解的，但没想到这一走就是三个多月，到现在还是杳无音讯。”晓雪流下眼泪，砂雨在餐桌上拿起一张纸巾递给晓雪。

“三个月的时间并不算长，但对于我来讲却宛如隔世一般，杰瑞回到温哥华就给他母亲订了第二天的票回国，他给我电话说，等他妈妈走了以后他就过来。结果没想到的是这边保险公司好像察觉到什么，他们告诉我杰瑞不应该离开，他们要找他谈一下关于车祸的事，说回来以后马上和他们联系。”晓雪眼睛里闪出一丝恐惧。

“我不让他回来，我怕把他再牵进来，这样事情会更加复杂，而我也会从一个简单的事故变成做伪证，对于杰瑞那更是没顶之灾，我不知道会发生什么，但我知道他一定不能回来。

“我每天只能听着杰瑞的声音、想着他的样子才能入睡，有一天他突然消失了，再也打不通电话。我给房东打了电话，房东说杰瑞预付了三个月的房租，说有点急事回国去了，几天后回来。我几乎要疯掉了，为什么他回国也不告诉我？！发生什么事了？”晓雪焦急的呼吸变得急促起来。

“到了晚上我想得更多，我想杰瑞一定是被他母亲叫回去了，一旦在北京发布和西北地区省政府签的协议，大把的投资机构就会跟进来。我天天上网看新闻，没有，什么消息都没有，就像这个世界上没有这个人一样。

“接下来的事情更糟糕，酋长那家公司的要债人每天都来酒店找我；酒店的预付房款也到期了，酒店要我再支付押金；保险公司那边受伤者不断加码赔偿要求。那天，我到酒店大堂拿出杰瑞留下的卡去支付房费，居然被告知这张卡被锁已经不能使用！”晓雪的脸因激动而扭曲。

“当时我大声咆哮着：‘不可能，这张卡是现金卡，里面有十多万加币！’走之前杰瑞告诉我，这里面有十多万，他说回到温哥华张总还要转款进来，他说这张卡的钱就是专门来处理这个项目的前期预付款和保险公司的额外赔款要求的。怎么会不能使用呢？密码就是我的生日啊！

“我冲上街找到一个ATM提款机，插进去卡，输入我的生日，上面显示卡已锁定！天啊！究竟发生什么了？！我几乎不能走路，坐在ATM机器外的雪地上，眼泪夺眶而出。一个人走过来问我需要帮助吗，我流着泪说：‘谢谢，没人能帮助我，我坐一会儿就走。’回到酒店我又大哭了一场，不知道哭了多久。”晓雪把头埋在桌上抽泣着，仿佛还没有走出那个场景。

砂雨走过来坐在晓雪的身旁，搂住她的肩安慰着，晓雪靠在砂雨肩上抽泣着。“我不知道，是我来晚了。”此时的砂雨不知道该说什么，更不知道该做什么。

等了好长时间，晓雪渐渐平静了，她轻轻地推开砂雨：“没事了，谢谢你的肩，要是在三个月前，有这样一个肩头能让我靠一靠该多好啊！

“几天后，也就是在杰瑞走了以后的一周，我收到杰瑞发来的邮件，他告诉我，他回国了，家里有点急事需要他回去，也许要不了几天就回来，我一下子好高兴，马上拨打他国内的手机，依然是关机状态。我给他回了好长一封邮件，我问他为什么这样不辞而别，为什么背弃我们所有的约定。邮件发出又是漫长的等待，依然是没有任何消息。”晓雪叹了一口气。

砂雨知道这也是杰瑞在回国前写好的预约邮件，因为无法判断自己回去后有多大的麻烦，所以他采用一点点告诉晓雪的方法。第一封邮件发出就证实了他回国后已经没有了人身自由，应该是受到父亲贪腐案的牵连，但也许在搞清楚他和父亲案子没有牵连以后会回来，所以他只是说自己回国。接下来砂雨更想知道杰瑞的第二封邮件写了什么，但他必须装作不知的样子。

“那段时间是我最艰难的时候，我不得不搬出酒店，因为我自己无法承担每天两百加币的酒店费，我坚信杰瑞会回来找我的，他可能只是因为母亲的原因被牵绊住了，我应该给杰瑞一点时间去处理这些问题。于是我悄悄地租了一间小屋子，我要求不高，只要有暖气和热水就好。为了躲他们我还换了手机号。没想到没两天那些讨债的人便找到了我，他们威胁我说：‘你别想逃，只要我们说一声，整个耶洛奈夫没有一个人敢租房子给你！’他们直接叫来房东，指着我对房东说，‘看好她了！不要让她跑了，她欠了我们一大笔钱，没有还清这笔钱之前，她是不能离开这里的，我们已经通知了机场，没有人给你换登机牌，只要你一出现在机场，他们就有人给我们打电话。’我不知道他们说的是不是真的，我没有办法去尝试。”虽然已经过去三个月了，砂雨依然能感受到当时晓雪绝望的情景。

“我在家里关上门两天没有出去，甚至没有吃一口东西。房东担心我跑了，几次来敲我的门，我冷静地给他们说：‘放心吧，我不会走的。’第三天，我在傍晚的时候打开门走出去，我的确需要买一些食物了。我来到街口的超市，在超市里遇到了迪纳，我几乎无地自容，我的样子很憔悴，和十多天前判若两人。迪纳问我发生了什么，像是得了大病。我说我两天没有吃饭了，他把我带到一个餐厅，给我点了一大份煎鱼排，我竟然把它吃光了。他再次问我发生什么了，我哭着告诉他我遇到了什么。”晓雪喝了一口啤酒接着说，“他说车祸的处理一开始就该委托给律师来处理，这样我当时都可以不留在这里，而是回到温哥华，律师会帮助我处理好这一切的。第二天他便找来一个律师朋友帮助我，我说我没有钱来请律师，尽管我贴身的衣服里还藏着几千块钱，这是杰瑞他们走之前，他母亲让张总把身上的现金全部留给我了。但我想这个钱应该留在我最需要的时候。”

晓雪脸上流露出一丝狡诈的笑意，她起身从柜台后面拿出一包烟，自己拿出一支，也递给砂雨一支，砂雨赶紧给她点上。打火机的火焰照在晓雪脸上，泪迹未干带着一脸倦意，砂雨轻轻地抚摸了一下晓雪的脸。

“律师告诉我，他是在行使法律援助义务，后来我才知道是迪纳要求他这样做的。他让我放心，他说：‘只要你给我签了委托函，从今天开始你就不用去面对那些人了，这些事都由我来帮助你处理，我会给你争取到最好的结果。’就这样，他帮我把两个案子一并处理了，虽然我在很无辜的情况下背上了很多债务，但这已经是最好的结果了。我会在三年里还清这些债务包括利息，在这期间我不能离开这里，我的护照也在签署还款协议时备案给了公证部门。我也没有脸面再回到温哥华继续学业，我想就在这里找一份工作，一直等杰瑞回来找我。再后来才知道我还欠了一笔钱，就是迪纳帮我支付了律师费，这位律师也绝非真的是法律援助。”

晓雪停下来，接着又问道：“砂雨，你没有想到我有这么狼狈吧？二十多岁就欠了这么多钱。”

“不，不是狼狈，我看到了另一个晓雪，甚至比我们都要坚强，作为男人未必喜欢坚强的女人，但这是女人应该具备的。我告诉你，我这些天到所有我知道的酒店去寻找你，没有找到我很沮丧，晚上我在酒店看电视时看见新闻说发现一具亚洲女人尸体时，我几乎要崩溃，我跑到警察局去说那个女人是我朋友，后来才知道那是一个日本女人。”

晓雪笑了，笑得很苦涩：“我自杀？我想过，怎么去死，我在家里躺了两天想了很多种死法，去大奴湖吧，可我有能力凿开这1米多深的冰吗？我想走到冰湖上去躺在那里，让雪把我慢慢埋了，可是这么冷的天，我没有车，我有能力走到湖边吗？恐怕还没走到就冻僵在路上被人救回来了。这里甚至没有高楼可以让我跳，就是跳下去也是几十公分厚的积雪。就连街上的汽车都是在冰雪路上缓慢地行驶，在这样白色的世界里，你是无法让自己死去的。”这时晓雪的脸在烟雾中模糊着，那是砂雨的眼睛模糊了。

“对了,砂雨,你说你来找我？你为什么来找我？你不是带团过来吗？谁让你来找我？是杰瑞吗？他在哪里！你快告诉我！”突然晓雪一把抓住砂雨的手，声音也高了许多，她从砂雨的话里听出了问题。

砂雨一下也蒙了，是的，刚才情不自禁直接说出了他是专门来寻找晓雪的，他吞咽着唾液，艰难地思考该怎么样告诉晓雪。他还应该在晓雪受伤的心口再扎上一刀吗？他一时不知道该怎样回答晓雪。

三十三、选择

看着晓雪急迫的眼神，砂雨知道无论是真相还是谎言，对于晓雪都是残酷的，只是晓雪目前糟糕的处境是杰瑞和他都始料未及的，他一时间无法判断该如何告诉她。也许杰瑞是对的，杰瑞失去自由已经是事实，与其让晓雪再无助地等待，还不如让她清醒地离开。

“晓雪，我是专门来找你的，我在国内见到了杰瑞，他让我给你带个话，要你不要等他了，他怕是不会回到这里了。”砂雨试探着说。

“什么？不会回到这里了？为什么？发生什么了？”晓雪很着急。

“什么也没发生，可能是他家里的原因吧，他家里觉得你不适合他，你们家庭悬殊太大了。他妈妈在北京给他介绍了一个女朋友，这次就是回去见面的，我想应该是已经开始交往了吧，所以他让我给你带句话，让你忘了他。”砂雨自己都觉得这只是无法说服人的托词，但别无选择。

“要分手也该他跟我说啊！我给他加拿大的电话、国内的电话都打了，没有开机，他为什么不直接告诉我？”

“是的，我跟他说了，他说无法面对你，他让我转告，既然分手都已经成为现实，那就没有必要再互相解释了，再多的解释也无法改变这个事实。他说是他对不起你，让你忘了他。对了，他换了手机，我问他要新手机号，他说算了，给了我就等于给了你，我们都是朋友，你问我要我也无法拒绝，所以就没给我新的号码。”砂雨用这样的方式封住晓雪的进一步追问，因为现在的杰瑞也没有电话，没有自由。

“他真的做得这么决绝？我在这里帮他背着债务和责任，他在国内风花雪月，我怎么这么傻啊！在收到他第二封邮件时我就应该想到了，可我怎么都不愿意相信这是真的，我觉得他是在考验我，我一直在等待，哪怕是等到第三封邮件也好。”晓雪眼睛里没有了泪水，换上了一种深不见底的绝望。

“他第二封邮件说了什么？”

“和你说的一样，说他母亲给他在北京找了一个部委领导的女儿，说这样会对他的事业有帮助，然后就再也没有消息了。”

“晓雪，真的，我必须告诉你，杰瑞不值得你去爱！你就当这两年走了一条大弯路吧，重新开始生活，忘掉他！”

“谈何容易啊！重新开始，这么多债务我有明天吗？我还要在这里没日没夜地打工，上个月的工资也不够还那些钱，我把母亲给我寄来的学费贴进去才应付得过来，这个月呢？下个月呢？这样还款要持续三年！我怎么重新开始？”晓雪无助地说着。

“你母亲知道你现在的情况吗？”砂雨想把话题引开，同时一个大胆的想法在心里产生。

“我没有敢告诉她全部，我告诉她我这段时间在黄刀做研究生课题，她让我好好照顾自己，还给我寄来了钱。要不是我妈妈给到这些钱，我怎么应付得来啊。”

正说着，外面又驶来一辆车，迪纳推门进来了：“你们谈完了吗？我不放心，我来送雪回家。”迪纳的突然返回让砂雨也察觉到了些什么。

“我们谈完了，正准备离开，你不回来我也会送晓雪回家的，谢谢你啦！”砂雨客气地说着，转身问晓雪，“他对你很好，他喜欢你吧？你一个人在这里的确需要一个男人保护才行。”

“他一直很帮助我，我想更多是可怜吧，当然会有一些喜欢的因素，他一直笃定杰瑞是不会回来的，他让我要清醒些，他一直尽力地在帮助我。我很感谢他，别的没有考虑，我也没有能力去考虑这些。”

“还需要说吗？没关系，我等你们，反正我也听不懂你们说什么。”迪纳像是要坐下来等待，他感觉到两人的话题也和他有关系。

“不，我们说完了，我今天就是来帮杰瑞了结这件事的，当然不包括债务，债务问题我如果能找到杰瑞，会让他全部承担的！迪纳，对不起，请原谅我们刚才以那样的方式见面，感谢你这几个月对晓雪的帮助，这些事本来应该是我们来做的。”砂雨前面那段话更像是说给迪纳听的，他希望迪纳能给晓雪更多的帮助，包括晓雪能逐渐接受他的爱，后面这段话是真心感谢迪纳的。

“没关系，不打架的梅提斯男人会被看不起，也没有女人会喜欢，是吧，晓雪？”迪纳摸了摸眼角的伤口笑着说，“走，我开车顺道把你们两个都送回去。”

“晓雪，我能找到你太好了，我的任务也算完成了，明天晚上我就会回去，回去处理一点事情，你下午在店上吗？我下午再来看你。”在车上时砂雨问晓雪。

“好的，我不在店上在哪里呢？人家一天上一个班，我一天上两个班，这样可以多一份工资。谢谢你专门来找我给我带来消息，我们明天见。”

把砂雨送到酒店，迪纳接着送晓雪回家，路上看着沉着脸默默无语的晓雪：“你该放下了吧？杰瑞不会来了，他已经抛弃了你。我不知道你们亚洲人会怎样处理这些事，但是我们是不会这样的。晓雪，给你时间，给我时间，忘掉他，忘掉心里的不愉快！记住，我爱你！我会等的。”此刻的迪纳不需要答案，他只需要告诉晓雪，他会等待……

林月汐对眼前砂雨说的这些似乎早已猜到，但从砂雨的嘴里听到更觉残酷。砂雨长长地叹了一口气：“那一夜，我真不愿意给晓雪传递这样的话，我宁愿什么都没有发生，杰瑞如旧，晓雪如旧，我们彼此永远是好朋友，我也不会看见晓雪在这样的痛苦中挣扎了。”

林月汐点着头，在砂雨讲的过程中几度流泪，她被晓雪的不幸和无助深深地震撼了，也为晓雪能够坚强地面对变成今天这个样子而高兴。八年时间，把一个柔弱的女子变成今天耶洛奈夫网红店女老板，中间要经历多少坎坷啊。

“砂雨，你离开之前又去了晓雪那里，你给她又说了什么？你好像说你有一件重要的事要去做？”柳溢少有的好奇也被勾起，直觉告诉他砂雨还会为晓雪做点什么。

“是的，第二天下午，店上也是每天最闲的时候，我去了可以和晓雪再聊一会儿天。我叫她做了几道菜，也不叫菜，应该是下酒的菜，我们俩在后厨把花生米裹上蛋清和面粉，加上调料，做了自制的鱼皮花生，还有油炸花生，还教她做了油炸小鱼，用辣椒和花椒一起油炸。我告诉她要让喝酒的人多花钱，这里老外喝酒什么都不要，就一杯酒嘬来嘬去。我们做了几个下酒菜挺好吃的，我让她今天晚上试着送给老外们吃，喜欢明天就做来卖，和老板商量好，卖的钱一人一半，这样对老板和她都好。

晓雪很高兴，她说自己怎么没有想到呢，以前小时候妈妈给她做过，她还问我怎么也会做这个，我说我太太是四川人，喜欢做菜尤其是这些小菜，我也是在这里尝试一下，没想还挺成功的。”砂雨脸上很得意的样子。

“你怎么一下子想到这么好的主意？”林月汐心里的压抑减轻了许多。

“回到酒店的晚上我一直在思考，希望能够帮助她走出阴影。压抑的环境会击垮一个人的，如果能够找到一个激励她向上，忘记痛苦的事该多好。所以就想到了一个既能分散她注意力又能让她多赚钱的办法。那个月晓雪一下子就多拿到了一千元的工资和小费，她拿到钱就给我电话，高兴得不得了，她说这个月还了钱，还剩下一百多元。这话我听着却很心酸。”看得出来砂雨还是为晓雪高兴着。

“那天晚上晓雪在厨房给我做了一道菜，水煮牛肉，很好吃，我给晓雪说你为什么不做给老外吃？在温哥华老外们不是都喜欢吃中国菜吗？这样很辣的菜正好适合寒冷地区的人。晓雪问我：‘可以吗？老外喜欢吗？’我说当然可以，老外喜不喜欢把迪纳叫来试吃一顿就知道了，他就是你的宣传员。那天晓雪告诉我，这是她这三个月来最开心的一天，她感谢我把她带出绝望之中。”砂雨很得意地说着，看着在窗外忙着拴狗的迪纳。

“听你刚才说的，你还应该为晓雪做点什么？”柳溢也入了迷，总希望听到更多的好消息。

“是的，我走之前告诉晓雪：‘我记得杰瑞曾经借过钱给一位留学生朋友，我回去帮你问问，我不确定能不能要回来，如果要回来我就把钱给你汇过来。’晓雪说：‘不可能吧？我怎么没有听说过？即便有那也是杰瑞的，我不能要。’我告诉她：‘你不要总想着别人，这笔钱如果要到，用来归还杰瑞的欠账是天经地义的事！’”

“杰瑞真的有借钱给同学？怎么听着像是你编来骗晓雪的？”林月汐

仿佛听出了破绽。

“是的，没有借款，但是杰瑞在给我的信里最后留了一句话，他把以前给晓雪买的首饰和包存在汇丰银行的保险箱里，密码是晓雪的生日，让我一定记得告诉晓雪。我想回去取出来，想必晓雪是不会再需要这些伤心之物的，但我知道都是好东西，我想帮晓雪卖了，把卖了的钱用来给晓雪还债。但我不能直接告诉晓雪，晓雪一时间也回不了温哥华，所以我想先去取出来看看再说。

“回到温哥华的第一件事就是去银行按杰瑞的储存编码找到存储箱并输入了晓雪的生日，取出了存在那里的东西。我把每一件都拍了照片也登记了。杰瑞很细心把所有证书都存着，我把它们放在 eBay 网上去卖，一下子就卖了三万多，我留下了杰瑞送给晓雪的一颗钻戒，我想这算是给晓雪留一个念想吧，等以后有机会再给她。

“我给晓雪发邮件告诉她，真的在同学那里要回了借款，我让她给个账号把钱汇过来，这样就可以先还掉一部分，尤其是那个伤者的，我怕不早点切断关系又会生出新的问题，另外也可以少承担一点利息。至于这个钱的真实来源，我想以后再告诉她吧，这样做杰瑞也不会责怪我的。因为对于晓雪来讲，还债更为重要。

“随后我给晓雪寄去一大包调味品，辣椒、花椒、郫县豆瓣酱、老干妈辣椒酱，晓雪很开心，她说调料太有用了，有了这些调料她可以做出很多菜。后来我也在网上给她找了很多菜谱，让她有时间时看看，多有几个当家的菜品。

“收到钱的晓雪很高兴，她找来律师商量着把那个车祸受伤者的钱先还掉一部分，这样重新计算利息就要少很多。没想到本来是一件好事，但也给晓雪引来又一场风波，最后也促成了她和迪纳的婚事。晓雪没有选择了，只能随着波浪漂泊，她也不知道会漂到哪里。”

本来正在为晓雪感到高兴的林月汐一下子又被揪住了心："又发生什么事了？可怜的晓雪啊！"

"唉，是的，我想提前还掉赔偿伤者的费用对于晓雪来讲是一件好事，可是被那家公司的人知道了，他们认为晓雪有钱，但就是不想还给他们，他们来到酒吧找到晓雪，限她一个月之内还掉所有的钱，包括全部三年多的利息。这点晓雪是做不到的，他们威胁晓雪还砸了店里的东西，正好被来喝酒的迪纳遇到，梅提斯男人的血性在燃烧，迪纳和他们大打一场，双方都是头破血流的，直到惊动了大酋长。在议事大厅里，酋长当着所有人的面问到迪纳为什么帮着外人和族人打架，迪纳说因为晓雪是他的女人。大家都嘲笑他，酋长说：如果是你的女人就娶回家，如果娶不回家就不要插手这件事，欠债还钱在哪里都是天经地义的事。"

这场景似乎就在林月汐眼前上演，血性的迪纳愿意为他喜欢的女人做一切，就是几年后他们离婚了以后这性格也没有改变。

"后来晓雪给我打来电话，告诉了我一切，当时眼圈乌黑、手上还缠着绷带的迪纳找到晓雪说：'我爱你，嫁给我吧！我不会让你再受欺负的！'晓雪别无选择，流着泪点了头。她问我：'我做对了吗？我很害怕，但我又没有选择。'我说：'晓雪，你的选择是对的，如果一个你爱的人伤了你的心，不妨找一个真心爱你的人好好生活，那也许又是另一个天地。'"

"嗯，你说得对！如果一个你爱的人伤害了你，那为什么不去找一个真心爱你的人好好生活呢？晓雪应该选择迪纳！可他们为什么又离婚了呢？"

"晓雪的选择是艰难的，她需要得到母亲的认可、迪纳家人的认可，她需要漫长的时间去接受梅提斯人的生活方式……"砂雨没有接着往下说，他觉得这个应该让晓雪自己讲更好些，他也无法全部还原晓雪所经历的一切。

三十四、结果

湖边的白色小木屋，林月汐竟然有点迷上这热腾腾的热巧克力了，而柳溢对炸鱼排更感兴趣。迪纳不时进来问他们还需要什么，以至于林月汐不得不问道："他们对来坐雪橇的客人都这样？"

砂雨的回答是显然的："是，但不全是。因为你们是晓雪家乡的朋友，那待遇自然要高一些。"

迪纳再次走进来，手里拿着一样东西，很神秘的样子，脸上带着笑容，径直走到林月汐面前，用他不多的中文词汇说："看看，我的新娘，漂亮！"

"哇，真的好漂亮！"照片上的晓雪穿着白色婚纱，淡淡的微笑里有一丝忧郁，她挽着迪纳的手臂站在一个圆顶的教堂前面。

"这是八年前的照片，现在晓雪依然漂亮。"迪纳发出感叹。

"你为什么不珍惜晓雪呢？"林月汐忍不住问了一句。

"也许我们是来自不同的世界，我永远无法走进晓雪的心里，她在我面前总是淡淡地微笑，但是她一个人的时候，更愿意独自落泪。我没有办法让她真正地快乐起来，反而是她把我也拖入了泥潭，她始终忘不了那个该死的杰瑞！"迪纳愤愤地说。

林月汐在迪纳灰蓝色的眼眸里还能看到充满美好回忆的眷念和不舍，她邀请他坐下，而不是忙忙碌碌地进出。迪纳高兴地坐下了，眼睛望着林月汐，更像是小学生等着老师提问的样子。

“我不理解跨国的婚姻，如果不介意你能说说你怎么会喜欢上咱们中国的女孩子的？”林月汐想用一种更巧妙的方法让迪纳说说晓雪，而非是一种直接的提问。

林月汐的担心是多余的，迪纳似乎更愿意和晓雪的朋友们谈起他们之间的事：

不得不说我是在见到晓雪的第一眼就喜欢上了她，但那种喜欢和后来的喜欢是不同的。第一次见到她是在矿上，她青春漂亮，和我们梅提斯的年轻女孩不一样，她让我心动，让我的眼神不由自主地随着她的身体移动。但是在我眼里她并不开心，看得出来杰瑞的母亲不喜欢她，甚至不让他们住在一起，她对晓雪说话也很不礼貌，我不明白这是为什么，也许正是因为这个原因，我也特别留意晓雪，希望能帮助到她。

第二次见到她时我无法相信我的眼睛，她如此落魄地独自一个人在超市买食品，当我问到她时，她哭了。我不能理解为什么他们会把她一个人扔在这样一个完全陌生的地方。我给她买了一个我们原住民的捕梦网，希望帮助她走出整夜的噩梦。我知道我必须帮助她，这和爱情无关，就是需要去帮助她走出困境，陪着她等她的爱人出现。

一个月、两个月、三个月，那个人始终没有出现，晓雪的心情越来越糟，她背上的债务纠缠着她，我感觉到她快要支撑不下去了。每次从矿上回来我都去帮助她，帮助她理清债务关系，帮助她不受别人欺负，起码是我在耶洛奈夫的时间里。我越来越体会到有那么一个人是那样地需要你帮助，我从晓雪的眼神里看得到这样的需要。我在酒吧里，晓雪会开心很多，她更有一种安全的感觉，但我还是不能确定这是不是你们中国女孩子心目中的爱情。直到有一天我再次为了晓雪的事情和别人大打出手时，晓雪扶起倒在地上的我，用冰袋捂着我受伤的脸颊，她哭了，她要我不要管她的事了。我怎么能够容忍一个女人为我流泪！我不顾一切地吻了她的泪水，我告诉她：嫁给我吧，嫁给一个梅提斯人他们就不会欺负你的，我用家族的荣誉为你担保！我要让你摆脱厄运！她哭着点点头，我知道她是出于无奈，但那时的她也没有别的选择。

回到家里，我母亲看到受伤的我问道："又为了那个女人和人家打架了？"

"是的，我想娶她为妻。"

"早就听说你喜欢那个姑娘，我和你爸特地去了她的店里，不错的女孩子，只是单薄了一点，怕是不容易怀上孩子。她肯为你留在这里吗？"我母亲问得很现实。

"会的，因为她也爱我，她会留下的。"我没有说起她不会离开的原因，我想我会把她冰冷的心焐热的。

"那我和你爸也没有什么不同意的，我们本来就是一个被混杂了异样血统的民族，我们也不在意我们的血统更加复杂一些。"我的母亲说话总是很直白，犹如杰瑞的母亲，但我的母亲没有她那种刻薄，会给晓雪更多的爱。

我们之间没有太多的甜言蜜语，但我的真心她是看得见的。从那以后，她的担心和焦躁少了许多，但我不能确定她会为爱投入多少，她看起来不像梅提斯女人那样热烈和奔放，她告诉我中国女人都是这样的。

我们结婚了，她是我们这里最美丽的新娘，我为此骄傲了整整一个冬季。

"汐，在你的眼神里我看到一个问题，你是想问，我和晓雪结婚后性生活会幸福吗？很多人很好奇，我想你也不会例外吧？"迪纳突然的提问反倒让林月汐不好意思起来。

迪纳并不介意谈起他们的性生活，他说：“刚开始触摸她时会察觉到她的不安，甚至神情有点恍惚，我知道那时的人会有些迷离。我不知道她是否喜欢我的方式，每当我们疲惫地躺在床上时，她喜欢闭上眼蜷缩在我的怀里，当然我更喜欢她睁开她忧郁的眼睛看着我，看到现实中的我，而不是心里的另一个他。

“梅提斯男人体内充满永远无法禁锢的激情，我要把它全部献给我深爱的女人，而晓雪也不像梅提斯女人那样疯狂，她更像是用很厚重的布包裹着自己，我会慢慢地一层层掀起，直到走入到她的身、她的心，让她放下所有的羞涩，最后我会守候着她，让她在身心放松中慢慢入睡。当她醒来，我会问她：‘喜欢吗？’她会羞涩地点点头，我会追问一句，‘我比他做得好吗？’她会低语着说：‘他会丢下我独自去打游戏或是睡去。’这也许就是中国女人羞涩的表述，不是直达结果，而是让你体会其意，我愿意为这样的话去战死，在我们的锥形帐篷里，看着满天的星空；在我们湖边的龍酒吧里，看着缥缈的北极光，我在她的眼神里读着她的幸福。”

林月汐竟然觉得有点躁动，她体会着晓雪的幸福。倒是砂雨不满地击打着迪纳：“别把自己说得那么高大上，那你为什么又要伤晓雪的心？”

“这要从孩子说起，我们结婚后晓雪总是怀不上孩子。我们找了医生，医生说在极寒地区本来就不容易怀上孩子，所以这里的女人总会有些抑郁，再加上晓雪不是我们梅提斯人，她还没有完全适应这样的环境，怀孕自然是难上加难。好不容易在结婚后第三年她终于怀上了我们的孩子，我好高兴，我让她不要上班了，就在家里休息，她偏不，她说是刚盘下这个龍酒吧，她要到店里去，如果在家里待着她会疯掉的，她只有在上班时才能忘记一切。我说我们已经结婚了，你心里的恶魔也应该消失了，让他随着北极光消失吧。她偏不听，大着肚子还是坚持要去。”迪纳叹了一口气慢慢地说起那天发生的事。

那天我从矿上回来，母亲告诉说，我在矿上这十四天里，晓雪每天都在店上，晚上很晚很晚才回家。我听了很生气，来到店里我让她跟我回家，她说还早，她埋怨我说：‘你就想回家和我亲热，孩子已经五个多月了。’她不愿意我靠近她，说是会伤到孩子。其实我本无此意，但是赌气的我就说了她：“我们梅提斯人祖祖辈辈都这样过来的，就是要生产了还可以同房呢！你为什么就不行？”

她很生气地骂我：“你是野蛮人，我不跟你说！你要这样我就住在酒吧里不回去了！”

当时酒吧里的朋友们都笑话我，他们把我拉到一旁喝酒，那晚喝了很多很多，朋友又拉着我到屋外去抽大麻，我们酒吧里面是不能抽烟的。晓雪发现了，她很生气地冲出来和我争执，不让我抽大麻。当时朋友们都在开我的玩笑，说是梅提斯人的脸都被你丢尽了。我当时很生气加上吸食了大麻，便挥手打了她。她惊呆了，本能地扑了上来，我又用手推她，她重心不稳往后仰倒，摔在台阶下面，当时就血流不止。我吓坏了，赶紧送医院，已经晚了，医生告诉我孩子没有了。我在心里告诉自己我也将失去晓雪了。

要是那天是冬季就好了，有雪铺在地上晓雪就不会摔倒，雪会托着她。我好后悔好后悔，在医院里晓雪哭着告诉我那段话，我至今都记得。

“我恨你！我恨你！你把我们的孩子弄丢了！还我孩子！我一直等着你回来，希望你来接我回家，我也想你，我想要你！我希望看到你更浪漫些，而不是那么直接，这么多年了你都不了解我，你永远不懂中国女人心里在想什么！你把我们的孩子弄丢了！我会恨你一辈子的！”她哭了，我也哭了，那一刻我就知道我注定是留不住她了，也许以前还没有来得及走进她的全部世界，就在她要接受我的时候，我又伤了她！今后再要她接受我就更困难了。”

从医院回来以后，她像是又变了一个人，又回到她原来的世界里，脸上的笑容越发少了。听我母亲讲，我不在的时候，她总是拿着我母亲给孩子做的那些梅提斯人的绣花衣服落泪。我回到家里她很排斥我，不让我靠近她，那段时间我似乎也缺乏了耐心，我花更多的时间酗酒，大麻也不能麻痹我的神经，我吸上了毒品，这在梅提斯人中很寻常，但对于晓雪来讲是无法忍受的。又有一次我在不能控制自己的情况下又打了她，这一次彻底伤了她的心。

就这样她没有再回到我们的小屋，而是直接搬到了酒吧后面的小屋里，我也去劝说她，她说：“让我们还是做回朋友吧！这样我不会对你有要求，你可以按你们梅提斯人的习惯生活，而我们还会好好相处。我知道只要我有困难，你依然会帮我的，不是吗？”

就这样我们离了婚，她没有像这里加拿大法律保护女性条款那样分走我的一半财产，她一分钱都不要，也不需要我支付每月的赡养费，她说她欠我很多，只想我们以后还能成为朋友，而不是像杰瑞那样。我说我会永远是你忠实的朋友，我会永远守护着你的。

“So.”说到这儿，迪纳耸耸肩打住了。

“So？”林月汐希望听到下一句，她看着迪纳。

“So，我们就这样成了好朋友，仅此而已。”迪纳脸上浮现出和自己年龄不相符合的孩子般的微笑。

到了该和迪纳说道别的时候，迪纳也准备开车外出，砂雨问迪纳要到哪里去。迪纳诡异地笑着说：“明天雷子要回来了，我再去帮帮晓雪，明天就不去了。”

上车以后，林月汐对砂雨说：“我们也去吧，明天就要走了，也许见不到雷子了，但也应该去告别一下，如果有机会也和晓雪聊一聊。”

“汐姐，我猜你是想再听听晓雪说说她和迪纳的事儿吧，昨天店里来了客人你们没有聊完。汐姐，你怎么看待晓雪和迪纳之间的这段感情呢？用你们女人的眼光。”砂雨揣摩着林月汐的想法。

“有人说爱情是最好的疗伤剂，是的，但是对于像晓雪这样已经有很深创口的人来讲，岂是能用爱情就轻易愈合的？彼此都很脆弱，稍微不注意就是再一次撕裂，那将是更加痛楚的伤痕。对于晓雪来讲，迪纳无疑是最合适的一个，他的出现无法替代，晓雪也需要这样的支撑，但是没想到还是这样的结果，这样的结果在他们之间迟早要发生，但好像是早了一些，其实迪纳真是一个不错的小伙子。”

“是的，我们第一次见面是打架，后来反倒因为打架成了好朋友，因为我们之间有一个晓雪。现在到了冬季我总是往返于温哥华和耶洛奈夫之间，每次来都要看看晓雪。迪纳只要不在矿上的时候，他大多都在晓雪这里帮忙。他现在更像是晓雪身边的亲人。”

三十五、夜归

这几天林月汐的耳边灌入太多关于晓雪的故事，当然不能没有杰瑞和迪纳，每到夜深人静的时候，她脑海里就会不断地闪烁着各种碎片化的场景，她尝试着用手去触摸，轻轻地扒拉着，把它们嵌入到不同的时间里，如同中学时翻玩的魔方一样，时有错位，她努力地把它们按自己的理解去还原，不知不觉竟爱上其中每一个人。他们都曾炙热，也都曾错失。晓雪犹如他们手里捧着的珍宝，越是想把她攥在手里，却总是不小心或是不得已地把她重重地摔在地上。

汽车停在了龍酒吧的门口，晓雪打开车门裹紧衣服冲了进去，屋外是零下30多度，穿着厚厚的“加拿大鹅”都抵不住寒冷，屋内的晓雪穿着一件粉紫色的T恤，身体的曲线恰到好处地舒展着魅力。

下午两点，店里客人还少，平常这是晓雪备餐的时候，她会精心准备晚上的下酒小菜，鱼皮花生、蛋酥花生、怪味胡豆什么的，越辣越有人喜欢。下午茶的时刻，那些梅提斯女人也都结伴来喝喝茶，名为喝茶，实际上是想来看看丈夫们回家说起的好吃东西是啥味道。对于这些梅提斯女人的心思晓雪心知肚明，她也不吝啬，还会告诉她们怎么做，有时索性让她们看着自己做。一来二往的这些女人成了晓雪的朋友，来晓雪这里坐一坐倒还真的成为她们沉闷生活中的一个乐趣，每次来她们也会给晓雪带上点梅提斯人的小玩意儿，哪怕是一把自己栽种的迷迭香，或是自家做的一盘烤肉。从那以后，男人们晚上喝了酒回来只要说是在龍酒吧喝酒，女人们也不再是骂骂咧咧的了。当然迪纳也是晓雪和梅提斯人之间最好的润滑剂。

推门进去，迪纳正高兴地和晓雪说着什么，其实话题不用猜也知道的。晓雪给林月汐打着招呼：“他又给你们胡说八道了吧？不要信他的。”晓雪娇嗔地看着迪纳说着，“等着，我给你和大哥沏茶去，不要老外的，咱们喝‘碧潭飘雪’，咱们成都的茶。”

林月汐好像无法启齿再问晓雪什么，因为晓雪已经告诉她很多，除非晓雪自己愿意再讲。于是她问起晓雪什么时候回国，她和柳溢会请她吃顿饭，这样的缘分毕竟难以遇上。

“是的，我应该回去看看我妈妈，看明年五六月份吧，是这里的旅游淡季，我要回去就和你联系，我们加上微信吧。”

“你上一次回去是什么时候呢？你开了这家餐厅倒变得更忙碌了吧。”

“是的，这个餐厅很耗费时间，原来我并不想拿下它，几年前原来的老板看见我把酒吧做得风生水起的，他就想让我把它买了。他平时也不怎么赚钱，所以不想做了，我当然是不想做的，还是迪纳说我：‘拿下吧，有了这个店你心里也就不会天天去想那些不愉快的事了。’后来我才明白他就是想用这个店把我拴在这里。我说一是没钱买，二是等我把钱还完就要离开耶洛奈夫。他说不碍事，钱可以找银行贷款，他去给银行谈，就用店作为抵押；如果我以后想走，把这个店再卖了就是了，一点都不耽误。反正我怎么也要在这里待上三年时间，这样有自己的一个店多好，省得总是给人家打工。就这样拿下来了，迪纳很上心，他叫上几个朋友一起把小店重新装修了一遍。我给它取了一个名字叫龍酒吧，霸气点，把那些妖魔鬼怪全部镇住。”晓雪笑着说。

“这么多年这个店把我拴住了，第一次回去是和迪纳结婚后。我结婚我妈妈没来，从我们那里来这里太不方便，光转机都要转三次，我母亲一个人不行，只有我回去。但我和妈妈每周都要QQ聊天的。那时还没有微信，现在有了微信就好多了。我提前给妈妈讲了迪纳，当然没讲我受欺负的事，就说他很爱我，人也很好。妈妈总是不太相信，总觉得老外男人毛手毛脚的。但母亲不愿意归不愿意，主意还是我自己拿，母亲也尊重我。结婚后我们回去了一次，迪纳很懂事，也很礼貌，母亲倒也喜欢上了，就是语言不通，我们总是笑话他，他很尴尬的样子。”

“那你为什么还是要和迪纳离婚？即便孩子没有了，你们还可以再怀上的。”林月汐鼓起勇气问道。

“孩子没了是一个因素，当然是最重要的因素，但我不能接受的还有很多。当时我想过，也许不会再有男人会给我那样的温存和享受，有时候他真的让你痴迷，你会通宵享受着他的缠绵和爱抚，他从来不会留给你一个背影。但是我无法接受他们的生活方式，他们酗酒、吸毒、酒醉后打女人，这些问题只会随着婚姻生活的持久越来越严重。不喝酒的情况下，迪纳会很理智，但是喝了酒他偶尔也会打我，就像他父亲打他母亲一样，这是我不能接受的。我时常看到第二天早上他母亲脸上的伤和暗自的泪水，也许这就是我的未来。”晓雪先是迷离的双眼逐渐变得坚定起来，“作为朋友迪纳是非常合格的，我们离婚了反倒彼此都放松了，如同现在这样他总是帮助我的。雷子不喜欢，所以他选择在雷子不在的时候来这里。”说着晓雪笑了起来。

推门进来几个游客，日本的客人，导游认识砂雨，他们聊了起来，晓雪也起身去接待客人去了。

林月汐听砂雨讲过，耶洛奈夫的今天和日本人的推广有很大关系。一个极其寒冷的高纬度地区，交通不便，人口极少，在 20 世纪也经历过狂热的淘金热，过后耶洛奈夫一度陷入荒凉，虽然其他矿业开发成为这里的支柱产业，但是恶劣的天气却又制约了矿业的开发。二十多年前，一个日本人背着行囊来到这里，他不会英语，人家问他来做什么，他只会说：“欧若拉、欧若拉！”欧若拉是拉丁语北极光的意思。在这里最不缺的自然是欧若拉，于是几天后他心满意足地走了，接着很多日本人来到这里，后来就有了第一个由日本人开的旅游公司，但做的却是欧洲人的生意，一时间耶洛奈夫的极光之旅变得越来越热。现在耶洛奈夫已经是全世界最有名的观看北极光的地方了，这几年来旅游的中国人也越来越多了。

看见晓雪忙了起来，林月汐和柳溢起身告辞，因为明天就要回温哥华了，于是林月汐预约了晚上到这里来吃晚饭，当然少不了预订几道地道的四川菜。

入夜，砂雨接到柳溢和林月汐，问到今晚还是守候极光？林月汐说不了，来了三天，能看到一次极光，已经是很幸运的了，做人不能太贪心。加上这个时候也是早了些，看极光通常是后半夜，不如就到湖边看看雪、月亮还有那满天星星吧。

湖边的雪景简单，但仿佛百看不厌，月色下冰湖上星星点点地发着光亮，像是在和天上的星星呼应。因为是湖面，雪面平整光滑，即便有车辙的印子，也像是在车辙印上喷撒了一层厚厚的雪，如果多放两天这车辙怕是也会被掩埋起来。

林月汐用戴着手套的手捂着耳朵，这景致让她想起余光中先生的诗《绝色》：“若逢新雪初霁，满月当空，下面平铺着皓影，上面流转着亮银，而你带笑地向我步来，月色与雪色之间，你是第三种绝色。”这活脱脱地就是眼前这个景象，她甚至想着要是余光中先生能到这里来看看，写出的诗怕是会更加深刻吧。

砂雨知道林月汐满心喜欢这冰湖上的雪，洁白之中流转着亮银，但生活却总要在破坏中进行：“汐姐，再有几日你现在看见的这表层的雪就要被推开，下面是更加坚硬的冰，下个月这冰湖上就可以开大货车了，那些往戴维克矿上拉物资的车将从这里出发。”

“这冰层能承受得起吗？”柳溢更关心冰层的承受能力。

“现在每天政府的市政部门都要来检测冰层厚度，一旦达到要求便会有铲雪车来铲去浮雪，也要摆上些路标以免大货车在夜晚行驶时迷路。这条路一直通往300公里以外的戴维克钻石矿，一年要用的设备、食品、生活用品都要从这里运到矿上，我们这里把这条路称作冰湖公路，从每年一月开始，接下来的十周时间里，大车会源源不断地开到矿上，这些车都是五六十吨的大货车，雷子就是开这种大货车的，他这不正是在赶回来的路上吗？回来休息几天就快要开路了。”砂雨对这里的情况很了解。

“从这里开到矿上要多久呢？三百公里应该一天就能打来回了吧？”柳溢当过汽车兵，似乎很熟悉。

“不行的，这是利用天然冰湖行车的道路，车速不能太快，一般都是每小时二十公里的速度前进，沿路还有养路工人守护，如果冰面达不到厚度，就要洒上水加厚冰层。还有这种冰面很伤轮胎，在冰上轮胎被尖利的大冰碴划伤的很多，如果要是摊上换轮胎那就惨了。”

听到这些柳溢像是更感兴趣些：“这条路怕是没有几个中国人敢开吧？听着好危险的。”

“是的，这条路要么是专业资深的老驾驶员，要么就是在这里成长的梅提斯人，像雷子这样的中国人就要带上助手，两个人一起上路。这不也是晓雪让迪纳帮的忙吗，原来雷子在温哥华开车，那边开车的人多，竞争大，运输公司也总是欺负这些移民身份的人，雷子总是派不上活儿，他听人家说这边有矿，任务多就来试一试，没想第一次来就遇到晓雪，一来二往的就熟悉了。晓雪便让迪纳去帮忙找大酋长的那家运输公司把雷子收了，就是晓雪欠债的那家公司，他们掌控着大半个西北地区的运输任务。迪纳躲不开晓雪的央求，就这样雷子便在这里开上了大车，害得还总被他们的朋友们笑话，说是把情敌给安排到了自己心上人的身边。不过迪纳不在意，只要晓雪高兴就好。每到夏季和秋季，雷子便会把货从 BC 省和阿尔贝特省拉进耶洛奈夫，到了冬季就往矿上拉。”

“可惜这次见不到雷子了，我们明天上午就走了，迪纳说雷子要明天才回来，看来只能留下遗憾了。”

冰上的寒气驱赶着他们，没有人能在这零下 30 多度的地方待上很长时间。他们驾车离去，来到龍酒吧，今天是在耶洛奈夫最后的晚上，大家说好要在这里好好吃上一顿饭，让对这里的喜欢深入到胃里。

店里已经有了不少客人，晓雪专门把靠窗的最好位置留给他们，头顶上是黄白色的捕梦网。

才坐了一会儿，晓雪像是变戏法一样就摆了一大桌子菜，自制的麻辣牛肉干、回锅肉、水煮鱼片、鱼香肉丝，看着就像是在成都的餐厅一样。柳溢让砂雨给迪纳打电话一起来喝酒，这当然是迪纳求之不得的。

“少让他喝点，别看他天天喝，其实梅提斯人的酒量都不行，喝一点就像是喝了几斤一样的，你们别劝他。”晓雪一边开着酒瓶，一边打着招呼。

迪纳一开始就提议为晓雪干杯，晓雪瞪了他一眼：“真没把自己当外人？这是人家三位吃饭喝酒，邀请你参加，你倒好，把自己变成主角了？一会儿我可就要招呼客人去了，你们慢慢吃。”晓雪并不领情，倒是自己倒上一杯酒，说是要敬来自家乡的朋友。

对于迪纳来讲谁敬酒、敬谁酒都一样，只管大口喝酒就好。到了酒吧上客人的时候了，柳溢他们还在喝酒，大家兴致都正高着，就连林月汐也喝了好几杯酒。迪纳真没把自己当客人，一会儿走到朋友们那里去喝上一口，一会儿又回到柳溢他们这里喝上一杯，直到自己东倒西歪坐在沙发上。

就在大家准备离去的时候，餐厅的窗被外面大车的灯照得透亮，把正在门口送客的晓雪身影拉得很长很长，大车没有灭掉灯的意思，看起来更像是在给送客的晓雪照亮路。

“应该是雷子回来了。”砂雨给林月汐说着。

“迪纳在这里，不会有事吧？”林月汐担心起来，她凝视着餐厅门，像是在迎接远处而来的风雪夜归人。

大货车车顶的灯光格外亮，一个身影拉开车门跳了下来，地上厚厚的积雪犹如软软的海绵托起冲力，那个身影迫不及待地朝着被大灯照亮的晓雪走去，发动机的热气升腾起白雾，两个拉长的身影叠加在一起，这个场面让人好生羡慕。

“快进去！你穿得太单薄了！”那个不见得高大但很坚实的身影裹卷着冷空气和纤弱的晓雪一起冲了进来，隔着距离林月汐都感觉到那股寒气。

“我看见你站在门口不进来，我着急的，车都没停好就赶紧跳下来了，我知道你不见到我是不会进去的。”说着那人在晓雪的耳边亲吻了一下。

循着酒吧里的灯光，进来的人看见了砂雨和柳溢他们，走过来和砂雨亲热地打着招呼，像是好久没见的老朋友。砂雨赶紧给柳溢和林月汐介绍：“这是晓雪的先生雷子，这是晓雪家乡来的朋友，这是柳溢大哥，这是林月汐姐，这几天天天在晓雪这儿玩，明天他们就回温哥华了，今晚来道别的。”

“雷子，你好！我们是跟着砂雨到这里来看极光的，没想到在这里还遇到四川老乡了。晓雪太厉害了，把中餐馆都开到黄刀来了，四川菜也做得好。这两天总听她说起你，说起你的大拖头，说起你把大半个加拿大都走遍了，太羡慕你了！不是说你明天才回来吗？原以为这次见不上你了。”柳溢马上就和雷子聊到了一起。

“是的，原来是该明天回来，不是心里老惦记着晓雪这边吗？所以和徒弟商量一下，我们就没有休息连轴开了回来。”雷子没想到新朋友对他们这么了解，一时间反而不知道说什么了。

“听说你过几天就要上冰湖公路去戴维克拉物资了，好羡慕你啊！如果下次有机会跟你去体验一下冰上公路的感觉。我这辈子就羡慕那些开大拖头的男人们，坐在高高的车头里，那速度就没有下过 120，在高速公路上完全无视我们这些开小车的。”柳溢越说越来劲，“林月汐你知道吗？他们这大车里面什么都有，床、做饭的炉子、冰箱，基本就是一个小套房了，我以前还看过一部美国大片，那些开大车的在州际公路上狂飙，身边全是美景啊！当时就让我感叹不已，天天在旅游啊！”

“那片子名叫《卡车司机》，我也看过，我也是因为这部片子的影响才去考了大货车驾驶牌照的。等考上以后才知道不是那么回事，你还要和你的老板关系好，他才会给你派活儿，不然你就连还车贷的钱都挣不到。”说话间雷子看见坐在对面角落里和原住民一起喝酒的迪纳，他站起身走了过去。

“不会有事吧？”林月汐倒吸一口气担心地问道。

对面早就注视着雷子的迪纳也起身迎了上来，雷子接过晓雪正端着过来的一杯酒，两人干杯喝干了杯子里的酒，互相道着好，林月汐听不清他们聊着什么，但看得出来彼此没有敌意。

“汐姐你放心吧，在国外待久了的人都习惯了老外的处世哲学，雷子也知道是迪纳一直在帮晓雪，即便是离了婚他们依然是朋友的，再加上雷子能在这里开大货车也是迪纳帮了忙，要不雷子哪那么容易就在这里立下足了。”砂雨一点都不担心，因为他知道彼此的关系，“不过，只要雷子回到这里，迪纳就基本不到酒吧来，说不清是怕自己酒后失态还是看不惯雷子和晓雪的亲密状态。”砂雨最后笑着说。

“我看怕是后一个原因吧，这几天我的观察是迪纳挺把自己当成这里的主人的，也特别在意晓雪的一举一动，真是令人羡慕，一个女人能让离开了自己的男人如此放不下，我好像也是第一次见到。”林月汐羡慕地说着，但是在她的脑子里雷子的形象依然模糊。

雷子打完招呼又回到这边坐下，晓雪已经端上了专门给他和徒弟做的大肉汤面和下酒的肉菜：“你吃了饭就回去洗个澡早点休息，这两天很累吧。”晓雪也不管大家会不会笑话，她给雷子安排着。

“不用，顺便我和砂雨他们聊一会儿，好多天都听不见乡音了，我等你一起回去，不然你又会搞到很晚才回家。”雷子知道这种逼宫的方式会有效些。

出国的人遇到朋友，聊得最多的总是自己这些年的奋斗经历，雷子也不例外："不怕你们笑话，我家里条件本来就不好，但心里就是不甘心，看见高中同学、大学同学都出了国，我就给我爸妈讲，我一定要到国外去读研究生，我只需要你们给我支付一年的学费，生活费我自己到国外去挣。其实我就是想出来以后在这边找一份工作不回去了，这也是一种不花钱移民的方式。这些年也吃了不少苦，走了不少弯路，不过现在好了，有了老婆，有了家。"雷子一下子变得健谈起来，和很多成功的技术移民一样，他们会讲出自己的成功绝不是用钱买来的，哪怕还谈不上成功，也算是自己挣来的一份天地。

雷子刚出国的时候希望不要给父母增加压力，少不了要去找一份工作。出来以后才知道，要想取得合法打工资格也是有条件的，一是不容许刚进学校就打工，二是成绩必须要达到合格的标准，也就是说，你不能直接以打工的名义来到国外。所以雷子只能从打黑工开始，黑工就是在餐厅当个服务员什么的，工资要比那些正式的餐厅员工低很多，还没有保障。但为了挣生活费也就顾不得了。在餐厅工作也让雷子学到很多，只要是听到人家在议论打工什么的，雷子总是竖起耳朵听人家说什么。

九个月以后可以找一份正式工作了，雷子就想找一份有些技术含量的工作。还好在餐厅打工时遇到一个香港来的老移民在聊他的修车店的事，他自己有一个工作室，专门修车和保养汽车，因为收费便宜，很多中国人都愿意在他那里修，只是他一个人也没有一个助理，每次来吃饭就听见有人给他打电话预约修车，但往往要等到一个月以后才能预约到修车，听起来倒不是技术问题，而是他一个人应接不暇。雷子悄悄记住他订餐时留下的电话，给他打了电话做了自我介绍，说是每周可以有三天上班，跟着他学技术帮他干些粗活，工资不在意，老板看着给。老移民一听也是一个不错的选择，就欣然同意了。

在修车行上班后，对雷子来讲收益很大，比起在餐厅端盘子，这就是技术活。这些年人们越来越多地依赖于现代化和智能化的东西，结果人就变得越来越傻。人们学会了开车，却废了自己的腿，也废了自己的手。小时候骑自行车爆个胎、断个手刹还知道自己动手修一下，现在越是开上好车就越不会动手了。没过几个月的时间，雷子就能自己修车了。在这段时间里他还认识了好几位开大货车来保养的中国人，等待修车的时候他们总和雷子聊起他们开车的趣事，这也算是后来雷子决定去考大货车驾照的原因之一。

无论是刚开始在餐厅打黑工，还是后来去修车行修车，再到最后开大车，对于雷子来讲最主要的收获是战胜自我。大多出国留学的都要互相攀比，没有几个家徒四壁的人会出来留学，所以打工在学校里还是需要有勇气，需要战胜自我。对于雷子来讲第一道壁垒就是不去交那些和自己经济条件不匹配的朋友，第二就是不要去攀比，自己就是自己。所以雷子不乱交朋友，保持精神上的清贫。

在那段时间有两个人对他触动也是蛮大的，更加坚定了自己的想法。一是在餐厅打黑工的时候，有一个四十岁左右的男子，他和雷子情况相似，是研究生才考出来的，专业是艺术鉴赏与评价。在国外你融入不了人家艺术品的主流圈层，当然你的专业度也是不够的，自己又不甘心回国，于是索性在餐厅做了全职的工作。试想，天天端着十多斤盘子的手臂还能握得住墨笔而不抖吗？这是毁了自己的专业，但是毁了还有饭吃，还能养家糊口，但天天握着笔未必能画出自己的未来。

另一个是在帮着客人去加油的时候在加油站遇到一个中国人，互相见面就像遇到亲人一样聊了起来，那人看着年龄也不算大，但在国内已经混得相当不错了，出国后却只能当加油工，严重的心里落差使得他只要是遇到中国人就会喋喋不休地讲自己的遭遇，自己原来是在一家大型混合所有制集团工作，出门出差都是坐头等舱，酒店都是五星级的。也是为了给孩子一个好的未来，于是一家人办理技术移民来到这里。就像中了邪一样，无论如何应聘总是无功而返，所以后来只能去油站当个加油工。

雷子终于拿到了大车驾照，以出国留学为跳板，以申请工作拿到绿卡为目的的第一步算是走成功了，但这并不意味着雷子就能赚钱了。雷子的任务总是不饱和的，拿不到饱和的工资，雷子就无法支付银行贷款。后来在修车师傅那里听说耶洛奈夫这边矿业多，运输任务也多，于是雷子开车来这边谋生。

雷子是幸运的，第一次来到这里就遇到了晓雪，也是在这家门口亮着“龍”字的酒吧里，当他告诉晓雪他想来这里找工作时，晓雪义不容辞地就答应了帮忙。后来他知道这是迪纳在背后出力，所以这些年他对迪纳心怀感激，但心里多少也有些介怀迪纳和晓雪以前那些事，尤其是在婚礼上他们两人居然还在酒后大打出手。当然他们后来也冰释前嫌，但要说雷子心里一点疙瘩没有是不可能的，他是怕迪纳在喝了酒后又做出什么不理智的事来。

柳溢似乎更感兴趣冰上跑车的事，他总是好奇在路上会发生什么情况。

“路上最怕的是车胎坏了，特别是在这种极寒天气下，如果遇到冰面有些硬物就容易爆胎。出了问题最难办的就是换车胎，湖面上基本都是七八级风吹着，加上零下三四十度的气温，人在外面待上几分钟就会被冻僵手脚。所以最好的办法就是保持小心慢速行进。”

正当他们聊得起劲的时候，迪纳倒过来催促他们了，他让晓雪他们先走，他留下来守着酒吧。这个建议晓雪采纳了，因为她知道雷子应该早点回家去休息了，她也需要他。雷子已经走了一个星期，在她眼里好像一个世纪那么长，她渴望被爱包裹……

三十六、谜

回酒店的路上，林月汐一直无语。柳溢不乐意了，他说林月汐："小汐，你这又是怎么啦？雷子也见到了，人家两口子圆圆满满地回家相亲相爱去了，就说迪纳吧，人家虽说是心里在流着血，也算是深明大义地说，我来守着酒吧，你们回家去吧！你怎么不替人家高兴，反倒不言不语的了？"

"是看起来圆满了，但在我的心里还有一个谜，那就是杰瑞现在怎么样了。砂雨，我猜你是知道的，但是你从来不说，就好像杰瑞真是人间蒸发了一样。让我猜想一下，我想杰瑞的结果会是不好的，但也不至于太坏吧？毕竟他不是实际犯罪人，他最多就是一个他父亲贪污受贿的受益人吧？这么多年了，他应该早已自由了，但是晓雪已经这样了，他也就不便现身了，我说得对吗？"林月汐说出了她心里想的，她坚信她的猜想是正确的。

砂雨沉默了半天没有说话。

"汐姐，你的眼光一直是那样犀利，如果是我，我宁愿就只是看到眼前的这一切，而不再去深究那些已经远离的东西。如同晓雪，她心里也一直留着这个谜，她曾问过我，但我从未改变过答复，杰瑞在北京找了女朋友，已经结婚了，你们之间真的结束了。我看得出来她依然有疑惑，但不选择相信又有什么办法呢？"砂雨无可奈何地说着。

“既然你选择了告诉我杰瑞离开晓雪是因为他回国救父母而失去了自由这个事实，那再告诉我杰瑞最后的情况也是应该的，因为即便杰瑞是我唯一一个没有见到的当事人，但我的心也一直被他的另一种不幸所担忧着，八年过去了，他也应该早就自由了，也许他过得并不好，但自由对他更为重要。你放心，明天我们就会回温哥华，我不会告诉晓雪，我知道你这么多年守口如瓶不外是信守着对杰瑞的承诺，不要告诉晓雪真相，不要打破晓雪现在的幸福。”

“汐姐，现在已经很晚了，明天早上吧，我过来陪你们一起吃早饭，然后我把我知道的都告诉你。你们也早点休息吧。”车子停在酒店大门口，林月汐和柳溢挥挥手和砂雨告别。

晚上，林月汐无法入睡，她好生心疼，这一次不是为了晓雪，而是为了杰瑞，原本她不喜欢杰瑞的地方太多，不喜欢他即便是在晓雪身边时也不知道好好爱惜；不喜欢他总是听命于他的母亲，当晓雪被欺负时不敢大胆地说出一个“不”；不喜欢他父亲的贪婪、他母亲的骄横。但杰瑞最后的选择是林月汐没有想到的，傻到竟然自己跑回去帮助他的父母，他哪里知道当他父母做出那样的选择以后便没有人能够帮助到他们，他不行，他父亲的班长也不行。

直到第二天凌晨，林月汐才带着满脑袋的问题倦怠地睡着了。柳溢睁开眼看着窗外已经大亮，平时早起的林月汐此时似乎睡意正浓，柳溢忙不迭地叫醒林月汐：“快点！你今天怎么啦？不要忘了今天中午的飞机，人家砂雨怕是已经在楼下等着我们了。”

好在东西昨晚全部收拾好了，林月汐和柳溢以最快的速度洗漱完毕冲下楼，果然，砂雨已经在楼下等着他们了。

餐桌上摆满了林月汐喜欢吃的东西，但她的注意力全然不在早餐上，她更想听砂雨讲杰瑞后来的故事。

砂雨要了一杯浓浓的美式咖啡，呷了一口，慢慢地说起了后来发生的一切。

其实这个结局也在我心里压了很久很久，我何尝不想说出来，但即便说出来能改变已经发生的吗？不能，只能是让更多的人更加痛苦。说实话，当我再见到杰瑞时，我整个人也惊呆了。砂雨用很慢的语速讲着，看得出他内心的纠结和不安。

那是杰瑞消失后的第二个春节，我依然带着家人回国看望父母，返回加拿大之前少不了带孩子到北京，去参观故宫和长城。一天晚上我回到酒店不久，QQ 里弹出了一个名字叫“恋雪”的留言：“砂雨，看到你发的在故宫的照片，你有空吗？我想见见你！”

平时已很少用 QQ 的我怎么也想不起来这人是谁：“可以啊，您是哪位朋友呢？”作为导游的我也常加一些客人的联系方式，所以我还是礼貌地问了一句。

“我是杰瑞，我现在也在北京。”

“杰瑞！你好！我们随时可以见面，你说什么时候？”

这次见面对于两个人都很迫切，一小时以后我们坐在了一起。杰瑞变得苍老了些，对于他这个年龄，我本不该用“苍老”两个字来形容，但除此之外实在是想不出其他的词汇来。他很瘦，显得更高了，抬头纹像刀子刻出的一样深，还有少许白发，看见我而从脸上挤出来的笑容是那样刻意和勉强。

我们用力地拥抱在一起，不是为了彼此较劲儿，是为了彼此传递一种力量，我想起码他是需要的。

分开后我们沉默了几秒钟，似乎都在等对方开口，却都不知道该先说什么。因为每一个话题都不会轻松。

“我才放出来，不到一个月吧，在里面整整待了1年零42天。”杰瑞说话时低着头，像是在刻意回避和我交流眼神。

“为什么？为什么把你关这么久？”我当时很想多问几句，但无论说什么都是一种伤害，也许会不慎揭开杰瑞正在愈合的伤疤。

“说我涉嫌占有了我不该得到的贪污款，我父亲的案子牵连的人很多，我和我母亲也是其中之一。”

“回来就好，回来就好！”说真的，当时的我真不知道该说什么。

“其实我不愿出来，在里面已经麻木了，甚至早就不再计算时间了。”杰瑞停顿了一下，“因为我出来就意味着我父亲的案子就要宣判了，我不知道这对他是好还是不好。”这理由听着让人心酸。

“你母亲也回来了吧？”我鼓足勇气问道。

“我母亲比我早出来，她在里面疯了，精神出了问题，直接就送进了医院。我也是出来那天才知道的。他们给我谈话了：你父亲的问题已经基本调查清楚了，一部分钱通过你的账号汇到了国外，这部分账款我们已经在你的配合下划回了国内，你可以回家了。你的母亲在接受调查期间精神失常已经送进了医院，现在正在接受治疗……”杰瑞原本麻木的脸上挂着眼泪。

我窒息到无法往下接话，因为说出来的每一句话对于杰瑞都是那样不堪。

“我去看了母亲，她一会儿认识我，一会儿又不认识，认识我的时候，她说：‘儿子，爸妈对不起你！你去找晓雪吧，我不该那样对她，去吧，快去找她！’不认识我的时候就喃喃咕咕地说：‘我有罪，我不该让老丁去贪钱，我有罪！’我听护士说她总爱念几个名字‘小勇、晓雪、建国’，还常念叨不要回国，安心读书。护士问我：‘你是小勇吧？你为什么不早点回来看她？早点回来也许她会好起来的。’我不知道该怎么回答才好。”

杰瑞长叹一口气。

“晓雪呢？我都有点不敢问了，当他们把打印出来我在国外账户上的清单让我签字时我惊呆了！我看到晓雪一分钱都没有动，酒店的房费、给大酋长的费用都没有支付，我想肯定是晓雪还没有来得及支付我的账号就已经被冻结了，我不敢往下想晓雪该怎样渡过这个难关啊！”杰瑞的脸因为痛苦而扭曲着。

“是的，晓雪当时的情况比你想象的还要糟糕，车祸晓雪被判还要承担受伤者几万加元的赔偿，这几笔费用足以把她压垮。我三个月后收到你的预约邮件后第二天就飞到耶洛奈夫了，还算幸运我在一个酒吧里找到了晓雪。”

“什么？晓雪在酒吧！”杰瑞突然提高了嗓门，身子往前倾抓住了我的手。

“是的，酒吧里遇到晓雪，好在她的身边一直有一个保护神，他叫迪纳，说你们认识的，在戴维克矿上接待过你们，是他帮助了晓雪。就在你回国消失后不久，他在街上的超市里发现了被困在耶洛奈夫的晓雪，也知道了晓雪当时的处境，他用你母亲当时给他的辛苦费给晓雪请了一个律师去解决车祸的事，他也担保帮助晓雪给酋长的公司和车祸受伤的人签了分期还款的协议。这些协议规定，晓雪在没有还清债务之前不能离开耶洛奈夫。”

“我还记得他，不错的一个梅提斯人。”杰瑞像是还想说什么，但又停顿了。

“是的，就在我回国前他们刚订了婚。”我知道这是必须要让他知道的，固然是最为痛苦的消息。

“什么？晓雪要嫁给那个梅提斯人？！为什么？她即便是不等我，也不该嫁个外国人啊！”杰瑞的脸变得狰狞起来。

“杰瑞，你不要忘记了是你让我告诉晓雪不要等你的！是你让我告诉晓雪你已经在北京找了一个部委领导的女孩就要结婚了！是你让我告诉晓雪你们之间不合适的！如果你觉得这不够，我再告诉你晓雪都遭遇到什么时，你不会再说晓雪为什么要嫁给一个梅提斯人，而且还是你们都认识的迪纳！”我本不愿意再给杰瑞增添更多烦恼，但如果不说出来，杰瑞还会怨恨晓雪，晓雪不应该承担这么多责难。

就在那天晚上我毫无保留地把晓雪的情况全部告诉了杰瑞，包括车祸最后的认定和贪得无厌的车祸受害者的要求；包括迪纳帮晓雪请律师，为晓雪打架；包括自作主张地把他存放在银行保险箱里的东西在网上卖了，把钱给晓雪提前还了债。

听到这些杰瑞抱着头早已是泪流面面：“是我害了晓雪，是我害死了她，我还可以阻止这场婚礼吗？”

“阻止？为什么？凭什么阻止？你是想用钱来了结吗？你知道迪纳和晓雪结婚就是为了帮助晓雪共同承担尚未还清的债务吗？你知道迪纳和晓雪结婚就可以给晓雪一个加拿大的合法身份吗？你知道不能离开耶洛奈夫的晓雪签证过期已经是非法滞留加国了吗？你是想让晓雪一辈子背上忘恩负义的骂名吗？杰瑞，你怎么还不明白呢？”我同情眼前的杰瑞，但我必须让他清醒，哪怕是用伤害他的方式。

一连串的质问让杰瑞冷静了下来：“是的，我没有能力做到，我甚至没有办法再获得加拿大签证，我更没有钱可以来补偿给迪纳和晓雪，当然我也不会让晓雪背上一个骂名。”杰瑞停顿了片刻接着说，“我只能默默地祝福他们，希望迪纳能善待晓雪，希望晓雪能幸福。”

杰瑞明白自己是无能为力的，在他决定离开温哥华回国的那一天就注定是一个很糟糕的结局，但是为了父母，他不得不做出这样的决定。

“你还会去温哥华吗？你这次到北京是干什么呢？”我问到他今后的打算。

“我现在去不了加拿大了，没有了学生签证，也没有办法开到无犯罪记录，更没有足够的资金证明去申请新的学生签证，何况我母亲这里也需要我照顾。这次是我父亲的班长叔叔帮着联系了一家医院，我带母亲到这里来治疗，这一段时间很有效果，母亲犯病的时间少了，大多数时间是在睡觉和静养。叔叔告诉我，当时他知道父亲的事已经无法挽救了，他们也无能为力，但是现在案子已经结束了，他叫上班上与父亲要好的几位叔叔一起商量了一下，说是一定帮帮我们，帮帮我母亲。叔叔给我介绍了一份工作，还没有正式上班，但专业还是很对口，一家矿业咨询公司，说等母亲好点随时可以去上班。”此时的杰瑞已经完全平静下来了。

三十七、审判

砂雨陷入久久的沉思之中，他不忍把当时的对话全盘托出，因为你很难想象当你面前的一个熟悉的男人被扭曲到让你陌生时，扭曲到让你不忍直视他的卑微时，你会觉得你和他一样落为尘埃，一样有难以启齿的伤痛。每次想起那次见面，砂雨都有一种心痛的感觉，这么多年过去了，他始终守口如瓶，直到今天把这事说出来，感觉轻松了不少。

记得那一刻，砂雨不敢去触探过去的一年杰瑞都遭遇了什么，也不敢问杰瑞未来有什么打算，只能由着杰瑞。

“当我走进看守所的那一刻我就知道我再也配不上她了。我知道我不再会有正常人所拥有的人格和自尊。一年后我身体虽然走了出来，但心却像是留在了看守所里，眼睛里看到的都是灰色调，不再有照亮心里的阳光。后来看到妈妈的状况，我知道我不能放弃，我还有一份责任，我必须承担起照顾父亲和母亲的责任。虽然我不能理解他们为什么这样做，为什么让我来承担这些后果，但是他们在做这些事的时候，想到的一定是为我有一个好的未来，我以前恨他们，现在不恨了，我必须振作起来。”杰瑞的声音很低，更像是在喃喃自语，在我看来他是一种释放。

分手时，杰瑞艰难地叮嘱着我：“不要告诉晓雪见到了我，就当我还幸福地生活着，我既然无法给她带来幸福，就不要去破坏她现在的平静。如果她真能忘记我那就太好了。”

我答应了，但我很痛苦，因为我知道他们俩都很苦，但是现在的状况他们都是无法摆脱的。

汐姐，你知道吗？我明明知道他们依然彼此牵挂着，但晓雪能放下曾经帮助过她的迪纳吗？能摆脱那些债务吗？杰瑞能再黏上那些被他伤得伤痕累累的情感吗？谁都做不到，杰瑞连再踏上加拿大的能力都没有，他现在必须照顾他的母亲，尽管他的母亲曾深深伤害过晓雪，但杰瑞现在是她唯一能依靠的亲人。

我走了，我把身上所有的钱都留给了杰瑞，他的自尊心不容许他接受，但我执意要给，说这是给他母亲购买一些补品的，并不是要给他的。看着他远去的身影，那么瘦高，又是那样渺小。

说到这里砂雨叹着气。

“砂雨，对不起，让你又回忆起这些不愉快的事，所幸杰瑞和晓雪有你这样的朋友。你的痛苦在于你必须保守这个秘密，还要目睹着他们的不幸。就如同你说的一样，如果告诉晓雪你所见到的杰瑞的现状，晓雪一定是不会嫁给迪纳的，但那又会发生什么？真是不敢想象！”林月汐看着表情痛苦的砂雨深感内疚。

是的，我回到加拿大后时常和晓雪联系，问到她的情况，有时候打开微信一边是杰瑞的消息，一边是晓雪的消息，但我却是他们之间的绝缘体，我屏蔽了他们之间的联系。我知道他们也彼此惦记着，起码杰瑞是这样的，我最大的痛苦是即便知道他们的情况也不能说出来。

又是一年以后，2014 年 4 月的一天，我偶然翻看到这样一则消息：北林市原市长丁建国贪污受贿、滥用职权案在北林市开庭审理……法院判定丁建国受贿金额 3562 余万元，被判处有期徒刑十六年，并罚没个人财产 200 万元，被告丁建国当庭宣布不上诉。

我当时想，两年了，总算是落下结果了，对于杰瑞来讲这结果也是早有准备的，在这些数字当中最重要的倒不是那些以百万计、以千万计的大数，而应该是那个最小的数字“十六年”。杰瑞明白这个道理，当你从国家和企业口袋里拿走的数字越大，最终收获的那个数字也越大——刑期，那就是你的报应吧。

我有点担心杰瑞，打开杰瑞的微信，杰瑞的微信名从“恋雪”改成了“念雪”。想必是他把心里的那份恋情也改成思念了吧。

杰瑞的签名是这样写的：“您曾是我全部的骄傲，不仅仅是因为您曾要给我一个未来的世界……如果今天可以用另一种方式归零，我还是把您作为我全部的骄傲，那是因为您把我带到这个世界。”

作为一个儿子，他还能做什么呢？你没办法选择父母，也无法去约束父母的行为，既然享受了他们带给你的利益，那就要承担失去他们的痛苦。

一个月后，我给杰瑞发了微信，简单的一句问候：好吗？杰瑞。

几乎是同时，杰瑞回复了我：我很好，现在在内蒙古的一个矿上工作，帮他们翻译一些技术资料。

过了片刻，杰瑞又发来一条微信：你看到我父亲的消息吗?

一时间我不知道该怎么回答，我迟疑了一下，发了一条：不知道，怎么啦?

他紧跟着发了一条：我可以给你一个语音电话吗?

我的答案当然是：可以!

没有等他打过来，我先给他拨了过去。“谢谢你砂雨，我心里很闷，现在也没有可以交谈的朋友，看到你的留言突然想和你倾诉一下，不耽误你吧？”

“不耽误，你说到哪里去了，好朋友随时欢迎你给我电话！”我依然装作什么都不知道的样子。

“上个月，我父亲的案子判了，十六年，同案的十多个人都判了，我父亲是首犯，最重的一个。”听到这些我竟然语塞了，我不知道说什么，只是轻轻地嗯了一声。

“开庭那天我去了现场，父亲头发全白了，我也是两年多没有见到父亲了，哦，不对，加上我在国外没有回去的时间是三年没有见到他了，他显得很苍老，和他的年龄不相符合。开庭时法官说带被告到庭，父亲走路有点拖着腿，他眼睛一直看着观众席上，我知道他是在寻找我的母亲，但我的母亲病着没有到场，如果到场了，她刚好点的病怕又要犯了。你在听吗？砂雨。”杰瑞听见没有声音在问我。

“杰瑞，我在听，我听你说，把心里压着的都讲出来吧。”

“我爸爸看见了我，他没有在我身边看见我母亲像是明白了什么，他好像更放心了，他应该是怕我母亲看见他如此狼狈的样子。在开庭时，检察院的起诉人念了好长好长的起诉书，几次提到我的名字，因为好多款是从张叔叔那里直接划到了我的账上。那天我的耳朵里像是灌满了水一样，只是听到从很远的地方传来一个个名字和数字，其他的我什么也没听清楚，最后法官问到我父亲有什么要陈述的，父亲说：我没什么要陈述的，事实很清楚，我对不起党的培养，对不起我的家人，我愿意承受法律的任何制裁。”说到这儿杰瑞停下了，隔着大洋我也听到他的哽咽声。

“杰瑞，都过去了，你忘了这些吧，走好你自己的路。”我真不知道该怎么劝慰他。

“砂雨，我真没有想到为什么父亲连一点辩解都没有，也许不会改变任何的结果，但也算是给自己一个擦拭污点的机会吧？他竟然一句也没有解释就承受了所有的指控。砂雨，你明白吧！我多么想听到父亲讲一讲在他走出第一步时也有过后悔，也有过弥补自己的错误，而不是一开始就是一个坏人！他为什么不讲讲监管体制的空缺给了他们太大的权力，如果不及时警示，这种监管缺位还会让后来人犯同样的错误！他没有说！什么都没有说！”杰瑞几乎是号叫着。

“也许你父亲有言不由衷处？也许他想早点结束这场战斗？”我语无伦次地说着。

“就这样，法庭宣布了最后的结果，我看到父亲听完宣判后没有一点吃惊，反倒是释怀了一样的。在押解他出去的时候，他转过身看着我，嘴里说着什么，我听不清，我耳朵像是灌满了水一样，我不顾一切地喊着他，他回头点了点头走了。”说到这里杰瑞好像也真的像是解脱了，声音也越来越小了。

“那个张总呢？他判了几年？”我问道。

“他和我一样，没有判刑，只是罚没了很多资产。他是本案的污点证人，案子结束后我没有再见到他，听说还是在做他的生意。这事我们不怪他，每个人都有权利去争取自己能争取到的自由。”

“你看到你父亲了吗？”

“见到了，上个月在他被送进监狱服刑后我便去看了他，他的状态比在法庭上的状态好多了，居然看见我就笑了，虽然笑得有点勉强，其实就是想告诉我：我已经放下了。我们聊了很久，问到我母亲，我本想瞒他，结果他说他早就知道母亲精神出了问题，从检察机关提供的证词就可以看出，她的证词喋喋不休地重复着几句话。也就是那一刻开始，他决定放弃一切辩解，承担所有责任，他不能再让任何人受苦了。当然主要是指我。也就是在那以后我就被放出来了，父亲已经完全交代和认罪。”

“你现在的工作怎么样？”我想把话题岔开，不要让他总想着这些不愉快的事。

“条件很艰苦，住在矿上，比起加拿大戴维克矿那简直就是天上地下，但我也习惯了。我的专业对这里的工作很有帮助，这是一个开采了很多年的煤矿的尾矿，但开采期还没有到，国家也批准在周边进行探矿，给一定的政策扶持，毕竟有几百号国有企业职工等着吃饭，所以矿上也很依赖于我。我没想到曾经的梦想在这里实现了。”说到这里杰瑞情绪好多了，声音又洪亮起来，听起来和去年见面时的声音判若两人。

“太好了，所以是金子在哪里都要发光的。嗨，这话听着怎么自己都觉得别扭，就像心灵鸡汤一样，反正只要你工作顺心就好。”

“她，她好吗？”杰瑞迟疑了一下还是问了。

“很好，上个月我带旅游团去了黄刀，带着客人去她店里吃饭，精神状态很好的，现在她的龍酒吧也是黄刀最著名的餐吧之一了，只是她舍不得雇人，每天都是她带着一个后厨和一个服务员三个人忙前忙后，基本是从早上 11 点一直干到晚上 3 点才回家。我说了她，让她不要太辛苦了。”

“她为什么要晚上那么晚才关店呢？为什么不早点回家休息？”杰瑞

很焦急地问道。

“这里的酒吧都是晚上 3 点才关门，你知道这里原住民都是这样的生活方式。”我忙不迭地给他解释。

“我知道了，我有一件事想委托你。”杰瑞小心地说着。

“什么事？没问题的。”

“我去年工作第一年，加上年底的奖金，现在存了三万块，不过是人民币，不太多，我想换成加币请你交给晓雪。算是一点点补偿吧，本来还应该多一点的，因为我母亲看病有些费用社保报不了，所以钱少了一点。明年效益好了我会多存一点。”

“我不会给你带的，我告诉她这是谁给的？杰瑞给的？几千加币？这是她心目中的杰瑞吗？你这是要告诉她你还惦记着她？她已经渐渐放下开始了正常的生活，你就不要去打搅她了。这个钱你应该把自己的生活搞好一些，把母亲的病养好一些，这才是最重要的。”我不顾杰瑞受不受得了，一股脑说出了自己的看法。

“是的，我明白了，我不应该再出现在晓雪的面前，就让她把我当成负心之人吧，就当我还是那个纨绔子弟吧。谢谢你提醒我，今天耽误你不少时间，听我诉苦，我现在心里好受多了，砂雨，谢谢你！”

放下电话的我心里并不轻松，但能帮杰瑞分担一些也是应该的。我希望杰瑞能渐渐好起来，就像晓雪一样，即便他们不能走到一起，也应该过好各自的人生。

“好了，这就是杰瑞和他家人的情况，希望对你的写作有帮助。”砂雨长长地叹了一口气，像是完成了一项重要任务。

“你要今天不给她讲清楚，估计回到温哥华还会缠着你的。”柳溢跟着打岔。

“我哪有那才气，就是被深深地吸引住了，要是没有结局那得多闹心啊！我们也该出发去机场了吧？”林月汐看了看表问道。

“时间还早，我们还可以休息一会儿再去机场。”砂雨计算着时间。

“我们去机场不是要路过龍酒吧吗？我想打个招呼，不知道什么时候才能再见到晓雪了。”林月汐总惦记着晓雪。

“小汐，你这有点过分了，怎么天天都惦记着要去看看晓雪呢？还什么时候才能又见到？你以为这里就是温哥华到列治文啊，几分钟就到了？这里是耶洛奈夫，离温哥华可有两千多公里！再也见不到这完全是可能的！”柳溢大叫起来。

“呸呸呸！你这乌鸦嘴，什么叫再也见不到了，我搞不好下个月还来看北极光。”林月汐瞪了柳溢一眼。

“好好好，听你汐姐的，我们去告个别，我也看看雷子在不在，我和雷子挺聊得来。”

十多分钟后，他们收拾好行李退了酒店房间准备离去。几分钟后汽车已经开到了龍酒吧门口。林月汐推门进去，里面没有晓雪，只有店里另一位漂亮的梅提斯美女，看见林月汐到来也是满心欢喜，她知道林月汐和老板是好朋友。

“雪还没有来，刚才雷打了电话说是雪昨晚感冒了，稍微晚一点到，你们先坐一会儿。”美女先给林月汐倒了一杯带着冰块的凉水，林月汐自言自语着：“真是要命了，这零下40度还给冰水，这些老外什么习惯啊！”

“晓雪感冒了？不会是和雷子昨晚疯晚了，起不了床了吧？”砂雨和那美女开着玩笑。

“这是说谁呢？”正说着雷子搂着晓雪推门进来了，晓雪咳嗽着，脸涨得通红，雷子大声地说着砂雨。

“我说怎么来的？你不回来时没见晓雪感冒过，怎么你一回来晓雪倒感冒上了？你说，你昨晚都做了些什么？”砂雨依然开着玩笑。

“砂雨，你别乱说，我就是昨晚开门送客的时候被寒气给逼的，一下子就感冒了，你别乱说！”晓雪瞪了砂雨一眼，意思叫他不要瞎起哄，话刚落音又剧烈咳嗽起来。

“好了，好了，我不说了，开个玩笑，溢哥和汐姐一会儿要上机场了，说是路过来打个招呼。”

“晓雪，这次来认识了你真是太好了，让我觉得在这么远的西北地区有了一个熟人，一个老乡和朋友，刚才柳溢还在和我开玩笑呢，说我看样子是不想走了，老是惦记着龍酒吧，我说等我回去过了圣诞，迎来了2020年的新年，搞不好下个月我又飞过来了。晓雪这个地方天寒地冻的，你可是要注意身体，不要感冒了，你看昨天都是好好的，怎么今天咳嗽这么厉害？”

“没事，我一感冒就是咳嗽，不过没事，我这人身体皮实得很，什么样的罪我都扛过来了，就是咳嗽时间长一点。等你下一次又来这里，到时候我也放下手里的事，和你们一起去看极光——上一次到湖上去看极光都是八年前的事了。”说着晓雪的眼睛里放着光，如同看见那年的杰瑞一样。

两小时后，飞机拉起，飞越了耶洛奈夫的旧城上空，林月汐看见下面的飞行员纪念塔，在白茫茫的大奴湖边特别耀眼。对，大奴湖旁边几百米就是龍酒吧，外墙的木头上涂着橘色和蓝色的涂料，那颜色越来越小，越来越远……

三十八、新年钟声

圣诞节和新年元旦紧挨着，对于那些独处在温哥华的女人们无疑是一年中最为盛大的两个节日。当然最让她们心动的自然是各大商场明亮的橱窗上写着大大的“SALE”字样，女人们恨不得买下所有喜欢的商品，圣诞元旦对于她们就犹如一个大的购物狂欢节。

身处异国他乡的女人们从不会放过善待自己的机会，早早地就开始准备一个个节日 Party，什么平安夜、圣诞夜、跨年夜的，节日繁多。

2019 年最后一天的晚上，朋友们早早地拽上一直打不起精神的林月汐来到朋友小雅的家里。这时柳溢正在国内也是满满的应酬安排。可以容纳五辆车的院子早已停满，林月汐她们不得不把车停在门口的街道边，温哥华西区最夺目的百年大树在冬季只剩下高大的身躯和光秃的枝丫，在路灯的照亮下显得瘦长而孤单。

走进院子，一排排挂在墙上的感应式路灯像是给每一位客人行着注目礼似的一排排亮起。门口是两棵被大风吹断了枝丫后锯断只保留部分树枝的松树，树枝上被小雅精心地挂满圣诞彩灯，过节的气氛更加浓郁了。

喝着红酒，品着美味，少不了需要下酒的趣事，刚从耶洛奈夫回来的林月汐自然是被追问得最多。她尝试着讲起了晓雪的故事，没想到竟引来一片唏嘘。

新年钟声就要敲响，大家都不约而同地看着手机，这是家人朋友们送来祝福的时刻。

“汐姐好！很高兴在黄刀认识你！我和雷子问候您和溢哥好！祝你们新年快乐！晓雪、雷子。”

“汐姐好！在新年钟声就要响起的时候，砂雨携全家祝您和溢哥在新的一年万事如意！”

微信群基本全是各种祝福，好不容易翻到被压在下面柳溢发来的消息，这是一个新闻链接：“发现不明肺炎……”

林月汐走到户外避开嘈杂的声音，给柳溢打去电话：“柳溢，你发的什么东西？只看到了一个标题网页打不开。”林月汐有点焦急。

“我没事，这是今天我在网上看到的新闻，我看了很吓人的，我就赶紧转给你了，不过应该没事吧。”

因为柳溢的一个电话，林月汐一个晚上都满怀心事，深夜回到家里便直接休息了，到了早上醒来才想起还没有给晓雪和林月汐回个问候。看看时间尚早，她先打开电脑看看国外的新闻，第一个跳入眼帘的竟然就是关于在中国境内发现新型肺炎的消息，也是提醒近期要到访中国的境外人士多加注意。

林月汐不顾现在正是国内的半夜，急忙给柳溢打了电话，告诉他国外的网站也有了相关消息，提醒他一定多加小心，尤其不要感冒了。放下电话她一下子想起晓雪，想起几天前离开耶洛奈夫时晓雪感冒了，对，应该问候一下晓雪。

林月汐给晓雪发了一个问候：“晓雪，新年好！昨晚在朋友家玩儿，忘了回复你了，但愿我的新年问候不算晚，这次来耶洛奈夫除了看到极光以外，我最高兴的事就是认识了你，你是我见到的移民中最为坚强的一位。几天里虽然接触的时间不多，但真的被你打动了，你如果有机会来温哥华一定到我家里做客，我们欢迎你！祝你在2020年一切顺利！哦，你的感冒好了吗？一定要注意休息，感冒不能拖的，需要给你寄一点中成药吗？”

“砂雨，新年好！非常高兴在这次旅行中认识了你，感谢你每天半夜带我们去追逐极光，还给我们介绍了那么多关于耶洛奈夫的历史地理和人文知识，更感谢你让我们认识了晓雪，谢谢你！等回到温哥华我们再见！”

放下手机，林月汐看见窗外飘起了雪花，是那样轻盈地在天上飞舞，想必那是因为气温还不够低吧。对于看惯了前几日耶洛奈夫零下40度的冰雪大片的林月汐来讲，这点毛毛雪几乎可以被忽略。

手机提示音响起，林月汐打开收到两条回复，一条是晓雪的，“谢谢汐姐关心，感冒好多了，已经不发烧了，但还是咳嗽着，估计还有一段时间恢复吧，我每次感冒总是要咳嗽很久才能好转，也已经习惯了。雷子明天就要开车去戴维克矿了，他会有十周繁忙的冰上运输时间，等到三月中旬就会彻底休息下来，谢谢您和溢哥对我们的关心。”

“汐姐好！谢谢你的问候，我已经回到温哥华了，在家休息几天就又要带团到耶洛奈夫，我和你的感受一样，非常高兴认识你和溢哥，我们有太多共同的话题了，有时间我们再一起聊。”最后还留下一个笑脸的图形，俏皮得很。

握着电话的林月汐想了片刻，马上回了信息：“砂雨，可以请你和家人一起吃个饭吗？时间你定，我都可以。”她总觉得还有什么问题挂在心里。

第三天的下午，砂雨和林月汐在温哥华的咖啡店里见面了。砂雨独自来的，太太接女儿放学去了，说下次有机会再见面。脱去厚重的防寒服，林月汐和砂雨都显得特别轻松和精神，就连笑容也不像在耶洛奈夫那样僵硬了。

林月汐小心地呷了一口咖啡，尽量不要让口红留在杯口，她迟疑了一下问道：“我还是希望知道一个答案，你始终没有告诉我的。”

“你想知道杰瑞现在的情况，是吧？”砂雨直接打断了林月汐的话。

“是的，你讲到了六年前你和杰瑞见面的情况，但你没有再往下讲，但我知道你应该是一直和杰瑞有联系的，我想你没有告诉我的原因是怕我在离开耶洛奈夫之前告诉晓雪吧？其实不管结果是什么，我都不会告诉晓雪的，因为她现在看起来已经很平静，没有必要再去搅乱她的心。”林月汐按照她的猜测说着，她是想让砂雨放心地告诉她。

“是的，我当时有这个担心，你前天给我的留言我就知道你还会为这件事找我的，所以今天我妻子没有来也是有这个原因，我也不想让她徒生烦恼，这个故事太冗长和伤感了。”砂雨苦笑着。

杰瑞还是幸运的，远比晓雪好运些，他进入内蒙古的那个煤矿时正是煤矿最困难的时候，煤炭的价格一跌再跌，开出来的煤也运不出去，都堆在车站上的库场，没有车皮指标，也不知道卖到哪里。矿上的工人都只能拿到基本的工资，杰瑞也是一样。那时矿上几乎没有年轻人，但凡有一点关系和技术的谁愿意来这个矿上？他成了矿上唯一一个有学历的年轻人。在老矿长就要退休的时候找他谈了话，让他去管矿上的销售。还不仅仅是销售，关键在于要把运输的通道打开，也就是要给铁路部门关系搞好，把能卖出去的煤都运走。

杰瑞一头雾水，原本以为自己就来管管技术，解决尾矿的再利用问题，没想到第二年就直接让他去管矿上的销售。他没有迟疑，因为在他眼里，人家矿上不嫌弃他的家庭敢用他已经是太幸运的事了，他在矿上的办公会上表了决心，一定不辜负矿上给他的重任。走马上任的他把办公室和宿舍都搬到小镇上的火车站，直接去找车站租了两间房子，一间当办公室，一间当宿舍。车站也高兴，把多余的房间租出去也算是给大家谋点福利。

杰瑞是个聪明人，他知道要卖煤，首先就是要在物流发达的车站找关系，这样买煤的才有车皮运走。所以你在矿上坐着是卖不出去煤的，就算是卖出去也运不走，与其坐在矿上等不如把手脚伸出去。就这样杰瑞白天就和车站管调度的人一起上班，晚上买一瓶白酒、一包卤菜就在调度室一起喝酒，吹他在国外的那些见闻。那些一辈子在小镇上连大城市都没去过的人哪里知道国外的事啊！每天晚上都津津有味地听着杰瑞给他们讲国外的那些事，到后来就是人家买上酒菜请他去讲故事。就这样不到一个月杰瑞和车站上上下下搞到一块儿了。

第二年煤炭价格一下子又上去了，杰瑞这就算是厚积薄发，就连车站调度也要找他帮忙买煤，管车皮的都是他的听众，自然是他的车皮优先配给。就这样第二年矿上就扭亏为盈了，国家也给了新的矿脉，整个矿都活过来了。杰瑞也因此进了矿上的领导班子，分管技术和销售，业务上的事全是他说了算。

“太好了！虽然条件艰苦一些，但杰瑞能这样真是太好了，我这几天就为杰瑞的事揪心着，他妈妈怎么样了呢？”林月汐真心为杰瑞高兴着。

“他妈妈的病基本好了，只是因为长期吃药治疗的原因，人有些迟钝，前几年我回国的时候去看了她，她居然还认出了我，对我说：你不是加拿大的那位导游吗？没有了以前官太太的那种霸气，说话也轻声细语的了，好像总怕说错什么一样。”

“他妈妈现在在哪里呢？杰瑞结婚了吗？”林月汐更想知道杰瑞是否有了新的家庭。

“还没有，我问过他，也劝过他，他说男的不着急，就是四十岁结婚也不晚，何况现在才三十五岁呢。他把母亲接到矿上和他住在一起，矿上给了他一套房子，他请了一个人照顾母亲。他说他已经攒了不少钱了，他想买一套大一点的房子，以后等他爸爸出狱了大家住在一起。”从砂雨的嘴里能听得出来杰瑞对未来又充满了希望。

"砂雨，我不明白为什么在晓雪和迪纳离婚时，你还不把杰瑞的真实情况告诉她，也许他们会复合的。"林月汐依然惋惜着。

"我的工作性质你是知道的，我只有冬季会往返于温哥华和耶洛奈夫之间，夏季是耶洛奈夫的旅游淡季，我大部分时间都是在加拿大带团到处走，晓雪从流产到离婚都是在夏季，她没有告诉我，等我冬季踏上耶洛奈夫以后，晓雪和雷子已经好上了。我理解晓雪，在那样的地方如果没有一个男人保护，她很难生存下去，而且那年杰瑞还正在车站奋斗开辟自己的事业。我曾问过他可不可以来一下温哥华，他说现在无法离开，但马上意识到晓雪又出什么事了，他追问我情况。我把迪纳不小心把孩子打掉的消息，还有他们已经离婚了，以及雷子的出现都告诉了他。他沉默了很久很久，说能不能带句话给晓雪，让晓雪再等等他。"砂雨叹了口气。

"你带到了吗？"林月汐更为着急了。

"没有，我问他：你是要我怎么告诉她？说是等她离了婚去找她，还是你始终是在不得已地欺骗她？"砂雨也停顿了一下。

"他迟疑了很久很久说，算了吧，我现在也没有那个能力去帮助她，我更没有脸再见到她，我给她的伤害太深了，就让她恨我一辈子吧。"说到这里砂雨大大的眼睛也显得特别无神了。

"又过了一年多，也就是杰瑞的销售工作有了起色以后，杰瑞兴奋地跟我说：我成功了！我现在可以来看晓雪了，她还好吗？我告诉他晓雪已经和雷子结婚了，很幸福。他没有再说话，他知道自己永远没有机会了。"

三十九、冰湖大道

一年的时间里过得最快的莫过于一年之初，一是因为太多的节日凑在一起，过了圣诞过新年，过完新年就忙着准备春节；二是人们在寒冬里闷了好几个月，都迫不及待地想摆脱寒冬的潮湿和阴霾。但对于耶洛奈夫来讲，这里的春季却来得更晚一些，每到一月这里仿佛进入最美好的季节，也是最忙碌的季节，因为北极光的最佳观赏时间正是最寒冷的季节，所以耶洛奈夫的冬季会更长一些。

2020年的春节比往年都要来得早些，原本计划着一月中旬就要飞回中国过春节的林月汐还是被突如其来的这场疫情给耽误了。柳溢打来电话告诉她千万不要回来，疫情好像更严重了。

在这样的季节里砂雨会住在耶洛奈夫，接待来自世界各地的游客，几乎每天半夜都会看到砂雨发出的各种各样的极光照片，绚丽的光斑、跳跃的幽灵，在白色大地的衬托下变得犹如童话世界一般。

因为正值耶洛奈夫的旅游旺季，作为网红打卡地的龍酒吧自然是生意好得很，白天是游客来就餐，到了晚上是原住民来这里喝酒。对于原住民来说，酒是他们生命中最重要的一部分，没有酒浸泡的灵魂是空虚的。晓雪依然忙碌，她在收到林月汐寄给她治咳嗽的念慈庵时发来微信感谢，接着吃了几瓶缓解很多，但始终没有断根，林月汐让她去医院找找医生，顺便拍个肺片看看，但晓雪总是说不碍事的。

雷子已经上路了，从耶洛奈夫直达戴维克钻石矿三百多公里的冰湖大道上无人相伴，只有无边无际的雪原，还有被冰封在一米多深冰层下面的另一个世界。每次回到耶洛奈夫，雷子都会绘声绘色地给晓雪讲冰下的世界，他喜欢巨大车轮碾压在冰面时发出清脆冰裂的声音，也许就在他驶过的那一刻，冰湖下面的各种湖鳟正游弋着追逐这来自冰层上的神奇声音。话语中仿佛他已经钻入冰层下面看到这一切。晓雪常笑话他说你可以去写童话故事了。

每到这年的一月，雷子就会行驶在这条大道上，算起来已经有三年的时间了。

雷子开始并不确定自己能不能坚持下来，早就听人讲过，每天来到这里应聘的就有十多个人，同样每天辞职的也有十多个人，没有人能在这里长期坚持下来，除非你是这里的原住民，你能适应这样的严寒天气。但因为遇见了晓雪，于是他决定再艰苦也要留下来，他喜欢晓雪，愿意为晓雪付出一切。

记得第一次上这条道路的时候他觉得好新鲜，浩大的冰湖上什么都没有，带着雪地眼镜看见的雪不是那么洁白刺眼，泛着蓝光的天地安静得犹如进入到太空一般，只有大卡车的轰鸣打破着一片寂静。偶尔也会遇到天空上有一两只觅食的老鹰，可这白茫茫的冰面上哪里有猎物走过？

冰面驾驶也绝非简单，在雷子正式驶上冰面之前也接受了严格的训练，一是车辆的载重一定要严格按照要求，不能有超载的现象，这样会给冰面带来不可承受的重量；二是行车时严格限制在每小时三十公里的速度行驶，这也和冰面的承载压力有关。每到冰路开闸时，冰湖上俨然上演着一个好莱坞大片，一辆辆巨大的拖头车满载着运往矿上一年所需的物资，凌晨出发依次验闸进入，每辆车之间间隔 20 分钟放行，每隔 5 公里路边便有路牌指示，以免在冰湖上迷失方向。每辆车必须每隔 10 分钟通过车载对讲系统和调度台汇报汽车状态和方位，以保证车辆和人员的安全。

林月汐也是忙碌的，她买了好多猪肉和做腊肉的酱料，在家里自己做了好多，腌制一周后挂在锅炉房里，两天以后一条条香喷喷的四川腊肉就做好了。

没过两天这些腊肉就已经寄到晓雪手里了，她给晓雪发了微信：“晓雪，给你寄来我亲手做的四川腊肉，希望你能找回童年的味道。你可以拿些来卖给店里的游客，但是不要忘了卖贵一点，这可是想买都买不到的东西。希望雷子能喜欢，他一定很辛苦，别忘了给他带在路上吃。另外给迪纳尝一尝我们家乡的味道，告诉他这可是我亲手做的。”

“汐姐，腊肉收到了，我好像有七八年没有吃过我们家乡的腊肉了，太感谢了！我还要把砂雨请过来一起吃，这两天游客特别多，今天又遇到四川来的游客，听到四川话好亲切。明天他们还来，我煮上一份给他们尝尝。真想你能再来这里，你们在的那几天我真的好开心，我这些年都没有说过这么多话了。谢谢你们！”看到晓雪的回信林月汐打心眼里高兴，她觉得能帮助别人才是最幸福的。

晚上晓雪叫来砂雨和迪纳，雷子在冰湖路上回不来，晓雪叫后厨炒上两个菜还切了一大盘腊肉，自己也夹上一片腊肉。迪纳吃了一片后露出一个好神奇的表情：“这是什么？很好吃！雪，我以前怎么没有吃过？”

“这是我们家乡的腊肉，就是中国的培根。腊肉是我们四川人过年的时候餐桌上必须有的一道菜，就如同你们老外圣诞节一定要烤火鸡一样。这是汐姐寄来的，她亲手做的。”一口刚咽下，晓雪又剧烈咳嗽起来。

“怎么越来越严重了？不是好些了吗？”砂雨焦急地问道。

“我这个感冒总是反反复复，都快两个月了。今天我是不该吃腊肉的，但看着又眼馋。”说着越发咳嗽得厉害了，仿佛站立不稳的样子。

迪纳赶紧站起来想要扶着晓雪，晓雪一手捂着嘴，一手挡住迪纳不让他起身，等了片刻才好些，歉疚地说：“真不该这样嘴馋，让你们担心了，我去招呼客人了，这几天从欧洲来的客人特别多，他们对菜品要求高得很，我去看看。”说罢便转身去了厨房。

四十、誓言

二月的耶洛奈夫没有一点早春的迹象，依然是白茫茫的一片大地，唯有长居在此的人能感觉到气温的变化。到了白天气温会上升到零下 20 度左右，不过夜晚依然寒冷。

晓雪抚摸着躺在身旁熟睡的雷子，雷子这段时间累坏了，平均三天一个来回往返于耶洛奈夫和戴维克矿的冰湖大道上。昨天晚上回到耶洛奈夫的他并没有直接回家，而是直接开着车去卸掉从矿上拉回的物资，还要排队去装货物，如果不在今晚装好货物，明天便不能赶在上午出发，也就意味着到达戴维克矿的时间会很晚很晚，所以每一个和他一样的大车司机都仔细地计算着这一天每一刻的时间安排。

原本这些事徒弟小张可以做的，十几天前一个紧急电话把他召回国去了。他的父母都染上了该死的肺炎，作为家里独子的他不得不赶紧回去，哪怕是见不到已经送进 ICU 的父母，但他也必须赶回去守护在医院门外祈祷，祈祷奇迹会在父母身上出现。小张走后雷子不得不独自承担所有的任务。

今天雷子回到家里已近半夜了，他没有像往常那样拥吻晓雪，而是疲惫不堪地在门口先脱下厚重的防寒外套。脱去身上的束缚，雷子像是满血复活，他咧着嘴笑着揽着晓雪纤弱的腰说道：“我回来了！回家真好！喜欢你身上的味道。”

“哪里有什么好闻的味道，不就是刚洗了澡沐浴液的味道吗？”晓雪笑着躲着，每次回家晓雪第一件事就是洗澡洗头，她最不喜欢身上有一种夹杂着雪茄、大麻还有厨房油烟的味道。这些天晓雪总是回家早些，一是因为身体总是不好，身上乏力得很；二是只要雷子要回来晓雪总是早早地回到家里给雷子准备一顿迟到的晚饭，也会给雷子准备明天路上要吃的饭菜。

“你怎么好像又瘦了，腰更细了些？”搂着晓雪腰的雷子担心地问道。

“没有的事，你赶紧去洗个澡吧，把身上的寒气逼出来，洗完澡我们一起吃饭，喝点酒解解乏，晚上睡个好觉，明天一早还要出发呢。”晓雪推开雷子的手，让他赶紧去洗澡。

“得令！赶紧洗澡吃饭，完了还有活儿要干。”雷子边说边走进卫生间去。

“还有什么活儿，你还要出去？”晓雪急了。

“不出去，家里床上的活儿。”雷子一边脱衣服一边俏皮地说着。

“去你的，你还不累啊！还想这些事。”晓雪娇嗔地骂着他。

“谢谢你，晓雪，有你在我心里踏实，再苦再累我也不怕，就想多挣点钱，我们把买房的钱多还上一点，这样你就不用这么辛苦了。来我敬你一杯！”雷子端起一杯酒和晓雪碰了一下，自己一口干了。

晓雪浅浅地呷了一口酒，刚咽下就又咳嗽起来，雷子赶紧一把夺下晓雪手里的酒杯一口喝下杯中的酒：“你咳嗽都两个多月了，反反复复的，怎么还喝酒呢！一点都不爱惜自己的身体！”

“没事，这咳嗽都成了我的伴侣了，不咳嗽我反倒不习惯了。”晓雪开着玩笑说。

“马上就要三月了，再有半个月我们就要停运了，那时你的病怎么也好了，我们买点好的葡萄酒，咱们龍酒吧关上几天，我们就在家里，我喝伏特加，你喝红酒，喝完酒我们不眠不休地做爱。对，晓雪，我们该要个孩子了，我们生一个孩子，到时候把你妈妈接过来，让她来帮我们带孩子！”雷子幻想着他们未来的好日子。

“不行，不能这样！”晓雪生气地说。

“怎么不行了？我们为什么不能有自己的孩子？”雷子眼睛睁得很大地看着晓雪。

“我说要孩子就不能喝酒！我们必须要一个健康的孩子，要孩子你就必须要戒酒！”晓雪浅笑着说。

“晓雪，你吓死我了，好的，到时候我们都不喝酒！要一个健康的孩子。来，为我们未来的孩子干一杯！你喝水。”雷子给晓雪的酒杯里倒上水，他们碰杯一口干了。

雷子喝了小半瓶灰雁伏特加，还狼吞虎咽地吃下晓雪给他做的回锅肉和红烧牛肉，赞不绝口地说着：“一个男人最大的幸福就是疲惫的时候能回家吃上一口老婆亲手做的饭菜，谢谢你，晓雪！”

卷着舌头吐字不清的雷子对晓雪说：“我还有一个小小要求。”看着晓雪默许的眼神他接着说，“虽然今天喝了酒，没有达到‘封山育林’的要求，但是有些事还是需要演练的，我申请今天进入‘育林’的试运行工作，报领导批准！”

“你看你喝点酒就撒酒疯，快上床去，我收拾了桌子就过来。”晓雪推了雷子一把，雷子踉踉跄跄地走进了卧室。

当她走进卧室，雷子却早已睡着了，趴在她平时睡的那边，就像是平时趴在晓雪身上一样。晓雪有点失落，她轻轻地翻动雷子，竟然觉得自己没有力气推动他。晓雪索性放弃了，她躺在了平时雷子睡的那边。

晓雪把头扎在松软的枕头里，枕头上有着雷子的味道，那种熟悉的男性荷尔蒙味道里还夹杂着酒精味，是那种让她痴迷的味道。

“晓雪，晓雪，醒醒！你又梦魇了！你浑身滚烫，是发烧了吗？你快醒醒，我去给你拿体温计来。”

晓雪终于醒了，身边只有慌乱的雷子，她想起身，但身体很沉很沉，她只好躺着不动。雷子拿来温度计放在晓雪的腋下，示意晓雪不要动，接着转身去给晓雪倒来一杯热水。

“不，给我倒一杯冰水，我身上好烫，我想喝冰的。”晓雪推开雷子的手。

紧接着雷子端来一杯冰水，扶着晓雪起来，晓雪像是几天没有喝水那样一口喝下，接着又咳嗽起来。

“你这样咳嗽不能喝太冰的东西，这样会咳得更厉害。”扶着晓雪躺下，雷子取出温度计看了后吓了一跳，“38.8℃，晓雪你发烧了，怎么办？我送你上医院吧！”

“这点烧上什么医院，没事的，不是医生说了吗，一个人就是要适当发点烧，把体内的毒素烧出来。我这次感冒反反复复就是没有烧出来，这样应该会好得快一点。”晓雪这套瞎编的理论还真的蒙住了雷子，“客厅放药品的盒子里有泰诺，退烧的，拿来给我服下，一会儿就好了。现在几点了？你是不是该出发了？我起来给你做早饭去。”晓雪看着窗外已经发白的天空，挣扎着要起来给雷子做早饭。

“你不要动，我自己去做点吃的就好了，你不要这样惯着我，我可以自己解决的，我今天不走了，你发烧了，我在家陪着你。”雷子更担心晓雪的病情。

“雷子，你货都装好了，你该去就去，感冒就是小毛病，不要把我当成小孩一样。”晓雪说得不无道理，雷子点点头。

“你先躺着，现在7点了，我先下去给你拿药，然后洗漱了就去做早餐。”雷子转身下了楼。

晓雪试着起身，身体很沉，但比刚才好多了，她感觉一会儿就会好起来的，她不想让出车在外的雷子担心。

服下雷子拿上来的药，晓雪尝试着坐起来，天旋地转的她不得不再次倒下了，楼下是雷子煎蛋的声音。一会儿的时间雷子端着餐盘上来了，一杯温温的牛奶、一个煎鸡蛋、两片烤好的面包片，当然还有几片晓雪牌四川泡菜。晓雪看了好温馨，没想到平时看起来大咧咧的雷子此时这样温馨。她努力地挤出笑脸。“做得不错，谢谢啦！不过感冒的人不能吃煎鸡蛋，太油腻了，闻着想吐的感觉，你把它端下去吧，把牛奶面包留下就好了。你赶紧去吃了走吧。”闻到油煎鸡蛋的味道，晓雪胃里泛着呕吐。

吃完早餐的雷子又上来摸了摸晓雪的头，很是担心。“哪里这么快就退烧啊，我也不是小孩子，你放心吧，快出发了，早点走晚上才能早点到。”晓雪宽慰着他。

“好的，但我一定要再给你交代一下，我走了你今天一定不要去店里，别的不说就说你发烧也不适合去店里，因为你做的是服务行业，你既要为自己负责也要为客人负责。这可不是开玩笑，你看国内现在疫情多严重？好在我们这里还没有疫情发生，我还忘了告诉你，小张昨天发来微信，他父亲已经去世了，他母亲现在还在抢救，你这症状要是在国内早就把你隔离了，所以你一定不要去店里，店里不行就关上几天，省得你又惦记着。”雷子说得很有道理，原本没有太注意的晓雪立刻点点头答应了。

“另外，我今天到矿上会很晚，现在的冰层不像上个月那么厚了，总调度要求所有车辆减速行驶，到了那边排队卸货也要等到明天上午了，我会在车上睡的，完了我还要等装货，明天我还是和往常一样住在矿上，到了矿区我们可以电话联系，后天一早我就出发，争取早点回来。也就说今天和后天我在路上是无法和你联系的，你知道西北地区大多数都是无人区没有电话信号的，有重要的事你就联系我们总调度台，他们可以通过电台和我联系。记住，有事就找砂雨，他会帮助你的。”雷子仔细地交代着。

“好了，第一次看见你这么婆婆妈妈的，我知道了！快走吧，不然不知道排队要等多久才能上到冰湖大道，快出门吧！”晓雪催促着，雷子不舍地抱着晓雪，晓雪赶紧把他推开，生怕把自己的感冒传染给了雷子。

今天冰湖上阳光明媚，阳光洒在冰冻的湖面，看似寂静的冰湖上悬浮着一层白色的雪雾，那是广袤湖边上掠过的狂风卷起湖面的冰雪晶体，煞是好看。但此时的雷子无心欣赏冰湖美丽的景色，他小心翼翼地驾驶着车匀速前进着，倒不是因为道路险恶，而是他必须清楚地认识到他载重六十吨的大货车是行驶在世界上仅次于贝加尔湖的第二大淡水湖大奴湖上，这冰层覆盖下是深达 600 米的湖水，他必须按照规定的速度在毫无参照物的湖面匀速前进。

此时由不得他太多分心，他把正在播放的贾斯汀·比伯的音乐换成晓雪给他选录的歌曲，里面有他和晓雪都喜欢听的《贝加尔湖畔》：

在我的怀里，在你的眼里
那里春风沉醉，那里绿草如茵
月光把爱恋，洒满了湖面
两个人的篝火，照亮整个夜晚

多少年以后，如云般游走
那变换的脚步，让我们难牵手
这一生一世，有多少你我
被吞没在月光如水的夜里
多想某一天，往日又重现
我们流连忘返
在贝加尔湖畔
多少年以后，往事随云走
那纷飞的冰雪容不下那温柔
这一生一世，这时间太少
不够证明融化冰雪的深情
就在某一天
你忽然出现
你清澈又神秘
在贝加尔湖畔
你清澈又神秘
像贝加尔湖畔……

不知道为什么，雷子落泪了。他从来没有这样伤感过，他竟然如此挂念晓雪。他发誓等到冰雪融化的那一刻，他会放下所有的事，牵着晓雪的手，在这清澈的大奴湖边流连忘返，如云般游走……

四十一、思念是一种病

这些天林月汐都在提心吊胆中度过，她特别担心在国内的柳溢。她每天都守在电视上、网络上，看着各种来势汹汹的新闻报道，看着那些戴着口罩的脸庞，仿佛每一个人都是病毒携带者一般，人与人之间的信任仿佛降到了最低点，每一个人都在彼此排斥和隔离的状态之中。

那段时间，她和女儿同学的妈妈们约着到处去买物资，有口罩、消毒液、手套，只要适合防疫的她们都去买，然后寄回国，给家人，给国内的公益机构转送给武汉的医院。一时间林月汐最大的安慰就是能够帮国家做些自己力所能及的事。

3 月终于到了，国内的新冠疫情逐渐被控制住了，每天关注的新增病例数据慢慢降了下来，就连武汉也渐渐好了起来，她真是打心眼里高兴，人类终于再一次战胜一种未知的病毒。但她没有意识到这场危及人类的灾难并没有结束，它正在悄悄袭来。

3 月 11 日，星期三，焦灼而又无所事事的林月汐打开电视，新闻频道正在播放加拿大政府首脑的讲话。

“大家好！感谢你们的聆听。在过去的几周，我们看到新冠肺炎在全球蔓延。在加拿大，已经报道了 93 起病例，周一，已经有一人死亡。在我们进一步讨论之前，我想向他们的家人和朋友表示诚挚的慰问。我们与他们同在，帮助他们渡过难关……”

林月汐觉得浑身发冷，她感到一种危险正在靠近，这种危险在 2008 年的汶川大地震中她感受过。在那之后她以为今后的日子不会再有那种危险和伤痛，她认为以科技的进步和人类力量的相结合足以抵挡这些未知的灾难，但是眼前这种没有边际的扩散似乎正在藐视着人类的力量。林月汐知道国内的方法是有效的，那就是隔阻各种交往。

她关掉电视马上开车去到 COSTCO 超市。庆幸还没有太多人在抢购，她知道外国人对疫情总是要迟钝些。她从来没有像今天这样疯狂，一个超大的购物车竟然被她装得满满的，从各种卫生纸、餐巾纸、厨房用纸到牛肉、猪肉、鱼肉、鸡蛋、奶制品，再从米、面、食用油到瓜果蔬菜，光是几十磅肉都够她和女儿吃上两个月了，那几袋大米也足够吃到地老天荒了。

当她排队收银时，看见呼啦啦地来了好多购物的男男女女，想必这些都是看了特鲁多的讲话才出来抢购物资的，后面一阵喧哗，她转身去看发生了什么，原来刚才还堆积如山的卫生纸一下子没有了，两个彪形的女子在争抢最后一大包卫生卷纸。她这才看到几乎每一个购物车里都放着 36 卷一大袋的卫生纸，这仿佛就是外国人最重要的防护物资。

看到巨大的冰箱里塞满了各种物资，林月汐松了一口气，她想这下可以把自己和女儿关在家里躲过这场灾难了。然而女儿看到母亲的“战利品”似乎有点不屑，她说：“妈，你这是在和谁较真儿啊！你是打算多长时间不出门啊？我可是还要上课的，学校没有说要停课啊。”

“你就等着吧，很快就要宣布不上课了，改成网课，国内不就是这样吗？开始都以为没事儿，这不很快就传染开了，全国的学校都延后开学，到现在全国的学校都还没有开学呢，你就等着通知吧。”林月汐知道其实女儿早就和自己有了巨大的代沟。

林月汐看了一下手表，本想给柳溢通报一下加拿大的疫情，但国内尚未天明，她想还是给晓雪打个电话吧，看看晓雪的病好点没有。

她直接拨通了晓雪的电话，响了很久也没有人接，就在她要挂掉电话时，对面传来晓雪的声音，好像很远似的。

“晓雪，你怎么样？好点了吗？怎么听你声音不太对呢？”

“汐姐，我好像真是打不起精神一样，前段时间总是发烧，好几天接着发烧，上周好不容易退了烧好点了，不知怎么的，昨天又开始发烧了。”晓雪说话有气无力的。

“你去医院了吗？去找医生看看，一定要拍个肺片。晓雪，这事可不能大意，按理说感冒怎么也不会拖这么长时间的，反复发烧总是不好的。雷子在吗？让他再陪你去医院看看。”林月汐不敢联想什么，总觉得不应该是这样的。

“雷子到矿上去了，他两三天就回来，再有两趟他们今年的运输就完成了，按理说十五号就应该结束了，听说今年物资运输任务还没完成，加上这段时间冰层还厚，就再跑两趟。我也不想耽误他，他每天晚上都给我电话，白天在路上是没有办法联系的，但晚上到了戴维克矿就有电话信号了。汐姐，你放心吧，可能是这几年太累了，加上这里的天气太寒湿，所以压在体内的病毒一下子暴发出来了。”说着晓雪又咳上了，还有些气喘。

“好了，晓雪，不要说了，你赶紧休息，有什么事就给我电话，自己保护好自己。再见！”

放下电话的林月汐坐在沙发上发呆，觉得晓雪的病有些蹊跷，她不敢深想，她不愿意把不好的事往晓雪身上联系，可能是自己多虑了吧，最近让这个新冠肺炎搞得有点神经质了。

晓雪最近心里也很乱，想必是因为生病闲下来的原因吧。晓雪这么多年来一直忙碌着，开始是忙碌着还债，后来是忙碌着把盘下来的龍酒吧打理好，甚至都没有好好地经营自己的小家。想着雷子没日没夜地开着大车奔跑在冰湖上，甚至连一顿热饭都吃不上，她总是心里有些内疚。

其实晓雪还是有点担心自己的病，因为她从来没有像这样长时间反复地感冒，她原本是归结于这些年太累了，但两个多月的持续让她觉得不正常。从上周那次高烧后，她听了雷子的建议，把店关上了，倒不是因为店里离了她就应付不过来，是只要店开着，她但凡好点就一定会去的，但不管怎么说这也是一场很严重的感冒，到了餐厅总是免不了要传染给别人，所以她通知店里关门几天等她好了再说。

人仿佛就是一个奇怪的物种，越是忙碌反倒像是没病似的，一旦闲下来那就真是应了那句“病来如山倒”。

她一再去回想自己的病情发展，心里安慰着自己，不就是一个感冒引起的吗？不可能会和新冠肺炎扯上什么关系。不过想起她的龍酒吧也是头疼，每到冬季，每天进进出出的上百个来自世界各地的游客里，没准儿谁就带了流感病毒。不过想起来她也感到庆幸，去年底中国发生疫情后，中国政府采取了极为严苛的自我隔离措施，也禁止国内游客出国旅游，因此从 2020 年 1 月到现在几乎没有来自中国的客人，所以她笃定自己的病和新冠肺炎没有交集，她必须让自己好起来。

这几天躺在家里的她翻看着来自国内的很多报道，每天都和母亲通个电话，听到母亲一切安好她也算心里安慰很多。可在她心里总还挂念着什么。这是这么些年少有的感觉，她知道国内还有一位让她牵挂的人，虽然八年已经过去了，甚至好多年都不去想他了，但到了有灾难发生时，她才发现其实他从来没有消失，只是被压在心底深处而已。

也许是时间久远了吧，晓雪没有一丝怨恨了，心里浮现的都是那些亲昵的过往，甚至忘了他背弃自己的那些细节。她四下张望着，客厅的壁炉上、储物柜里、书架上，晓雪想找一些曾经有着他的痕迹的物件，这个新家是她和雷子一起置办的，真的一丝痕迹也没有，干净得像是在她的生活里杰瑞从来没有出现过一样。

记得那年，她背负着债务在耶洛奈夫的酒吧里打工，穿着低胸紧身的衣服赔着笑脸只为多卖几杯酒。每天在她眼前的都是一个个醉生梦死的人，还有一大堆的空酒瓶子。她无法计算每天要端上多少杯酒，每天又要送走多少个酒醉的人，只有在迪纳在的时候她才觉得安全。

她曾想让自己醉上一回，酒醉后的自己才有勇气接受其他的男人，他能给她想要的东西：合法的身份和一个男人的庇护。

记得那时她回到租住的半地下小屋，即使是半夜她也会打开手机的音乐反复地放着一首老歌，张镐哲的《镜子、空瓶、三十年》，那每一句歌词都像是专门为她写的一样：

我正好从那镜子看到一个人
在一个走不出来的房间
他的脸在烟幕之中朦胧地浮现着
漂白的记忆飘动的窗帘
这世界永不会改变
最爱的梦从不会实现
想一想真的没有几个三十年
何必在乎最爱什么人
看一看自己那张风霜后的脸
到底值得谁来思念
我从他眼中找到故事的起点
却忘了走到现在要几年
不知谁把爱情装在他的空酒瓶里
不小心绊倒他醉了多少年……

也许当时二十五岁的她还不能体会三十岁人的哀伤，但是她的心早已被风霜打得伤痕累累，她不知道还有谁值得她思念。走投无路的她知道最爱的梦永远不会实现，她又何必在乎最爱什么人？

从那以后，她不再去做那些实现不了的梦，她接受了她能接受的一切，包括债务和爱情。

也许是病了，晓雪比平时多了很多伤感，那些陈年旧事又一次浮现在眼前。她想起了杰瑞的好，想起了迪纳的好，还有什么让她放不下怨恨？她都能如此平和地对待曾经伤害过她的迪纳，再多一个杰瑞又有何不可？毕竟他们曾经是那样深爱过。她不知道那些分开的情侣是不是都只有一个选择——仇恨，但此时的她更想留下曾经的回忆。

房间里开着足足的暖气，但晓雪依然觉得身上发冷，她知道自己又开始发烧了，她披上一条粗羊毛织的披巾，这是迪纳母亲亲自织来送给她的，平时天天在店里忙没用上，这次病了倒还用上了。她勉强着直起身子站起来，人不能总是躺着，她记得母亲小时候说过，不能太迁就自己，这样会一蹶不起。她扶着沙发在屋里走动着，打开了烧煤气的壁炉，燃烧的火苗舔舐着空气，一股暖气升腾而起。晓雪觉得好了许多。她走到厨房给自己熬了一点粥，她需要增加一点能量，她不想等明天晚上雷子回来时自己还是病恹恹的样子。

打开厨房旁边的储物间，她想去寻找一点榨菜什么的，在储物间最里面的角落里有一团黑乎乎的东西，她打开灯想看看是什么东西堆在那里。一口暗红色的箱子，她的心突然像是被击打了一下，对，那是她的箱子，原本是在他们温哥华的小屋里的，是的，那一年砂雨给她带过来的，说是杰瑞说把她的衣服都放在里面带过来给她。当时心情跌到冰谷的她不想打开这个装满痛苦记忆的箱子，就放在了一个不起眼的地方。后来有了新家，雷子问她是什么，她说是不要了的东西，雷子说那就扔了吧，她说先随便找个角落放一下，没想到这箱子一躺就是多少年过去了。

晓雪使劲地想把箱子拽出来，但无论怎么努力都无济于事，她的力气全部被病魔给带走了。她喘着粗气休息了一会儿。她尝试着把箱子侧立起来，利用两个轮子的力量把箱子拖了出来，密码是自己的生日，打开里面整整齐齐地折叠着自己的衣服。她迫不及待地翻看着，她想杰瑞会不会给她留下了纸条什么的。咳嗽的她涨红着脸，看完所有的衣物没有任何其他东西。她怔住了，好多遗憾和不解，但就是这样，没有自己所期待的东西，她把一地的衣物杂乱地扔了进去，唯独留了一件 D&G 的毛衣外套，那是那年她过生日时杰瑞给她买的。八年了，衣服如同记忆一样又浮现在自己面前，她披上外套，上面有她熟悉的柔顺剂味道，芳香中带着爱情的味道。

她没有力气再把箱子塞回到储物间里，随它躺在地上吧。她独自披上外套躺在壁炉边的沙发上，感觉好累，好想休息。她闭上眼睛，不用在梦里也能看见杰瑞，那样清晰，没有恨，也没有爱，只有流淌的眼泪……

她不记得换了手机后还有没有那首歌，而此时存储在大脑底部的歌声如喷泉一样涌出来：

这世界永不会改变
最爱的梦从不会实现
想一想真的没有几个三十年
何必在乎最爱什么人
看一看自己那张风霜后的脸
到底值得谁来思念……

四十二、戒指的真相

3 月 13 日，星期五，林月汐打开华文新闻，赫然看到：“当地时间 3 月 13 日上午，加拿大联邦首席医疗官谭咏诗在首都渥太华举行的新闻发布会上公布，加拿大新冠肺炎确诊病例上升至 157 例，其中包括新不伦瑞克省、马尼托巴省和萨斯喀彻温省各 1 例。近日部分省份纷纷宣布取消或限制大型活动。”

坏消息总是接踵而来：“加拿大第一夫人索菲被确诊感染新型肺炎。此前，她曾到英国伦敦参加一个活动，3 月 11 日晚回到加拿大后开始出现低烧等类似感冒的轻微症状，于是进行了自我隔离。今天，她的冠状病毒检测结果出炉：阳性！”

林月汐越发没有了安全感，第一夫人尚且如此，我们这些普通百姓那不更是危险？林月汐惴惴不安地翻看着新闻，连午饭也忘了吃，等发现时已是下午三点，她就索性少吃一顿，心想这疫情还知道什么时候能够结束，当节约自然是要节约，她更加焦灼地等待东八时区的柳溢醒来时聊聊疫情的事。

突然，一则新闻提示，来自西五区的多伦多消息：“由于新冠肺炎疫情蔓延，加拿大安大略省下令所有学校从 3 月 14 日至 4 月 5 日关闭。”这是多伦多下午六时发出的，看得出来这是一个艰难的决定，疫情越发不可控制，想必这样的关闭学校会是全国性的，真是应了她前天给女儿说的话。

电话响起，这是一位同样在加拿大守着孩子读书的姐妹：“汐姐，不得了了，现在超市抢购太吓人了，每一家超市都没有卫生卷纸买，就连盒装的纸巾也没有了，就连厨房用纸大家都是不顾一切地往车子里装，就说卖肉的那个专柜，几排十多米长的冰柜，平时堆满了各种肉类，今天我去，你猜猜，都被拿得差不多了。我遇到一个印度家庭，用那种餐厅买货的大平车，上面十多桶五升装的牛奶。十多桶啊！要喝多久啊！这是要怎么啦？感觉世界末日要到了呢！”电话里这位小姐妹说个不停，根本就没有留给林月汐插话的机会。

好不容易听她说完了，柳溢的电话也打了进来，说国内已经好多了，人们已经纷纷走上街头，一些商家也谋划着开门迎客了。

林月汐说出自己的担心，担心西方人的豪放性格会使得疫情发展得更快。昨天她戴着口罩出去散步，对面一对外国老年夫妻迎面走来，看见她戴着口罩便早早地就走到小区道路的对面，嘴里还嘀咕着：要是有病就不要出来散步。林月汐觉得委屈，她戴着口罩有错吗？看着商场和满大街都是不戴口罩的老外们，自己反倒成了另类。柳溢安慰着林月汐，让她尽量少出门，以免互相嫌弃。

3月15日，星期日，周末的疫情通报显示加拿大目前确诊病例313例。

加拿大政府首脑宣布：从18日开始将禁止所有国家（美国除外）的外国公民进入加拿大。这就意味着加拿大正式封国了，林月汐从来没有这样恐惧过，她焦躁不安，因为柳溢也将不能进入加拿大。

三月无疑是温哥华最为美丽的季节，阳光明媚，鲜花待放，原本这个季节人们都会脱掉厚重的冬装，迫不及待地去拥抱春天。可是这个春天像是被蒙上了一层阴影，温哥华西区的樱花一条街不再像往年那样堆满了拍照的人，人们彼此保持着应有的社交距离。就连超市门口也排上了队，因为超市对店内的人数进行了控制。尽管这样，加拿大被感染上新冠肺炎的人依然不断上升，似乎政府的一切努力都没有什么效果，唯有等待那恶魔是选上你，还是放过你。

疫情影响下，林月汐变得很脆弱和伤感，她拒绝了任何交往，甚至连微信都不想看，她把自己深深地埋在松软的沙发里，直到那天她接到一个电话。

“汐姐，我是砂雨，我刚才接到迪纳的电话，说是晓雪的情况很不好，我现在也在医院，我们正在等晓雪的检测报告。”那边传来砂雨焦急的声音。

“怎么啦？你慢慢说！”

迪纳按照戴维克矿延续多年的规矩，在矿上连续工作十四天后，昨天晚上乘坐飞机回到耶洛奈夫休假。中午他来到龍酒吧，却看见门上挂着“Close”的牌子，旁边还写着特别提示，这段时间都不营业。他开始以为是疫情的原因，毕竟他已经离开耶洛奈夫十四天了。他给晓雪打电话，不管是手机还是家里座机都没有人接。他有点急了，赶紧来到晓雪家里，敲了很久的门也没有人开。但他看到晓雪的车是停在车库的，他知道这样的天气晓雪只可能在家里。他觉得情况不是很好。他来到后院一脚踹开了晓雪家的后门，发现晓雪晕倒在地上，看样子晓雪本是挣扎着想要起来，但是还来不及扶着沙发便晕倒了。

迪纳一边打911电话，一边抱起晓雪呼喊她。晓雪醒了过来，很虚弱，连说话的劲儿都没有了。

“该死的雷子呢！他在哪里？”

“不怪他，我让他去的，昨天早上走的，今天在矿上装货吧，明天就回来。你千万不要告诉他，我没事儿的，明天就是最后一趟冰路了，不要告诉他，免得他赶路，那路不安全。”晓雪喘着气说着，她生怕迪纳没听明白给雷子打了电话。

几分钟后救护车警车都来了，接走了晓雪，迪纳也想跟着上救护车，被医生拒绝了，医生说病人情况不明确，必须要有所隔离。

晓雪不放心地拉着迪纳的手：“千万不要给雷子打电话，他明天就回来了。”

迪纳一边开着车跟在呼啸的救护车后面，一边给砂雨打电话。这时砂雨正在机场送最后的游客返回温哥华，接下来原有的旅游订单都因疫情陆续取消了。砂雨告诉迪纳，我送走客人马上到机场。

等迪纳停好车冲进急症室，里面已经不见了晓雪的踪影，他焦急地问穿着防护服的护士刚送来的病人在哪里，护士告诉他病人送到观察室待查新冠肺炎，目前病人体征还算正常，要检测报告出来才能知道最后结果。

迪纳焦急地在走道上走着，像头困兽般，以至于护士不断提醒他，这是医院，现在是非常时期，没有防护措施的人最好到院子里等候，以免被病毒传染。

不一会儿，砂雨也开车过来了，焦急的迪纳一遍又一遍地说起他看到的情况和他的担心。

紧接着来了几个医生模样的人把他们叫到了医院会议室，工作人员发给他们口罩让他们戴上。

坐在对面会议桌正中间的一位男士率先开口说话，介绍了他们是来自不同的部门，有西北地区公共卫生管理部门，有临时组建的疫情应急部门，更多的是医院的医生和管理人员。他们依次给迪纳和砂雨提出很多问题，比如他们和病人之间的关系，以及病人发病的情况，当然最重要的是她最近所接触的人。

不停的提问让迪纳有点焦躁，他更关心此时的晓雪怎么样了。医生告诉他目前病人情况很平稳，医院也正在等待新型肺炎的核酸检测试纸和设备，病人还需要确诊是患了什么样的病。迪纳反复地说：“她就是流感和发烧而已，不是你们说的什么该死的肺炎。”

对面的官员耸耸肩说：“这个不是你说了算，也不是我说了算，我们需要抽血、拍肺片和核酸检测，但愿上帝保佑你的朋友没事。当然在没有搞清楚病情之前，你们不要离开，我们也会对你们进行排查。”

询问完所有情况，迪纳和砂雨被安置在一间空置的病房等候，整个下午医院都在忙碌着。

接近晚饭时分，一位医生走了进来，他给迪纳和砂雨介绍了晓雪的情况：“病人病情比来的时候好多了，我们给她用了抗生素对她肺部的炎症进行控制，肺部有阴影但影像不呈白色，目前不能排除新冠肺炎的可能，但因为我们没有样本案例，很多检测需要联邦医疗中心指导才能进行，如果这位病人是确诊病例，那她将是我们西北地区的首例病人。你们谁叫砂雨？”

“我是，有什么需要我做？”

“病人提出要见你，但你需要穿防护服才能见她，我们现在安排你去见她，病人需要你们的鼓励，你们的关心对她的恢复很重要。”医生再三做了交代。

“我可以去吗？我很希望见到我的前妻。”迪纳很着急。

“对不起，先生，病人现在只说希望见到这位先生，请你再等一下，我想他们来自一个国家，他们应该有很多更重要的话要交代。”砂雨听到这些有一种心酸的感觉，犹如真的要生离死别似的。

砂雨穿上全套防护服走进晓雪的病房，病房里充满了消毒水的味道，各种机器围在晓雪周围，晓雪脸色苍白地躺在床上，眼睛深凹下去。

砂雨走近床边，拉着晓雪的手，隔着手套也能感觉到消瘦的手指。

晓雪挤出一丝笑容，谈不上美丽，更觉得凄凉很多。晓雪侧了一下头，示意砂雨坐下。

“有些事我要拜托你，我的手机在迪纳那里，你拿着，晚上雷子要给我电话，你告诉他我在医院检查，现在不方便接电话，让他不要担心，按计划他明天早上就出发往回走，我担心他赶路，他昨天就说冰路上有些地方冰层已经融化很多，公司要求他们开得更慢些。我怕他知道我病得厉害赶路出现什么危险。千万不要告诉他我的病严重了，我不相信迪纳，他性子太急，他要责怪雷子没有好好照顾我，我不想看见他们为我的事打架，就只有拜托你了。”晓雪喘着气，流下两行泪水。

“我知道了，我晚上不走，我和迪纳都要隔离，如果医生准许，我接通告诉他以后，你也给他说一句话，让他放心。晓雪，你没事的，你就是一个肺部感染而已，不会有事的，我们都陪着你！”雷子握着晓雪的手，他希望传递给她力量。

“谢谢你，砂雨，我真的不知道能不能扛过这场大病，不管什么后果，我不想给自己留下遗憾，我希望你告诉我，告诉我压在你心里的秘密。”晓雪语速很慢，她努力不让自己喘气。

砂雨在听到晓雪的第一句话时就意识到晓雪想知道杰瑞的事，一时间他脑子里一片空白，他不知道压了八年的事还该不该说出来，他也不能判断说出来后晓雪的身体能不能承受得起。

“晓雪，你说什么？我心里没有秘密。”他迟疑了一下，还是说了出来。

“砂雨，我知道你有事瞒着我，很多年了，你怕伤到我，所以没有告诉我全部。我不想带着遗憾走，也许这次我真的挺不过去，但凡是我身体好些，我绝不想知道这些事。”晓雪因为激动，脸也涨红了。

“晓雪，杰瑞的事我都告诉你了，你现在很幸福，两个男人爱着你，他们都是可以为你去死的男人，你就不要去纠结八年前的那些事了。晓雪，为了你自己的身体，为了雷子，你就好好养病，把杰瑞忘了吧。”砂雨怜惜地看着晓雪。

“如果有些事我不知道也就算了，但我知道了，心里就总是牵挂着，我知道你心里有秘密。记得吗？七年前，你来给我送钱，就是你帮杰瑞收回的借给别人的钱，当时你知道了我和迪纳要结婚，你那天很不开心，拉着迪纳喝酒，你说要把他灌醉，结果你们两个都喝醉了。你走的时候一定要抢着付钱，拿出钱包时里面掉了一个东西出来，我弯腰去捡，你抢先拾了起来，我看到那是杰瑞送我的一枚戒指。我认识那枚戒指，我想你本来是给我送戒指来的，那晚你喝醉了没给我，我以为你第二天会给，但也没有，我想是因为我要和迪纳结婚，所以你没有说。七年了都没有，我想知道那是为什么，我也想知道杰瑞现在怎么样了。”说这么多话，晓雪喘得很厉害，护士走进来看了一下情况又出去了。

“砂雨，我求你了，把戒指和杰瑞的事告诉我，最近生病我总是梦见他，请你告诉我真相，我怕有一天我连听到真相的能力都没有了，求你了！”喘着气的晓雪艰难地说着，眼睛里流下泪水来。

砂雨清楚地记得那日听到晓雪已经和雷子结婚的消息后杰瑞说的那段话：“那就永远不要告诉晓雪真相，我不想给晓雪平静的生活带来波澜，就让她的心里记住我是一个负心的男人，既然我不能给她一个安稳舒适的生活，那就让她恨我更狠些，永远也不要再提起我！”

说完这句话后，杰瑞又说了一句：“如果晓雪过得不好，请你一定告诉我，我将尽我的全力去帮助她！”

砂雨有点怔住了，眼前的晓雪如此让人心碎，他不知道该不该讲那些埋在心底的事，他也不知道晓雪的身体是否承受得起这样的刺痛。

“你必须告诉我，如果我没有了明天，没有了后天，我不能容忍我的昨天是不完整的，我请你告诉我那枚戒指是怎么回事，还有杰瑞的真实情况。”晓雪居然没有喘气，她字正腔圆地说了这段话，眼睛看着砂雨，里面充满期盼。

“好吧，我告诉你！在说这枚戒指之前我必须要先说杰瑞那年为什么会突然消失。”砂雨决定告诉晓雪。

随着砂雨的讲述，哭泣的晓雪再也控制不住，呼吸变得困难，监护仪上的数据开始报警，氧饱和指标、心率监护、血压指标均不正常，护士冲进病房，开始进行各种调整，医生也赶了进来，砂雨紧贴在墙边，像是闯了祸的孩子。

“请这位家属先出去，我们要对病人进行处理，现在病人很脆弱，不要刺激她。”医生很不客气地对砂雨说。

“我知道，我知道，是病人要求说的……”砂雨被护士推出了房间，砂雨看到晓雪无助的眼神和伸向他的那只手。

“你给晓雪讲了什么？让她成了这样！”刚走出门口的砂雨被迪纳一把抓住衣领，脸上满是怒火。

“放开！这里不是打架的地方，我们彼此也不是仇人，我们都是晓雪最亲近的人！”砂雨掰开迪纳的手，自己何尝不心疼？犹如大病一场。

“晓雪一直知道我有事瞒着她，她不知道自己这次能不能挺过去，她不想带着遗憾走，她要我告诉她。”砂雨气呼呼地说着。

“什么？什么秘密？关于杰瑞的？是他抛弃了雪，还有他那可恶的母亲！”迪纳蓝色的眼眸里燃着火。

现在没有什么秘密了，砂雨把杰瑞和他家里发生的事都告诉了迪纳。迪纳耸着肩一脸惊讶：“三千多万？ My god！”

“杰瑞现在怎么样？他好吗？”迪纳回过神来，自觉有些失态，问起了杰瑞的情况来。

“他现在很好，他把自己放在很远的矿山里，和你一样，只是他没有休息，没日没夜地干，他不想让自己闲下来，他怕回想往事。”

“他结婚了吗？有孩子了吗？”

“没有，他没有结婚，他的心思不在婚姻上，当然更不可能有自己的孩子。”砂雨很理解杰瑞，他的心思不在婚姻上，砂雨知道，在杰瑞的心里，他是有婚姻的，虽然没有一纸婚约，但是他和晓雪的爱是永恒的，即便时过境迁，但在他的心里，晓雪是他的妻子，永远都是。

“真搞不懂你们中国人，要我是杰瑞，我才不管雪是不是已经结婚了，我就要来抢，打架拼命都要抢回属于自己的女人！”

“和你？你是说杰瑞应该来和你拼命？”砂雨莫名地看着迪纳，真是个有趣的梅提斯人。

“当然，当然是和我拼命，这是他应该做的，而不是让雪伤心。你不是也为雪和我打过架吗？你忘了？我们俩第一次见面就是为雪打架，我当时以为你是晓雪的情人，没想到是帮那个胆小鬼打架。不过我看得出来你也喜欢雪，我不懂你们中国人，喜欢但不愿说出来，还说是为了朋友。我要是你，我就为自己打架，而不是帮朋友打。我看得出来你是喜欢雪的，但我也喜欢你。”迪纳胡乱地说着，砂雨却陷入了沉思。

医生从病房里走了出来，满脸沉重地对砂雨讲：“你的朋友现在平稳了，她哭着给我们说，你正在给她讲一个关系到她的生命的秘密，她不想自己有什么意外发生时还带着未知的秘密，我告诉她了，千万不要激动，这样对她的病情不好，她答应了，你可以进去了，我们会在病房终端系统全程观测她的身体指标变化。”

“医生，我也想问一下晓雪的病情究竟是怎么回事，严重吗？和现在的新冠肺炎有关系吗？”砂雨更想知道病情，这对于他该怎么处理接下来的事很重要。

“我们下午把病人这两个月的资料都调出来讨论了，目前无法证实她被染上新型肺炎，作为西北地区的医院来讲目前还缺乏检测手段，已经给联邦政府医疗部门紧急要求配给检测的设备。病人首先是因为感冒引起的肺部炎症，但很奇怪病人在将近三个月的时间里反反复复，而且这一次更加严重。我们注意到她的家庭有肺癌病史，这可能是一个不好的基因，按理说在没有外界因素诱发的情况下不会这么早就发病。目前我们西北地区还没有发现新型肺炎的病例，但是我们这里是加拿大冬季重要的旅游观光地，每年有大量世界各地的游客来观赏极光。今年来自中国的游客很少，主要是欧洲的客人，我们现在正在给省卫生防疫部门提出建议，要求实施关闭机场和进入西北地区的紧急措施。好了，目前病人没有生命危险，但并不等于不会发生恶化，我们有情况会及时跟你们沟通。”医生非常认真地给他们介绍了晓雪的病情，这倒让砂雨他们暂时放心了不少。

砂雨再次走进病房，晓雪呼吸已经平稳了，眼睛里露出渴望的眼神：“砂雨，谢谢你告诉我这些，我好后悔今天才知道这些事，如果知道我一定会等到他回来。杰瑞后来怎么样了？”

“一年后，杰瑞放出来了，他母亲比他更早出来，但是疯了，直接送进了医院。张总也出来了，成了污点证人，而杰瑞的海外账户也是他父亲受贿的实证，他父亲揽下了所有责任。晓雪，你知道吗？杰瑞最担心也是最揪心的是什么？”晓雪睁大眼睛看着砂雨。

“他在被审查的时候，他们给他确认他在加拿大的账户，他才知道你一分钱都没有动，不是没有动，是根本来不及动就被办案机关冻结了，他不敢想象你该怎么完结在耶洛奈夫的那些事。为此他在羁押点几乎要疯了，他恳求人家批准给你打个电话，但是没有得到准许，在关押期间他自己都觉得扛不过来了，回来后他不敢和你联系，直到他在 QQ 上看到我回国过年的照片才留了言，我才联系上了他。”砂雨叹了一口气。

“你刚才问起那个戒指是这么回事，那是杰瑞在回国之前，把平时给你买的那些首饰、手提包都存放在银行的保险柜里，他告诉我密码是你的生日。后来我来看你，觉得这些东西对你已没有太大的用处，因此就卖掉换了钱给你。我留下了那枚戒指，我知道那是你过生日时杰瑞给你买的，我那次是带过来想交给你，正好遇到你要和迪纳结婚，所以我放在钱夹里没有拿出来。其实只要我来耶洛奈夫都会把它带在皮夹子里，我想如果有合适的机缘就给你，今天我想是到时候了。”砂雨拿出钱夹拉开内包的拉链，取出那枚戒指，“可以帮杰瑞给你戴上吗？”

“可以，我很想戴上它，我真的感谢有你这样的朋友总是在我最困难的时候站在我身边。”

晓雪伸出手，砂雨给她戴上那枚戒指，晓雪扬起手看着它，亲吻了它，脸上有了一丝红润，犹如害羞的新娘一般。

“杰瑞出来后为什么不来找我？为什么不跟我联系？”晓雪唏嘘这样的结果。

“那时你已经不得已要和迪纳结婚了，我告诉他迪纳是个好人，要不是他帮助晓雪，晓雪真是不知道该如何摆脱这些困境。”晓雪和砂雨都知道再去埋怨什么已没有了意义，对于现在的晓雪来讲真相更为重要。

“你知道吗，那时候杰瑞就是有心要来也是做不到的，那时他的学生签证过期了，他去咨询了，无论他去办什么签证都要有资金证明和无犯罪记录证明，这两个他都没有，他没有工作，没有钱，只有一个在精神病医院的母亲，靠着母亲的退休工资生活。后来他用母亲的退休工资请了一个保姆，独自去了内蒙古一个煤矿当上了技术员，这正好是他的专业，就这样一待就是七年。”

“ 我好恨他啊！他为什么不来找我？即使来不了他也应该告诉我，不然我是不会和迪纳结婚的，哪怕是我背上背信弃义的骂名我也会等他的！”晓雪眼睛里发出一种发狠的眼光，直勾勾地盯着天花板。

“这正是杰瑞不愿意看到的，他说了是他对不起你，当时他也是没有其他选择，他以为你们年轻总是有未来，但是他的父母是没有未来的，所以他选择了回去，即便是这种选择是错误的他也认了。既然错了第一次他不能再错第二次，当时他都不知道自己的未来在哪里，更不能给你未来。”

“他知道后来我和迪纳离婚了吗？”

“我告诉他了，那时他正在接受矿上的一个任务，要把积压的煤在价格最低迷的时候卖出去，挽救一个即将濒临倒闭的煤矿。他说等他证实了自己还是能成功以后，等他有钱以后，他就马上去签证，他一定要来见你。结果后来雷子出现了。他说祝福你，你需要有人呵护！他说如果有一天你知道了真相，你是会原谅他的。”

“是的，我会的，我会原谅他的，如果我还能见到他……”说到这里晓雪已经泣不成声了。

四十三、相见难

病房里安静极了，只有监护设备发出的嘟嘟的提示声，偶尔夹杂晓雪低声的抽泣。砂雨不敢再说什么，他静静地陪在晓雪身边。

晓雪慢慢地平静了，她用极其冷静的声音问砂雨：“杰瑞现在结婚了吗？有孩子了吗？”

砂雨不知道该怎么回答，如实说没有，他怕晓雪会心痛；如果撒谎，他怕晓雪会伤心。语塞片刻，他只好说：“最近忙没有跟他联系。”

“那就是没有了。为什么他不忘了我？如同我忘了他一样！为什么他反要我感到内疚和难受？”刚刚平静的晓雪瞬间又止不住泪水，砂雨知道这个时候是无法阻止晓雪伤感的，他只能紧紧握着晓雪的手。

“杰瑞说他要用时间来赎罪，他欠你太多，是他的一步错误决定，改变了你的命运，把你置于不顾，所以他内疚不已，他把全部心思扎在矿上，他把这个尾矿盘活了。大家都信任他，他说他用自己的方式赎罪。你就原谅他吧！如同你也原谅了伤害过你的迪纳一样。”

“我说过会原谅他的，在那个情况下他要是给我说，我可能也会同意他回去救他父母的。但我们都太不懂法律，所以我们都要付出代价。但我心里真的很憋屈，我不能原谅的是他为什么这么多年了都不来见我，哪怕是一点点关于他的消息也好。”

“砂雨，我有两件事求你。第一，你晚上不要把病情告诉雷子，让他安安心心地明天回来，我怕他赶路不安全，我会坚持下去的，你看到的，这里医生重视我的病情，他们生怕我成为西北地区的第一例新冠肺炎；第二，不要把我生病的事告诉杰瑞，我不想他为我担心，就让他安心把他的事业做起来，就不要分他的心了。在这里有太多的人在我身边关心我，有你，有雷子，还有迪纳。我是一个不幸的女子，也是一个幸福的女子，在我最困难的时候总是有那么多人关心，我心满意足了。”晓雪的笑容里带着苦涩。

沉默少许，晓雪双目注视着砂雨：“我还有一件事拜托你，也只有你才能做到，你也能为我保守秘密，如同你帮杰瑞保守秘密一样。”晓雪的眼睛里充满期望。

“只要我能做到的我一定帮你！”

“把你的手机录音打开，我录几段话，我不知道还能不能走出这个病房，我也不知道明天医生还能不能允许你走进这个病房，我把有些话先留下吧，像杰瑞那样。”说着晓雪有点哽咽了。

砂雨不知道该怎么安慰，他自己都迷惘着，也许晓雪是对的，在这个世界上什么都可能发生，何况在这个新冠肺炎肆意蔓延的情况下。他拿出手机打开录音对着晓雪，轻声说：“你说吧，我给你录着。”

“我说过我会原谅你的，那是在我死后，我会带走所有的怨恨，我原谅你了！杰瑞！”

这是晓雪录音的最后一句，砂雨按下停止键，脑海里还回荡着晓雪给雷子、迪纳和杰瑞的遗言。

医生和护士再次冲了进来，医生大声责备砂雨：“你这是要了她的命！你必须出去！”

晓雪绝望地抓住砂雨的手：“别走，砂雨，别走，我害怕，别放开我！”

医生给晓雪打了镇静的药，晓雪渐渐地平静下来。医生示意砂雨可以走了，让晓雪独自休息。

砂雨起身，轻轻地抽出被晓雪握住的手，晓雪的眼皮动了一下，沉重得睁不开，他俯下身子吻了晓雪的面颊，柔软，带着38℃的体温……

3月20日，星期五，气温：-17℃。戴维克矿依然寒冷，雷子却心急如焚，他不贪恋温暖的被窝和暖气十足的房间，户外依然是滴水成冰。虽然早上七点冰湖大道才能开闸上路，凌晨五点，雷子便迫不及待地起来做出发前的准备。没有来得及洗漱便去发动预热汽车，再匆匆给自己泡上两袋方便面，因为雷子等不及餐厅开门的时间了。这是前天出发前晓雪给他塞在收纳箱里的，虽然只是一天的车程，但是每一个开大车的驾驶员都会做十足的准备，万一遇到汽车抛锚，等待救援的时间会是很漫长的。

六点的晨和昨晚的夜没有太大差别，今晨还没有太多的光亮，昨夜一地洁白借着月光依然亮堂。雷子爬上高大的车头，已经将近一个小时的预热，水温总算是慢慢升高了，他换挡起步，巨大的引擎声惊动了汽车旅店里熟睡的司机们，一盏盏房间的灯亮起，雷子高兴起来，他今天可以排到第一个上路的位置。

六点的戴维克矿还没有完全苏醒，两个巨大的白色天坑张大嘴似乎等待着要吞下整个黎明，来自地下的欲望升腾起一阵阵白色的烟雾如同一座地下活火山，而井下深埋的钻石却等待着拂开尘土被晨曦点亮的那一刻。

雷子驾驶着60吨的物资驶过，大地也跟着颤动起来，他远远地看了一眼那巨大天坑，心里默默地说了一句：再见，明年再见！这将是他2020年最后一次行驶在冰湖大道上。

来到冰湖大道的入口，果然雷子是第一辆到达这里的，就连管理闸口的工作人员都还没有到。雷子停下车拿出手机给晓雪的手机发了一条短信，他知道一会儿天亮了砂雨会看到，他会把消息带给晓雪的。

“晓雪，我已经在回家的路上了，你好好地在医院等我，我会陪着你慢慢好起来，我们还有好多事没有做，我们说好要到峨眉山玩玩，我们要去故宫长城，对了，不要忘了你给我的承诺：给我生一个孩子，我们要带着他，不，是她，你喜欢女儿，我们带着她一起成长，我们离开这里，离开加拿大，我们回到家乡，就在成都吧，成都滋润，女孩子会长得水灵灵的，就像你一样！我要晚上才能回来，你知道我不太会表达，我就发个表情包给你吧，握手，就如同我握着你的手，和你在一起。记住：等我，别放手！”雷子写完了还检查了一遍，才郑重地按下发送键。

不一会儿的时间，后面的大车竟然排起了长队，都是等着要出发回耶洛奈夫的。这是今年最后一趟冰湖大运输，雷子庆幸自己排在了最前面。

快到七点了，闸口的工作人员也到了，雷子第一次这么迫不及待。

闸口的工作人员手举着“SLOW”的牌子示意雷子可以上路了，工作人员已经脱下厚重的抵御 -30℃的 CANADA GOOSE 工作服，换上了抵御 -10℃的 CANADA GOOSE，仿佛戴维克的春天就要来临。

进入闸口，雷子停下车，和工作人员互相确认对讲机是否正常运行。因为上了茫茫冰湖大道手机便没了信号，所有联系都将使用高频对讲机和控制中心联系。工作人员并不急着放行，而是再三叮嘱每一个即将上路的人：缓慢行驶，冰层开始变薄，速度降至每小时 30 公里，你和后车的发车时间相差 10 分钟，你每隔 10 分钟向控制塔报一次坐标和平安。

雷子心不在焉地答应着，他更想赶紧出发，能早点回到耶洛奈夫。工作人员发出手势可以放行，雷子挥手告别，一个人驾驶着巨型大货车开上冰湖大道。

自从接到砂雨的电话，杰瑞夜不能寐，他不知道如何才能获得通往加拿大的签证和机票，但他并不想就这样等待，他总该去努力试一下。他决定明天赶到北京，到加拿大驻中国大使馆去说明情况，也许会有奇迹发生。

早上来不及给矿长请假他便已经登上了开往北京的高铁，路上他给矿长发了一段很长的短信，告诉矿长他有一段被耽误了八年的感情，此时的他不求挽回，因为已经错过的便不能找回，但他不能再错过可能是最后一次的诀别，来到矿上这么多年他从未因为私事耽误工作，但这次他不能再错过了，请矿长批准他的假期。

中午时分他已经来到东直门外的加拿大驻北京大使馆门口，显然是不得入内的，他被告知大使馆已经停办所有业务，如果是加拿大公民请直接拨打热线电话。杰瑞绝望地离开了大使馆，他记得原来母亲带着他来办理学生签证时，离大使馆不远的一家饭店楼上有一家专门办理加拿大签证的公司，他决定去试一下。

十多分钟便来到饭店，但在大堂就被拦住了，他说想找一家办理加拿大签证的公司，大堂的前台人员告诉他这个楼里大多数公司都没有上班，因为就连大使馆都关闭了，代办签证的也就暂时没有上班，可以打电话咨询。

这倒提醒了杰瑞，大使馆工作人员不是说有一条专门为加拿大公民服务的热线吗？为什么不能冒充公民打个电话咨询呢？他给戴着大口罩的酒店服务生说：“我可以在这里坐着打电话吗？这不刚下高铁还没有找到酒店。”

服务生有点不屑地上下打量着他，不耐烦地说：“你有健康码吗？”杰瑞赶紧拿出手机里填报生成的健康码给服务生看，服务生远远地看了一眼说：“快点啊，现在特别时期，按理不是酒店客人都不让在这里停留的。”

杰瑞使劲儿点头说着谢谢，他拨通了大使馆的热线电话，在选择中英文服务时，杰瑞选择了英文服务，他想也许这样对方会更亲切和耐心些，毕竟自己不是加拿大公民。

接线的是一位女士，说话颇为亲切。他告诉对方，自己的亲人在耶洛奈夫病重，他需要获得一张签证。对方耐心地说：我们现在只对在华的加拿大公民服务。

“是的，我知道，我要探视的正是加拿大公民，她患上很严重很严重的病，我必须要赶过去。”杰瑞尽量说服对方。

“你和那位病人是什么关系？”对方并不为之所动。

“我，我，我是她的丈夫。”杰瑞一时间不知道该怎么说，他居然撒谎了。

“你们有结婚证吗？如果您能出具，我们可以给你办理。”那位接电话的女士似乎听出点破绽。

“我，我是她的前夫，我没有结婚证明，但是……”

“对不起，先生，我们不能为你办理签证，我们相信很多人都有很多理由，但是在这个非常时期，我们只能为加拿大公民提供服务，我们只能祝愿你的朋友尽快好起来。”说完便直接挂断了电话。

杰瑞愣了半天才放下电话，他知道自己是没有理由的，这个结果也是必然的，但总是要去试一试的，他期盼会有奇迹。他沮丧地站在那里，竟不知道接下来还能做什么。

他四下看了看，酒店大堂空无一人，那位本不耐烦的服务生听见他用英语打电话，态度也好了许多，四目对视时还给了他一个微笑。尽管戴着口罩，在眉毛的灵动之间可以看出那是一种微笑。

“先生需要住酒店吗？这段时间酒店客人少，都会有很大折扣的。”服务生觉得能说英语的都不是一般人，于是主动跟他搭起话来。

“现在住酒店有什么要求吗？需要隔离吗？”他趁那位服务生态度好便问了一句。

“先生你跟我来。”服务生把他引到前台。原本空着的柜台后面一下子站起来几个人，隔着口罩都看得出一脸严肃的样子。

“你好，先生，你从哪里来？”

还没有等他回答，另一个人又问道：“你刚才用英语和谁交谈？你们谈什么？你刚才问加拿大签证，你是要干什么？”

杰瑞一下子蒙了，难道我是坏人吗？“我从呼和浩特来，我来问问签证的事，有什么问题吗？”

“现在非常时期，你要配合我们的工作，我们对住酒店的人需要有所了解……”还没有说完，旁边另一个年轻人扒拉了一下正在说话的那个小伙子。

“我理解你们的工作，我不住酒店了，我直接返回呼和浩特吧。”杰瑞突然有一种害怕，让他想起了八年前的那些事，那种来自心底的压迫感让他无法呼吸，他恨不得马上离开，他需要呼吸。

“等一等，先生！”杰瑞头也不回地走了出去。

雷子在漫无边际的冰湖上小心地驾驶着，对面路上已没有了开往戴维克矿的大车，冰湖大道也快结束它2020年的最后任务，即便这样，这冰湖也要等到5月以后才能融化，从明天开始大车是不能通行了，但私家小车还是可以行驶的。不过没有了冰湖大道的养护工人，冰湖上总是不安全的。就在前年的五月，一个梅提斯家庭三口人想抄近路走大奴湖冰面回家，结果上了冰湖就再也没有回来，人们说他们是掉进了快要融化的冰层下面再也出不来了。

在冰湖上驾驶最容易让人疲倦，满目看见的除了白色还是白色，所以车队总控制塔要求每个路上的司机都要每隔10分钟报一次汽车方位和平安，一是控制司机们的速度，二是为了保证司机和车辆的安全。对于晓雪来讲就更是格外细心，他出车时晓雪都会给他的驾驶台上放上一盆小小的绿色植物，说是眼睛累了就看看这绿色，一时间让那些同样开大车的老外们羡慕不已。前天早上出发时，晓雪发着烧还追着递了一盆绿色植物给他。想到这儿雷子心里一美偷着笑了一下，顺便斜着眼看了一下驾驶台上的植物，心里咯噔一下，怎么这植物竟有点蔫儿了？是昨天晚上装完货后和砂雨通完电话心情不好忘了把植物带下车？这夜里零下20℃把植物给冻坏了吧？一下子把雷子心疼得啊，如同自己给冻伤了一样。

中午时分，雷子估摸着应该已经走了一半的路程，他一边驾驶一边拿出保温箱里准备好的午餐，本该停下车来吃，但雷子想赶路，也就慢慢走着，慢慢吃，他想反正自己是头车，不用怕会追上别人的车。

突然，车身一下子倾斜了，雷子感觉像是行驶在棉花上一样往下塌，他想加油冲上去，可是越加大油门，车身越倾斜，他意识到，冰面裂了。

“糟糕，冰面裂了！”雷子大叫一声。这是每一个行驶在冰湖大道上的大车司机最担心的事。

脑子一下蒙了的雷子不知道该怎么办，直觉告诉他不能熄火，尽量稳住油门往上冲。但越努力往上爬，冰面裂得越大，最后他只能任凭汽车慢慢地倾斜。

“咔嚓、咔嚓……”一阵声响后，大车像是卡住了，紧接着又是一阵声响，大车再次倾斜。

“完了！晓雪！”雷子很绝望，他知道陷下去就是几百米深的大奴湖，吞没一个六十吨的大货车不会留下任何痕迹。他真的好后悔，他不该走这最后一趟冰湖大道的运输。此时雷子的脑子里全是晓雪的样子，他不再做任何努力，因为任何努力都是无效的。他闭上眼睛等待着，他能感觉到有冰水侵入驾驶室，他的脚踝已经被淹没，他不敢动，仿佛任何一个动作都会让汽车往下陷得更深。

“晓雪，拉住我，别放手，别放手！”雷子心里默念着，他知道此时的晓雪需要他，他也需要晓雪。

“咔嚓！”又是一声巨响，货车的车身剧烈地抖动了一下，他本能地睁开眼睛，汽车的倾斜度已经超过 30 度，他要用手抓住车门上的把手才能稳住身体。

突然车身不再倾斜，巨大的冰面均匀地承载住了货车的重量，车身稳住了。雷子没有敢马上挪动身体，他怕自己急于脱身反而会让汽车再次下沉，他小心地控制着自己倾斜的身体。

又等了几分钟，车身已经完全稳定了，他这才从副驾驶方向打开车门小心地爬了出来，出来时带上了座位后面的一个大包，他需要马上换掉被打湿的裤子和鞋子，不然他的腿会被冻坏的。

此时看似平静的大奴湖冰面上正掠过六七级的大风，让零下 10℃的冰面更显寒冷，头顶上两只盘旋的大鹰降低了高度，它们更像是在最难熬的冬季快要结束的时候寻找最后的食物。显然还在走动的“庞然大物”雷子不是它们能对付得了的，它们警觉地在汽车上空盘旋。雷子顾不得寒风凛冽赶紧换上裤子和鞋子，他需要冷静，他需要等待。不，他需要给控制塔报告，他需要最快的营救，此时的他突然醒悟自己应该做的事。

雷子小心地再次打开车门爬进汽车，取出对讲机，此时倾斜的驾驶室里已经进了二三十公分的冰水，而晓雪送他的植物被泡在水里，他心疼地捡起盆子放在驾驶台上的平稳处。

“001 号，请报告位置！ 001 号，请报告位置！”对讲机里传来控制塔对他的呼叫，这是因为他已经超过规定的报告时间。

“001 号报告，陷入冰湖，车身左倾斜 30 度，方位西南方向 230 公里处，目前驾驶员安全，等待营救，等待营救。请告诉 002 号汽车减速通过，减速通过。”汇报完毕，雷子不由倒吸一口冷气，这意味着他正处在冰湖大道的中间地段，无论是来自耶洛奈夫的营救车还是来自戴维克的营救车都需要半天的时间，这就意味着他是无法在今天晚上赶回耶洛奈夫的，也意味着他要在这冰湖上度过寒夜，他甚至不知道这个车还能不能从冰湖里被拉上来，因为，这个车很快就会被冰层封住。

“001 号请求紧急援救，现在车体四分之一陷入冰湖，请求紧急援助，以免车体被冰层封住。”雷子焦急地呼叫控制塔。他想过要不他先跟后面的车回到耶洛奈夫，等晓雪的病情稳定了他再回来。但是他知道这是不可能的，因为今天是冰湖运输的最后一天，所有车辆都会离开戴维克矿，明天即便来了救援的车辆也怕是难以独立完成。此时的他就犹如战场上的士兵，汽车就犹如他的武器，他不可能把自己的武器丢在战场而自己离开。

杰瑞狼狈地快步离开酒店。这么多年他把自己安置在矿上，减少和人的接触，直到他接受了矿上给他安排的销售工作以后，才又慢慢地开放自己，但是久居小城市的杰瑞到了北京，总还是有那么多的畏惧，仿佛自己是有过瑕疵的人，面对严厉的追问他本能地感到恐惧。

离开酒店后他竟不知道该去往何处，找到路边一个小餐厅想吃点东西，店门口横着一张桌子，坐着一位小伙子："要吃什么？现在只能外卖，不接受堂食。"小伙儿哪里知道此时的杰瑞多想找个板凳坐下。

杰瑞一边毫无目标地往前走，一边想起小时候他奶奶给他讲的故事。那时候人们认定麻雀是害虫，便没日没夜地走到街上、村口、田间，拿着挂着布巾的木杆四下驱赶麻雀，直到再也飞不动的麻雀直接跌落在地上，孩子们像捡到战利品一样高兴，回家去吃烤麻雀了。以前总觉得奶奶是夸大其词，这一刻他真的理解了这是真的，他就犹如那疲惫不堪的麻雀，偌大一个城市却没有落脚的地方。

在路边的小超市买了一瓶矿泉水和一个面包，杰瑞在路边的小广场坐下，好在疫情期间广场上没有人锻炼身体也没有大妈跳舞，倒是有几个戴着袖章的中年人在巡视。杰瑞没敢抬头，他只想坐下来吃点东西思考一下该去哪里。

低着头吃面包的他看见一双脚朝他走来，他的心跳加快，就如同八年前被抓走时一样。

"你好！请出示一下你的健康码。"杰瑞没有先抬起头，而是先把口罩戴上，一是这个动作是这段时间的标准配置，二是可以掩盖一下自己胆怯的心理。

"你好！我有健康码，请等一下。"杰瑞放下手里的矿泉水瓶子，拿出手机翻出进京时的健康码。

"你为什么在这里吃东西？你不知道这样容易感染病毒吗？你到北京来干什么？"

“我来出差的，不是等人嘛，再回酒店怕来不及了。”话一出口就后悔了，果不其然。

“你住在哪个酒店？为什么不到酒店谈事？你看现在街上哪里有人在瞎溜达？你还在街上吃东西。”戴袖章的人越发教育开来。

“我住得远，人家就在附近所以就在这里等了，好的，我以后不会在路上吃东西了，我现在就走。”杰瑞赶紧起身走人。

“等一下！”身后一声大吼不得不让杰瑞停了下来。

“这才脱了棉袄的季节你怎么头上就在冒汗了呢？你是不是发烧了？我给你测一下！”说着手里拿把温度枪对着杰瑞的脑门。

“36.8℃，还算正常，这天气还凉着呢，你怎么满头大汗呢？你是不是有什么问题？把身份证拿出来我们看看！”那人越发觉得杰瑞有问题了。

“我是小地方来的人，你一问我我就有点害怕了。我没问题的，就是胆子小点。”杰瑞也没有了自信，一边点头哈腰地说着，一边在背包里掏着身份证。

“别说，我也是小地方来的，我刚来北京时也有点害怕，但是只要你没有犯错误就不用怕。人就是要有自信才行！”操着一口说不上来是哪里的腔调的小伙子一边教育着杰瑞，一边看杰瑞的身份证。

“是的，是的，我以后会注意的，大哥，我走了，谢谢你！”杰瑞接过身份证赶紧走了。

离开小广场，杰瑞无目的地走着，犹如一只疲惫的麻雀。

上午，砂雨担心的事还是发生了，医院打来电话，说晓雪情况很不好，一夜高烧39度多，咳嗽不已，上午拍片发现肺部大面积阴影，想请病人家属尽快到医院来。砂雨只能如实告诉医院，晓雪的先生还在回来的路上，估计要晚上才能到，他本人会马上赶到医院。

砂雨赶到医院时，迪纳已经在医院的休息区等候了，迪纳告诉砂雨，晓雪已经不在原来的病房了，她被送进监护病房，房间里有一个隔离罩，晓雪在隔离罩里躺着。昨晚他很晚才离去，晓雪发烧很厉害，他在的时候已经有些迷糊了，后来医院要给她进行处理就让他离开了。早上不放心的他一早就又来到医院，医生说越发厉害了。

“砂雨，我感觉医生是怀疑雪被染上了新冠肺炎，医生说症状很吻合。砂雨，你是知道这个病很厉害的，晓雪现在的身体是承受不住的，你告诉我，该怎么办？为什么那个该死的雷子还不回来！”迪纳眼睛里冒着火苗。

“晓雪的病情看起来真的很厉害，她的酒吧可能就是传染的源头，但这只是医生的判断而已，我们除了盼望她好起来还有什么办法呢？让我们一起祈祷吧。”

砂雨起身想跟雷子联系，他知道可能性极小，但是他又有什么办法呢？

“你给雷子打电话吗？路上是没有信号的，我可以联系上控制塔，我让他们呼一下他。”迪纳拿起电话联系上了控制塔，一番对话后，面色焦急的迪纳告诉砂雨说，雷子出事了。

“什么？雷子在冰湖上能出什么事？”说完心里咯噔一下，谁都知道冰湖上一出事就是大事故。

“就在刚才雷子的车陷下去了，冰湖现在局部冰层不稳定，雷子今天是头车，他估计是想早点回来。”

“他人怎么样？”砂雨焦急地问道。

“他人没事，他刚上报了控制塔，正在等待营救。我没有把晓雪病重的事告诉控制塔，我怕雷子着急，他现在无法脱身的。”迪纳像是做了错事一样看着砂雨。

“对的，你没错，现在把晓雪病重的消息告诉他只能让他干着急，他是无法回来的，看来今天晚上也不行了。”砂雨叹了一口气。

大约20分钟后，第二辆大车赶了上来，接到控制塔的通知，第二辆车已经知道头车陷入冰湖，第二辆车在离雷子车几百米外停下了，他需要确定是否安全，虽不准确，但必须有一个判断才能前进。

顶着湖上的大风，司机来到雷子的车前，询问着雷子刚才的情况，他们再次接近陷入冰湖的大车，汽车斜靠在冰面上，压塌的冰面看起来不到三十公分厚，难怪承受不了六十吨的大货车。这位司机邀请雷子到他车上去暖和一下，看看控制塔有什么营救计划。

在后车的驾驶室里，驾驶员拿出一小瓶酒递给雷子，这是他们应急的物资，以备在路上遇到紧急状态时用的。他们把冰层的情况给控制塔汇报，控制塔说直升机已经带着专业技术人员在飞过来的路上，让后车暂缓离开，技术人员判定冰层情况才能放行，同时让后车帮助雷子，保证他的安全。

一个多小时的时间，后面的车已经停下了好几辆，大家都过来安慰他。远远地，冰面上传来直升机的声音，飞机没有降落在冰面，而是低飞平稳后放下梯子让技术人员下到冰面，技术人员将对冰面厚度进行判断，找到最为安全的方案。

在总控制塔的调度下，其他大车相继离开，这里的冰层不能承受这么多辆大车在冰层上停留，他们都需要在安全的情况下驶回耶洛奈夫。

看到同行的大车相继离去，雷子有点焦急，他不停地问着技术人员，全然顾不上寒冷的天气。援救的专业技术人员并不着急回答雷子的问题，他们在检查车子四周的冰层，用冰镐敲着冰面。接着他们在和总控制塔商量着什么。

雷子无助地看着一辆辆大车慢速驶过，驾驶员们都给他比画着鼓气的手势，他也被感染着，只想早点回到晓雪身边，一定要带着她离开这里，到一个春暖花开的地方。

高纬度地区的夜来得早些，下午四点天色已经开始沉了下来，雷子越发焦急了，他无助地看着远处正在和总控制台对话的两位援救队员，从他们紧锁的眉头可以看出他们的担心，似乎还没有找到最佳的营救方案。

远远地一辆大货车停下了，这应该是今天的最后的一辆车了，不，应该是 2020 年冰湖上的最后一辆大货车了，下一次冰湖大运输要等到 2021 年的 1 月了。

在营救人员的调度下，大车卸掉货箱，大马力单拖头停在二十米开外，雷子在援救技术人员的协助下挂好拖绳，雷子小心翼翼地回到车上。此时的汽车倾斜得更厉害了，因为此时的温度不足以让承受重力的冰层凝结起来。雷子小心地尝试发动引擎，所幸还能发动。

雷子紧盯着前车的刹车灯，一旦熄灭就意味着要两车一起发力，雷子车顶上的灯照亮着冰湖上站着的那个声音，他给雷子示意着前进的手势，雷子挂挡，加大油门，发动机轰鸣着，车轮在冰湖上空转着，装载 60 吨的货车太过沉重，不仅没有拉出湖面，车身反而更倾斜了。雷子感觉到脚下的冰水涌入，他不敢往下看，目不转睛地看着援救人员的手势。

“Stop！”救援队员示意他停止，救援人员再次检查冰面，雷子看到他们同样焦灼的眼神，他们示意雷子油门不要太大，太大的作用力会使冰面承受双倍的压力。救援队员后退，再次指挥两车同时发力。

雷子小心地踩下油门，轮胎在冰面发出巨大的摩擦声，汽车依然纹丝不动，像是被镶嵌在了冰湖上一样。

“咔嚓，咔嚓！”巨大的声响压过了发动机的声音，汽车往下沉了一下，没有停下来，继续往下沉，速度也加快了。

援救人员示意两车都停止发力，想暂时稳住车辆，而此时的雷子心急如焚，继续加大油门想往外冲，这反倒加速了冰面的开裂，车身剧烈地抖动下沉，前车也被拖着往后滑动。

“嘣、嘣……”巨大的作用力和反作用力把拖车绳绷断了，钢丝绳弹在车窗上，钢化玻璃如冰花一样绽放。雷子看不见救援队员给他的弃车手势，依然加大油门试图冲出去。

此时前车没有了动力，冰面大面积裂开，雷子的车头翘起，然后快速地沉入湖中。雷子想拉开车门跳出去，但是完全浸入水中的车门已经无法打开，他慌乱地拍打着车门，大声喊着：“晓雪！等着我！”

四十四、别放手

“砂雨，晓雪现在情况怎么样？我现在在北京，大使馆拒绝了我的签证，现在加拿大只允许公民和永久居民进入加拿大，我也去国航咨询了，我即便是有了签证也买不到机票——我来不了加拿大了！晓雪怎么样？”电话里传来杰瑞焦急的声音。

“是的，我也知道了，加拿大现在疫情发展很快，政府发布了最新消息，外国人不能进入了。你也不要再做无谓的努力了，你是进不了加拿大的。”砂雨的声音很低沉，“晚上医生已经正式通知我们，晓雪已经被确诊为新型肺炎，我和迪纳作为她的密切接触者已经接受隔离观察。雷子在赶回来的路上车子陷入冰湖之中，正在制定营救计划，不过即便是回来了他也见不到晓雪，晓雪现在在特殊病房抢救，她的各项指标很不好。”

“砂雨，这是真的？那晓雪很危险了？！”杰瑞在电话那边像一头困兽在嘶吼。

“从今天早上开始，我们就已经不能到病房探视晓雪了，她被转移到了特别病房。”砂雨的声音有些沮丧。

“砂雨，我好后悔啊！我后悔这么多年没有来看望晓雪，哪怕我们只是以朋友的身份见面；我好后悔我没有把真相说出来，就是为了维护那一点点所谓家族的荣誉，我们这个破碎的家庭还有荣誉吗？父亲在监狱里，母亲疯了在家里。”说着杰瑞有点哽咽，“那些年我就想把自己藏起来，躲到远离城市的地方，我只想要一个工作，能够挣点钱，把母亲接到身边照顾她。加拿大对于我来讲已是遥不可及的世界。我现在好后悔，我应该早点来看她的！”说到这里杰瑞已是泣不成声了。

“杰瑞，我也好后悔，为什么帮助你隐瞒，还要帮你撒谎，明明知道是谎言，还要把谎言说得像真的一样。每次看到晓雪伤心的样子，我都想告诉她真相。现在我们才知道这不是为晓雪好，我们原本就没有权利去设计她的未来。我们一步走错步步错，已没有办法扭转发生的一切了。那就让我们一起祈祷吧，祈祷晓雪好起来，祈祷我们每个人都好好的！”砂雨心里好生埋怨杰瑞，但是杰瑞已经受到了惩罚，现在多说也无益了。

此时的晓雪好累好累，她只想好好地睡一觉，可疲惫的她还是停不下来，脑子里装满了事，就像放幻灯片一样一张叠着一张。

雷子朝着她跑过来，张开着双臂，她却没有力气迎上去。眼看着就要拥抱上了，叠上来的竟然是杰瑞的脸，雷子不见了。她四下张望，“我在这儿！”杰瑞看着她，向她伸出手。

她迟疑了，这个男人还值得信赖吗？“晓雪，你放心，我会带你离开这里！”杰瑞的声音好像很遥远，在很远的地方，又如同在她耳蜗深处。

“不，她不能跟你走！你已经抛弃过她一次了！晓雪，跟爸爸走！爸爸住的地方开满白色的鲜花，好漂亮的。”父亲的脸已经好久没有见到。

“爸，我不能跟你走，我还想再好好活上几年，我还要照顾妈妈！”晓雪不想到那么远的地方，她知道只要她答应了，那就再也回不来了。

“你照顾你妈妈？我走了后的这么多年你照顾过你妈妈吗？你以为寄点钱给你妈妈就算照顾了？”父亲愤怒的脸显得更加苍白。

“不，不是这样的，妈妈不愿到这里来，我好了就回国去，我会待在妈妈身边，不再漂泊了。爸爸，不要带我走！我走了妈妈怎么办！我不要走！”晓雪哭着求父亲。

“晓雪，不怕，我给你我们梅提斯人的捕梦网，它会带走所有不好的梦，我给你挂在床头。”只听见迪纳的声音，还有那黄色鹿皮做的捕梦网。

宁静，好宁静，在开满羊胡子花的草甸上，踏上去好松软，如同踩在雪上一般，晓雪看不见一个人，她惶恐地走着，呼喊着妈妈，呼喊着雷子、杰瑞、迪纳，唯独不敢呼喊父亲。

“雪，你好点了吗？”一个陌生的声音，随后是陌生的面孔从天上俯下身子停在晓雪的面前，但声音好遥远。

“你是？”晓雪不认识他，也无法认识他，他把自己罩在一白色的衣服里，就像是来自太空。

“我是你的主治医生，你现在在特护病房，你现在感觉怎么样？”

晓雪这才看到她躺在一个透明的“房子”里，犹如小时候雨夜里幻想的一样，小，但很安全，把自己罩在白色的梦里。

“我怎么啦？”声音也是那样遥远。

“你病了，我们不想隐瞒你，你被染上肆虐全球的新冠肺炎，你是我们这个城市首例确诊病人，我们必须团结起来，共同与病毒战斗，我们需要你的努力。”那声音犹如在太空中飘荡。

晓雪点点头，没想到竟是那样难，她浑身都像被撕裂一般疼痛。“我先生呢？我朋友呢？他们为什么不来看我？”

“你先生还没有回来，也许在今天晚上，根据联邦政府医疗机构的建议，你的朋友们正在接受医疗隔离观察，我们祝愿他们好运。”

“我可以见到他们吗？”晓雪从来没有想过这也许就是一次诀别，此时的她充满渴望。

“不行，暂时还不行，我们现在对这个病知道得太少，我们需要等待更加专业的指导，请你给我们点时间。”声音越来越远，晓雪无法分辨，身边有慌乱的人群，晓雪不认识的太空人在漂浮，晓雪仿佛又来到羊胡子草甸……

杰瑞走了，来到一个边陲小城，父亲在那里，该去看看他了。每次去看望父亲都是一次令人窒息的体验，不是痛，但比痛还要难受。父亲早已是满头白发，铁栏杆后面，总是看见父亲站在门口大喊一声：“报告！”顺着管教干部的手势，父亲看到了栏杆后面的杰瑞，原本紧绷的面孔又浮现出讨好的笑容，每次都是那句开场话：“小勇，爸爸对不起你！”他多么想对父亲说：“爸爸，我不要再听你说对不起，你让我说一句：‘爸爸，我和妈妈等你回去！’”

是的，要想走出没有获得签证的懊恼和痛苦，那就去父亲那里，让另一个痛来覆盖它吧！

来到高墙之下，一个告示无比醒目：新型肺炎期间停止所有探视，不接受任何衣物和食品，可以接受给服刑人员存钱自行购买物品。杰瑞低头看着自己两手拎着的水果和各种食物，他愣住了。没有什么可以商量的，他在接待室给父亲的账户上存了钱，工作人员倒也理解地递给他一张纸说：你写一个纸条吧，我们给你转交。

走出监狱大门，他走到街口拐角小广场的石凳子上坐下，拿出苹果一个接一个啃着，直到塞得他呕吐。不知是呕吐还是伤感，他眼泪不住地往下掉……

林月汐彻夜未眠，砂雨的电话让她吃惊，短短三个月的时间身边发生了这么多事，晓雪、砂雨、迪纳，一个个鲜活的生命都在遭受新冠肺炎病毒的威胁，而耶洛奈夫的医疗条件和治疗水平却无力支撑。自己应该做点什么，为了晓雪，为了砂雨和迪纳，为了阻击病毒的扩散！她马上拿起电话，和柳溢商量，和以前做媒体的朋友商量，她要为耶洛奈夫寻找到更多的帮助，口罩、防护服、呼吸机，一切能抗击新冠肺炎的医疗物资她都需要。她要用最快的时间送到耶洛奈夫，这是她唯一能做的，也是耶洛奈夫眼下最需要的！她在心里呼喊着："晓雪，我们来帮助你，等我，别放手！"

2020 年 3 月 25 日，加拿大西北地区疫情发布：新增确诊病例 5 例。

2020 年 5 月 23 日

定稿于加拿大返蓉酒店隔离期间